ullstein

SANDRA ÅSLUND

IM HERZEN SO KALT

Ein Schweden-Krimi

Ullstein

Besuchen Sie uns im Internet:
www.ullstein.de

Wir verpflichten uns zu Nachhaltigkeit
- Papiere aus nachhaltiger Waldwirtschaft und anderen kontrollierten Quellen
- ullstein.de/nachhaltigkeit

FSC www.fsc.org
MIX
Papier | Fördert gute Waldnutzung
FSC® C021394

Originalausgabe im Ullstein Taschenbuch
1. Auflage November 2023

Umschlaggestaltung und Titelabbildung: bürosüd° GmbH, München
Gesetzt aus der Quadraat Pro powered by *pepyrus*
Druck und Bindearbeiten: ScandBook, Litauen
ISBN 978-3-548-06820-6

Välkommen!

Willkommen, liebe Leserin, lieber Leser!
Ich freue mich, dass Du Dich für dieses Buch entschieden hast.
Solltest Du beim Lesen über einen schwedischen Begriff stolpern, findest Du die Bedeutung im Glossar am Ende.

Med vänliga hälsningar
Sandra Åslund

Für Viktor, Rebecca und Dorothee

Ohne euch hätte ich das nicht geschafft.

De klara stjärnor skåda ned
i vinternattens glans
så saligt leende
som om ej död på jorden fanns.

Die hellen Sterne schauen herab
in die Pracht der Winternacht,
so selig lächeln sie,
als ob es keinen Tod auf Erden gäb.

Zacharias Topelius (1852), Vintergatan / Milchstraße

Kapitel 1

Freitag, 26. Januar

Der Schulbus bremste und stoppte an den Zwillingsbirken. So nannte Frida die beiden mächtigen Bäume, die aus einem gemeinsamen Stamm wuchsen. Wie immer war sie die Letzte, die ausstieg. Richtige Haltestellen gab es auf der schmalen Landstraße nicht. Meistens hielt der Bus gleich vor den Häusern, in denen die Kinder wohnten. Fridas Zuhause lag jedoch ein Stück in den Wald hinein. Dort konnte ein so großes Fahrzeug nicht wenden.

»Tschüs, Frida, hab ein schönes Wochenende!«

»Tschüs, Pelle!« Frida schulterte ihren Rucksack und stieg aus. Sie mochte den glatzköpfigen Busfahrer, der immer ein nettes Wort für sie hatte. Ganz egal, welches Wetter war, sie hatte ihn selten schlecht gelaunt erlebt. Sein Markenzeichen waren seine Kopfbedeckungen. Sobald er von der Wollmütze zur Baseballkappe wechselte, war der Winter offiziell beendet. Leider oft erst Ende April. Bis dahin hatte sie noch einige dunkle Monate durchzustehen, in denen die dicke Schneedecke das Einzige war, was ein bisschen Helligkeit in die langen Stunden ohne Sonnenlicht brachte.

»Grüß deine Mutter von mir.« Pelle zwinkerte ihr zu, dann schlossen sich die Türen, und der Bus setzte sich in Bewegung.

An der nächsten Kreuzung würde er wenden und zurück nach

Östersund fahren. Vorausgesetzt, er blieb nicht in den Schneemassen stecken, die die Räumfahrzeuge achtlos an den Straßenrändern zusammengeschoben hatten. So manchen Morgen wartete Frida eine kleine Ewigkeit auf Pelle, wenn er mal wieder die Hinterräder freischaufeln musste.

Er hatte ein Auge auf ihre Mama geworfen, das war Frida schon lange klar. Die Erwachsenen meinten zwar, Kinder würden solche Dinge nicht mitbekommen. Doch sie irrten sich. Bloß weil sie erst neun war, bedeutete das nicht, dass sie nicht begriff, was sich zwischen den Männern und Frauen um sie herum abspielte. Irgendwo hatte sie neulich den Ausdruck *feine Antennen* gehört. Das gefiel ihr. Ich habe feine Antennen für das, was zwischen den Menschen ist, dachte sie manchmal, wenn sie ihr Umfeld beobachtete. Dass sie von den Erwachsenen unterschätzt wurde, machte ihr nichts aus. Eigentlich passte es ihr sogar ganz gut. So konnte sie deren Verhalten ungestört studieren, ohne dass diese misstrauisch wurden.

Was Pelle betraf, war sich Frida allerdings sicher, dass Mama nicht an ihm interessiert war. Oft genug hatte sie betont, dass sie keinen Mann an ihrer Seite brauchte. »Nur wir beide. Das reicht doch, oder nicht? Haben wir es nicht gemütlich miteinander?«

Frida nickte dann immer. Natürlich hatten sie das. Und trotzdem – hin und wieder wünschte sie sich einen Familienalltag, wie ihre Freundinnen ihn hatten. Mama, Papa und mindestens zwei, drei Kinder. Ein großer Esstisch, beim Abendessen redeten alle durcheinander, es wurde gelacht und gescherzt. Bei Frida und ihrer Mutter war es still. Harmonisch, aber still. Doch diese Gedanken behielt sie für sich. Ihre Mutter hatte es eh schon schwer genug. Frida schämte sich für ihre geheimen Wünsche. Sie wusste, ihre Mutter hätte gern mehr Zeit mit ihr verbracht, anstatt Extraschichten im Büro der Holzfabrik zu schieben. Nur durch solche Überstunden konnten sie ab und zu verreisen.

Von der Landstraße bog Frida in einen Waldweg ein. Bei jedem Schritt knirschte der Schnee unter den Sohlen ihrer dick gefütterten Stiefel. Sie zog den Schal enger unter dem Kinn zusammen, band einen Knoten hinein und tastete in der Jackentasche nach dem Aventurin. Mama hatte ihn ihr zum ersten Schultag geschenkt. »Er ist der Schutzstein der Waage-Geborenen.« Mit diesen Worten hatte sie den grünen Stein auf Fridas Handfläche gelegt und ihr die Finger darum geschlossen. Er hatte sich glatt und überraschend warm angefühlt.

Alarmiert blieb Frida stehen. Wo war er heute? Hatte sie ihn in der Schule liegen lassen? Oder am Ende gar verloren? Ihr Herz schlug schneller, das durfte nicht sein! Auf diesen letzten Metern nach Hause, die sie durch den dichten Nadelwald zurücklaufen musste, hielt sie ihn doch immer fest in der Hand.

Sie kramte tiefer in der Tasche und atmete auf. Da war er. Rasch schloss sie ihre Faust um ihn und lief in den dunklen Wald hinein.

Die Sonne war bereits verschwunden. Momentan ging sie gegen halb vier unter. Anfang Januar war es noch eine Stunde früher gewesen. Tag für Tag kamen ein paar Minuten dazu. Frida freute sich über jede Sekunde mehr Licht. Würde der Schnee nicht liegen, wäre es schon jetzt pechschwarz um sie herum. So aber zog sich ein weißes Band wie ein Lichtstrahl durch den düsteren Forst.

Vor sich auf dem Weg entdeckte Frida Spuren von Hasen und Rehen. Auf der rechten Seite, da, wo im Sommer die Wilderdbeeren, die *smultron*, wuchsen, war die Erde aufgewühlt. Vielleicht Wildschweine? Bislang hatten sie hier oben wenig Probleme mit ihnen gehabt. Doch in den letzten Jahren sah man ab und an welche. Schwarzwild nannten sie die Jäger. Das hatte sie in der Schule gelernt. Und auch, dass sich die Tiere allmählich Richtung Norden ausbreiteten. Frida hatte Gespräche zwischen Mama und Tante Kerstin mitbekommen, die in Südschweden lebte. Ohne Wildschweinzaun ging dort gar nichts. So etwas besaßen sie hier bisher nicht. Aber einen Jagdschein, den hatte Mama.

An der nächsten Gabelung bog Frida nach rechts ab, in einen noch dichteren Tannenwald hinein. Es knackte im Unterholz. Beklommen schaute sie sich um. Wie eine schwarze Front rahmten die Bäume sie zu beiden Seiten der Schotterstraße ein. Schon oft hatte sie sich ausgemalt, wie es wohl aussehen würde, wenn sie umgeben von Mischwäldern leben würden. Mit Laubbäumen, die im Winter ihre Blätter abwarfen und damit mehr Licht durchließen. Die weitläufigen Wälder Jämtlands waren stellenweise undurchdringlich wie Urwälder. Auf keinen Fall sollte man einfach so versuchen, eine Abkürzung quer hindurch zu nehmen, das hatte Mama ihr immer wieder eingebläut. Zumindest nicht, wenn man sich nicht auskannte. Sobald sie laufen konnte, hatte Frida eingeschärft bekommen, auf den Wegen zu bleiben. Mittlerweile jedoch kannte sie das Gelände rund um ihr Zuhause so gut wie den Inhalt ihres Spielzeugschranks. Trotzdem erzählte sie Mama besser nicht, dass sie ihren Heimweg das letzte Stück abkürzte. Ein großer Felsbrocken markierte die Stelle, an der sie nach links ins Dickicht abbog.

Unter dem Dach der Tannenzweige hatte sich nur eine feine Schneedecke gebildet. Frida wusste, dass sie über dicke, weiche Kissen aus Moos lief. Dazwischen wuchsen Blaubeeren, die jetzt ihren Winterschlaf hielten. Im Spätsommer würde sie wieder Beeren sammeln und mit ihrer Mutter Marmelade kochen. Die würden sie auf frisch gebackene Pfannkuchen –

Sie konnte den Gedanken nicht zu Ende bringen. Mitten hinein in das Bild der schneebedeckten Mooskissen schob sich etwas am Rande ihres Blickfeldes. Etwas, das nicht dahin gehörte.

Frida drehte den Kopf nach rechts. Sie kniff die Augen leicht zusammen, um besser sehen zu können, und erstarrte. Keine zwei Meter von ihr entfernt konnte sie Umrisse ausmachen. Lag dort ein Tier? Womöglich ein toter Elch? Sie zog ihr Handy heraus, streifte den rechten Handschuh ab und schaltete die Taschenlampe ein. Zaghaft richtete sie den dünnen Lichtstrahl auf den Boden vor sich. Ein gewaltiger Schreck durchfuhr sie, als sie erkannte, um was es sich handelte: ein Paar schwere Arbeitsschuhe, schlammverkrustet. Eine Khakihose, ein anthrazitgrauer Anorak. Darüber eine Wollmütze, aus der blondes Haar hervorlugte. In der Mitte des Rückens schimmerte es verdächtig dunkel und feucht.

All dies registrierte Frida im Bruchteil einer Sekunde. Sie trat einige Schritte näher, ihre Augen konnten sich nicht von dem riesigen Fleck auf der Winterjacke lösen. Kein Zweifel – der Stoff war mit Blut getränkt. Ein eisiger Schauer jagte in ihr hoch.

Wenn man so aufwuchs wie sie, dann war der Tod von früh auf ein Begleiter. Unzählige Vögel und Mäuse hatte Frida schon von klein auf im hintersten Winkel des Gartens beerdigt. Manchmal auch einen Hasen. Einmal hatte sie mitten auf dem Weg eine tote Eule gefunden. Sie war nach Hause gelaufen, hatte eine Schaufel geholt und sie neben einer Tanne bestattet, feierlich mit einem Kreuz, das sie aus zwei Ästen und einem Stück Seil gebastelt hatte.

Doch nie zuvor hatte sie einen toten Menschen gesehen. Trotzdem war sie sich absolut sicher: In dem Körper, der bäuchlings mit dem Gesicht nach unten zwischen verrottenden Tannennadeln, Farnkraut und Gräsern lag, pulsierte kein Leben mehr. Frida konnte sich nicht von der Stelle rühren. Das Blut glänzte im schwachen Schein ihres Handys. Ihr wurde übel.

Es war ein großer, kräftiger Mann, und so frisch, wie das Blut aussah, konnte er noch nicht lange dort liegen. Die Erkenntnis kroch in Fridas Bewusstsein, bis sie ihr einen Schlag versetzte. Ihr Herz begann zu rasen. Hektisch sah sie sich nach allen Seiten um. Was verbarg sich in der dunklen Wildnis?

Erneut schaute sie auf den Toten. Ihre Gedanken stoben wild durcheinander, ließen sich nicht ordnen, ihre Muskeln gehorchten ihr nicht. Sie wollte wegrennen, schreien, vor allem aber dieses Bild wieder loswerden, das sich gerade in ihr Gehirn einbrannte und sie in ihren Träumen verfolgen würde, das Bild eines getöteten Menschen, nicht weit von ihrem Zuhause entfernt. Und doch stand sie weiterhin bloß da und blickte auf den leblosen Körper, der sie festzuhalten schien, als wolle er ihr etwas mitteilen.

Abermals knackte es. Fridas Kopf flog herum. War hier noch jemand außer ihr? Jemand, der gesehen hatte, dass sie den Toten entdeckt hatte? Wie von selbst setzten sich ihre Beine in Bewegung. Zweige peitschten ihr ins Gesicht, als sie aus dem Dickicht taumelte. Sie strauchelte, stolperte auf den schneebedeckten Weg zurück und rannte los. Hinter der nächsten Ecke lag ihr Zuhause. Abrupt blieb sie wieder stehen, sah auf das Handy in ihrer Hand. Musste sie nicht die Polizei rufen? Unschlüssig stand sie da, ihre Gedanken ein einziges Chaos. Schrecken, Furcht und zugleich ein Hauch von … Verantwortung. Sie hatte gerade einen Toten gefunden. Nur sie wusste bisher davon.

Der blutige Rücken – was war da wohl passiert? Frida jagten Bilder durch den Kopf von Krimis, die Mama im Fernsehen ansah. Wenn sie nicht einschlafen konnte, schlich sie sich manchmal zur Wohnzimmertür und schaute von dort heimlich mit. War der Mann erschossen worden?

In diesem Moment hörte sie etwas in der Ferne, ein Motorengeräusch, das rasch anschwoll. Ruckartig wandte Frida sich um. Hinter ihr tauchten Lichter auf. Vermutlich war es einer der wenigen Nachbarn, die weiter den Wald hinein lebten. Oder war das etwa …?

Es fühlte sich an, als würde eine kalte Faust ihr Herz quetschen, und plötzlich waren Fridas Gedanken glasklar: Sie musste hier weg, sofort! Handy und Handschuh immer noch in der Hand, sprintete sie los, so schnell sie konnte. Doch der Schnee auf dem Weg bremste sie. Es war wie in einem dieser Träume, in denen man wegrennen wollte und am Boden festzukleben schien. Die Scheinwerferlichter in ihrem Rücken kamen näher und näher.

• • •

»Ich nehme eine Pannacotta und einen Espresso. Danke.« Maya klappte die Speisekarte zu und reichte sie dem Kellner des *Da Luigi*, ihres Lieblingsitalieners unweit des Mariatorget auf Stockholms südlicher Insel Södermalm.

Emely, die ihr gegenübersaß, tat es ihr nach. »Für mich bitte einmal das *Sorbetta di frutta*.«

»Bloß kein Koffein mehr um diese Zeit, nicht wahr?« Maya zwinkerte der Freundin zu.

»Gott bewahre! Ich würde die ganze Nacht wie ein aufgezogenes Duracell-Häschen durch meine Wohnung hüpfen.« Emely schüttelte ihre hellblonde Lockenpracht zurück. »Ich werde nie verstehen, wie du damit klarkommst.«

Maya zuckte mit den Schultern. »Da bin ich so was von abgestumpft. Selbst direkt vor dem Schlafengehen würde ich nix merken.«

»Magst du auch noch etwas haben?« Der Kellner richtete seine Aufmerksamkeit auf Sanna, die neben Emely saß, und völlig in ihre Karte vertieft zu sein schien.

Ruckartig schaute Sanna auf. In ihren grauen Augen lag ein Ausdruck, als wäre sie gerade ganz woanders gewesen. »Wie bitte?«

»*Dolce, formaggio, caffè*.« Maya unterstrich ihre begrenzten Italienischkenntnisse mit ausladenden Gesten.

»Äh, nein, nichts Süßes. Einen Grappa, bitte.« Sanna lehnte sich auf ihrem Stuhl zurück und schlug die Beine übereinander. Ihre goldenen Armreife klimperten am Handgelenk.

Maya warf Emely über den Tisch hinweg einen raschen Blick zu. Sanna hatte noch nie auf ein Dessert verzichtet. Überhaupt war sie an diesem Abend auffallend einsilbig gewesen.

Nachdenklich stützte Emely den Ellbogen auf und sah Sanna von der Seite an. »Ist alles in Ordnung?«

»Passt.« Das Lächeln der Freundin wirkte angestrengt.

»Du kommst mir heute irgendwie ... abwesend vor. Als ob dich etwas bedrückt.«

»Echt?« Sanna straffte die Schultern und probierte es erneut mit einem Lächeln, das immer noch ein wenig schief aussah. »Nee, es ist alles gut.«

»Du hast noch gar nicht erzählt, was bei dir gerade so im Job los ist.« Maya lehnte sich nach vorn und musterte Sannas Gesicht, das sie seit der Pubertät nicht mehr ungeschminkt gesehen hatte.

»Ach, nur das Übliche – eine Projektbesprechung jagt die nächste.« Fahrig schob Sanna ihr Weinglas von links nach rechts.

Maya wechselte einen weiteren Blick mit Emely. Für gewöhnlich gab Sanna erfrischende Anekdoten aus ihrem Arbeitsalltag bei einem exklusiven Stockholmer Designlabel zum Besten. So wortkarg und in sich gekehrt kannten sie die Freundin überhaupt nicht. Im Gegenteil: Normalerweise war sie kaum zu bremsen. *Wortgewaltig* hatte eine Lehrerin sie in der Schulzeit einmal genannt. Doch da sie momentan offenbar nicht erzählen wollte, was sie beschäftigte, hakte Maya vorerst nicht nach.

»Wir bieten nächstes Wochenende einen Achtsamkeits-Workshop für Frauen an. Das wäre vielleicht was für euch.« Emely, die als Yogalehrerin in einem angesagten Studio im Stadtbezirk Östermalm arbeitete, ließ nichts unversucht, um ihre Freundinnen zu mehr Spiritualität im Alltag zu inspirieren. »Ein paar Plätze sind noch frei. Ihr bekommt natürlich wie immer Rabatt. Es ist ein tolles Programm, fantastische Dozenten.« Sie kramte in ihrer riesigen Korbtasche und legte für jede einen Flyer auf den Tisch.

Maya griff danach und las: *Weniger Stress – mehr Gelassenheit. Wie du mit simplen Tricks deinen Alltag entschleunigst.* »Entschleunigung könnte ich gebrauchen.« Sie drehte den Flyer um. »Klang-Meditation, Kakao-Zeremonie – das klingt abgefahren. Ich schaue mal in den Dienstplan.«

»Ich überleg's mir ebenfalls.« Eingehend besah sich Sanna den Zettel. »Sag mal, wer gestaltet eigentlich eure Flyer?«

»Keine Ahnung. Wieso?«

»Da könnte man noch einiges optimieren. Ich gebe euch gern ein paar unserer Kontakte.« Das war wieder ganz die Sanna, die sie kannten.

»Hm, warum nicht?« Emely legte ihre Fingerspitzen aneinander. »Schick sie mal rüber, dann leite ich sie weiter.«

Der Kellner erschien mit ihrer Bestellung, und während er alles verteilte, betrachtete Maya ihre Freundinnen. Die grazile Emely mit ihrer Alabasterhaut und dem Engelshaar hatte von klein auf eine ätherische Aura umgeben. Anders als bei den meisten blonden Kindern ihrer Klasse, waren Emelys Locken nie nachgedunkelt. Sanna hingegen ließ sich ihre inzwischen dunkelblonden Haare regelmäßig von einem Stockholmer Starfriseur mit Strähnen in verschiedenen Blondtönen so kunstvoll und dezent aufpeppen, dass sie aussahen wie natürlich von der Sonne aufgehellt. Sie war die Größte von ihnen, überragte sogar Maya um ein paar Zentimeter und sah aus wie eine schwedische Sophia Loren. Wo immer sie gemeinsam auftauchten, zog Sanna die Blicke sämtlicher Männer und Frauen auf sich. Doch nicht nur äußerlich hätten sie kaum unterschiedlicher sein können. Während Emely vollkommen in der Esoterik aufging und sich nichts Schöneres vorstellen konnte, als den Jahresurlaub asketisch meditierend in einem indischen Ashram zu verbringen, war Sanna vollständig in der materiellen Welt verhaftet und bevorzugte Luxushotels mit Rund-um-die-Uhr-Service. Nicht zum ersten Mal fragte Maya sich, ob sie wohl zueinandergefunden hätten, wenn sie sich erst als Erwachsene kennengelernt hätten.

»Hast du in letzter Zeit mit Clara gesprochen?« Emely kostete von ihrem Sorbet und verdrehte seufzend die Augen. »Himmlisch!«

Clara war die Vierte im Bunde. Die Einzige, die noch in ihrer gemeinsamen Heimat wohnte, dem ländlich-idyllischen Småland, knapp fünf Autostunden südlich von Stockholm. *Bodenständig*, wie Maya zu sagen pflegte, was Emely wiederum *geerdet* nannte. Clara war außerdem die Einzige von ihnen, die in *geordneten Strukturen* lebte, wie Sanna sich ausdrückte. Immerhin erfüllte sie den klischeehaften Anspruch, der nach wie vor gesellschaftlich – und steuerlich gefördert – wie ein imaginärer mahnender Zeigefinger über den Köpfen junger schwedischer Männer und Frauen schwebte: Spätestens mit dreißig zu heiraten und kurz hintereinander zwei Kinder in die Welt zu setzen.

»Bei unserem letzten Telefonat hatte der alltägliche Wahnsinn zwischen Familienleben und Beruf sie wie gewohnt voll im Griff.« Maya gab einen Löffel Zucker in ihren Espresso und rührte um. »Wir sollten sie mal wieder da rausholen. Etwas zu viert unternehmen.«

»Wie wär's mit einem gemeinsamen Wellnesswochenende? Das letzte liegt schon ewig zurück.« Emelys strahlend blaue Augen bekamen einen schwärmerischen Ausdruck. »Vielleicht irgendwann im März, da könnten wir gleich eine kleine Reinigungskur einbauen.«

Maya grinste. »So was wie Frühjahrsputz für den Körper?«

»Genau. Du glaubst gar nicht, wie effektiv das ist.« Emely zwinkerte Sanna zu, die gerade das Weinglas gegen den Grappa tauschte. »Würde dir sicherlich auch guttun.«

»Ich werde garantiert nicht heilfasten, wenn es das ist, worauf du hinauswillst.«

»Davon spricht doch kein Mensch! Da gibt es ganz verschiedene Ansätze. Ich denke eher an ayurvedische Ölmassagen, Aufgüsse, eine vegane Ernährung, die individuell auf die Konstitution des Einzelnen abgestimmt ist. So was in der Richtung halt. Es gibt da zum Beispiel ein fantastisches Hotel in der Nähe von Växjö.«

»Also, Mädels, wie sieht's im Frühjahr bei euch aus?« Maya zückte ihren Terminkalender. »Ich habe noch ein paar Urlaubstage übrig, wenn ich die jetzt einreiche, habe ich gute Chancen.«

»Ich richte mich gern nach euch.« Emely war mit dem Juniorchef des Studios liiert und würde problemlos freibekommen.

Fragend sahen sie Sanna an.

»Ich weiß noch nicht genau ... Entschuldigt, ich bin heute Abend nicht ganz fit. Es war eine heftige Woche. Außerdem – ich glaube, ich muss mal früher nach Hause.«

»Vielleicht setzt dir der Vollmond nächste Woche zu.« Emely schenkte ihr einen mitfühlenden Blick. »So ein Löwe-Vollmond kann manchmal im Vorfeld ziemlich fordernd sein.«

»Hm, vielleicht.« Sanna zog ihre Kreditkarte aus dem goldenen Smartphone-Etui.

Spätestens jetzt war Maya überzeugt, dass irgendetwas mit ihr nicht stimmte. Wenn Sanna nicht wie gewöhnlich mit Sarkasmus auf Emelys astrologische Anwandlungen reagierte, dann musste etwas Gravierendes vorgefallen sein. Sie nickte ihr zu. »Von mir aus können wir gern aufbrechen. Ich muss morgen früh raus.«

»Hast du schon wieder Bereitschaft?« Emelys Empathie richtete sich nun auf sie. »Ehrlich, man zahlt einen ziemlich hohen Preis, um bei der Polizei zu sein.«

Maya zuckte mit den Schultern. »Man weiß ja vorher, worauf man sich einlässt. Und keiner zwingt einen zu bleiben. Ich zum Beispiel habe öfter mal Phasen, in denen ich mindestens einmal pro Woche innerlich kündige. Aber solange die Phasen dazwischen deutlich länger sind, ist alles in Ordnung.« Seit der Jugend hatte sie davon geträumt, im Kommissariat der Hauptstadt zu arbeiten. Ein Traum, der vor drei Jahren in Erfüllung gegangen war.

Vor dem Restaurant verabschiedete sich Emely von ihnen. Sie wohnte im westlichen Teil Södermalms, nahe dem Skinnarviksparken, während Sanna und Maya beide auf der Ostseite der Insel lebten.

Nachdem sie die Hälfte des Weges schweigend über den freigeschaufelten und gestreuten Fußweg zurückgelegt hatten, blieb Maya an der Kreuzung zur Götgatan stehen. »Sanna, bitte, magst du mir nicht sagen, was los ist?«

»Ach ...« Sanna verschränkte die Arme vor der Brust.

»Hey, du weißt doch, du kannst mir alles anvertrauen.«

»Ich habe – es gibt ...« Mit der Spitze ihrer sicherlich sündhaft teuren Winterstiefeletten malte Sanna unsichtbare Muster in den graubraunen Schneematsch. »Da sind ein paar Sachen im Job, die mich belasten.« Sie hielt den Blick gesenkt, als suche sie im Rinnstein nach einem Ausweg.

»Ich verstehe.« Maya verstand überhaupt nichts. Bisher hatte Sanna sämtliche beruflichen Probleme mit einem Fingerschnippen gelöst. Wenn irgendjemand der Bezeichnung *toughe Businessfrau* entsprach, war es ihre scharfzüngige Freundin. »Magst du erzählen, was das für Sachen sind?«, hakte sie vorsichtig nach.

Sanna hob den Kopf, sah Maya kurz an, als wöge sie ab, wie viel sie preisgeben sollte. Dann schweiften ihre Augen die Einkaufsstraße mit den hippen Geschäften und Cafés entlang. »Da ist so ein Kollege, er – vermutlich ist es bloß Neid, das wäre ja nicht das erste Mal. Ich hatte – ach, es ist nicht so wichtig.« Solche Worthülsen hatte sie noch nie von sich gegeben.

Maya versuchte es mit Humor: »Also, für gewöhnlich pflegst du doch deine Konkurrenten mit drei Sätzen ungespitzt in den Boden zu rammen.« Als Sanna nicht reagierte, wurde sie wieder ernst: »Hast du schon mit Olivia darüber gesprochen?« Maya wusste, dass Sanna ein sehr gutes, fast freundschaftliches Verhältnis zu ihrer Chefin hatte.

»Nein, ich …« Sanna nagte an ihrer Unterlippe. »Ich denke, ich schaffe das schon allein.« Sonderlich überzeugt wirkte sie nicht.

»Bist du sicher? Du kannst mir gern –«

»Ach, lass uns über etwas anderes reden.« Sie hakte sich bei Maya unter. »Aber vor allem: Lass uns weitergehen. Bei dieser verdammten Kälte verbringe ich ungern auch nur eine Minute länger als unbedingt nötig draußen.«

»Schon mal was von Abhärtung gehört?«

»Wird völlig überbewertet.«

An der nächsten Ecke trennten sich ihre Wege. Sanna musste weiter geradeaus bis zur Katarina Bangata, während Maya links in die Tjärhovsgatan einbog.

Zu ihrer Linken lag Björns Trädgård, ein von hohen Kastanien eingerahmter Park mit Skaterrampen, einem großen Spielplatz, einer Kita und gleich dahinter Stockholms größter Moschee. Einige Jahre nach deren Eröffnung war sie mehrfach in Kritik geraten wegen antisemitischer Äußerungen und Kontakten zu islamistischen Terrororganisationen. Immer wieder tauchte die Moschee in der Presse auf, wie beispielsweise 2016, als bekannt geworden war, dass dort Gelder zur Unterstützung von Dschihadisten gesammelt wurden. Nach Einbruch der Dunkelheit vermied Maya es inzwischen, den Park zu durchqueren.

In ihrer Anfangszeit in der Hauptstadt hatte sie sich wenig Gedanken gemacht, wenn sie nachts nach Hause lief. Sie hatte sich auf den Straßen Södermalms sicher gefühlt. Das ehemalige Arbeiterviertel, das mittlerweile zu den angesagtesten Bezirken der Stadt gehörte, beherbergte in erster Linie Kreativschaffende, Menschen aus der Werbebranche und der Medienwelt. Doch in den letzten zwei Jahren hatte die Kriminalität auch hier zugenommen. Rivalisierende Banden unterschiedlicher Nationalitäten spannten ihre Netze nunmehr über ganz Stockholm.

Als Maya am Tor zum Kinderspielplatz vorbeilief, hörte sie von dort aufgeregte Stimmen. Im Dunkeln konnte sie mehrere schemenhafte Umrisse bei den Schaukeln ausmachen. Sie sah genauer hin und erkannte drei Männer, die sich um eine junge Frau scharten. Die Frau stieß einen von ihnen weg, der aber lachte nur. Es war ein ekelhaft hartes, dreckiges Lachen. Die anderen beiden packten sie rechts und links an den Armen.

»Zier dich bloß nicht!« Der Linke grapschte nach ihrer Brust.

»So, wie du aussiehst, hast du's ewig nicht mehr von ein paar Kerlen ordentlich besorgt bekommen.«

Nun lachten alle drei. Die Frau versuchte, sich loszureißen, woraufhin der Dritte wieder näher herantrat und ihr ins Gesicht schlug. »Je mehr du dich sträubst, desto härter wird's für dich.«

Heiße Wut stieg in Maya hoch. Entschlossen öffnete sie das schmiedeeiserne Tor. »He, lasst die Frau in Ruhe!«

Kapitel 2

»Kümmer dich um deinen Kram, Schlampe!« Drohend kam der Typ mit der widerlichen Lache auf Maya zu. Er hatte die Kapuze seiner Winterjacke tief in die Stirn gezogen.

Maya stellte sich breitbeinig hin und griff nach ihrem Smartphone. »Lasst sie in Ruhe, oder in drei Minuten ist die Polizei da.« Gleichzeitig wappnete sie sich innerlich für einen möglichen Angriff.

»Du willst mir drohen?«

»Nur warnen.«

»Ich zeig dir mal, was ich mit solchen wie dir mache.«

Er holte aus, doch Maya war vorbereitet. Geschickt wich sie seinem Schlag aus, wirbelte herum und kickte ihm seinerseits einen Fuß so gezielt in die Rippen, dass er zurücktaumelte. Die Überraschung über ihre blitzschnelle Reaktion spiegelte sich in seinem Gesicht, als er sich schwer atmend wieder aufrichtete.

»Verdammte Hacke!« Aus dem Hintergrund tauchte ein weiterer Mann auf, der offenbar das Sagen hatte. »Haltet euch an das, was euch gesagt wird! Schluss mit diesen Egotrips!«

Die beiden anderen ließen von der Frau ab und verschwanden in seine Richtung. Widerwillig folgte auch Mayas Angreifer. »Das wird dir noch leidtun!«, schrie er im Weglaufen. »Ich finde dich!«

Den Rest seiner Drohung verschluckte die Nacht. Maya stieß

kräftig die Luft aus ihren Lungen, um einen Teil des Adrenalins loszuwerden. Sie sah sich nach der jungen Frau um, die wie paralysiert bei den Schaukeln stand. Rasch ging sie zu ihr hinüber. Unter ihrer löchrigen Wollmütze schaute ein dicker, schwarzer Zopf hervor.

»Alles okay?« Maya blieb ein Stück von ihr entfernt stehen und blickte ihr prüfend ins Gesicht. »Wenn du Hilfe brauchst, ich kann –«

»Nee, passt schon.« Sie hatte dunkle Ringe unter den Augen und eingefallene Wangen. Eine markante Narbe in Form eines liegenden L verlief vom linken Kiefer über ihr Kinn. Obwohl sie deutlich jünger war als Maya, wirkte sie energielos und verlebt. Sie vergrub die Hände in den Taschen ihres zerschlissenen Winterparkas und trottete in Richtung Parkausgang los.

Maya lief neben ihr. »Du solltest die Kerle anzeigen.«

Von der Seite her warf sie Maya einen abschätzigen Blick zu.

»Ernsthaft! Die dürfen mit so was nicht –«

»Zu den Bullen geh ich bestimmt nicht!« Sie sprach mit unverkennbar osteuropäischem Akzent.

»Aber …«

Müde winkte sie ab. »Lass gut sein. So jemandem wie mir hört man dort nicht zu.«

»Ich könnte dir –«

Barsch fuhr sie Maya an: »Du brauchst dich nicht mehr zu kümmern. Ich komme schon klar.«

Maya lag auf der Zunge, dass sie diesbezüglich ihre Zweifel hatte, doch sie schluckte den Kommentar hinunter. Sie blieb stehen. »Pass auf dich auf.«

Die junge Frau schlurfte weiter durch den Schnee in Richtung Medborgarplatsen. Nach ein paar Metern drehte sie sich noch einmal zu Maya um. »Dass du dazwischengegangen bist – so was passiert nicht oft.« Sie zog die Mundwinkel ein winziges Stück nach oben. »Ganz schön mutig.« Damit setzte sie ihren Weg fort und hob die Hand im Weggehen zu einem kurzen Abschiedsgruß.

Maya sah ihr hinterher. Sie hätte ihr mit verschiedenen Anlaufstellen helfen können: Kolleginnen bei der Polizei, die für Gewalt gegen Frauen zuständig waren, Kontakte zur Drogenberatung, die Adresse von einem Frauenhaus. Wenn die Frau nur gewollt hätte. Nach wie vor fiel es Maya schwer zu akzeptieren, dass in ihrem Beruf so manche wohlgemeinte Hilfe am Gegenüber abprallte. Von Dienstjahr zu Dienstjahr schrumpfte ihr Idealismus angesichts der Realität.

Sie schaute zum Spielplatz zurück. Ein Kinderspielplatz! Wie sich doch die Welt nach Einbruch der Dunkelheit verkehrte.

Nicht zum ersten Mal dankte Maya im Stillen ihrer Mutter, die sie im Alter von sieben Jahren zum Karate geschleppt hatte. Damals hätte sie viel lieber wie Clara Reiten gelernt. Schnell hatte sie jedoch Gefallen an den geschmeidigen Bewegungen gefunden. Anders als ihre Freundinnen hatte sie von da an eine tiefe Sicherheit in sich gespürt, wissend, dass sie sich auf ihre Selbstverteidigungstechniken verlassen konnte.

Auf dem restlichen Heimweg kontrollierte Maya alle paar Meter, ob ihr jemand folgte. Aber ihr fiel niemand auf. Schließlich erreichte sie das apricotfarbene Haus in der Nytorgsgatan, in dem sie wohnte. Es war eines der klassischen Gebäude mit dem typischen Altbaucharme, die zu Beginn des zwanzigsten Jahrhunderts in diesem Viertel erbaut worden waren. Sie zog den Schlüsselbund aus der Jackentasche, schloss auf und lehnte sich gegen die massive Eingangstür. Wie gewohnt ignorierte sie den Fahrstuhl und nahm die Treppen zum dritten Stock.

Maya öffnete die Tür zu ihrer geräumigen Zweizimmerwohnung, streifte sich die Winterboots von den Füßen und warf die

Daunenjacke über einen der großen Haken links neben der Tür. In Wollsocken lief sie über die Holzdielen durch den langen Flur ins Wohnzimmer und ließ sich auf die breite Couch fallen. Müde und aufgewühlt zugleich starrte sie an die hohe Decke. In ihrem Kopf vermischten sich Bruchstücke des Abends. Das Essen mit den Freundinnen, Sannas Verschlossenheit, die Auseinandersetzung auf dem Rückweg, die leicht hätte eskalieren können, die junge Frau, die ebenfalls keine Hilfe von ihr wollte – weswegen reagierten speziell Frauen oftmals so zurückweisend auf Unterstützung? War es Scham? Oder hatten sie zu sehr verinnerlicht, es aus eigenem Antrieb schaffen zu müssen?

Ein penetrantes Klingeln drang an ihr Ohr. Maya öffnete die Augen. Sie lag immer noch auf dem Sofa, komplett angekleidet. Über ihre Grübeleien musste sie eingeschlafen sein. Das Klingeln riss nicht ab. Mühsam stand sie auf, tappte in den Flur und kramte in den Jackentaschen. Endlich fand sie ihr Handy.

»Hallo?«

»Habe ich dich geweckt?«

Maya brauchte einen Moment, um die Stimme zu erkennen. »Sanna?«

»Sorry, ich dachte ...«

»Kein Problem.« Maya ging ins Wohnzimmer zurück und setzte sich in den maisgelben Ohrensessel am Fenster, den ihre Mutter vor vielen Jahren restauriert hatte. Es war eines ihrer ersten Stücke gewesen, ehe sie sich mit aufgearbeiteten Vintagemöbeln selbstständig gemacht hatte.

»Du hast recht.« Sanna räusperte sich. »Es ist etwas nicht in Ordnung.«

»Ich bin ganz bei dir.«

»Dieser Kollege, den ich vorhin erwähnt habe. Er … er …« Sie brach ab.

Schlagartig hatte Maya die Szene in Björns Trädgård vor Augen. Eine düstere Ahnung beschlich sie. Vorsichtig setzte sie an: »Hat er dich belästigt?«

Am anderen Ende blieb es still.

»Sanna?«

»Ich … es ist … er hat …« Ihre Stimme klang ungewöhnlich hoch.

Maya schloss die Augen. Ausgerechnet Sanna. Bei ihr hätte sie etwas Derartiges am wenigsten erwartet. »Es ist schwer, darüber zu sprechen, das verstehe ich. Glaub mir, das geht den meisten Frauen so, denen so was passiert. Alle spüren diese Scham, viele suchen die Schuld bei sich.«

»Na ja, es kann schon sein«, Sanna zögerte, »dass ich … falsche Signale ausgesendet habe.«

»Egal, ob du geflirtet hast oder was auch immer. Wenn ein Mann eine Grenze überschritten hat, gegen deinen Willen, dann ist das überhaupt nicht deine Schuld. Ein Nein ist ein Nein.«

Sanna räusperte sich. »Ich war nicht darauf gefasst, dass er so weit gehen würde. Er ist mir gefolgt, als ich – ach, ich muss von vorn anfangen.« Sie machte eine kurze Pause, ehe sie neu ansetzte: »Es war in Berlin, letztens, weißt du noch? Ich bin für eine Woche dort gewesen.«

»Ich erinnere mich. Das war im Advent. Du hast Fotos vom Weihnachtsmarkt geschickt.« Maya spürte eine unterschwellige Unruhe. Was würde Sanna ihr gleich anvertrauen? Es war eine vollkommen andere Sache, wildfremde Frauen im Präsidium zu befragen, dort konnte Maya ihre berufliche Distanz wahren. Auch wenn sie sich so manches Mal danach auf der Toilette eingeschlossen und ihren Tränen freien Lauf gelassen hatte. Doch

Sanna, Clara und Emely waren Teil ihrer Familie. Würde einer von ihnen etwas Schlimmes passieren, Maya wusste nicht, wie sie mit einer solchen Situation umgehen würde, ob sie sich beherrschen oder einfach nur rotsehen würde.

»Richtig. Der Glühweinstand. Da war noch alles in Ordnung.« Sanna lachte bitter auf. Dann redete sie weiter: »Also, ein Kollege von unserer dortigen Filiale, er war mein Ansprechpartner. Wir haben uns auf Anhieb ganz gut verstanden. Zweifellos, er sieht gut aus. Aber etwas hatte er an sich, das mich instinktiv auf Abstand gehen ließ. Ich weiß, das klingt …« Sie brach ab.

Maya wartete. In derartigen Fällen war es enorm wichtig, den Frauen Zeit zu geben. Oft suchten sie nach den passenden Worten, um das auszudrücken, was ihnen widerfahren war. Zu viele Fragen störten bloß.

Tatsächlich fuhr Sanna nach wenigen Augenblicken fort: »Es ist am letzten Abend passiert. Wir hatten mit mehreren Kollegen einen Glühwein am Gendarmenmarkt getrunken. David, so heißt er, schlug vor, noch in irgend so einen angesagten Laden in Kreuzberg weiterzuziehen, aber ich war müde. Die Tage waren anstrengend gewesen, und mein Flug ging früh am nächsten Morgen. Die anderen verabschiedeten sich ebenfalls. Ich war auf dem Weg zu meinem Hotel, es lag nicht weit entfernt, doch ich musste an einem Park vorbei. Plötzlich tauchte David neben mir auf. Ich hatte ihn nicht kommen hören. Er war …«, sie hielt kurz inne, »er wirkte wie ausgewechselt. Als hätte er irgendwas genommen, Koks oder was weiß ich.« Sie räusperte sich erneut. »Jedenfalls legte er seinen Arm um mich und zog mich fest an sich. Er meinte, ich sei eine fantastische Frau, und bevor ich wieder abreise, wolle er unbedingt Sex mit mir haben.«

»Na, das nenne ich mal direkt. Wie hast du reagiert?«

»Ich habe ihm klar und deutlich gesagt, dass ich keine Lust

hätte. Dass ich ihn als Kollegen schätzte, aber darüber hinaus nicht interessiert sei. Doch er blieb hartnäckig und versuchte, mich zu überreden. Irgendwann bin ich stehen geblieben und habe gesagt, er solle mich jetzt in Ruhe lassen. Da hat er nur gelacht und gemeint, ich solle mich doch nicht so anstellen. Was ich mich denn so zieren würde. Ich würde wohl eher auf Kerle stehen, die nicht lang fackeln. Und dann hat er …« Am anderen Ende wurde es still.

Als mehrere Sekunden verstrichen waren, fragte Maya behutsam: »Sanna?«

»Er … er hat mich gegen einen Baum gepresst und meine Arme festgehalten. Er wollte, er hat versucht …« Erneut brach sie ab.

Maya hörte ihr Schluchzen durchs Telefon. Wut auf diesen Unbekannten packte sie.

Es dauerte eine Weile, ehe sich Sanna wieder beruhigt hatte. Schließlich fuhr sie mit gefassterer Stimme fort: »Irgendwie habe ich es tatsächlich geschafft, ihn von mir zu stoßen. Dann bin ich weggerannt. Ich weiß nicht, ob er mir noch gefolgt ist, ich bin einfach gerannt, bis ich das Hotel erreicht hatte.«

Maya ließ Sannas Sätze in sich nachwirken. Es war ein furchtbares Erlebnis, zweifellos. Doch gleichzeitig war sie erleichtert, dass es nicht noch schlimmer gekommen war. »Danke, dass du dich mir anvertraut hast.«

»Das ist noch nicht alles.« Sanna atmete hörbar aus. »Heute habe ich erfahren, dass er nächsten Monat bei uns anfängt.«

»Dieser David kommt nach Stockholm?« Maya fuhr aus dem Sessel hoch.

»Er wird schon ab Montag da sein, um sich ein paar Tage einzuarbeiten. Zwar ist Olivia weiterhin meine Chefin, aber er ist definitiv in einer höheren Position als ich.«

»Ich verstehe. Du befürchtest, dass er seine Macht ausnutzen wird, um dir weiter nachzustellen?«

»Oder um sich zu rächen, weil ich ihn abgewiesen habe. Ehrlich, Maya, ich habe zum ersten Mal Angst, zur Arbeit zu gehen.«

»Du musst unbedingt mit Olivia darüber sprechen. Habt ihr nicht auch eine Frauenbeauftragte bei euch?«

»Ich weiß nicht, ob ich das schaffe.«

»Hey, dieser Typ sollte Angst vor dir haben! Schließlich hat er keine Ahnung, mit wem du womöglich schon über sein ekelhaftes Verhalten gesprochen hast.«

Sanna schnaubte empört. »Du weißt doch, wie diese Welt funktioniert. Emanzipation hin oder her, da gelten noch immer die alten Regeln.«

»Ich rate dir dringend, noch am Wochenende mit deiner Chefin zu reden. Lass es nicht zu, dass er die Oberhand gewinnt. Gibt ihm keine Macht über dich. Jetzt kannst du die Weichen für seinen Start bei euch stellen.«

Aber Sanna blieb zögernd, egal, wie sehr Maya sich bemühte, ihr zuzureden. Schließlich verabschiedeten sie sich, und Sanna versprach, sich am nächsten Tag zu melden.

Eine ganze Weile saß Maya im Sessel und sah aus dem Fenster in die wolkenverhangene Winternacht. Zwei Belästigungen an einem Abend, das war ein krasser Schnitt.

Als sie merkte, dass ihre Lider schwer wurden, stand sie auf und ging ins Schlafzimmer hinüber. Träge zog sie ihre Kleider aus und warf sie auf einen stummen Diener, der unter einem Sammelsurium verschiedenster Kleidungsstücke bloß noch zu erahnen war, schlüpfte in eine Sweathose und ein T-Shirt, putzte sich die Zähne und legte sich ins Bett. Gerade als sie eingeschlafen war, klingelte ihr Handy erneut. Schlaftrunken tastete sie nach dem Gerät auf dem Nachttisch.

»Sanna?«

»Maya?« Am anderen Ende ertönte eine männliche Stimme. »Tut mir leid, dich wecken zu müssen.« Mayas Chef Lasse räusperte sich. »Es gibt einen neuen Fall für Pär und dich.«

Mit einem Schlag war Maya hellwach. Ein kurzer Blick aufs Display: Es war halb fünf. Immerhin hatte sie doch knapp drei Stunden geschlafen. Mit der freien Hand rieb sie sich die Augen. »Worum geht es?«

»Männliches Opfer. Tödlicher Schuss in den Rücken. Ein Mädchen hat die Leiche im Wald gefunden.«

Ruckartig setzte Maya sich auf. »Und wo?«

»Pack die Thermounterwäsche ein. Ihr fahrt nach Östersund.«

Kapitel 3

Samstag, 27. Januar

»Okay, was wissen wir bisher?« Maya blinzelte über ihren Kaffeebecher hinweg zu Pär, der genauso verschlafen aussah, wie sie sich fühlte.

Sie saßen an einem der kleinen Tische vor einem Kaffeestand in der Abflughalle von Stockholms Flughafen Arlanda. Beide hatten eine braune Papiertüte vor sich liegen. Für einen Moment hatte Maya mit einer *Kardemummabulle* geliebäugelt und sich dann doch vernunftshalber für eine belegte Ciabatta und gegen das zucker- und butterlastige Gebäck entschieden.

Pär schwenkte seinen Kaffee. »Bei dem Opfer handelt es sich um Mats Anderberg, dreißig Jahre alt.«

»Mats Anderberg? Der Name kommt mir bekannt vor.« Maya runzelte die Stirn. »Ich kann ihn aber gerade nicht einordnen.«

»Er war Politiker und Umweltaktivist, kommt ursprünglich aus Östersund und ist erst vor Kurzem wieder dorthin zurückgezogen. Zwischenzeitlich hat er einige Jahre hier in Stockholm gelebt.«

Maya gab seinen Namen in der Suchmaske ihres Smartphones ein, während Pär fortfuhr: »Er hat hier studiert und sich in der Zeit schon stark politisch engagiert. In erster Linie hat er sich dafür eingesetzt, die Forstwirtschaft nach ökologischen Aspekten umzukrempeln. Er war das Aushängeschild der Organisation

Rädda vår skog. Rettet unseren Wald, wenn dir das was sagt? *Zurück zum Ur-Wald* ist einer der Slogans der RVS.«

»Ach, der – den hab ich sogar mal live erlebt, bei einer Kundgebung am Kungsträdgården.« Zufällig war Maya an der Parkanlage bei der Königlichen Oper vorbeigekommen, als dort die Naturschützer der Initiative *Rettet unseren Wald* mit ihren Anhängern demonstriert hatten. Der Redner auf der Bühne war so eloquent und überzeugend gewesen, dass sie stehen geblieben war und ihm eine ganze Weile zugehört hatte. Eindrücklich hatte Mats Anderberg erklärt, wie wichtig es war, dass die Schweden jetzt und auf der Stelle ihren Umgang mit den Wäldern änderten. Auf Mayas Display ploppten zahlreiche Bilder und Links auf. Sie klickte eines der Fotos an und betrachtete nachdenklich Mats Anderbergs Gesicht. Ein kantiger Kiefer mit ausgeprägten Wangenknochen. Alles in diesem Gesicht war markant angelegt, über die klassisch griechische Nase bis zu den buschigen Brauen auf der breiten Stirn. Dazu ein intensiver Blick aus stahlblauen Augen. Maya scrollte sich durch die anderen Aufnahmen. Mats Anderberg war ein Gewinnertyp gewesen. Einer, der vor Saft und Kraft gestrotzt hatte, wie Mayas deutsche Großmutter es formuliert hätte. Dessen Leben viel zu früh ein Ende gesetzt worden war und der nun in der Gerichtsmedizin aufgebahrt lag.

Im Nu war Mayas Müdigkeit verflogen. Eine eisige Energie durchströmte sie, nüchtern und treibend zugleich, die sie nur zu gut kannte. Am Anfang eines jeden neuen Falles gab es einen solchen Moment, der Maya gefangen nahm für die Suche nach dem Täter und sie nicht eher ruhen ließ, bis er überführt sein würde.

Rasch überflog sie einige der Artikel aus dem Netz. Die Lokalpresse berichtete über Demonstrationen, bei denen die Umweltschützer mit den Forstwirten und Arbeitern aus der Holzbranche aneinandergeraten waren. »Sein Engagement scheint in seiner Heimat nicht gut angekommen zu sein.«

»Das kann ich mir gut vorstellen.« Pär kratzte sich am Kinn, wo sich silbergraue Stoppeln zeigten. Zum Rasieren hätte die Zeit heute früh offensichtlich nicht gereicht. »Die Leute dort oben sind größtenteils abhängig von der Waldindustrie. Was sich nach wie vor in Monokultur und Flächenrodungen niederschlägt.«

»Ist bei uns im Süden leider nicht viel anders.« Maya dachte an den Lieblingswald ihrer Kindheit gleich hinter dem Haus ihrer Eltern, der vor ein paar Jahren komplett abgeholzt worden war. Nun wuchsen dort kleine Tannen in Reih und Glied. Noch immer tat es ihr geradezu körperlich weh, wenn sie in der Heimat zu Besuch war und unweigerlich an den magischen Feenwald erinnert wurde, in dem sie damals mit Sanna, Emely und Clara alle erdenklichen Märchen nachgespielt hatte. Sie schüttelte das Bild aus ihren Gedanken. »Das heißt, ein erstes mögliches Mordmotiv könnten wir bei den Besitzern der Wälder und Holzverarbeitungsfirmen finden. Ich nehme mal an, Mats Anderberg ist denen mit seinen Umweltschutzplänen auf die Füße getreten.«

»Überhaupt bin ich gespannt, wie sie auf uns reagieren.« Pär nahm ein Sandwich aus seiner Tüte. »Die Leute dort oben reden generell nicht so gern mit Fremden. Schon gar nicht mit uns Hauptstädtern.«

»Vermutlich wird es nichts nützen, wenn ich auf meinen småländischen Dialekt umschwenke?« Maya zwinkerte ihrem Partner zu, mit dem sie seit Beginn ihrer Zeit im *Polishuset Stockholm* zusammenarbeitete. Es war Usus, dass jungen Polizisten ein erfahrener Teamkollege an die Seite gestellt wurde. Anfänglich hatten sie sich einpendeln müssen, aber mittlerweile hatten sie ihre gegenseitigen Stärken und Schwächen gründlich erforscht und festgestellt, dass sie sich ziemlich gut ergänzten.

Pär lachte. »Wohl kaum. Außerdem – Stockholmer Kripo ist und bleibt Stockholmer Kripo, da ist es ganz egal, wo du aufgewachsen bist. Selbst wenn man wie ich aus Dalarna stammt.«

»Na, wunderbar, ich dachte, du bist unser Türöffner.« Maya klickte den Mailaccount auf ihrem Handy an. »Ah, hier sind die Infos, von denen Lasse gesprochen hat. Mats Anderberg ist verheiratet, seine Frau Idun stammt aus Uppsala, sie arbeitet als Krankenschwester. Kinder haben die beiden keine.«

»Lasse sagte, ein Mädchen habe die Leiche gefunden?«

»Richtig.« Maya scrollte in der Mail nach unten. »Frida Nordström heißt sie. Neun Jahre alt. Sie war auf dem Heimweg von der Schule. Der Tote lag im Unterholz, neben dem Weg.«

»Hoffentlich ist sie an einen einfühlsamen Kollegen geraten. Manche da oben können ganz schön raubeinig sein.« Pär schwieg einen Moment. »Zurück zum Fall: Der Tote lag also im Unterholz, erschossen – steht dazu noch mehr in Lasses Nachricht?«

Mayas Augen flogen über den Text. »Der anwesende Rechtsmediziner, ein Christoffer Hall, hat einen Jagdunfall ausgeschlossen. Vor Ort sollen wir uns an einen Hilding Elofsson wenden. Er erwartet uns im Polizeirevier von Östersund.«

Überrascht stellte Pär den Kaffeebecher, aus dem er gerade trinken wollte, wieder auf den Tisch. »Ich dachte, die Abteilung für Schwerverbrechen in Östersund wird von einer Frau geleitet?«

»Keine Ahnung.«

»Warte mal kurz.« Er klickte auf seinem Handy herum. »Ah, hier steht es ja. Siehst du, ich wusste es doch: Tova Salomon.«

»Seltsam. Eigentlich müsste sie doch bei einem solchen Fall präsent sein.«

»Vielleicht ist sie krank? Wir werden es sicher bald erfahren.« Pär wippte mit seinem rechten Fuß. »Welche Wochenendpläne zerschießt dir unser Einsatz im hohen Norden eigentlich?«

Maya schluckte den letzten Bissen ihrer Ciabatta runter. »Nichts Besonderes. Ich hätte eh Bereitschaftsdienst gehabt. Und bei dir?«

»Bloß ein Familiending.« Pär trank seinen Kaffee aus und zerknüllte den Becher. »Eigentlich wären Vera und ich heute zu Nina und Josh gefahren.«

»Wie alt ist die Kleine jetzt?«

»Fünf Monate.« Der Großvaterstolz strahlte aus seinen braunen Augen. »Ist schon Wahnsinn, wie die Zeit rast. Wenn ich Ada in den Armen halte, habe ich das Gefühl, es sei erst gestern gewesen, dass ich Tilda und Nina in den Schlaf gewiegt habe.«

»Oma würde ich auch gern irgendwann werden. Schade, dass man das mit dem Kind dazwischen nicht überspringen kann.«

Pär lachte auf. »Entweder … oder. Wenn es keine leiblichen Enkel sein müssen, könntest du dir ja auch jemanden suchen, der schon erwachsene Kinder hat. Dann kann das ganz schnell gehen.«

»Schnell geht bei mir in Beziehungsdingen gar nix, wie du weißt.«

»Was ist jetzt eigentlich mit deinem Schauspieler?«

»Jonas ist so was von gar nicht MEIN Schauspieler. Momentan ist er auf Tournee. Und was das bedeutet …« Maya pustete sich eine Haarsträhne aus dem Gesicht.

»Verstehe. Kein Thema für die nächsten Tage.« Demonstrativ fegte Pär ein paar Krümel vom Tisch. »So gesehen kommt dir also unser Trip nicht mal ungelegen – Tapetenwechsel, vielleicht noch ein kleiner Flirt mit 'nem flotten Jämtländer …«

»Nicht, wenn ich im Dienst bin! Ich habe meine Prinzipien.«

Sie feixten sich an.

Maya griff nach ihrer Umhängetasche. »Auf geht's, Partner, unser Flieger wartet nicht.«

• • •

Schweißgebadet fuhr Sanna hoch. Wieder dieser Albtraum, schon das dritte Mal in dieser Woche! Sie schaute auf ihr Handy. Es war Viertel nach acht. Seufzend ließ sie sich in die Kissen zurücksinken. Doch sie wusste bereits, dass das mit dem Einschlafen nichts mehr werden würde. Stattdessen würden sich finstere Gedanken wie ein Krebsgeschwür in ihr ausbreiten. Sie versuchte es trotzdem, aber nach einer Weile gab sie auf. Ausgerechnet an einem Samstag!

Missmutig schlug Sanna die Decke zurück und schwang die Beine aus dem Bett. Sie schlüpfte in ihre Fellpantoffeln, hüllte sich in ihren Morgenmantel und lief in die Küche. Rasch steckte sie eine Kaffeekapsel in die Maschine und trat ans Fenster.

Während sich der Kaffeeduft allmählich in der Küche ausbreitete, betrachtete sie die um diese Zeit noch menschenleere Straße. Die Katarina Bangata war etwas Besonderes. Zwischen den schmalen Fahrspuren befand sich ein breiter Mittelstreifen mit mehreren Baumreihen und einem Weg für Fußgänger und Fahrradfahrer. Auf dem sogenannten Skulpturenweg von der Götgatan bis zum Greta Garbos Torg passierte man acht Statuen verschiedener Künstler. Hier war *the one and only* Garbo als Mädchen immer zur Schule gelaufen. Wenn Sanna vom Küchenfenster aus auf die Straße sah, dachte sie oft über die ikonische Schauspielerin nach. Wie hätte sie wohl reagiert, hätte ihr in der Schulzeit jemand eine Weltkarriere prophezeit? Hatte sie schon damals die Einsamkeit gesucht wie in späteren Jahren? Und welche Monster hatte sie insgeheim mit sich getragen?

Sanna drehte sich um und ging zur Arbeitsfläche hinüber. Sie schäumte Milch auf und bereitete sich einen Cappuccino zu. Mit dem Kaffeebecher setzte sie sich auf die Bank neben dem alten

Kachelofen, zog die Beine an, breitete eine Wolldecke über sich aus und griff nach einem Hochglanzmagazin, das vor ihr auf dem Küchentisch lag.

Doch heute langweilten sie die Reportagen über die neueste Mode, die angesagtesten Make-up-Trends und die Einblicke in Luxusvillen. Den Becher in den Händen haltend, überlegte sie, was sie mit den beiden freien Tagen anfangen wollte. Maya hatte Bereitschaftsdienst und Emely gab Kurse. Shoppingtour? Museumsbesuch? Im Fotografiska gab es eine Ausstellung über die Arbeiten der jungen chinesischen Modefotografin Chen Man, die sie noch nicht besucht hatte.

Mit einem Mal fühlte Sanna sich einsam. Ein Gefühl, das sie in den vielen Jahren, in denen sie nun schon allein lebte, nicht heimgesucht hatte. Im Gegenteil, sie hatte es immer genossen, niemandem Rechenschaft ablegen zu müssen. Ihre Freiheit war ihr heilig. All die Händchen haltenden Paare hatte sie insgeheim müde belächelt. Von Familien ganz zu schweigen. Der bloße Gedanke, ihren Tagesablauf mit jemandem – womöglich gar mehreren Menschen – abstimmen zu müssen, ließ ihr den kalten Schweiß ausbrechen. Wenn sie beispielsweise an Clara mit ihren zahllosen Verpflichtungen dachte: Mutter von zwei kleinen Kindern, für die sie sich regelrecht aufopferte, unterstützte sie auch noch ihren Mann bei seinem Projekt, den elterlichen Hof auf biologischen Anbau umzustellen. Dabei war sie doch selbst mit ihrer Ponyreitschule voll ausgelastet. Wo blieben da Zeit und Raum zum Ausspannen? Mal etwas für sich zu tun – schier unmöglich. Für kein Geld der Welt hätte Sanna auch nur eine Woche mit Clara getauscht.

Woher kam dann plötzlich dieses Verlassenheitsgefühl? Seit Neuestem tauchten in Sanna regelmäßig Bilder auf, die sie so viele Jahre erfolgreich unterdrückt hatte. Von denen sie geglaubt hatte, dass sie niemals mehr die Oberhand gewinnen würden. Nun drängte mit einem Mal alles wieder hoch, und es wollte ihr nicht wie sonst gelingen, die Gefühle unter Kontrolle zu halten. Warum funktionierten ihre gewohnten Mechanismen nicht länger? Es war, als wäre in ihr ein Rädchen gebrochen, ein Seilzug gerissen, und jetzt spulten sich die Filmrollen mit den alten Erinnerungen ungehindert ab.

Sanna stellte den Becher auf den Tisch, stützte die Ellbogen auf die Knie und legte den Kopf in die Hände. Sie schloss die Augen und atmete konzentriert ein und aus. Es hatte gutgetan, mit Maya zu reden. Auch wenn sie lediglich die Oberfläche angekratzt hatte. Zu mehr war sie gestern nicht in der Lage gewesen. Würde sie sich jemals jemandem anvertrauen können? Niemand kannte die tiefere Wahrheit, die unter allem in ihr schlummerte.

• • •

Das Gute an den Samstagen war, dass es keinen Wecker gab, der um halb sieben klingelte. Frida konnte ausschlafen, so lange sie wollte. In den Sommermonaten wachte sie meist trotzdem ganz früh auf, denn das Sonnenlicht fiel durch die Vorhänge und kitzelte sie an der Nase. Da sprang Frida immer putzmunter aus dem Bett und lief barfuß in den Garten hinaus, ewig, bevor Mama aus ihrem Zimmer kam. Doch im Winter schob sie das Aufstehen am Wochenende vor sich her. Solange es draußen finster war, drehte sie sich lieber noch mal um und versank in ihren Traumwelten.

Wohlig kuschelte sie sich in ihre Wolldecke, als schlagartig die Erinnerungen an den gestrigen Tag zurückkehrten. Der leblose Körper mit dem großen, dunklen, feucht glänzenden Fleck mitten auf dem Rücken – sie brauchte nur daran zu denken, und sofort sah sie alles wieder vor sich. Rasch presste sie ihr Kuschelreh an sich.

Gestern Abend war Mama bei ihr geblieben, bis sie eingeschlafen war. Jetzt wollte Frida am liebsten zu ihr hinüberlaufen und in ihr Bett kriechen, doch sie traute sich nicht aufzustehen. Stocksteif blieb sie unter der Decke liegen.

Der Polizist, der mit ihr gesprochen hatte, war nett gewesen. Er hatte gesagt, dass Frida sehr mutig gehandelt hätte. Und dass sie alles tun würden, um den Täter zu fassen. Sie solle aber in den nächsten Tagen besser nicht allein in den Wald gehen. Er hatte ihr eine Menge Fragen gestellt. Ob sie den Mann gekannt hätte, zum Beispiel. Mats Anderberg – als Frida seinen Namen gehört hatte, da waren ihr sogleich die Plakate eingefallen, die ab und zu in der Stadt hingen. Allerdings hätte sie das Bild des Mannes darauf mit dem Lachen, das auf sie immer irgendwie falsch gewirkt hatte, nicht mit der Gestalt in Verbindung gebracht, die dort zwischen den Tannennadeln lag. Mats Anderberg. Warum hatte man ihn getötet? Wieso taten Menschen einander solche schrecklichen Dinge an? So viele Fragen, die Frida im Kopf herumschwirrten. Die ihr der Polizist, Hilding hieß er, nicht beantworten konnte.

Wie es sich wohl anfühlte zu sterben? Die Vorstellung, dass man irgendwann nicht mehr da war, fand sie ganz komisch. Ging es dann irgendwo anders weiter? In der Schule hatten sie über die Sache mit dem Himmel und der Hölle gesprochen. Mama hatte gesagt, das sei Quatsch. Aber irgendwas musste doch danach kommen!

Um sich abzulenken, griff Frida nach dem Buch auf ihrem Nachttisch. Eine Geschichte über ein Mädchen mit magischen Kräften, das sein Pony jede Nacht in einen Pegasus verwandelte und mit ihm zusammen Abenteuer erlebte. Frida träumte davon, auch einfach so wegfliegen zu können. Erst als sie Mama in der Küche mit dem Geschirr klappern hörte, klappte sie das Buch zu und kroch aus dem Bett.

Gemeinsam machten sie Frühstück. Frida deckte den Tisch, während ihre Mutter Tee kochte und Porridge vorbereitete. Mama war so still heute Morgen. Sonst war sie an den Wochenenden meist vergnügt, weil sie nicht zur Arbeit musste und sich mit allem Zeit lassen konnte. Wie sie so am Herd stand, mit gebeugtem Rücken, kam sie Frida an diesem Morgen vor, als habe sie Kummer.

»Mama, bist du traurig?«

Automatisch strafften sich ihre Schultern. »Nein, Schatz, es ist alles okay.«

Frida zog die Brauen zusammen. Sie hasste es, wenn die Erwachsenen nicht ehrlich waren. Doch Mama mochte es nicht, wenn sie immer wieder nachbohrte, und so fragte sie nicht weiter. Sie holte den Orangensaft aus dem Kühlschrank und stellte ihn auf den Tisch. »Mama, warum ist der Tod von Menschen etwas anderes als der von Tieren?«

»Wie meinst du das?«

»Na, in der Tierwelt geschieht auch ganz schön viel Grausames, aber da kommt keine Polizei, und niemand wird bestraft.«

Mama lächelte. Ein müdes Lächeln war es. Zum ersten Mal dachte Frida, dass ihre Mutter alt wurde. Hatte sie die kleinen Fältchen um die Augen schon länger? Sie konnten wohl kaum über Nacht aufgetaucht sein. Frida wollte nicht daran denken, dass Mama irgendwann sterben würde. »Mama?«

»Ja, mein Schatz?«

»Du bleibst doch noch ganz lange bei mir?«

Mama drehte sich zu ihr um. »Aber natürlich! Wo soll ich denn ohne dich hingehen?«

»Ich meine im Leben, wir bleiben noch viele Jahre zusammen, nicht wahr?«

Mama kam zu ihr herüber und nahm sie in den Arm. »Ich verstehe, dass du Angst hast, nach dem, was gestern passiert ist. Das war eine furchtbare Situation.« Sie streichelte ihr über den Kopf. »Versprich mir, dass du nie mehr Abkürzungen durch den Wald nimmst.«

Frida nickte. »Warum erzählst du nie etwas über Papas Tod?«

Abrupt ließ ihre Mutter sie los. »Darüber möchte ich heute nicht sprechen. Komm, lass uns frühstücken.«

Niedergeschlagen setzte sich Frida auf ihren Stuhl. Das sagte Mama jedes Mal, wenn sie dieses Thema anschnitt. Weswegen Frida es kaum noch tat.

Mama stellte die Teetassen und die Schüsseln mit dem Porridge auf ein Tablett und kam damit zum Tisch. Auf halbem Weg stolperte sie über die Schultasche, die Frida gestern Abend ganz gegen ihre Gewohnheit achtlos dorthin geworfen hatte, als sie endlich nach Hause gekommen waren. Das Tablett kippte. Ein Poltern, ein Schrei, ein Klirren – alles landete auf dem Boden. Nach der ersten Schrecksekunde rappelte ihre Mutter sich hoch und verschwand fluchend im Flur, um einen Wischlappen zu holen.

Beunruhigt sah Frida ihr hinterher. So fahrig und barsch hatte sie sie noch nie erlebt.

• • •

Der Morgen schleppte sich dahin, es war gerade mal halb zehn, und der Sonnenaufgang hatte sich hinter einer trübgrauen Wolkenwand abgespielt. Hilding Elofsson saß an seinem Schreibtisch und tippte im Zweifingersuchsystem vor sich hin. Ein typischer Samstag mit Wochenenddienst. Auf dem Parkplatz vor seinem Fenster herrschte gähnende Leere. Außer ihm war keiner da, aber das war ihm ganz recht so. Das Büro, das er sich mit drei weiteren Polizeikollegen teilte, war ohnehin viel zu klein, und wenn alle da waren, verspürte Hilding spätestens nach einer halben Stunde das Bedürfnis, die Fenster aufzureißen. Was seine Kollegen besonders in den kalten Monaten wenig begrüßten.

Hilding starrte auf seinen Bildschirm. Nicht zum ersten Mal verfluchte er den Beschluss der Regierung, der die Polizei 2015 in eine Behörde verwandelt hatte. Diese elendige Umstrukturierung hätte man sich echt sparen sollen! Warum hatte man es nicht lassen können, wie es war? Jahrzehntelang hatte alles wunderbar funktioniert. Wieso mussten die Dinge ständig effektiver gemacht werden? Das schaffte doch bloß Chaos! Vorher waren sie hier in Östersund unabhängig gewesen. Jetzt gehörten sie zur riesigen Region Nord, die geografisch betrachtet halb Schweden ausmachte. Sie waren als Polizeirevier dem Hauptort Umeå zugeordnet, hatten ihre Kommandozentrale und ihre Verwaltungsfunktionen eingebüßt und waren seither in Handlungsspielraum und Entscheidungen deutlich eingeschränkt. Hilding seufzte auf. Auch wenn seine Chefin stets betonte, dass es ihnen hier doch immer noch vergleichsweise gut ging, er vermisste die alten Zeiten.

»Morgen!« Als hätte er vor der Tür gelauert und seine Gedanken erraten, betrat Sonny Lindberg den Raum. Schwungvoll warf der schlaksige Zweimetermann seine Jacke über den Garderobenständer neben der Tür, ehe er in seinen Schreibtischstuhl plumpste. Er legte die Füße auf den Tisch und verschränkte die Hände hinter dem Kopf. Die Neugier strömte förmlich aus seinen Augen. »Hab gehört, du warst gestern dabei?«

»Wobei?«

»Als sie Anderberg gefunden haben.«

Einatmend ließ Hilding ein kurzes »Jo« hören und tippte weiter, ohne aufzublicken.

»War das echt nötig?«

»Was?« Nun hob er doch den Blick.

»Na, die Stockholmer hinzuzuziehen.«

»Hat die Chefin angeordnet. Wo sie doch nicht da ist. Und ihr Stellvertreter krank.«

»Was ist mit den Spezis aus Umeå?«

»Zu viel zu tun. Von mir aus hätten wir's ganz lassen können.« Hilding zuckte die Schultern. »Jagdunfall.«

»Aber?«

»Christoffer Hall.« Hilding machte eine kurze Bewegung mit dem Daumen in Richtung Innenstadt, wo das Krankenhaus lag.

Sonny verdrehte die Augen. »Verstehe.«

»Jo.« Hilding zuckte erneut mit den Schultern. »Frisch von der Uni.« Er wandte sich wieder seiner Tastatur zu. »Und einer von den ganz Gründlichen.«

»Wohl eher einer, der zu viele Krimis geschaut hat.« Sonny nahm die Hände runter und verschränkte sie vor dem Bauch. »Mal ehrlich, glaubst du wirklich, der Anderberg ist ermordet worden?«

»Glauben tut man in der Kirche.«

Sonny sah ihn verständnislos an. Als er den Wortwitz schließlich begriff, hoben sich seine Mundwinkel spöttisch. Er setzte eine Du-weißt-doch-was-ich-meine-Miene auf.

Und natürlich wusste Hilding genau, worauf sein Kollege hinauswollte. Aber er würde den Teufel tun und sich mit irgendeiner Mutmaßung aus dem Fenster lehnen. Schon gar nicht, wo in ein paar Stunden das Ermittlungsteam aus Stockholm eintreffen und die Angelegenheit übernehmen würde. Bis dahin musste er mit seinem Bericht fertig sein.

Hauptstädter vor Ort bedeuteten Stress. Die standen ständig unter Strom, als würden sie irgendwas im Leben verpassen, wenn sie nur mal fünf Minuten innehalten würden.

Hilding hatte nie das Bedürfnis verspürt, Östersund zu verlassen. Hier war er geboren und zur Schule gegangen, hier hatte er seine Ausbildung zum Polizisten gemacht, geheiratet, ein Haus gebaut und mit seiner Frau Lisbet drei Kinder großgezogen. Und hier würde er auch irgendwann, wenn seine Zeit gekommen war, ins Gras beißen. Das gemütliche Tempo in dieser Stadt entsprach genau seinem Naturell. Gewiss, die Winter waren lang, aber es gab Schlimmeres. Großstadtstress, beispielsweise.

»Wann kommen sie denn an, die Stockholmer?« Nacheinander nahm Sonny die Beine runter und setzte sich ordentlich an den Schreibtisch.

Hilding warf einen Blick auf die große Uhr, die über der Tür hing. »Sind grad losgeflogen.«

»Also frühestens in anderthalb Stunden.«

»Jo.«

Sonny schaltete seinen Computer an. »Vielleicht sollten wir Arvid Bescheid geben – vorsichtshalber.«

Hilding schaute zu ihm hinüber und hob fragend die Augenbrauen.

»Na, die Sache im *Republiken* neulich. Wenn die davon Wind bekommen, was vor der Bar ...« Sonny steckte sich einen Kaugummi in den Mund und begann, darauf herumzukauen. »Wär bestimmt nicht verkehrt, wenn Arvid für gestern Nachmittag ein Alibi hätte.«

Kapitel 4

Der Flughafen Åre Östersund lag auf einem ehemaligen Militärgelände mitten auf Frösön, der größten Insel im Storsjön. Über drei Brücken war sie mit dem Festland verbunden.

Als Maya aus dem Flughafengebäude trat, musste sie erst einmal blinzeln. Die dichte Wolkendecke, die sie bei der Landung durchbrochen hatten, war inzwischen aufgerissen, und gleißende Sonnenstrahlen fluteten den schneebedeckten Platz. Die Tage mochten kurz sein, hier im Norden, doch bekam die Sonne eine Chance, belohnte sie die Menschen mit einem Licht, das deutlich intensiver war als in südlicheren Gefilden. Maya atmete die frische, klare Luft ein. Um sich herum sah sie nichts als Schnee und Nadelbäume.

Nachdem sie ihr Gepäck im Kofferraum des Mietwagens verstaut hatten, zwinkerte Maya ihrem Kollegen zu. »Wie immer?«

»Absolut!« Pär zückte sein Portemonnaie.

Eine ihrer Gewohnheiten bestand darin, eine Münze zu werfen, um zu entscheiden, wer fahren sollte. In den Wintermonaten riss sich keiner von ihnen darum. Maya pflegte Kopf zu nehmen, Pär Zahl.

»Noch so eine Sache, die es in ein paar Jahren nicht mehr geben wird.« Pär brummte vor sich hin, während er nach einem Geldstück kramte.

»Was meinst du?«

»Na, eine Münze werfen. Wenn das Bargeld erst mal komplett abgeschafft ist. Mit der Kreditkarte wird's schwierig.«

Belustigt betrachtete sie seinen abgewetzten Geldbeutel. »Außer dir fällt mir tatsächlich kaum jemand ein, der noch Kleingeld mit sich herumträgt.«

Pär warf eine Münze in die Luft, fing sie wieder auf und klatschte sie auf seinen linken Handrücken. »Ich weiß, ich gehöre zum alten Eisen.« Er hob die Hand und blickte auf die Münze. »Mist.«

»Zahl?«

Statt einer Antwort streckte er die Hand aus. Maya legte die Autoschlüssel hinein und setzte sich auf den Beifahrersitz. Ihre Daunenjacke behielt sie erst einmal an, ebenso die Handschuhe, bis die Heizung des Škodas in Gang gekommen sein würde.

»Wie lang dauert die Fahrt nach Östersund?«

»Normalerweise nicht länger als eine Viertelstunde.« Pär startete den Wagen.

Auf einer schnurgeraden Straße fuhren sie durch den Morgendunst, der der menschenleeren Kulisse etwas Märchenhaftes verlieh. Zu beiden Seiten gab es nichts als Bäume. Zunächst Mischwald, dann immer wieder Nadelwälder, teils noch im jungen Stadium. Nachdenklich betrachtete Maya die wie Soldaten in Reih und Glied stehenden kleinen Fichten, die dem Märchensetting den Zauber raubten. »Kein Wunder, dass Mats Anderberg mit seinen Parolen hier ordentlich Gegenwind bekommen hat.«

Pär schielte vom Fahrersitz zu ihr hinüber. »Ob der Täter aus der Richtung kommt oder nicht, auf jeden Fall werden wir die hiesigen Forstwirte zum Reden bringen müssen. Und ich fürchte, wir brauchen dazu eine Riesenportion Bezirzen und Entwaffnen.«

»Dann ist die Rollenverteilung ja klar.« Maya grinste ihren Partner an. »Du bezirzt, ich entwaffne.«

Nach einer Weile tauchten rechts und links der Fahrbahn die ersten Häuser auf. Schließlich kam vor ihnen der Storsjön in Sicht.

»Schon mal vom Ungeheuer im Storsjön gehört?«

Maya horchte auf. »Eine schwedische Nessie-Variante?«

»Ist seit Jahrhunderten ein Thema, das in regelmäßigen Abständen auftaucht. Immer wieder behaupten Menschen, sie hätten hier ein schlangenartiges, mehr als zehn Meter langes Wesen gesehen.«

»Ist ja krass.« Maya sah aus dem Fenster. Einige Schlittschuhläufer zogen ihre Bahnen auf der dick vereisten Fläche.

»Befrag bei Gelegenheit mal das Netz, da findest du jede Menge dazu, auch echt beeindruckendes Filmmaterial.«

Das letzte Stück bis zur Frösöbron führte die Straße direkt am See entlang, und Maya malte sich aus, wie dieses Fabelwesen tief unter der Eisschicht hauste.

Als sie über die Brücke fuhren, nickte Pär ihr zu: »Willkommen in Östersund! Ist schon ein paar Jahre her, dass ich hier gewesen bin, aber ich vermute, es hat sich nicht so viel verändert.« Er deutete an ihr vorbei aus dem Fenster. »Zu deiner Rechten: Das Länsstyrelsen.«

Maya sah einen modernen Ziegelbau, in dem sich die Kommunalverwaltung der Region Jämtland befand. Wenig später bogen sie rechts in die Rådhusgatan ab. »Wow, was ist das denn für ein Prachtbau?« Sie zeigte auf ein imposantes Gebäude vor ihnen, dessen rotes Dach in der Mitte eine hellgrüne, zwiebelförmige Kuppel zierte.

»Das Rathaus von Östersund. Klassischer nationalromantischer Stil. Das bekannteste Bauwerk des Architekten Frans Bertil Wallberg.«

»Nie von ihm gehört.«

Pär schmunzelte. »Östersund ist beileibe keine Weltstadt, aber Wallbergs Entwurf galt unter Fachleuten damals, also zu Beginn des zwanzigsten Jahrhunderts, als das Beste, was die moderne schwedische Architektur bisher hervorgebracht hat.«

»Was du so alles weißt.«

»Ich hatte einen Großonkel, der in der Nähe von Östersund auf dem Land gelebt hat. Einmal im Jahr gab's bei ihm ein Familientreffen. Da habe ich so einiges über die Stadt gelernt. So viel zu dem Wissen, von dem man als Kind oft glaubt, nie was damit anfangen zu können.« Vor dem Rathaus bog er links ab. »Bald müssten wir da sein. Zu der Polizeistation kann ich dir nichts sagen, da bin ich nämlich selbst noch nicht gewesen.«

Wenig später betraten sie das dreistöckige Gebäude mit der Fassade aus weißgrauen Platten, in dem die Polizei Jämtlands untergebracht war. Es lag außerhalb des Stadtkerns unweit des Universitätscampus und war Teil eines neueren Komplexes, in dem sich auch der Rettungsdienst von Jämtland, eine Restaurantschule und ein Gymnasium befanden. Sie folgten einem hellen, schlauchartigen Gang mit gefliestem Boden und kamen zunächst an der Restaurantschule vorbei.

Maya blieb an einer Schiefertafel neben dem Eingang stehen, auf dem die Öffnungszeiten des zugehörigen Restaurants notiert waren. »Ob man da mittags die Ergebnisse des Unterrichts probieren kann?«

»Bestimmt. Willst du dich als Versuchskaninchen anbieten?«

»Nix dagegen.«

Der Gang führte eine Biegung entlang bis zu einer Glastür,

über der ein Schild mit der Aufschrift *Polisen* hing. Dahinter lag ein Eingangsbereich mit mehreren Stehtischen, an denen man Formulare ausfüllen konnte. Über einer Glasscheibe im Hintergrund hing eine Leuchtanzeige.

»Wir müssen jetzt nicht ernsthaft eine Wartemarke ziehen, oder?« Für einen Moment dachte Maya an ihren deutschen Vater, der sich manchmal darüber lustig machte, dass es in Schweden gefühlt überall – ob in Apotheken, in diversen Geschäften und natürlich bei Behörden – Automaten mit Nummernzetteln gab.

»Wir probieren unser Glück einfach so.«

Gemeinsam traten sie an die Scheibe. Auf der anderen Seite saß eine Frau um die fünfzig, deren dauergewellte, korallenrote Mähne mit ihrem gleichfarbigen Rollkragenpulli um die Wette leuchtete. Maya und Pär stellten sich vor und zeigten ihre Dienstausweise. Sie schob eine knallgrüne Lesebrille zurecht, begutachtete die Ausweise, nickte kurz und reichte sie wortlos über den Tresen zurück. Mit einem abschätzigen Blick musterte sie Maya, ehe sie sich an Pär wandte: »Ich informiere die Kollegen, sie sitzen im zweiten Stock, am Ende des Ganges, Zimmer Nummer 216.« Sie gab ihnen zwei Plastikkärtchen. »Eure provisorischen Ausweise, damit kommt ihr durch die Schranke da drüben. Dann den Gang entlang am Trakt der U-Haft vorbei, vor der Cafeteria die Treppe hoch.«

Pär bedankte sich, während Maya fasziniert die extrem langen, grünen Fingernägel der Frau betrachtete, in die orangerote Glitzersteine eingearbeitet waren. Dass man mit so etwas überhaupt tippen, geschweige denn irgendwas im Haushalt erledigen konnte. Maya hätte spätestens nach einer Viertelstunde den ersten davon abgebrochen. Für einen Moment dachte sie an Sanna, die ebenfalls stets perfekt manikürte Nägel hatte. Nur in einer weniger schrillen Variante. Sie durfte auf keinen Fall vergessen, die Freundin später anzurufen und zu fragen, wie es ihr ging.

Zimmer Nummer 216 war ein quadratischer, mit Schreibtischen eng bestückter Raum. Lediglich zwei uniformierte Männer saßen an ihren Plätzen. Sie hoben die Köpfe, als Pär und Maya eintraten.

»Guten Morgen.« Maya lächelte die Östersunder Kollegen freundlich an. »Das ist Pär Stenqvist, und ich bin Maya Topelius.«

»Wir freuen uns auf die Zusammenarbeit«, fügte Pär hinzu.

Der Ältere der beiden, ein kompakter Mann mit feinen, mausgrauen Haaren, erhob sich umständlich. »Die Stockholmer.« Er nickte ihnen zu, ehe er ein »Willkommen« nachschob und sich als Polizeihauptmeister Hilding Elofsson vorstellte.

Sein Kollege, Marke schlaksiger Basketballer, machte keine Anstalten aufzustehen. Lässig grüßte er von seinem Schreibtisch herüber: »Hej, Sonny Lindberg.« Sein Blick wanderte an Maya herunter, dann ließ er einen kurzen Pfiff hören und wandte sich an Pär. »Werden die Frauen bei euch nach dem Aussehen ausgewählt?«

Einen Moment lang glaubte Maya, sich verhört zu haben. Ihr lag ein bissiger Kommentar auf der Zunge, doch Pär kam ihr zuvor:

»Die Bewerbungskriterien sind für alle gleich, unabhängig ihres Geschlechts.« Er sah sie warnend und zugleich besänftigend an.

Maya riss sich zusammen. Das konnte ja heiter werden. Zwar ging ihr der in der Hauptstadt praktizierte Feminismus manchmal zu weit. Dennoch war er ihr lieber als solche Machosprüche. In freundlichem, aber bestimmtem Ton sagte sie an Hilding gerichtet:

»Wir sind eure Unterlagen auf dem Hinflug durchgegangen. Was könnt ihr uns sonst zu Mats Anderberg sagen?«

»Oh, ich sehe schon, da hast du keinen easy Stand, Mann«, ließ Sonny sich hinter ihr vernehmen. »Die Arbeitsbienen vergeuden keine Zeit mit Small Talk. Erst mal Kaffee?«

Maya beschloss, auch diesen Kommentar zu ignorieren. Sie schüttelte den Kopf, während Pär das Angebot annahm.

Sonny erhob sich. Leicht vorgebeugt, wie extrem in die Höhe geschossene Menschen es sich oftmals angewöhnten, schlurfte er zu einer Nische, die Maya noch nicht aufgefallen war. Offenbar befand sich dort eine Kaffeeküche, denn nach ein paar Minuten strömte ein intensiver Duft zu ihnen herüber. Maya bereute, dass sie aus purem Trotz abgelehnt hatte. Nach dieser kurzen Nacht konnte ein bisschen mehr Koffein nicht schaden.

»Du auch?«, ertönte es aus der Nische.

»Jo.«

Verwundert sah Maya Hilding an. Was war das für ein zischender Laut gewesen? Hatte er gerade beim Einatmen gesprochen? Sie registrierte Pärs belustigte Miene. Ihm schien das seltsame Geräusch geläufig zu sein.

Hilding räusperte sich. »Setzt euch doch.« Er wies auf einen kleinen Tisch in der Ecke neben der Nische.

Alle drei nahmen Platz. Pär zog eine Mappe heraus und legte sie mittig auf den Tisch. Anders als Maya pflegte er nach wie vor, jegliche Unterlagen auszudrucken. Hilding erhob sich noch einmal, ging zu seinem Schreibtisch hinüber und kam ebenfalls mit einem Ordner zurück.

Bald darauf erschien Sonny mit einem gelben Plastiktablett, auf dem vier Einwegbecher, eine Kaffeekanne, ein Milchkännchen und ein Schälchen mit Zucker standen. Er stellte das Tablett auf den Tisch und murmelte, ohne Maya anzusehen. »Dachte, falls du doch willst.«

»Danke.« Sie füllte sich einen Becher und reichte die Kanne an Pär weiter. Kurz überlegte sie, ob sie nach Hafermilch fragen sollte, aber dann entschied sie sich dagegen und griff nach dem Milchkännchen. Pär warf wie gewöhnlich fünf Stückchen Würfelzucker in seinen Kaffee.

Als alle sich bedient hatten, hob Pär seinen Becher leicht an: »Wir sind froh, dass ihr uns so freundlich empfangt. Es ist sicher eigenartig, wenn Außenstehende dazukommen und gefühlt in der eigenen Arbeit herumpfuschen.« Er hielt einen Moment inne, und Maya wusste, dass er mit Widerspruch der Östersunder rechnete. Als jedoch keiner der beiden reagierte, fuhr er fort: »Wir hoffen jedenfalls auf eine fruchtbare Zusammenarbeit mit euch.«

Eine Pause entstand, in der sie sich dem Kaffee widmeten. Schließlich startete Maya einen neuen Versuch: »Wie sieht es mit weiteren Anhaltspunkten zu dem Fall aus?«

Abwartend schaute sowohl sie als auch Pär die Kollegen an. Sonny sah mit gekräuselter Stirn zu Boden, Hilding hatte den Blick auf seinen Becher gerichtet und rührte darin, als gäbe es nichts Spannenderes auf der Welt.

Pär kam Maya zu Hilfe. »Es gibt doch bestimmt einiges, was in den Unterlagen nicht drinstand.«

»Jo.« Wieder sog Hilding die Luft ein, während er die Tropfen vom Löffel am Becher abklopfte und diesen auf das Tablett legte. Maya blickte Pär an, der die linke Braue hochzog und dabei leicht nickte. Was gleichzusetzen war mit: »Gib ihm Zeit.«

Als Maya gar nicht mehr damit rechnete, dass noch etwas kommen würde, öffnete Hilding den Mund: »Nicht wirklich viel.«

»Mögliche Motive, Verdächtige – was ist mit dem Telefon und

dem Computer des Opfers?« Die träge Art der beiden ging Maya auf den Geist.

»Handy und Laptop sind auf dem Weg zu den Spezialisten bei euch in Stockholm.« Hilding setzte eine Miene auf, die signalisierte: *Du weißt, was das bedeutet.*

Das wusste Maya definitiv: Nicht nur gab es einen Mangel an Ermittlern, die schwere Verbrechen untersuchten. Auch IT-Forensiker waren im ganzen Land viel zu dünn gesät. Automatisch verloren die Kriminalermittler kostbare Zeit in ihrer Arbeit. Dabei waren besonders die ersten achtundvierzig Stunden nach einer Tat entscheidend.

»Kanntet ihr das Opfer persönlich?« Pär stellte seinen Becher auf dem Tisch ab.

Sonny lachte bitter auf, während er eine Packung Kaugummi aus der Tasche zog. »Wer kannte Mats Anderberg nicht! Die Frage ist eher, mit wem hatte er keinen –« Ein Seitenblick von Hilding ließ ihn sogleich wieder verstummen.

»Keinen was?«, fragte Maya.

Umständlich wickelte Sonny seinen Kaugummi aus und steckte ihn in den Mund. Nachdem er eine Weile darauf herumgekaut hatte, sagte er: »Mats Anderberg war nicht besonders beliebt, kann man sagen. Oder?« Er schielte zu Hilding hinüber.

»Kann man so sagen.«

Auch wenn der Grund dafür auf der Hand lag, wollte Maya es von ihnen hören: »Warum war er hier nicht beliebt?«

»Tja«, Sonny verschränkte die Arme hinter dem Kopf, »als Nestbeschmutzer macht man sich halt keine Freunde.«

»Wurde er hier so gesehen? Als Nestbeschmutzer?«

Erneut wechselten die Östersunder einen Blick. »Hm«, machte Sonny, »Jo«, atmete Hilding ein.

Die Situation war so grotesk, dass Maya sich einerseits ein

Lachen verkneifen musste und andererseits die beiden Polizisten am liebsten geschüttelt hätte. Es vergingen weitere lange Sekunden, ehe Hilding sich zu einem vollständigen Satz durchrang. »Am besten ihr sprecht mal mit den ansässigen Forstwirten und Holzhändlern.«

»Ihr habt nicht vielleicht ein paar Namen für uns?« Pär lächelte liebenswürdig, doch Maya merkte ihm an, dass sogar seine Geduld strapaziert war. Und das wollte viel heißen. Normalerweise war ihr Partner die Ruhe in Person.

Mit Blick auf die Tischkante nuschelte Sonny etwas vor sich hin.

»Wie bitte?« Pär beugte sich in seine Richtung.

»Täckholmåkessonpettsson.«

Auch dieses Mal hatte Maya Schwierigkeiten, den Lautbrei zu verstehen, aber falls sie nicht völlig falschlag, hatte Sonny ihnen gerade drei Nachnamen genannt. In ihr Handy notierte sie: *Forstwirte/Holzhändler überprüfen: Täckholm, Åkesson, Pettsson.* »Na, das ist doch schon mal ein Anhaltspunkt.« Sie trank ihren letzten Schluck Kaffee und erhob sich. »Ich würde gern mit Christoffer Hall sprechen.«

»Warum?«, kam es unisono von den Östersundern.

»Ganz offenbar war es ja kein Jagdunfall.« Maya sah die beiden herausfordernd an. Sie hatte keine Lust, länger um den heißen Brei herumzureden.

Hilding und Sonny wechselten einen raschen Blick.

»Also«, Sonny dehnte das Wort wie den Kaugummi in seinem Mund, »vermutlich, laut Aussage des Arztes. Ob man das wirklich schon ausschließen kann …«

»Entschuldigung, hier steht, dass das Opfer aus nächster Nähe erschossen wurde.« Maya wurde langsam sauer.

»Der Meinung ist Christoffer Hall.«

»Der das als Rechtsmediziner wohl ausreichend beurteilen kann.«

Ungerührt zuckte Sonny mit den Schultern. »Er ist nicht von hier.«

»Was soll das heißen?«

»Um diese Jahreszeit ist es dunkel im Wald. Da sieht man die Hand vor Augen kaum.«

»Du zweifelst also sein professionelles Urteil an?« An Pärs nervösem Gesichtsausdruck erkannte Maya, dass ihr Ton dabei war, ihr zu entgleiten. Sie zwang sich zur Ruhe, auch wenn es in ihr gefährlich brodelte.

»Ich zweifel gar nichts an.« Abwehrend hob Sonny die Hände, wobei er unablässig auf seinem Kaugummi herumkaute. »Ich sag nur, dass ... dass ... « Beistand suchend blickte er Hilding an.

Dieser klopfte auf den vor ihm liegenden Ordner. »Alles, was er zu sagen hat, steht hier drin.«

»Ich möchte trotzdem gern mit ihm reden. Heute noch.«

»Das geht nicht.«

Diesmal war es Maya, der ein »Warum?« herausrutschte.

»Er pendelt zwischen Umeå und Östersund. Hier lebt sein Kind. Und seine Exfrau. War Zufall, dass er am Freitag schon früher hergekommen ist. Da hat er die Erstuntersuchung und die Obduktion übernommen. Das Wochenende hat er frei. Verbringt er mit seinem Kind.« Hilding lehnte sich auf seinem Stuhl zurück.

Maya staunte. So viele Sätze am Stück hatte bisher weder er noch Sonny von sich gegeben. »Okay, dann eben sobald wie möglich. Besuchen wir halt zunächst den Tatort.« Maya blinzelte Pär zu.

Dieser nickte. »Ist sowieso sinnvoller, dass wir das machen, solange es noch hell ist.«

Weitere Blicke flogen zwischen Hilding und Sonny hin und

her. Ohne Worte schienen sie auszudiskutieren, wer von ihnen sie begleiten sollte. Schließlich gab sich Hilding einen Ruck. »Also gut. Fahren wir.«

• • •

Mit einem ihrer Dienstwagen fuhr Hilding die beiden zum Tatort. Auf der Fahrt durch Östersund suchte Pär, der neben ihm eingestiegen war, immer wieder das Gespräch. Über den beruflichen Alltag, über die Stadt, die er offenbar recht gut kannte.

Als sie an einer roten Ampel hielten, warf Hilding einen kurzen Blick in den Rückspiegel. Maya saß auf der Rückbank des Wagens und tippte ununterbrochen auf ihrem Handy herum. Diese junge Kriminalinspektorin war genau so, wie er sich die typische Stockholmerin vorstellte. Bestimmt war sie in einem privilegierten Viertel aufgewachsen und hatte keine Ahnung, wie das Leben der meisten Schweden aussah. Selbst wenn ihm Sonnys Machosprüche nicht gefallen hatten, so hatte sein Kommentar mit den Arbeitsbienen doch im Kern gestimmt.

Da war ihm dieser Pär schon lieber. Der wirkte eigentlich überhaupt nicht wie ein Großstädter, sondern ruhig und bodenständig. Aber vielleicht war das auch bloß seine Masche? Schließlich stammte er aus Dalarna, wie er eben erzählt hatte. Da wusste er natürlich, wie sie hier oben tickten. Hilding beschloss, weiterhin auf der Hut zu sein.

Sie ließen die Stadt hinter sich und erreichten wenig später die Abzweigung, die in den Wald hineinführte. Im Schritttempo rollte Hilding den schneebedeckten Weg entlang, bis sie an der Stelle ankamen, die sie am Tag zuvor sorgsam mit dem markanten blau-weißen Band abgesperrt hatten. Er parkte den Wagen am Wegesrand, und sie stiegen aus.

Die Mittagszeit war gerade mal vorbei, doch hier im Wald dämmerte es schon wieder. Schwer bogen sich die Äste unter den Schneemassen. Überall rieselte Pulverschnee herab, hier und da rutschte eine Minilawine von einem der hohen Wipfel und raste zu Boden. Hilding stülpte sich die Wollmütze über und zog seine Lammfellhandschuhe an. Die letzten Tage hatten die Temperaturen konsequent deutlich unter null gelegen. Bis zum Abend sollte es noch kälter werden, und bestimmt würde es in der Nacht neuen Schnee geben.

»Na, denn.« Er hob das Absperrband an und ließ Pär und Maya darunter hindurch, dann lief er voraus in den Wald hinein bis zu jener Stelle, an der eine rote Linie aus Kreidespray die Umrisse des Körpers markierte.

Die Hände in den Taschen seines Winterparkas vergraben, beobachtete Hilding vom Rand aus, wie sich die beiden umsahen. Er versuchte, sich in sie hineinzuversetzen. Sie waren zum ersten Mal an diesem abgelegenen Fleck. Im Grunde war es ein idealer Tatort, wenn man jemanden verschwinden lassen wollte: Mitten im Wald; niemand, der einen beobachten konnte; den Schotterweg benutzten auch die wenigen Anwohner ringsum, sodass Reifenabdrücke schnell zerfahren wurden. Bei der momentanen Wetterlage verschleierte der ständig nachfallende Schnee ohnehin die meisten Indizien. Nur mit einem kleinen Mädchen, das genau an dieser Stelle seinen Heimweg abkürzte, hatte der Täter nicht gerechnet. Es gab ihn eben nicht, den perfekten Mord.

Trotzdem, die Stockholmer würden nicht mehr viel entdecken, da war sich Hilding sicher. Die Kollegen von der Spurensicherung hatten schon alles abgegrast.

Als könne sie seine Gedanken lesen, drehte sich Maya zu ihm um und sah ihn an. »Eine Extrarunde schadet nie.« Sie zückte ihr

Telefon und begann, den Tatort aus verschiedenen Perspektiven zu fotografieren.

Die Minuten schlichen dahin. Hilding trat von einem Fuß auf den anderen. Die Kälte kroch durch die Sohlen seiner Stiefel. Er fühlte sich unbehaglich. Leichen gehörten nicht zu seinem Tagesgeschäft. Dass so etwas ausgerechnet während der Abwesenheit seiner Chefin geschah! Ihr Stellvertreter noch dazu krank ... Unter die Angelegenheit Mats Anderberg hätte Hilding lieber gestern als heute einen Strich gezogen. Warum musste dieses Mädchen bloß durchs Unterholz streunen? Gern wäre er zum Wagen gegangen und zurück in die Stadt gefahren. Eigentlich säße er jetzt mit Lisbet bei Kaffee und Zimtschnecken. Immerhin war Wochenende. Er hätte den kleinen Ofen angeworfen, den seine Frau vor einer Weile im Ausverkauf ergattert hatte. Damit konnten sie ihren Wintergarten auch bei diesen Temperaturen nutzen.

»... was meinst du, Hilding?«

»Wie bitte?«

Pär trat auf ihn zu. »Ich habe mich gefragt, was Mats Anderberg hier gemacht hat. Denn er ist ja an dieser Stelle erschossen worden und nicht nachträglich hierhergebracht worden. So stand es zumindest in Doktor Halls Bericht.«

»Hm.« Hilding wusste nicht, was er antworten sollte. Zu dumm, dass der übereifrige Christoffer Hall nicht einfach ihre Jagdunfall-Theorie akzeptiert hatte. Wäre er nicht da gewesen ... Ein ortsansässiger Arzt hätte womöglich anders entschieden. Wie viel simpler das Leben doch sein könnte, wenn man nicht ständig und überall graben würde.

»Dass er allein hierhergekommen ist und der Mörder ihm im Dickicht aufgelauert hat, ist wohl mehr als unwahrscheinlich.« Die Arme vor dem Oberkörper verschränkt, stapfte Pär vor Hilding auf und ab.

»Hm«, machte Hilding erneut, weil ihm nichts Besseres einfiel. Mit seinen Fragen und Überlegungen traf Pär den Kern des Ganzen. Auch ihm war absolut schleierhaft, wie dieses Verbrechen abgelaufen war.

»Das Einzige, was mir logisch erscheint, ist, dass Mats in Begleitung von jemandem war.« Pär blieb stehen, den Blick auf die rote Kreidelinie gerichtet.

In der Zwischenzeit hatte Maya angefangen, außerhalb des abgesperrten Bereichs mit einem Zweig im Schnee herumzustochern. Kurz blickte sie hoch. »Wenn er freiwillig mitgekommen ist, hat er den Mörder gekannt.«

»Wie in über neunzig Prozent aller Mordfälle.« Pär rieb sich mit dem Handschuh über die Wange. »Wurde er hierher verschleppt? Mit Waffengewalt gezwungen? Oder gar zuvor betäubt? Aber aus welchem Grund wurde er genau hier getötet? Ich meine, war es ein willkürlich gewählter Platz, möglichst irgendwo, wo er nicht so schnell gefunden wird? Oder hatte Mats einen Bezug zu diesem Ort? Hatten die Waldaktivisten irgendetwas mit dieser Gegend zu tun?«

Mit einem Mal bückte sich Maya und hob etwas auf. »Sieh mal an.«

»Hast du was entdeckt?« Pär ging hinüber und betrachtete ihren Fund.

Neugierig geworden näherte sich auch Hilding. In ihrer behandschuhten Rechten hielt sie ein deformiertes, verkohltes Plastikteil.

»Sicher bloß Müll.«

»Möglich.« Ein angriffslustiger Blick aus Mayas grünen Katzenaugen traf ihn. »Vielleicht aber auch nicht.« Vorsichtig ließ sie ihren Fund in einen der mitgebrachten durchsichtigen Plastikbeutel gleiten und verschloss ihn sorgfältig.

»Gute Arbeit!« Pär klopfte ihr auf die Schulter. »Sehen wir uns noch ein bisschen um.«

Hilding ertappte sich dabei, wie er ungeduldig mit der rechten Fußspitze auf den Boden tippte. Konnten die nicht mal zum Schluss kommen – als ob die Leute von der Spurensicherung ihren Job nicht gelernt hätten!

Es dauerte keine fünf Minuten, da rief Maya: »Hab noch was entdeckt!«

Sofort lief Pär in ihre Richtung, und auch Hilding setzte sich in Bewegung. Das konnte doch nicht wahr sein!

Ein ganzes Stück vom Tatort entfernt stand Maya und deutete auf den Boden. »Hier sind Fußspuren. Irgendwer hat an dieser Stelle gestanden. Das sieht man auch an den abgeknickten Zweigen.«

Pär drehte sich zu Hilding um. »Haben die Kriminaltechniker nur den direkten Tatortbereich überprüft?«

»Ich ... weiß es nicht.« Hilding fühlte sich immer unwohler in seiner Haut. Unumwunden musste er zugeben, dass Maya recht hatte. Eindeutig waren da Fußabdrücke zu sehen. Es sah so aus, als hätte sich eine Person zwischen den dichten Tannen versteckt, in einiger Entfernung zum Fundort der Leiche.

Prüfend betrachtete Maya die Spuren. »Größer als meine. Schwer zu sagen, ob die von einer Frau oder einem Mann stammen.« Sie schaute zu Pär herüber. »Wenn sie mit der Tat zu tun haben, könnte das bedeuten, dass hier jemand auf ihn gewartet hat.«

»Also ist er womöglich doch allein hergekommen. Aber aus welchem Grund?« Pär drehte sich einmal um die eigene Achse. »Das hier ist ja nun wirklich kein gängiger Treffpunkt für eine Verabredung.«

Grüblerisch verzog Maya das Gesicht. »Oder aber wir haben es mit mehreren Tätern zu tun.«

»Auf jeden Fall müssen die Spuren noch gesichert werden.« Geschäftig zog Pär sein Handy hervor.

»Ich mach das schon«, beeilte sich Hilding zu sagen und kramte nach seinem Telefon. Ein kurzes Gespräch mit der kriminaltechnischen Abteilung, dann blickte er die beiden Stockholmer an: »Können wir jetzt zurückfahren?«

»Nur noch eine Sache.« Maya hatte die Fußspuren fotografiert und kam zu ihm herüber. »In den Unterlagen stand, dass ein Mädchen, eine Frida Nordström, Mats Anderberg gefunden hat, richtig?«

»Jo«, atmete Hilding ein. »Auf dem Rückweg von der Schule.«

»Was für ein gruseliger Schulweg.« Maya verzog das Gesicht.

»Nicht unbedingt gruseliger als in manchen Vororten bei uns.« Pär wandte sich an Hilding. »Wo genau wohnt Frida?«

»Da vorn hinter der nächsten Kurve.« Hilding deutete mit der Hand den verschneiten Weg hinunter, auf dem sich zwei schmutzig braune Bänder von Reifenspuren entlangzogen.

Maya sah Pär an. »Ich würde gern mit ihr sprechen.«

Beide drehten sich in Hildings Richtung.

Er zögerte. Mayas forsches Auftreten passte ihm nicht. Doch ihm fiel kein plausibler Grund ein zu widersprechen. »Gehen wir vorbei. Vielleicht sind sie da.«

Gemeinsam verließen sie den Tatort und liefen den Weg entlang.

»Dass so tief im Wald jemand wohnt.« Mayas Blick wanderte an den Nadelbäumen hoch, die die Straße dicht zu beiden Seiten säumten.

Hilding sagte nichts. Sie würde es gleich sehen, die Städterin. Als sie um die Kurve bogen, lag vor ihnen auf der rechten Seite ein rot-weißes Holzhaus inmitten eines Gartens. Rundherum führte ein weißer Lattenzaun. Den schneebedeckten Rasen zierte eine Reihe niedriger Holzkreuze mit bemalten Stangen darauf.

Im hinteren Teil des Gartens entdeckte Hilding eine kleine Gestalt mit einer roten Bommelmütze, die gerade damit beschäftigt war, eine Schneeburg zu bauen.

»Ihr habt Glück.« Hilding wies in Fridas Richtung. »Frida!«

Das Mädchen sah auf und schaute zu ihnen herüber.

»Frida, komm mal kurz rüber!« Er winkte sie zu sich heran.

Flink griff sie nach einem Stock, der hinter ihr an einem Geräteschuppen lehnte, und galoppierte in großen Sätzen zu ihnen herüber. Dabei sprang sie über zwei der Hindernisse. Erst jetzt erkannte Hilding, dass es sich bei dem Stock um ein Steckenpferd handelte.

»Hej, Hilding.«

»Hej, Frida. Das sind Kollegen aus Stockholm. Maya und Pär.«

»Hej, Maya, hej, Pär.« Sie lächelte scheu, schien einen Moment zu überlegen und fragte dann: »Wart ihr an der Stelle, wo der Mann gelegen hat?«

»Ja, genau.« Maya beugte sich zu ihr hinunter. »Das ist aber ein hübsches Steckenpferd. Wie heißt es denn?«

»Mandala. Hab ich selbst genäht.« Stolz streckte Frida ihr den Rappen entgegen.

Maya begutachtete die zu vielen kleinen Zöpfen geflochtene, üppige Mähne. »Wow, das war bestimmt ’ne Menge Arbeit.«

»Nö. Ist schon das Fünfte, das ich gemacht habe. Drinnen habe ich noch einen Schimmel, einen Fuchs, einen Braunen und einen Schecken. Ich liebe Pferde.« Fridas Gesicht bekam einen sehnsuchtsvollen Ausdruck. »Am liebsten hätte ich ein eigenes.«

»Dann reitest du sicher auch?«

»Nur hier. Aber nicht so richtig. Ist zu teuer.«

»Eine meiner Freundinnen ist Reitlehrerin.«

»Echt? Wow!« Die blauen Augen des Mädchens begannen zu glänzen. »In Stockholm?«

»Nein, in Småland. Da bin ich aufgewachsen.«

Überrascht schaute Hilding Maya von der Seite an. Das hatte er nicht gedacht.

Frida strahlte sie an. »Ich habe eine Tante in Småland.«

»Vielleicht kannst du meine Freundin ja mal auf ihrem Ponyhof besuchen, wenn du das nächste Mal bei deiner Tante bist.« Maya lächelte sie an.

»Echt? Das wär ja mega!«

»Frida?« Von irgendwo hinter dem Haus ertönte eine beunruhigte Stimme. »Wo bist du?«

»Hier vorn, Mama.«

Wenige Augenblicke später erschien Annika Nordström. Sie hatte sich einen karierten Poncho übergeworfen, der aussah, als hätte sie ihn aus einer Wolldecke geschneidert. Ungeschminkt und mit Pferdeschwanz wirkte sie von Weitem wie Fridas große Schwester.

»Hej, Annika.« Hilding winkte ihr zu. »Tut mir leid, dass wir am Wochenende unangekündigt vorbeikommen.« Er stellte auch ihr Maya und Pär vor. »Sie wollen gern kurz mit Frida sprechen.«

Mit vor der Brust verschränkten Armen stapfte Annika auf sie zu. »In Ordnung. Aber es wäre mir lieber, ihr würdet mir erst Bescheid sagen.« Sie trat neben ihre Tochter und legte den Arm um ihre Schultern. »Der gestrige Tag hat sie ziemlich mitgenommen.«

»Das verstehe ich gut.« Maya richtete sich auf. »Und du hast natürlich recht, wir hätten gleich zu dir kommen sollen. Aber bisher habe ich mit Frida sowieso bloß übers Reiten gesprochen.«

»Mama, stell dir vor, Maya hat eine Freundin in Småland mit

einem Ponyhof! Sie hat gesagt, ich kann sie mal besuchen, wenn wir das nächste Mal bei Tante Kerstin sind. Darf ich das? Bitte, Mama!«

»Wir schauen mal.« Annika lächelte gezwungen und wandte sich an Maya. »Was wollt ihr wissen?«

Nach einem Blickwechsel mit Pär beugte sich Maya wieder zu Frida herunter. »Ich weiß, du hast gestern schon alles erzählt, aber würdest du es mir noch einmal schildern?«

»Klar.«

Maya öffnete das niedrige Holztor und trat hindurch. »Komm, wir gehen dabei mit Mandala eine Runde durch den Garten.« Zu Annika sagte sie: »Du kannst gern mitkommen.«

Mit gemischten Gefühlen sah Hilding den dreien hinterher. Zu dumm, dass er das Gespräch nicht mitbekam!

Als Maya wenig später allein zu ihnen zurückkehrte, versuchte er in ihrem Gesicht zu lesen, wie viel Frida von dem Einsatz der Polizisten preisgegeben hatte. Doch Mayas Miene war unergründlich.

Gemeinsam liefen sie zum Polizeiwagen zurück. Mittlerweile war die Sonne verschwunden, und trotz Wollsocken und gefütterter Stiefel hatte Hilding Eisfüße. Während sie einstiegen, fragte er: »Wollt ihr noch mal auf die Wache oder fahrt ihr gleich ins Hotel?«

»Ich möchte gern erst mal ins Hotel.« Maya schaute Pär an. »Was ist mit dir?«

»Geht mir genauso.«

Innerlich seufzte Hilding erleichtert auf. Endlich konnte er Feierabend machen! »Dann bring ich euch jetzt zu eurem Mietwagen zurück.«

Auf der Rückfahrt in die Stadt herrschte Stille im Auto, was ihm nur recht war. Neben ihm machte sich Pär Notizen in ein dunkelgrünes Büchlein. Hilding warf einen Blick in den Rückspiegel. Maya war eingeschlafen.

Erstaunlich, wie einfühlsam sie mit dem Mädchen gesprochen hatte. Außerdem musste er zweifelsfrei anerkennen, dass sie scharfe Augen besaß und den Tatort gründlicher abgesucht hatte als die Kollegen der Spurensicherung. Dennoch, je eher die beiden Großstädter wieder abreisten, desto besser.

Hilding dachte über Annika nach, die er schon seit ihrer Kindheit kannte. Als junges Mädchen hatte sie ein exotisches Flair umgeben, mit ihrer dunkelbraunen Haarpracht und den Mandelaugen. Nach dem Abitur hatte sie einige Zeit im Ausland verbracht. Zurückgekommen war sie mit einem kleinen Baby. Ohne Mann. Sie hatte das Häuschen mitten im Wald gemietet, das sonst keiner haben wollte. Es war in einem jämmerlichen Zustand gewesen. Ihre früheren Schulkameraden, die jetzt zum Teil Handwerker waren, hatten mitgeholfen, es zu renovieren. Annika hatte eine Stelle beim Forstwirtschaftsbetrieb *Åkessons Trä* angenommen, wo sie seither als Sekretärin arbeitete. Eigentlich war es merkwürdig, überlegte Hilding, da kannte er Annika seit so vielen Jahren und wusste zugleich so wenig über sie. Nein, richtig schlau wurde er nicht aus der Frau, die mit ihrer Tochter ein völlig zurückgezogenes Leben führte.

Kapitel 5

Sonntag, 28. Januar

Das Hotel Östersund, in dem sie untergebracht waren, lag nur wenige Autominuten von der Polizeistation entfernt im Stadtzentrum. Maya hatte sich den Wecker auf halb acht gestellt, sie und Pär hatten sich für acht Uhr zum Frühstück verabredet. Doch obwohl sie ein Schlafdefizit von der Nacht zuvor hatte, wurde sie schon eine Stunde früher wach. Sie versuchte, wieder einzuschlafen, aber es wollte ihr nicht gelingen. Sogar die Atemübung, die Emely ihr beigebracht hatte und die ihr in ähnlichen Situationen manchmal half, brachte heute nichts.

Da Maya keine Lust verspürte aufzustehen, blieb sie einfach im Bett liegen und ließ den gestrigen Tag Revue passieren. Mit seiner Ankündigung, die Östersunder könnten wortkarg und zäh sein, hatte Pär nicht untertrieben. Was hatten sie sich an diesem Hilding die Zähne ausgebissen! Und Sonny mit seinen Machosprüchen hatte sie sowieso gefressen. Sollten die Leute hier allesamt so drauf sein, konnte das noch heiter werden.

Dabei hatte dieses Verbrechen auf den ersten Blick recht überschaubar gewirkt. Ein einzelner Schuss in den Rücken, das Opfer ein bekannter Umweltschützer, der sich quasi auf vermintem Terrain befand. Keiner jener konstruierten Morde mit grausam drapierten Leichenteilen. Doch genau diese vermeintlich einfachen

Fälle waren oft diejenigen, die sie viel länger beschäftigten als erwartet.

Der einzige Lichtblick war das kleine Mädchen gewesen, diese Frida. Nicht nur, dass sie unbefangen und offen auf Maya reagiert hatte, vor allem hatten Fridas kluge Antworten und ihre scharfe Beobachtungsgabe ihr imponiert. Von ihr wusste Maya auch, dass Hilding und seine Kollegen sich alles andere als vorbildlich am Tatort verhalten hatten. Regelrecht schlampig, besser gesagt, grob fahrlässig waren sie dort herumgelaufen und hatten damit vermutlich wertvolle Spuren vernichtet. Ebenso hatte Frida mitbekommen, dass er und die anderen Polizisten versucht hatten, den Arzt von einem Jagdunfall zu überzeugen. Maya wollte unbedingt mit Christoffer Hall darüber sprechen. Sollte er Fridas Aussage bestätigen, konnte sie ihr Wissen bei Gelegenheit Hilding gegenüber verwenden.

Das Mädchen erinnerte Maya an sie selbst in diesem Alter, als sie mit Sanna, Emely und Clara ihren Detektivclub hatte. *Kalmars Spürnasen* hatten sie sich genannt, in Anlehnung an Enid Blytons *Geheimnis um …* Bücher. Bis sie fünfzehn waren, hatten sie überall Abenteuer und Verbrechen gewittert und sich auf die Suche nach verräterischen Indizien begeben. Erst nachdem alles eskaliert war, hatten sie von heute auf morgen damit aufgehört.

Maya dachte an Sanna und fragte sich, wie es ihr ging. Gestern Abend hatte sie noch versucht, ihre Freundin zu erreichen, war jedoch nur auf der Mailbox gelandet. Sie würde es im Laufe des Tages erneut probieren. Außerdem: Keine Nachricht war in diesem Fall vermutlich eine gute Nachricht.

Nach einigen weiteren Minuten unter der wärmenden Bettdecke stand sie schließlich auf und lief zum Fenster. Der Schein einer einsamen Laterne erhellte den Parkplatz neben dem Hotel. In der Nacht hatte es geschneit, und die wenigen Autos trugen weiße Hauben. Die makellose Schneedecke hatte etwas Reines und Unschuldiges. Nicht mehr lange, und erste Reifenspuren würden diese fragile Unversehrtheit zerstören. So, wie alles, was anfänglich unberührt und rein war, durch das Leben angegriffen wurde.

Maya wandte sich ab und ging ins Bad. Nach dem Frühstück würden sie Idun Anderberg treffen. Vorher wollte sie noch kurz in den Fitnessraum im Obergeschoss, für eine kleine Sporteinheit. In Stockholm trainierte sie drei bis vier Mal pro Woche in ihrem Karateclub. Hier würde sie sich mit ein wenig Ausdauer und ein paar Kraftübungen begnügen müssen.

Die Anderbergs wohnten im Süden der Insel Frösön, nicht weit von der Vallsundsbrücke nahe am See. Hilding hatte ihnen bereits erzählt, dass das Haus »anders als die anderen« sei. Auf Pärs Nachfragen hatte er erklärt, Mats Anderberg sei stolz darauf gewesen, das nördlichste Strohballenhaus Europas gebaut zu haben. Maya konnte sich darunter nicht wirklich etwas vorstellen und war gespannt, es in natura zu sehen.

Von Weitem wirkte es wie ein ganz normales Haus mit roter Holzfassade und schwarzen Dachziegeln. Lediglich die Rückwand fiel ihr auf, weil sie nur ein einziges Fenster hatte.

Als sie um das Gebäude herumrollten, entfuhr Maya ein »Wow!«. Die zum See hin ausgerichtete Vorderseite bestand aus einer mindestens vier Meter hohen Fensterfront im Erdgeschoss, darüber lag ein Balkon, den zu dieser Jahreszeit verglaste Schiebetüren zu einem Wintergarten umfunktionierten. Solarzellen bedeckten diese Seite des Dachs.

Maya stieg aus dem Auto. »Was für eine Aussicht! Aber wo sind die Strohballen?«

»Ich vermute, hinter der Holzverkleidung.« Pär, der ebenfalls ausgestiegen war, reckte sich. »Ich habe mal eine Doku über diese Art von Häusern gesehen. Ist schon ziemlich spannend. Man nimmt Naturmaterialien aus der Umgebung, die kosten nicht viel und sind vor allem frei von Schadstoffen. Anders als das Zeug, mit dem man normalerweise baut.«

Nachdenklich wanderte Mayas Blick an der Hausfassade entlang. »Darüber habe ich noch nie nachgedacht. Stimmt schon, wir kaufen Biogemüse, aber über die Gifte in unseren vier Wänden machen wir uns keine Sorgen.«

»Dazu braucht es dann Pioniere wie Mats, die uns darauf stoßen.« Pär seufzte auf. »Okay, wie besprochen: Du führst das Gespräch, ich schreibe mit.«

»Ich überlasse dir dafür gern später die Waldbesitzer und Holzbauern.«

Pär lachte. »Reden werden die schätzungsweise wirklich eher mit mir, aber – verzeih, wenn ich jetzt in dieselbe Kerbe haue – sie schauen dich bestimmt gern an.« Er zwinkerte ihr zu.

»Na toll, in der Hauptstadt haben wir solche Fortschritte gemacht, was die Gleichberechtigung angeht, und hier oben werde ich als Frau immer noch zum Anschauungsobjekt degradiert. Darauf habe ich, ehrlich gesagt, keine Lust.«

»Verstehe ich gut. Ich fürchte, wir können nicht beides haben: Feministisches Aufbegehren und fruchtbare Auskünfte zu unserem Fall. Vielleicht solltest du es als Übung in Gelassenheit sehen?«

»Du klingst schon wie Emely.« Kopfschüttelnd stapfte Maya die freigeschaufelten und mit Sand gestreuten Steinstufen zur Eingangstür hoch. Bereits auf dem kurzen Weg vom Auto brannte die Kälte in ihrem Gesicht. Sie freute sich auf die wohlige Wärme, die sie drinnen hoffentlich erwartete.

Eine zierliche Frau öffnete ihnen die Tür. Sie trug schwarze

Leggings mit einem Oversize-Rollkragenpullover in derselben Farbe, in dem sie noch winziger wirkte. Vom Typ her erinnerte Idun Anderberg Maya spontan an Emely. Sie hatte dieselbe Alabasterhaut und vor allem diese ätherische Ausstrahlung. Lediglich die Locken fehlten. Iduns weißblonde Haare fielen glatt den Rücken herab. Dunkle Schatten lagen unter ihren stark geröteten Augen, und sie sah aus, als könne sie jeden Moment wieder in Tränen ausbrechen.

Maya und Pär stellten sich vor und bekundeten ihr Beileid. Schüchtern bat Idun Anderberg die beiden Polizisten hereinzukommen. Maya zog ihre Stiefel aus und platzierte sie neben Pärs auf der Matte rechts von der Haustür.

»Mögt ihr einen Tee?« Idun sprach so leise, dass Maya sich anstrengen musste, um sie zu verstehen.

»Gern, danke.« Sie nickte der jungen Witwe zu.

»Ich schließe mich an.« Pär nahm Maya ihre Jacke ab und hängte sie an einen freien Kleiderhaken, ehe er dasselbe mit seiner machte.

Sie folgten Idun durch einen hellen Flur in eine geräumige Wohnküche. Ein altertümlicher Kachelofen verströmte lauschige Wärme. Die Mitte des Zimmers füllte ein Esstisch aus Massivholz, an dem locker zehn Personen Platz hatten. An der Längsseite zum Ofen stand eine mit zahlreichen bunten Kissen ausstaffierte Bank, auf der anderen Seite reihten sich Stühle mit Schaffellen aneinander.

Fast entschuldigend wies Idun auf den einladenden Essplatz. »Mats hat oft sein Team eingeladen.«

Maya malte sich aus, wie einsam sich die Witwe fühlen musste, hier nun allein die Mahlzeiten einzunehmen. Während das Teewasser im Wasserkocher heiß wurde, sah sie sich um. Der Ausblick durch die riesigen Fenster auf den gefrorenen See und die bewaldeten, vom Schnee wie überzuckerten Hügel am anderen Ufer war malerisch. Interessiert betrachtete Maya die extrem breiten, weiß verputzten Fensterbänke, auf denen dicke Sitzkissen lagen. »Das ist ja mal 'ne Wandstärke!«

»Wie breit sind die Strohballen, die ihr verwendet habt?« Pär trat neben sie.

»Neunzig Zentimeter.« Von der Küchenanrichte her drehte Idun sich zu ihnen um.

»So spannend, das ist das erste Strohballenhaus, das ich besuche. Schade, dass ich von dieser Technik nicht früher erfahren habe.« Prüfend begutachtete Pär den Wandputz. »Das ist Lehm, nicht wahr?«

»Genau. Die Leute haben Mats ausgelacht, als er erzählte, was er vorhatte.« Idun stellte Milch, Zucker und eine Schale mit Haferkeksen auf ein Tablett. »Das hier war ursprünglich mal ein Kuhstall, den man recht lieblos zu einem Wohnhaus umfunktioniert hatte. Mats hat es zurückgebaut und die ganze schadstoffbelastete Bausubstanz entfernt. Und dann alles neu aufgebaut. Ich möchte nicht mehr anders wohnen, auch wenn es gerade so wehtut, dass …« Sie brach ab. Eine feine Röte überzog ihr Gesicht, als sei sie es nicht gewohnt, so viel vor fremden Menschen zu reden.

Maya und Pär nahmen auf den Stühlen Platz, Idun verteilte die Teetassen, holte eine bauchige Kanne und schenkte ihnen ein, ehe sie sich mit angezogenen Knien auf die Bank setzte.

Über den Tisch hinweg sah Maya sie mitfühlend an. »Ich verstehe, dass es ein furchtbarer Verlust für dich ist, auch wenn ich das Ausmaß deines Schmerzes natürlich nicht erfassen kann. Wenn du das Gefühl hast, die Situation überfordert dich und du brauchst Hilfe, kannst du uns das gern mitteilen. Scheu dich bitte nicht davor.« Sie lächelte Idun zu, die den Blick auf die Teetasse in ihren Händen gesenkt hielt und zaghaft mit dem Kopf nickte.

»Wir für unseren Teil setzen alles daran, denjenigen, der deinem Mann das angetan hat, so schnell wie möglich zu finden. Dabei hilft alles, was du uns sagen kannst.«

Idun stellte die Tasse auf den Tisch, faltete die Hände im Schoß und schloss für einen Moment die Augen, dann öffnete sie sie wieder und sah Maya beherzt an. »Ich beantworte gern eure Fragen.«

»Fangen wir damit an: Wie hat Mats' letzter Tag ausgesehen?«

»Es war ein ganz normaler Tag. Ich hatte Nachtschicht und kam um kurz vor halb neun am Morgen nach Hause. Mats war schon wach und hatte Frühstück gemacht. Danach habe ich mich ins Bett gelegt und geschlafen, er ist zur Arbeit gefahren. Um fünf Uhr am Nachmittag bin ich aufgewacht. Ich habe mich gewundert, dass Mats noch nicht da war. Freitags macht er eigentlich immer schon am frühen Nachmittag Schluss. Wir wollten zusammen Abend essen, ehe ich zurück ins Krankenhaus musste.« Sie schluckte und wischte sich über die Augen.

»Ich verstehe, dass es nicht leicht ist, diese Erinnerungen wieder hochzuholen.« Maya sprach mit sanftem Ton. »Lass dir Zeit.«

»Er hatte mir eine SMS geschickt, in der Mittagspause. Dass er zum Abendessen etwas von unserem Lieblingsitaliener mitbringen wollte. Ich habe versucht, ihn anzurufen, aber er ging nicht ans Telefon. Also stand ich erst einmal auf und nahm eine Dusche. Kurz danach«, sie stockte, »kam der Anruf der Polizei.«

»Ich weiß, das klingt eigenartig für dich, Idun, aber ich muss das fragen: Kann irgendjemand bezeugen, dass du den ganzen Tag über hier warst?«

»Nein, ich ... ich war doch allein. Ich habe geschlafen.« Idun sah sie verwundert an, dann mischte sich Entsetzen in ihren Gesichtsausdruck, und ihre Augen füllten sich mit Tränen.

»Schon gut.« Maya wechselte einen raschen Blick mit Pär, der von seinem Notizheft aufsah und ihr bestätigend zunickte. »Hat Mats seine Termine in einem Kalender aufgeschrieben? Oder hat er sie digital organisiert?«

Idun tupfte sich die Augen mit einem Taschentuch ab. »Alles war in seinem Handy und auf seinem Laptop gespeichert.«

Da würden sie auf die Auswertung der IT-Spezialisten warten müssen. »Erzähl uns doch ein bisschen über Mats. Wie war er als Mensch?«

»Er war ein Visionär. Die Galionsfigur der RVS. Und er besaß das Talent, die Leute für seine Ideen zu begeistern.«

Maya dachte an seinen Auftritt, den sie damals im Kungsträdgården in Stockholm zufällig mitbekommen hatte. Iduns Aussage über die Ausstrahlung des Waldaktivisten konnte sie absolut zustimmen.

»In Stockholm hat er so viel Zuspruch bekommen. Die Leute waren auf seiner Seite. Er hat durchaus gewusst, dass es hier schwerer werden würde. Dass er auf Widerstand stoßen würde.« Idun lächelte matt. »Aber ich glaube, er hat die Reaktion der Forstwirte und der Holzhändler komplett unterschätzt. Wie stark sie im konventionellen Umgang mit dem Wald verhaftet sind und wie wenig bereit umzudenken, das ist ihm erst hier bewusst geworden.«

Maya schlug ihre Beine übereinander. »Wie haben sie denn so auf ihn reagiert?«

»Es war genau wie mit dem Hausprojekt. Am Anfang haben sie ihn nicht ernst genommen. Dann haben sie gemerkt, dass er nicht so schnell klein beigibt. Dass der Mats, der in Schulzeiten schon alle in Grund und Boden diskutiert hat, immer noch seine Stimme erhebt und inzwischen eine beträchtliche Anhängerschaft hat. Dass man ihn nicht einfach ignorieren kann. In den letzten Monaten hat es aber auch immer wieder Rückschläge in seiner Arbeit gegeben.«

»Was für Rückschläge?«

»Oft musste er wochenlang kämpfen, bis Veranstaltungen genehmigt wurden. Zuletzt kam es öfter mal vor, dass sie in letzter Minute abgesagt wurden.«

»Warum das?«

»Unterschiedlich. Mal trat der Vermieter des Veranstaltungsortes vom Vertrag zurück, mal schossen die Behörden quer mit irgendwelchen seltsamen Auflagen. Sicherheitsmängel, mögliche Überfüllung oder so etwas. Es war total nervig.« Resigniert zuckte Idun mit den Schultern und trank von ihrem Tee.

Maya tat es ihr gleich, dann fragte sie: »Wie ist dein Mann mit den Rückschlägen umgegangen?«

»Mats war ein Kämpfer. Er hat immer eine Lösung gefunden. Auf keinen Fall wollte er sich geschlagen geben. Dafür war ihm das Thema zu wichtig.« Idun strich sich eine Haarsträhne aus dem Gesicht. »Wir verhandeln hier unsere Zukunft! Das hat er ständig betont. Er hat sich immer gefragt, warum sie nicht begreifen wollen, dass sie mit ihrer Sturheit das Leben ihrer Kinder und Enkel aufs Spiel setzen.« Mit einem Seufzer stellte sie die Tasse auf den Tisch zurück. »Viele Abende haben wir damit verbracht, Flyer zu entwerfen und Aktionen zu planen.«

Maya blinzelte ihr zu. »Das klingt danach, dass du ihn in seiner Arbeit ganz schön unterstützt hast?«

»Also ... ja, irgendwie schon.« So, wie Idun sie ansah, schien sie zum ersten Mal darüber nachzudenken. »Aber das habe ich gern gemacht, es war ja für eine gute Sache. Und außerdem – wenn man sich liebt, hilft man einander doch.«

Spontan fragte sich Maya, ob Mats seiner Frau dieselbe Unterstützung für ihr Leben hatte zukommen lassen. »Also hat Mats nie in Erwägung gezogen, hier wieder wegzugehen?«

»All der Gegenwind hat ihn nicht von seinen Plänen abgebracht. Und tatsächlich fing der Widerstand an, hier und da zu bröckeln. Auch in Östersund gibt es Menschen, die bereit sind umzudenken. Die den Klimawandel ernst nehmen. Es werden immer mehr, die beginnen, alte Gewohnheiten zu hinterfragen. Die es nicht länger als normal erachten, dass man intakte Wälder einfach so abholzt.«

»Steter Tropfen höhlt den Stein.«

Sowohl Idun als auch Pär schauten Maya begriffsstutzig an. Erst da begriff sie, dass sie gerade Deutsch gesprochen hatte.

»Wieder eines der Sprichwörter deines Vaters?« Pär schmunzelte.

»Genau. Er liebt es, Situationen mit passenden Sprichwörtern zu kommentieren. Hier sagt man: *Droppen urholkar stenen.*«

»Dein Vater kommt aus Deutschland?« Idun sah Maya interessiert an. »Woher genau?«

»Aus dem Rheinland. Ich bin in Berlin geboren und habe dort die ersten Lebensjahre verbracht.«

»Berlin ... so eine großartige Stadt! Mats hat sie geliebt. Er fand, dass man dort in ökologischer Hinsicht schon viel weitergekommen ist als wir hier. Wenn er das jemandem dort gesagt hat, erntete er immer ungläubige Blicke. Die Deutschen glauben, wir Schweden seien ihnen im Umweltbewusstsein weit voraus. Dabei ist es in vielen Bereichen umgekehrt.« Idun lehnte sich ein wenig nach vorn. »Es geht mich ja nichts an, aber hast du nie mit dem Gedanken gespielt, nach Berlin zurückzugehen?«

»Ach, nicht wirklich. Ich habe meine Familie hier in Schweden.«

»Hast du Kinder?« Mit einem Mal lag in Iduns Blick eine neue Wachheit.

»Nein, noch nicht. Ich meinte eher – meine Freundinnen sind neben meinen Eltern meine eigentliche Familie.«

»Ach so.«

Während sie über Maya gesprochen hatten, war Idun regelrecht aufgeblüht. Maya vermutete, dass sie nicht so viele Freundinnen hatte. Außerdem speicherte sie ab, dass das Kinderthema sie offenbar beschäftigte. Sie würde später noch einmal darauf zurückkommen. »Mats und du, ihr seid gemeinsam hierhergekommen, in seine Heimat. Wie sieht es mit Mats' Familie hier vor Ort aus?«

»Mats ist ein Einzelkind. Seine Mutter ist vor langer Zeit gestorben. Da war Mats noch ein Teenager, das hat ihn sehr geprägt. Von da an war er allein mit seinem Vater, einem Anwalt, der sehr viel Wert auf Leistung legte. Mats hat ihm immer beweisen wollen, dass er etwas Besonderes ist.«

»Lebt der Vater noch?«

Resigniert ließ Idun die Schultern sacken. »Ja und nein.«

»Was bedeutet das?«

»Evald Anderberg ist demenzkrank. Im Spätstadium. Er ist schon lange nicht mehr der Mensch, der er einmal war.«

»Wo lebt er?«

»In einem Pflegeheim ganz in der Nähe.« Idun nahm die Teekanne und schenkte sich nach. Fragend sah sie Maya und Pär an.

Pär nickte und schob seine Tasse in ihre Richtung.

»Für mich erst mal nicht mehr, danke.« Maya lächelte sie an, ehe sie fortfuhr. »Da war Evald Anderberg sicher froh, seinen Sohn wieder in der Nähe zu haben?«

»Mats hat seinen Vater regelmäßig besucht. Aber in den letzten Monaten hat er stark abgebaut. An den meisten Tagen lebt er in seiner eigenen Welt. Seinen Sohn hat er schon lange nicht mehr erkannt.«

»Das hat deinen Mann sicher sehr belastet.«

»Darüber hat er nicht so viel gesprochen. Gefühlsdinge hat er meist mit sich selbst ausgemacht.« Für einen Moment wirkte sie wie ein hilfloses Kind.

Maya versuchte, sich die beiden nebeneinander vorzustellen. Den siegessicheren, vor Überzeugung strotzenden Umweltaktivisten, Redner und Politiker und die zarte, empathische Krankenschwester. In der Ergänzung hatte wahrscheinlich die Stärke des Ehepaares gelegen. »Gab es irgendetwas Ungewöhnliches in den vergangenen Tagen oder Wochen?«

»Eigentlich nicht.« Idun dachte nach. »Einmal, vor ein paar Wochen, da kam er recht spät nach Hause. Mit einem blauen Auge.«

»Er hat sich mit jemandem geprügelt?«

»Ja ... ich vermute es. Ich weiß es nicht so genau.«

»Hat er dir nicht erzählt, was passiert ist?«

Idun schüttelte den Kopf. »Manchmal, da konnte er echt verschlossen sein. Wenn es etwas war, wo er –« Sie brach ab und setzte neu an. »Mats war gewohnt, das zu bekommen, was er wollte. Wie gesagt, er konnte sehr überzeugend sein. Wenn er an seine Grenzen stieß, weil irgendetwas nicht so lief, wie er sich das vorstellte, dann hat er ganz schnell dichtgemacht und keinen mehr an sich rangelassen. Nicht einmal mich.«

»Kannst du dich erinnern, wann genau dieser Vorfall war?«

»Oh, da muss ich überlegen.« Eine Weile saß sie schweigend da und nippte an ihrem Tee. »Auf jeden Fall vor Weihnachten. Ja, genau, es war in der Adventszeit, an einem Samstagabend. Am Tag vor dem zweiten Advent. Mats war mit ein paar Arbeitskollegen aus. Ich hatte Dienst. Am Sonntag waren wir eigentlich bei

Freunden zu einer Adventsfeier eingeladen. Aber Mats hat sich geweigert hinzugehen. Mit seinem Veilchen wollte er sich nicht auf einem Fest sehen lassen. Ich fand das sehr schade, denn ich hatte frei und hatte mich darauf gefreut.«

Maya betrachtete sie nachdenklich. »Idun, welche Feinde hatte Mats konkret?«

Die Witwe wiegte den Kopf und bekam für einen Moment einen leeren Blick, ehe sie sich wieder Maya zuwandte. »Wie gesagt, nicht alle haben uns mit offenen Armen empfangen. Ehrlich gesagt, mir war vor unserem Umzug nicht klar, wie vielen Leuten Mats schon in seiner Jugend mit seinen durchaus provokanten Thesen auf die Füße getreten war. Das haben diese Leute natürlich nicht vergessen. Mats hingegen schon.« Traurig fügte sie hinzu: »In seinen Stockholmjahren hatte er oft Heimweh. Er hat geglaubt, jeder hier müsse sofort einsehen, dass sein Weg der viel bessere ist.«

»Du meinst, es gab für ihn nur eine Wahrheit, nämlich seine?«

»Das kann man so sagen.«

»Und was ist mit deiner Wahrheit?«

»Was meinst du?« Idun sah verwundert aus.

»Nur weil man verheiratet ist, muss man ja nicht automatisch in allen Punkten dieselbe Sicht auf die Welt haben.«

»Natürlich nicht, aber …« Unsicher drehte Idun die Tasse in ihren Händen hin und her.

»Entschuldige, dass ich so direkt frage, aber wie sah es mit dem Kinderthema bei euch aus?«

Iduns Miene verdüsterte sich. »Ich habe schon damit gerechnet, dass die Frage kommt. Junges Ehepaar und noch kein Baby da – das entspricht nicht der Norm.« Schmerzlich verzog sie das Gesicht. »Eigentlich wollte ich schon länger Kinder bekommen, aber Mats … er wollte keine Kinder in diese Welt setzen. Es gäbe eh zu viele Menschen, meinte er. Jeden Tag würden so viele unschuldige Babys sterben. Und er hatte ja recht damit.«

»Aber du möchtest doch eigene Kinder, wenn ich es richtig verstanden habe?«

»Am Anfang habe ich gedacht, dass er seine Meinung bestimmt noch ändern würde. Erst viel später habe ich erfahren, dass er – er hatte sich schon mit Anfang zwanzig sterilisieren lassen.« Idun umklammerte ihre Teetasse so fest, dass die Fingerknöchel weiß hervortraten. »Ich habe ihn geliebt. Ich habe gedacht, dass ich es immer bereuen würde, wenn ich deswegen die Liebe meines Lebens wegwerfe. Und dann – ich wusste ja auch gar nicht, ob es mit einem anderen klappen würde.«

Maya fragte sich, wie sie selbst auf eine solche Nachricht reagieren würde. Einen Moment lang dachte sie an Jonas, von dem sie seit Tagen nichts gehört hatte. Sie schalt sich innerlich: Ihr Privatleben hatte hier nichts zu suchen, nicht mal in ihren Gedanken. Sogleich richtete sie ihren Fokus wieder auf ihr Gegenüber.

Idun räusperte sich. »Bevor wir geheiratet haben, hat er mir versprochen, dass wir uns um eine Adoption bemühen würden, wenn wir ein richtiges Zuhause hätten. Als wir hierhergezogen sind … Mats wollte erst richtig Fuß fassen. Er meinte, die erste Zeit hier, der Wahlkampf, das alles würde so intensiv werden, dass er nicht genügend Zeit für ein Kind hätte. Er wollte das Thema lieber in Ruhe angehen.« Sie machte eine kurze Pause, dann fuhr sie fort, als wolle sie sich selbst überzeugen: »Ich bin mir sicher, dass er sein Versprechen halten wollte.«

Mats hatte offensichtlich sein Ding durchgezogen, ohne Rücksicht auf Verluste. Ehrlichkeit in der Ehe stellte Maya sich anders vor. Was für eine treue Partnerin er in Idun gehabt hatte. Ob er sich dessen überhaupt bewusst gewesen war?

Sobald sie wieder im Auto saßen, checkten beide als Erstes ihre Telefone. Maya hatte Nachrichten von ihren Freundinnen bekommen, die sie sich später in Ruhe ansehen würde. Jonas hatte sich hingegen nicht gemeldet. Sie legte das Handy weg und ließ die Begegnung mit Idun in sich nachwirken.

In ihre Gedanken hinein sagte Pär: »Hilding hat mir aufs Band gesprochen. Er schlägt vor, uns zu Täckholm zu begleiten.«

»Das ist einer der Forstwirte, nicht wahr?«

»Einer der besonders einflussreichen.«

Maya sah in ihren Kalender. »In einer Stunde haben wir das Treffen mit Christoffer Hall.«

»Am besten ist es, wir teilen uns auf. Du fährst zu ihm, und ich schaue mit Hilding bei Täckholm vorbei.«

»Wenn du auf mich als Anschauungsobjekt verzichten kannst.«

»Vielleicht ist es gar nicht mal schlecht, dass Hilding als Einheimischer dabei ist.«

»Ich kann nicht gerade sagen, dass es mir leidtut, meinen Auftritt zu verpassen.«

Kapitel 6

In gelöster Stimmung spazierte Sanna die Fjällgatan entlang. Die Ausstellung im Fotografiska hatte sich gelohnt: Unter dem Titel *Fearless & Fabulous* wurde eine spannende Auswahl an Fotografien der jungen Künstlerin Chen Man präsentiert, die als chinesische Pionierin der Modefotografie galt. Es war ihre erste Soloausstellung außerhalb Chinas, und Sanna faszinierten ihre Bilder, in denen sich Kunst und Technologie auf überraschend harmonische Weise verbanden.

Überhaupt mochte sie das erst vor wenigen Jahren eröffnete Museum, das sich zum Ziel gesetzt hatte, Fotografen auf Weltklasseniveau vorzustellen und in seinem vielseitigen Programm immer wieder mit neuen Perspektiven aufwartete. Noch dazu lag es direkt am Wasser, und von der Cafeteria mit verglaster Front hatte man eine phänomenale Aussicht auf den Hafen.

Das Wochenende hatte Sanna gutgetan. Nach ihrem Tiefpunkt am Samstagmorgen hatte sie sich irgendwann aufgerafft und zu einem Spaziergang durch ihr Viertel verdonnert. Der Bummel durch die Straßen mit all den kleinen Cafés, Boutiquen und Designerläden hatte ihr Gemüt belebt und die quälenden Geister verdrängt.

Inzwischen hatte sie den Aussichtspunkt auf der Fjällgatan erreicht, von den Stockholmern liebevoll als ihr »Balkon« bezeichnet. Auch für Sanna war dies einer der schönsten Orte der Hauptstadt. Gedankenversunken ließ sie ihren Blick über die Museumsinsel Skeppsholmen, die Insel Djurgården und Gamla Stan, die Altstadtinsel, schweifen.

Das Klingeln des Telefons schreckte sie förmlich auf. Sie griff in ihre Manteltasche und zog ihr Handy heraus. Es war Maya. Rasch nahm Sanna ab. »Hej, perfektes Timing. Ich treffe mich gleich mit Emely bei dir um die Ecke in der *Beck Kaffebar*. Komm doch dazu.«

»Würde ich so gern, aber geht leider nicht. Ich bin in Östersund.«

»Wie bitte? Was machst du denn da?« Gespannt lauschte Sanna ihrer Freundin, die von einem neuen Einsatz im hohen Norden berichtete.

»Zuerst habe ich gedacht, den Fall hätten wir bald gelöst. Aber so verschlossen und wortkarg, wie die sich hier oben geben, wird das wohl noch eine Weile dauern. Noch dazu bin ich mir nicht sicher, auf wessen Seite die hiesige Polizei eigentlich steht.«

»Die Jämtländer sind ein Fall für sich, ich weiß.« Sanna stützte sich mit den Ellbogen auf dem Balkongeländer ab. »Aber dann musst du unbedingt bei meiner Tante Elinor vorbeischauen! Als Zugezogene ist sie viel mitteilsamer.« Das Schweigen am anderen Ende verriet Sanna, dass Maya offenbar keine Ahnung hatte, von wem sie sprach. »Die Schwester meines Vaters lebt doch in Östersund. Sie hat dort ein kleines Café. Früher habe ich manchmal einen Teil der Sommerferien dort verbracht.«

»Stimmt, jetzt erinnere ich mich. Du hast uns von den ewig langen Sommerabenden vorgeschwärmt.«

»Richtig dunkel wurde es kaum. Das komplette Gegenteil zu dem, was du gerade erlebst.«

»Das kannst du laut sagen!« Maya lachte kurz auf. »Wobei der viele Schnee schon was Schönes ist.«

»Tja, die Zeiten, in denen wir in ganz Schweden automatisch weiße Weihnachten hatten, sind passé.«

»Klimawandel sei Dank«, fügte Maya trocken hinzu. »Wie heißt noch gleich das Café deiner Tante?«

»Schlicht und simpel: *Elinors Café*. Liegt gleich am Ufer des Storsjön. Es ist ganz bezaubernd. Außerdem macht Tante Elinor die weltbesten *Kardemummabullar*.«

»Hmmm, Kardamomschnecken – die werde ich mir nicht entgehen lassen!« Maya machte eine Pause, dann fuhr sie in behutsamem Ton fort: »Du klingst viel besser als beim letzten Mal.«

»Tut mir leid, dass ich so überreagiert habe. Ich weiß auch nicht, was an dem Abend in mich gefahren ist. Mit etwas Abstand betrachtet – ich werde das schon schaffen.«

»Na klar! Von so einem feigen Schwein lässt sich doch eine Powerfrau wie du nicht unterkriegen!«

Sie plauderten noch eine Weile, und Sanna erzählte von der eben besuchten Ausstellung.

»Wow, das klingt toll. Die würde ich auch gern sehen. Bis wann läuft die?«

»Anfang März.«

»So lange wird es hoffentlich nicht dauern, bis wir den Fall gelöst haben. Da können die Jämtländer noch so verschwiegen sein.« Maya lachte.

Sie verabschiedeten sich, und Sanna blickte ein weiteres Mal über das Panorama von Hafen und Stadt. Im Hintergrund ragten fünf Hochhäuser auf, die sogenannten *Hötorgshusen*. Dass die wunderschöne Altstadtinsel Gamla Stan in dieser Form noch existierte, glich beinahe einem Wunder. Denn das, was auf dem europäischen Festland zwei Weltkriege zerstört hatten und bei ihnen intakt geblieben war, hatten die Schweden in den Nachkriegsjahren mancherorts aus eigenem Antrieb zerschlagen. Damals hatte man Stockholms Innenstadt auf Gedeih und Verderb modernisieren wollen und ganze Viertel mit Gründerzeitbauten abgerissen. Sogar Gamla Stan war im Gespräch gewesen, was man zum Glück hatte abwenden können. So manches Mal schüttelte Sanna fassungslos den Kopf, wenn sie auf Norrmalm unterwegs war und die mitunter grotesken Bausünden betrachtete.

Nicht selten ging einem minderwertigen Resultat ein guter Vorsatz voraus. Sanna dachte an David. In anderen Fällen war der Vorsatz von Grund auf schlecht. Hoffentlich würde ihre innere Stärke auch morgen noch vorhalten, wenn sie dem verhassten Kollegen an ihrem Arbeitsplatz wiederbegegnen würde.

• • •

Da es Sonntag war, empfing Knut Täckholm Hilding und Pär auf seinem Hof. Zwischen Scheune und Wohnhaus lag ein windgeschützter, schneegeräumter Bereich. In einem Feuerkorb brannten einige Holzscheite, rundherum standen mehrere bequeme Holzstühle mit Armlehnen, die mit Schaffellen ausgelegt waren.

Dort saß Knut mit seinen beiden Enkelsöhnen und grillte auf einem hängenden Rost über dem Feuer Würstchen und Koteletts. Als Hilding den hageren Mann in seiner gebückten Haltung erblickte, fiel ihm auf, wie alt Knut Täckholm geworden war. Das ehemals weißblonde, dichte Haar, das ihn früher immer an Schweinsborsten hatte denken lassen, hatte eine verwaschene, undefinierbare Farbe angenommen, die bartstoppeligen Wangen wirkten eingefallen.

»Hej, Knut.« Hilding hob zum Gruß die behandschuhte Rechte. »Danke, dass du uns am heiligen Sonntag empfängst.«

Knut erhob sich. »Bürgerpflicht, nicht wahr? Wenn die Polizei ruft, gehorcht man.« Er sagte es halb zu seinen Enkeln, halb an Hilding gewandt, der einen spitzen Unterton wahrnahm.

Hilding hatte Knut Täckholm nie leiden können, schon im Kindergarten war er ein Mistkerl gewesen. Damals hatte der zwei Jahre ältere Knut ihn eine Zeit lang schlimm gepiesackt, bis Hilding eines Tages all seinen Mut zusammengenommen und ihm eine so heftige Ohrfeige verpasst hatte, dass Knuts linke Wange noch Stunden später feuerrot gewesen war. Von da an hatte er Hilding in Ruhe gelassen.

»Das ist Pär Stenqvist, er ermittelt im Fall Mats Anderberg.« Hilding wies auf den neben ihm stehenden Kollegen. »Du hast davon gehört, nehme ich an.«

»Hab ich.« Knut drehte sich zu seinen Enkeln um. »Passt auf mit dem Feuer! Und seht zu, dass die Würstchen nicht zu Steinkohle werden.« Er wandte sich wieder nach vorn und verschränkte die Arme vor der Brust. »Mats Anderberg? Dazu sag ich nichts.«

»Aber du hast ihn doch gekannt, nicht wahr?« Pär nahm dieselbe Körperhaltung ein wie sein Gegenüber.

»Über Tote soll man nichts Schlechtes sagen. Also sag ich lieber nichts.«

»Es geht mir gar nicht darum, welche Ansichten Mats vertreten hat und ob die –«

»Na, das ist ja schon mal gut. Denn seine Ansichten sind absolutes Gift für uns. Deshalb – will ich lieber nix sagen, sonst dreht ihr mir nachher noch ’nen Strick draus.« Knut streifte seine Handschuhe ab, zog ein Päckchen Marlboro samt Feuerzeug aus der Tasche seines Parkas und zündete sich eine Zigarette an.

»Keiner dreht hier irgendwas. Wir versuchen lediglich, den Täter zu finden. Wenn du also etwas mitbekommen hast, das –«

»Was ich mitbekommen habe, ist, wie Mats sich hier aufgeführt hat. Dass dem irgendwann jemand ’ne Kugel in den Rücken jagen würde, konnte man sich doch an fünf Fingern abzählen.«

»Möchtest du mir etwas Konkretes mitteilen? Vielleicht, wer ihm eine Kugel in den Rücken jagen wollte?«

»Ich werd bestimmt keine Namen nennen und jemanden anschwärzen, der am Ende unschuldig ist.«

So waren sie hier eben, die Menschen, die vom Wald, vom Holz lebten. Hielten zusammen. Hilding schielte zu Pär hinüber. Würde er die harte Tour fahren und mit einer offiziellen Zeugenvernehmung drohen? In dem Fall wäre Knut Täckholm verpflichtet auszusagen.

»Okay, gehen wir noch mal ein Stück zurück.« Da die Imitation der Körperhaltung seines Befragten nichts brachte, löste der Stockholmer die Verschränkung der Arme. »Was genau hat Mats Anderberg getan, das jemanden provozieren könnte, ihn umzubringen?«

Knut schnaubte. »Das fängt damit an, dass er ständig und überall seine Meinung ausposaunt hat, wir sollten gefälligst die Bäume in Ruhe lassen und um Himmels willen nicht abholzen. Wie der sich das vorstellt!« Er zog an seiner Zigarette. »Ob er sich auf den Marktplatz gestellt und in ein Megafon gebrüllt hat, Flugblätter verteilte oder Artikel in den Zeitungen abdrucken ließ. Überall ist man auf seine Fresse und seine Sprüche gestoßen. Das nervte kolossal!«

»Es ist ein freies Land. Jeder hat das Recht, seine Meinung kundzutun, ohne dass er dafür erschossen wird.«

»Schon klar.« Knut aschte in den Schnee. »Aber seine verqueren Weltrettungsideen waren echt gefährlich für uns.«

»Inwiefern?«

»Gehirnwäsche war das!« Angewidert verzog Knut das Gesicht. »Er hat die Leute aufgehetzt.«

»Habt ihr mal versucht, mit ihm und den Waldaktivisten zu reden?«

»Mit denen kann man nicht reden!« Wütend blitzte Knut Pär an. »Außerdem – dann sollen all diese netten Organisationen, die RVS vorneweg, erst mal dafür sorgen, dass der Holzpreis entsprechend steigt. Dann können wir auch darüber nachdenken, bloß hier und da einen Baum zu fällen.« Er warf den Zigarettenstummel auf den Boden und trat ihn so kräftig aus, als hätte er die Waldaktivisten unter seinem Stiefel.

Hilding räusperte sich. »Ich glaube, die Stockholmer haben gar nicht vor, hierüber Grundsatzdiskussionen mit euch zu führen.« Er fing Pärs überraschten Seitenblick auf, wunderte sich kurz über sich selbst und redete weiter in Knuts Richtung. »Beantworte einfach seine Fragen, dann sind wir bald wieder weg.«

»Bist du jetzt auf deren Seite, oder was?«

»Ich bin in erster Linie Polizist. Und du, wo warst du am letzten Freitag zwischen zwölf und vier Uhr am Nachmittag?«

Der bitterböse Blick, mit dem Knut ihn aufzuspießen versuchte, prallte an Hilding ab, als steckte er in einer Ritterrüstung.

»Mein Kollege hat ganz recht mit seiner Frage.« Pär setzte ein angestrengtes Lächeln auf. »Hast du ein Alibi für den besagten Zeitraum?«

»Da haben meine Mitarbeiter und ich das gemacht, was dieser Umweltheini uns verbieten wollte.« Ein selbstgefälliges Grinsen breitete sich auf Knuts Gesicht aus. »Wir haben Bäume gefällt. Einen nach dem anderen.« Kurze Schläge mit der rechten Handkante untermalten seine Worte.

Pär zog sein grünes Büchlein hervor. »Wo genau ist das gewesen?«

»Bei Kånkbacken.«

Hilding fing Pärs fragenden Blick auf. »Liegt ein paar Kilometer nordöstlich von Östersund.«

»Ist jetzt ein schöner Kahlschlag dort.« Knuts Augen verengten sich zu Schlitzen. »Perfekt für die Jagd.«

• • •

Die Fahrt zum Östersunder Krankenhaus nützte Maya für ein Telefonat mit Sanna, der es zum Glück besser ging. Zehn Minuten vor ihrem Termin mit Christoffer Hall erreichte sie das Krankenhausgelände. Es lag nur eine Straße vom Ufer des Storsjön entfernt nahe der Frösöbrücke. Sie stellte den Wagen auf dem Parkplatz ab, an dessen Rand sich der geräumte Schnee zu einem mannshohen Hügel türmte, und steuerte den Haupteingang des Gebäudekomplexes an. Der Rechtsmediziner wollte sie in der Cafeteria treffen.

Die Digitalanzeige an der braun-weißen Fassade zeigte minus elf Grad Celsius. Durch eine Drehtür gelangte Maya in den Empfangsbereich. Sitzbänke aus hellem Holz, gepolsterte Lehnstühle und indirekte Beleuchtung durch ein riesiges, rundes Oberlicht sorgten für eine angenehme Atmosphäre. Den Schildern folgend, lief sie an der Krankenhausrezeption vorbei in Richtung *Café Entré*. Nach wenigen Metern kam sie an eine niedrige Mauer mit Kachelmosaik, hinter der sich die Cafeteria befand. Der Verkaufstresen wirkte verlassen, und bis auf einen Tisch im Hintergrund, an dem ein einzelner Mann in Norwegerpulli und Jeans saß, waren alle anderen leer.

Als Maya sich ihm näherte, schaute er auf. Ein Lächeln erhellte sein Gesicht und entblößte tiefe Grübchen auf beiden Wangen. »Du bist vermutlich Maya Topelius?« Er erhob sich und machte einige Schritte auf sie zu.

»In Person. Dann wirst du wohl Christoffer Hall sein.« Sie streckte ihm die Hand hin.

Er ergriff sie und drückte sie leicht. »Genau. Ich bin der, der sich gegen die Theorie mit dem Jagdunfall gesträubt hat.«

»Ja, das ist mir schon zu Ohren gekommen.«

»Magst du was trinken? Das Café hat leider am Wochenende geschlossen – verstehe das, wer will. Immerhin gibt es einen Automaten, der so großartige Dinge wie Orangensaft aus Konzentrat, bitteren Kaffee und wässrigen Kakao im Angebot hat.«

»Ein Traum. Ich hoffe, in Umeå ist es besser?«

Er kniff die Augen zusammen und hob den linken Mundwinkel. »Man gewöhnt sich an alles. Ich habe dir den Tee verschwiegen. Zumindest der grüne ist halbwegs okay. Damit rette ich mich hier.«

»Na, dann schließe ich mich dir an.« Maya schaute ihm hinterher, wie er auf den Automaten zusteuerte. Christoffer Hall schien kaum älter als sie selbst zu sein. Von seiner offenen Art her sah sie einem angenehmen Gespräch entgegen. Was für eine Wohltat nach den wortkargen Kollegen hier.

Mit zwei dampfenden Bechern kam er zurück, stellte einen vor Maya ab und setzte sich wieder. »Also, dann gehen wir doch gleich mal in medias res. Was möchtest du wissen?«

»Natürlich habe ich deinen Bericht gelesen, aber ich höre die Fakten gern noch mal aus deinem Mund.«

»Also, Mats Anderberg starb an schweren inneren Blutungen durch einen Schuss in den Rücken. Es handelt sich um einen relativen Nahschuss, soll heißen einen Schuss aus nächster Nähe, nicht jedoch mit aufgesetzter Waffe. Es gibt beispielsweise charakteristische Schmauchspuren in der Kleidung. Ich schätze, der Schütze stand maximal einen Meter hinter ihm. Oder sogar noch weniger.«

»Das spricht in der Tat gegen einen Jagdunfall. Was ist mit der Munition?«

»Ein Durchschuss, aber wir hatten echt Glück. Die Kriminaltechniker haben das Geschoss im Stamm einer Tanne gefunden. Sie untersuchen es gerade.«

Maya machte sich Notizen in ihr Handy. »Wie schaut es mit dem Todeszeitpunkt aus?«

»Die Körpertemperatur lag am Tatort bei vierunddreißig Komma fünf Grad Celsius. Also war er maximal ein paar Stunden tot. Es ist ein großer Zufall, dass das Mädchen ausgerechnet an dieser Stelle seine Abkürzung genommen hat. Ansonsten wäre die Leiche vermutlich nicht so schnell entdeckt worden. Dann wären die Tiere gekommen und ...« Vielsagend hob er die Hände.

»Womit der Täter vermutlich gerechnet hat.« Maya suchte auf ihrem Smartphone nach der entsprechenden Stelle im Polizeibericht. Der Notruf war um zehn vor vier eingegangen. »Jedenfalls hat Frida riesiges Glück gehabt, dass sie nicht früher dort entlanggelaufen ist.« Sie machte eine kurze Pause, ehe sie weitersprach. »Apropos: Nachdem was sie mir erzählt hat, war das Verhalten der Polizisten am Tatort eher ... ich sage mal vorsichtig: semi-professionell. Hast du das auch so erlebt?«

Christoffer schnaubte. »Dilettantische Landeier! Sorry, aber so was ist mir echt noch nicht untergekommen.«

»So schlimm?«

»Wie die Elefanten sind sie um den Toten herumgetrampelt. Keine Ahnung, wie viele Spuren sie schon zerstört hatten. Bei meinem Eintreffen wollte einer mit einem langen Stock die Leiche wenden, das konnte ich gerade noch verhindern. Als hätten sie ihre Lizenz im Kindergarten geschenkt bekommen.« Verständnislos schüttelte er den Kopf. »Und dass sie ernsthaft versucht haben, mich von einem Jagdunfall zu überzeugen – ehrlich,

ich hatte im ersten Moment nicht übel Lust, sie euch für eure Verdächtigenliste zu empfehlen.«

»Aber du hast dich anders entschieden?«

»Hilding ist im Grunde kein schlechter Mensch. Seine Bequemlichkeit ist sein größter Widersacher. Im nächsten Leben wird er vermutlich ein Sofakissen.«

Maya lachte. »Oder ein Islandpferd. Die werden laut meiner Freundin Clara Tantensofas genannt.«

Jetzt lachte auch Christoffer, und die kleinen Fältchen, die sich um seine grauen Augen herum bildeten, machten ihn Maya noch sympathischer.

Auf unerklärliche Weise fühlte sie sich mit ihm verbunden. Emely sprach immer mal davon, dass es Seelenverwandte gibt, Menschen, denen man in früheren Leben begegnet war. Maya war nicht religiös und glaubte weder an ein Weiterleben nach dem Tod noch an Wiedergeburt oder sonstige spirituelle Konzepte. Und selbst wenn an Emelys These doch was dran war, tat das im Moment nichts zur Sache. »Aber im Ernst, Mats Anderberg ist deines Erachtens definitiv vor Ort erschossen worden, nicht wahr?«

Christoffer trank einen Schluck Tee, ehe er ihr antwortete. »Die Livores, also die Totenflecken, ließen eindeutig darauf schließen, dass die Lage des Leichnams nicht verändert worden ist. Sprich: Man hat ihn nicht umgedreht. Es gibt keinerlei Spuren, dass er gefesselt wurde. Das Ergebnis der chemisch-toxikologischen Untersuchung haben wir zwar noch nicht, aber momentan gehe ich nicht davon aus, dass er betäubt und dort hingebracht wurde. Wir haben auch keine Schleifspuren gefunden, die darauf hinweisen würden. Außerdem haben wir es mit einem horizontalen Schusskanal zu tun.« Auf Mayas fragenden Blick ergänzte er: »Das spricht dafür, dass er im Stehen erschossen wurde. Also, ja, zurzeit sieht alles danach aus, dass Mats an Ort und Stelle getötet worden ist.«

»Wenn ich mal zusammenfasse, bedeutet das also, dass Mats Anderberg höchstwahrscheinlich von jemandem lebend in den Wald gebracht und dort von hinten aus geringer Entfernung erschossen wurde.«

»So könnte man das formulieren.« Christoffer fuhr sich durch das kurz geschnittene dunkelblonde Haar, in dem es hier und da silbrig glänzte. »Wobei er vermutlich freiwillig mitgegangen ist und nicht gewaltsam verschleppt wurde. Es gibt nämlich keinerlei Verletzungen, die darauf hindeuten, dass er sich gewehrt hat. Demnach müsst ihr bloß herausfinden, mit wem Mats zuletzt zusammen gewesen ist, und schon habt ihr den Täter.« Er blitzte sie schelmisch an.

»So betrachtet, ist's ein Klacks.« Maya blinzelte zurück. Dann wurde sie wieder ernst. »Wieso ist er freiwillig mit an diesen Ort gegangen?«

»Vielleicht hing es mit seiner Organisation zusammen? Die kümmern sich doch um den Schutz des Waldes.«

»Kann sein.« Maya sinnierte vor sich hin. Ihr fielen die Spuren ein, die sie entdeckt hatte. »Es gäbe noch eine andere Möglichkeit.«

»Die da wäre?«

»Möglicherweise ist er allein dorthin gekommen.«

»Aber aus welchem Grund hätte er sich im Unterholz aufhalten sollen? Oder meinst du, er wollte zu Annika und Frida?«

»Und jemand, der das wusste, hat ihm dort aufgelauert.« Maya machte sich eine Notiz in ihrem Handy, dass sie unbedingt prüfen musste, ob es eine Verbindung zwischen Annika und Mats gab.

»Schade.«

»Was ist schade?«

»Polizistinnen wie dich verschlägt es nicht in die Provinz.«

»Was hat dich hierhin verschlagen?«

»Nicht die Aussicht auf spannende Fälle und kultivierte Gespräche.« Ironisch lachte Christoffer auf.

»Also etwas Privates. Genau wie bei Idun.«

»Mats' Anderbergs Frau? Hast du sie schon getroffen?«

»Ich komme gerade vom Gespräch mit ihr.«

»Wie war dein Eindruck?«

»Ich hatte das Gefühl, sie mit Samthandschuhen anfassen zu müssen, damit sie nicht zerbricht.«

»Hm.« Christoffer hob seine Teetasse hoch und stellte sie gleich wieder ab.

»Warum fragst du?«

»Sie ist auch so eine Ausnahmeerscheinung. Pardon, es ist nicht an mir zu urteilen. Aber es muss schon echte Liebe zu Mats gewesen sein, dass sie Stockholm verlassen und mit ihm hierhergekommen ist.«

Maya dachte daran, dass sie etwas Ähnliches zu Pär gesagt hatte. »Wie hast du Mats wahrgenommen?«

»Über Tote soll man bekanntlich nicht schlecht reden.«

»Es geht ja nicht darum, über jemanden herzuziehen. Sondern um die Wahrheit.«

Lächelnd wandte er sich um: »Du und ich, wir wissen beide, dass es DIE Wahrheit gar nicht gibt, sondern lediglich individuelle, subjektiv eingefärbte Versionen.«

»Tauchen wir jetzt in die Philosophie ein?« Maya betrachtete den Arzt mit den wachen Augen und dieser seltenen Mischung aus wissenschaftlichem Interesse, Humor und Wärme, die er ausstrahlte. »Du möchtest mir also nicht sagen, was du von ihm hältst?«

»Seine Ansichten bezüglich der Forstwirtschaft teile ich bedingungslos. Wenn sich da nicht bald radikal etwas ändert, können wir einpacken. Ansonsten …« Christoffer hob die Schultern und ließ sie wieder fallen. »Ich kann schon nachvollziehen, dass Mats auf viele Frauen eine magnetische Wirkung hatte. Auf Menschen generell. Er konnte ungeheuer charismatisch sein, besonders bei Auftritten. Wie ein Rockstar.«

Dem konnte Maya sich nur anschließen. »Aus deinen Worten höre ich dennoch ein *Aber* heraus?«

Christoffer schmunzelte kurz, ehe er in ernstem Ton fortfuhr: »Aber wenn man ihn privat auf der Straße traf – ich begreife nicht, dass eine Frau wie Idun sich für einen Mann wie Mats entschieden hat.«

»Hattest du viel Kontakt mit den beiden?«

»Wir haben uns nicht privat getroffen oder so. Man begegnet sich halt ab und an in so einer kleinen Stadt.« Er zog die Brauen leicht zusammen, sodass sich eine Falte über der Nasenwurzel bildete. »Es ist eher ein Bauchgefühl. Irgendetwas an ihm behagte mir nicht. Ich kann es jedoch leider nicht an etwas Konkretem festmachen. Dafür kannte ich ihn nicht gut genug. Dazu können dir diejenigen, mit denen er täglich zu tun hatte, sicherlich mehr sagen.«

• • •

Durch das Seitenfenster des Autos schaute Frida in den verschneiten Wald. Gerade fuhren sie an der Stelle vorbei, die bisher immer ihre Abkürzung gewesen war. Ihr ganz eigener Geheimpfad. Der jetzt mit einem blau-weißen Band abgesperrt war. Und der nie wieder ihr Weg so wie früher sein würde.

»Musst du noch irgendwas für die Schule vorbereiten?«

Fridas Kopf flog nach vorn. Sie war vollkommen abgetaucht. Mama warf ihr über den Rückspiegel einen Blick zu.

»Schon alles erledigt.« Seit Freitagnachmittag schweiften ihre Gedanken ständig ab. Der Fund des toten Mats Anderberg ließ ihr keine Ruhe. Allerdings hatte sie nicht mehr so furchtbare Angst, wie Mama es befürchtete. Zumindest nicht tagsüber. Stattdessen fragte sie sich pausenlos, was dort im Wald wohl geschehen sein mochte.

»Da sind wir schon.« Mama stieg aus, um die Garage zu öffnen.

Einige Dinge würden ab jetzt anders sein: Ab sofort wollte Mama sie immer von der Schule oder der Bushaltestelle abholen, wenn sie nicht zu einer Klassenkameradin mitging. Das hatte sie ihr vorhin erklärt. Offenbar erlaubte ihr Chef unter diesen Umständen, dass sie früher Schluss machte. Morgens wiederum würde Mama Frida zur Haltestelle begleiten. Genau wie sie es gemacht hatte, als Frida noch kleiner gewesen war. »So ein Morgenspaziergang an der frischen Waldluft wird mir guttun.« Lächelnd hatte Mama sie an sich gedrückt.

Während Mama das Abendessen vorbereitete – heute gab es Pfannkuchen mit Preiselbeeren –, spielte Frida in ihrem Zimmer. Aus leeren Kartons hatte sie mehrere Ställe für ihre Pferde gebaut. Gerade war sie damit beschäftigt, aus der türkisfarbenen Wolle, die ihr Mama geschenkt hatte, Halfter und Führstricke zu häkeln.

Mit der Nadel reihte sie eine Luftmasche an die nächste und dachte dabei an Mama, die nun in der Küche stand. Die sich immer um alles kümmerte. Erst in der Kita hatte Frida mitbekommen, dass die meisten der anderen Kinder zu Hause mit zwei Erwachsenen lebten.

»Mama, warum haben wir keinen Papa?«, hatte sie damals gefragt. Sie erinnerte sich daran, als sei es gestern gewesen. Die Mutter hatte an der Spüle gestanden, ihr den Rücken zugedreht, und für einen Moment waren ihre Schultern nach oben geschnellt, als hätte Frida sich nach etwas Verbotenem erkundigt.

Langsam, wie in Zeitlupe, hatte sie ihre Hände abgetrocknet und sich umgedreht, sie war zu ihr gekommen und hatte sich neben Frida auf den Boden gehockt, hatte ihr über den Kopf gestreichelt und sie liebevoll angelächelt.

»Habe ich denn einen Papa?«

Mama hatte ganz leicht mit dem Kopf geschüttelt. Dann hatte sie gesagt: »Es gab einen Mann, der –«

»Mein Papa?«

»Gewissermaßen.«

»Wo ist er? Warum ist er nicht bei uns?«

Fridas Mutter seufzte tief. »Er ist – er lebt nicht mehr.«

»Ist er tot?« Das Thema war damals gerade aktuell gewesen, weil erst kurz zuvor der Opa eines Mädchens in Fridas Kita gestorben war.

Die Mutter schluckte. »Ja«, sagte sie schließlich.

»Ist er im Himmel?«

»Wollen wir ein Buch zusammen lesen? Wir können es uns auf dem Sofa gemütlich machen.«

Damit war das Thema vom Tisch gewesen. Frida hatte noch ein paar Male versucht, mit ihrer Mutter über ihren Papa und den Tod und den Himmel zu reden. Irgendwann hatte sie aufgegeben. In ihrer Fantasie hatte sie sich oft ausgemalt, wie ihr Vater auf einer dieser rosa Wolken saß, wie man sie morgens und abends manchmal sah. Sein Gesicht war immer verschwommen gewesen. Aber er hatte dunkle Haare gehabt, so wie Mama und sie. Frida hätte gern mehr über ihn gewusst. Und auch, warum er gestorben war. Die Ausrede, dafür sei sie noch zu klein, zählte inzwischen nicht länger, fand sie. Immerhin wurde sie dieses Jahr zehn. Doch nach dem Vorfall gestern Vormittag wollte sie heute nicht schon wieder damit anfangen.

Frida zog den Faden durch die letzte Masche und schnitt ihn mit der Schere ab. Das würde der Führstrick für Marillo werden. Sie befestigte einen kleinen Karabinerhaken an dem Band und hängte es über die Boxentür des Apfelschimmels. Jetzt noch einen für Bellissima.

Ihre Gedanken wanderten zu der Polizistin, Maya, die ihr von ihrer Freundin in Småland erzählt hatte. Die mit dem Reiterhof. Frida hoffte, dass sie dort irgendwann mal hindurfte. Überhaupt war diese Maya sehr nett. Und klug schien sie zu sein, hatte völlig andere Fragen gestellt als dieser Hilding. Vielleicht wäre das ja auch was für sie, später, Polizistin zu werden. Frida stellte es sich spannend vor, Verbrechen aufzuklären. Ob Maya schon mal bei einer Verfolgungsjagd dabei gewesen war? So, wie man das im Fernsehen immer sah? Hoffentlich würde sie Maya noch einmal treffen, dann konnte sie sie fragen.

In diesem Moment kam Frida eine Idee: Was, wenn sie ihr helfen würde – als Detektivin? Der Gedanke machte sie ganz aufgeregt. Je länger Frida darüber nachdachte, desto klarer sah sie alles vor sich. Sie beobachtete die Erwachsenen doch auch sonst. Keiner würde bei einem Kind Verdacht schöpfen.

Als Mama zum Abendessen rief, hatte Frida bereits einen ersten Schlachtplan entwickelt.

Kapitel 7

Montag, 29. Januar

Maya saß am Schreibtisch des engen, fensterlosen Zimmers, das die Östersunder Kollegen ihnen als »Büro« zugeteilt hatten. Eigentlich war es nichts weiter als ein Aktenraum, in dem man zwei Arbeitsplätze für sie improvisiert hatte. Nachdem sie erneut so früh aufgewacht war und sich schlaflos herumgewälzt hatte, war Maya den kurzen Weg vom Hotel hergelaufen und ging nun die Notizen des Vortags noch einmal durch.

In diesem Fall gab es zahlreiche Fragezeichen. Warum verhielt sich die örtliche Polizei so sonderbar? War es wirklich nur Unfähigkeit gewesen oder steckte etwas anderes dahinter? Kannten Hilding und Co. am Ende den Mörder?

Nach wie vor wussten sie nichts Konkretes über den Ablauf der Tat. Hatten sie es mit einem Täter zu tun oder mit mehreren? Bis sie die entsprechenden Laborergebnisse bekamen, blieb einiges Spekulation. Sie konnten also lediglich weitermachen wie bisher und mit so vielen Menschen wie möglich aus Mats' Umfeld sprechen.

Pär würde nicht vor halb neun auftauchen. Er pflegte seine Tage mit einem Lauftraining zu beginnen, das er selbst im tiefsten Winter durchzog, um sogleich wieder durchstarten zu können, wenn die Marathonsaison begann.

Am Abend zuvor hatten sie in einer Pizzeria im Einkaufszentrum in der Nähe der Polizeistation gegessen. Kopfschüttelnd hatte Pär die Speisekarte studiert. »Krass – die bieten allen Ernstes Nutellapizza an?«

»Als Kind hättest du mir damit keine größere Freude machen können.«

»Mag sein, aber reicht es nicht mit einem Dessert? Da muss doch nicht auch noch das Hauptgericht zuckergespickt sein. Wusstest du, dass wir Schweden europaweit das Volk mit dem höchsten Zuckerkonsum sind?«

»Wundert dich das?« Maya hob die Augenbrauen. »In unseren Lebensmitteln ist so viel versteckter Zucker. Mein Vater ist am Anfang schier verzweifelt und hat der guten deutschen Brottradition nachgetrauert. Irgendwann hat er angefangen, selbst zu backen. Seither ist donnerstags bei ihm *Sauerteigbrotbacktag*.«

Sobald sie satt waren, hatten sie sich über die Unterredungen mit Knut Täckholm und Christoffer Hall ausgetauscht und einen Plan für den nächsten Tag erstellt. Für neun Uhr hatten sie eine Teambesprechung mit den Östersunder Kollegen angesetzt. Danach gab es eine Pressekonferenz, und dann würden Pär und sie Bengt Hansen treffen, mit dem Mats eng zusammengearbeitet hatte. Als sein Stellvertreter übernahm er vorerst Mats' Position bei der RVS.

Idun hatte ihnen am Ende des Treffens erzählt, dass ihr Mann und Bengt sich aus Schulzeiten kannten. Maya hatte noch ihre Worte im Ohr: »Langfristig wird jemand anderes den Posten übernehmen, das ist sicher.« Auf ihren fragenden Blick hatte Idun hinzugefügt: »Bengt ist ein engagierter Stellvertreter, aber für die Präsentation der Organisation nach außen hin fehlt ihm die richtige Ausstrahlung, das Charisma.«

Die Rollen waren eindeutig verteilt gewesen. An Mats' Anrecht auf die Führungsposition hatte es nichts zu rütteln gegeben.

Menschen wie er waren jedoch angewiesen auf Mitarbeiter wie Bengt, die im Hintergrund agierten und ihnen den Rücken freihielten.

Daran dachte Maya, als Bengt Hansen sie in der Zentrale der RVS begrüßte, die in einem Gewerbegebiet nördlich des Stadtzentrums lag. Hätte sie es nicht besser gewusst, hätte sie Bengt und Idun für Geschwister gehalten. Blass, schmächtig und zurückhaltend war er das komplette Gegenteil zu dem strahlenden Mats Anderberg.

Interessiert sah Maya sich um. Gemütlich war das Erste, was ihr einfiel. Überall in dem hellen, großzügigen Raum verteilt gab es Tontöpfe mit Pflanzen unterschiedlicher Größe. Bei den Möbeln handelte es sich teils um Altes, Wiederaufbereitetes, teils um Stücke aus unbehandeltem Holz, von denen Maya vermutete, dass sie aus nachhaltiger Forstwirtschaft stammten. Ihr Blick fiel auf ein Biedermeiersofa, das hellblau lasiert und mit cognacfarbenem Leinenbezug neues Leben ausstrahlte. Ihre Mutter hätte ihre Freude an diesem Möbelstück.

»Bitte, setzt euch doch.« Bengt wies auf das Sofa. »Wollt ihr einen Kaffee?«

Pär und Maya nickten, und Bengt verschwand durch eine Tür im hinteren Teil des Raumes. Aufmerksam betrachtete Maya eines der gerahmten Plakate, die an den hell verputzten Wänden hingen. Es war in der Mitte zweigeteilt und zeigte links einen natürlich gewachsenen Mischwald und daneben einen Tannenforst – eine reine Monokultur, wie sie sie von zu Hause kannte und auch hier schon mehrfach gesehen hatte.

»Ehrlich, für mich sind das keine Wälder.« Bengt stellte ein Tablett mit Kaffeetassen auf den Tisch vor dem Sofa und trat neben sie. Er deutete auf die rechte Seite des Bildes. »Das sind Plantagen. Kultivierter Boden mit akkurat in Reih und Glied wachsenden Tannen, Fichten, Birken, Pappeln. Keinen Deut besser als Bananen- und Palmölplantagen in Südamerika. Mit Natur hat das nichts mehr zu tun.« Sobald er anfing, über sein Metier zu sprechen, fiel seine anfängliche Zurückhaltung von ihm ab.

Maya setzte sich neben Pär auf das Sofa, während Bengt sich einen ähnlich gestalteten Sessel heranzog. Kopfschüttelnd gab er einen Schuss Hafermilch in seinen Kaffee und rührte um. »Fast noch schlimmer ist aber das Greenwashing, das von Forschung, Politik und Industrie betrieben wird. Ehrlich, wenn man das durchschaut hat, versteht man, warum es so schwer ist, an unserer Art der Forstwirtschaft etwas zu ändern.«

Sie hatten beschlossen, dass Pär das Gespräch führen würde. Lässig schlug er die Beine übereinander und stützte sich mit dem linken Ellbogen auf der Lehne des Sofas ab. »Was genau hat es mit diesem Greenwashing auf sich?«

»Nehmen wir beispielsweise die SLU, Schwedens Universität für Landwirtschaft in Umeå. 2011 ist die Universität um- und ausgebaut worden, für satte siebenundachtzig Millionen Kronen. Als der Umbau 2014 abgeschlossen war, zog ein neuer Mieter in den südöstlichen Teil des Gebäudes ein, auf einer Fläche von vierhundertfünfzig Quadratmetern. Dabei handelte es sich um niemanden Geringeres als die SCA, die schwedische Zellulose Aktiengesellschaft. Ihres Zeichens Europas größte private Waldbesitzerin mit jährlich neunzehn Milliarden Kronen Umsatz. Die Firma war sehr deutlich mit ihrer Erklärung, was sie sich davon erhoffte, nämlich leichter rekrutieren zu können und eine verstärkte Zusammenarbeit.« Missbilligend hob Bengt die Brauen. »Ehrlich, seither ist es mit der Freiheit der Wissenschaft und Forschung schwierig. Professoren, die die gängigen Abholzpraktiken infrage stellen oder von der Industrie unerwünschte Forschungsresultate publizieren, sind schnell weg vom Fenster. Gern warnt die forstwirtschaftliche Kommission Studenten vor solchen unliebsamen Dozenten. Sogar Drohanrufe hat es schon gegeben.«

»Oha!«, rutschte es Maya heraus. »Ich hatte ja keine Ahnung. Hast du noch weitere Beispiele zum Greenwashing?« Sie schielte zu Pär hinüber. Das, was Bengt ihnen erzählte, war spannend und erschreckend zugleich. Sie wollte unbedingt mehr darüber erfahren. Obwohl sie hier waren, um sich über Mats Anderberg zu erkundigen, hatte sie das Gefühl, dass es ein guter Einstieg war, den eher introvertierten Mitarbeiter erst einmal über seine Arbeit sprechen zu lassen. Von Pär hatte sie am Anfang ihrer Zeit bei der Stockholmer Polizei gelernt, wie wichtig es war, bei den Befragungen ein angenehmes Klima zu schaffen. So wunderte es sie nicht, dass er ihr kaum merklich zunickte.

Dankbar nahm Bengt den Faden wieder auf. »Leider ist das Greenwashing ein großes Thema, das nicht nur Firmen und Produkte betrifft. Inzwischen kümmert sich die Industrie sogar schon darum, dass die Kinder in der Schule die ›richtigen‹ Sachen lernen. Die *Vereinigung Wald* betreibt das Projekt *Wald in den Schulen* und produziert Unterrichtsmaterial für die Schüler der Mittelstufe. Die Finanzierung kommt sowohl von den Behörden als auch von Unternehmen, wie der SCA oder Sveaskog.« So engagiert, wie er jetzt sprach und seine Sätze mit Gesten untermalte, hatte er nichts mehr von dem scheuen Mann, der ihnen vorhin zaghaft die Tür geöffnet und kaum einen Blick erwidert hatte. »Ich habe mir mal einige der Faktenblätter angesehen, die sie herausgeben, und mir ist regelrecht übel geworden. Unberührter Wald sei schlechter fürs Klima als bewirtschafteter, heißt es darin. Sie verbreiten die fatale These, dass bewirtschaftete Wälder besser wachsen und deshalb mehr Kohlendioxid aufsaugen würden als die Urwälder. Und dass Kohlendioxid von forstwirtschaftlichen Brennstoffen klimaneutral sei, weil es vom nachwachsenden Wald wiederaufgenommen würde.«

»Ist nicht dein Ernst.« Maya stellte ihre Tasse, aus der sie gerade getrunken hatte, wieder auf dem Tisch ab.

»Mein voller. Wie hoch die Finanzierung dieser Schulungsinitiative ist, dazu wollen sich die Verantwortlichen nicht äußern.« Bengts Gesicht drückte tiefe Besorgnis aus. »Und, was uns total schockiert hat, apropos Lobbyismus – vielleicht habt ihr davon gehört? Die meisten Menschen bekommen so etwas leider nicht mit: Im Herbst 2017 hat das EU-Parlament dafür gestimmt, dass es fortan erlaubt sein soll, mehr Wald abzuholzen, ohne dass man es mit Emissionsrechten kompensieren muss.«

»Wie bitte?«, entfuhr es Maya. »Das ist ja nicht zu fassen!«

»Jetzt haltet euch fest: Eingereicht haben den Vorschlag Finnland und Schweden, und nicht ein einziger schwedischer EU-Parlamentarier hat dagegen gestimmt. Damit bekommen Flächenrodungen und diese furchtbaren Plantagen natürlich eine offizielle Legitimation – und das sogar europaweit. Das ist so fatal!« Resigniert hob er die Schultern, um sie gleich darauf wieder fallen zu lassen. »Aber ehrlich, was kann man erwarten in einem Land, in dem eine Umweltministerin, kaum dass sie ihr Amt niederlegt, die Seiten wechselt und sich fortan nicht länger für den Schutz des Waldes, sondern für die wirtschaftlichen Interessen der Waldbesitzer engagiert.« Bengt trank einen Schluck Kaffee. »Entschuldigt, ihr seid ja hier, um über Mats zu sprechen.«

»Nein, nein, schon gut. Was du da erzählst, ist so fesselnd. Und erschreckend.« In Pärs Stimme klang echtes Interesse mit. »Wann hat man mal die Chance, fundierte Informationen von jemandem zu bekommen, der sich so tief in diese Thematik eingearbeitet hat.«

Maya wusste, wie sehr ihr Kollege sich für Umweltbelange

und besonders die Waldthematik interessierte. Oft hatten sie bereits Gespräche zu den in ihren Augen inakzeptablen Praktiken der Forstwirte und Holzhändler geführt.

Bengt lächelte verlegen. »Ich lasse mich da gern von meinen Emotionen mitreißen, weil mir das Thema so unter den Nägeln brennt.« Er richtete sich in seinem Sessel auf und sah erst Maya, dann Pär aufmerksam an. »Wie kann ich euch helfen?«

»Als sein Stellvertreter hast du vermutlich sehr eng mit Mats zusammengearbeitet und sicher mehr von ihm mitbekommen als die meisten anderen.« Pär trank ebenfalls von seinem Kaffee.

Zögernd wiegte Bengt den Kopf hin und her. »Wir haben eigentlich immer an verschiedenen Projekten gearbeitet. Natürlich haben wir viel Zeit im selben Raum verbracht, aber ehrlich, so eng war unsere Zusammenarbeit auch wieder nicht. Ihr solltet am besten mit Teresa reden.«

»Wer ist das?«

»Eine studentische Aushilfskraft, die zuletzt so etwas wie Mats' Assistentin war.«

Maya machte sich eine Notiz. »Kannst du mir ihre Kontaktdaten geben?«

»Klar.« Bengt griff nach seinem Smartphone, das er auf dem Tisch neben seiner Tasse abgelegt hatte. »Ich schicke sie an die Nummer, über die du mich angerufen hast, okay?«

»Perfekt.«

Pär änderte seine Sitzposition und lehnte sich nach vorn. »Wie hat euer letzter gemeinsamer Arbeitstag ausgesehen?«

»Das war am Freitag. Ich war schon gegen halb acht im Büro. Wir bereiten gerade ein paar neue Kampagnen vor, da ist jede Menge zu tun. Mats kam um Viertel nach neun. Bis halb zwölf war er hier. Da hinten am Fenster, das war sein Arbeitsplatz.« Bengt wies quer durch den Raum zu einem großen Schreibtisch. »Es ist so seltsam, diesen Platz leer zu sehen. Ehrlich, ich fürchte, wir werden hier demnächst umräumen müssen. Keiner kann sich vorstellen, Mats' Platz zu übernehmen. Das fühlt sich irgendwie falsch an.«

Den Schreibtisch wollte Maya sich unbedingt ansehen, ehe sie aufbrachen. Zwar hatten die Kriminaltechniker bereits einen Großteil der Unterlagen mitgenommen, Mats' Computer inklusive, doch womöglich gab es ja noch etwas, das interessant sein konnte.

»Bis halb zwölf war Mats also hier«, nahm Pär den Faden wieder auf. »Was hat er danach gemacht?«

»Dann ist er zu einem Termin aufgebrochen.«

»Was war das für ein Termin?«

Bengt rieb sich das Kinn. »Er meinte, er wolle sich mit einem potenziellen Sponsor treffen.«

»Hat er dir einen Namen genannt?«

»Damit rückte er für gewöhnlich erst raus, wenn alles unter Dach und Fach war. Also – nein.«

»Hm.« Pärs Finger trommelten auf seinem Oberschenkel. »Wir müssen prüfen, ob er sich dazu irgendwas in seinem Terminplaner notiert hat.« Er warf Maya einen Blick zu, und sie machte sich sogleich einen gesonderten Vermerk.

»Ist Mats mit dem Auto dorthin gefahren?«

Bengt lächelte traurig. »Mats hatte keinen Führerschein. Er war meistens zu Fuß unterwegs, hat das Fahrrad genommen oder den Bus. Oder er hat sich fahren lassen. In diesem Fall ist er von hier gelaufen. Ob er dann noch irgendwo in den Bus eingestiegen ist, keine Ahnung.«

»Was hast du danach gemacht?«

»Ich war hier im Büro, bis um halb sieben am Abend.«

»War jemand bei dir?«

»Immer mal wieder. Teilweise war ich auch allein. Wir haben ein paar Volontäre und einige Teilzeitmitarbeiter. Und eine Angestellte für die Verwaltungsaufgaben. Aber an diesem Tag hatte sie frei.«

»Hast du das Büro zwischendurch verlassen?«

»Nein, ich war die ganze Zeit über hier.«

»Selbst in der Mittagspause?«

»Ich bringe mir meist etwas zu essen mit. Hier in der Nähe liegt nur ein Hotdog-Kiosk. Das ist mir zu fleischlastig und vom Nährstoffgehalt her total fragwürdig. Oft mache ich nach dem Essen einen Spaziergang, aber am Freitag hatte ich so viel zu tun, dass ich darauf verzichtet habe. Auch wenn das nicht gut für die Work-Life-Balance ist.« Entschuldigend hob er die Hände.

Pär nickte verstehend. »Mats und du, ihr seid zusammen zur Schule gegangen. Wart ihr damals eng befreundet?«

»Nicht wirklich. Wir kannten uns natürlich, aber Mats war zwei Klassen über mir. Das war damals noch ein ganz schöner Unterschied, da hatte man eher mit denen aus dem eigenen Jahrgang zu tun.«

»Wie war Mats in der Schulzeit so?«

»Er stand genauso im Mittelpunkt wie später als Erwachsener. War immer Klassensprecher, eine Zeit lang sogar Schülersprecher. Und für die Umwelt hat er sich damals auch schon eingesetzt. Ehrlich gesagt, hat er uns Jüngeren ziemlich imponiert.« Abermals lächelte Bengt verlegen, ehe er weitersprach: »Er hat schon damals polarisiert. Ich kann mich erinnern, es gab so manche Prügelei, wenn er mal wieder den Umgang mit dem Wald kritisiert hat. Ich hätte mich das nicht getraut. Aber Mats war stark, er hat sich nicht einschüchtern lassen. Weder damals noch heute.« Ein Schatten legte sich über sein Gesicht. »Nun hat es ihn das Leben gekostet.«

»Noch mal zurück zur Schulzeit«, hakte Pär nach. »Du hast gerade gesagt, Mats habe immer wieder Konflikte mit anderen gehabt. Gab es da jemanden, mit dem es besonders schlimm war?«

»Im Grunde genau dieselben, mit denen wir auch heute ständig Probleme haben. Die Söhne der Forstwirte und Holzhändler.«

Maya schaute auf die Notizen in ihrem Smartphone. »Idun hat einen Vorfall vor ein paar Wochen erwähnt. Am Samstag, den neunten Dezember, muss es gewesen sein. Mats ist damals mit einem blauen Auge nach Hause gekommen. Idun sagte, er sei mit Arbeitskollegen unterwegs gewesen. Warst du zufälligerweise dabei?«

Bengt verdrehte die Augen. »Ich habe Mats hoch und heilig versprechen müssen, keiner Menschenseele etwas davon zu erzählen. Er wollte es am liebsten ungeschehen machen. Nicht mal seine Frau durfte davon erfahren.«

»Du warst dabei? Was genau ist passiert?«

»Wir hatten eine Kundgebung auf einem Sportplatz nahe des Weihnachtsmarkts beim Freilichtmuseum Jamtli organisiert, mit anschließender Demo durch die Innenstadt. Erstaunlich viele Leute sind da gewesen, die Stimmung war grandios. Mats ist zu Hochform aufgelaufen, wir haben eine Menge Infomaterial verteilt und neue Förderer gewinnen können. Hinterher gingen wir auf ein Bier ins *Republiken.*« Auf Mayas fragenden Blick hin ergänzte er: »Das ist eine Bar in der Innenstadt, nahe dem Kyrkparken.«

»Und dort hat Mats sich mit jemandem geprügelt?«

»Das war erst später. Draußen im Park. Vorher haben wir gemütlich unser Bier im *Republiken* getrunken und uns über den erfolgreichen Nachmittag gefreut, als plötzlich Arvid an unseren Tisch kam.«

»Wer ist das?«

»Arvid Åkesson. Besitzer des Forstwirtschaftsbetriebs *Åkessons Trä*. Er saß mit ein paar Kumpels an der Theke. Offenbar hatte er unsere Kundgebung mitbekommen. Unsere Organisation und besonders Mats waren ihm schon lange ein Dorn im Auge. Unser Auftritt am Nachmittag muss bei ihm das Fass zum Überlaufen gebracht haben. Jedenfalls kam er zu uns herüber und pöbelte Mats an. Dass er aufhören solle, die Lebensgrundlage seiner Landsleute zu zerstören. Und dass er sich andernfalls mächtig Ärger einhandeln würde. Dass seine Geduld allmählich zu Ende sei.« Bengt verzog das Gesicht. »Mats wollte sich schon erheben, ich sah an seinem Blick, dass er echt geladen war. Da bin ich schnell dazwischengegangen und habe Arvid weggeschickt. Er kehrte zum Tresen zurück, und kurz darauf verschwand er. Wir tranken unser Bier aus, und dann gingen wir ebenfalls. Als wir den Kyrkparken durchquerten, stand Arvid plötzlich da, zusammen mit zwei seiner Kumpels. Ich nenne sie immer ›Die Bulldozer‹.« Er stieß ein hohes, kehliges Lachen aus.

Maya wechselte einen raschen Blick mit Pär. Höflichkeitshalber lachten sie mit.

»Was geschah dann?«, fragte Pär.

»Die beiden, also Arvid und Mats, lieferten sich einen hitzigen Wortwechsel, Arvid wurde handgreiflich, und ehe ich michs versah, lag Mats am Boden. Die drei haben sich dann sehr schnell verdrückt. Einer der Bulldozer rief uns im Weggehen zu, Mats solle sich das eine Lehre sein lassen, beim nächsten Mal käme er nicht so glimpflich davon.«

»Habt ihr sie angezeigt?«

»Ich habe auf Mats eingeredet, dass er das tun sollte, aber er wollte nicht.«

»Warum nicht?«

Bengt zuckte mit den Schultern. »Vermutlich hat er sich keine großen Hoffnungen gemacht, die Polizei auf seine Seite zu ziehen.«

»Willst du damit sagen, dass die Polizei hier korrupt ist?«

»So weit würde ich mich, ehrlich gesagt, nicht aus dem Fenster lehnen.« Bengt fuhr sich durchs Haar. »Aber was ich euch anfangs im Großen erläutert habe, über Lobbyismus und so, gilt natürlich auch im Kleinen. Besonders in so einer Region wie hier, wo ein Großteil der Bevölkerung vom Wald lebt. Umso wichtiger ist es, dass wir Mats' Arbeit fortsetzen. Jetzt, wo wir allmählich zu den Menschen durchdringen.« Bengt lächelte milde. »Mats' Sturheit konnte anstrengend sein, auch im Arbeitsalltag. Doch wenn wir das Ruder noch einmal herumreißen wollen, braucht es genau diese Art von engagierten Menschen, und davon noch unzählige mehr.« Er machte eine einladende Geste. »Ihr habt nicht vielleicht Interesse, euch für die RVS zu engagieren?«

•••

» … möchte ich euch abschließend einen neuen Kollegen vorstellen.« Olivia Blomstedt machte einige Schritte zur Seite und gab den Stuhl am Kopf des ovalen Tischs frei für einen Mann, der wie auf Knopfdruck durch die angelehnte Tür ihres Teamraums hereinspazierte. »David Reimann.«

Entgegen aller Vorsätze wurde Sanna schlagartig übel.

»David kommt aus Deutschland. In unserer Berliner Filiale hat er schon so manches Projekt mit Bravour abgeschlossen. Sanna, ich glaube, ihr habt euch bereits kürzlich in Berlin kennengelernt?« Olivia nickte Sanna zu, die ein Lächeln aufsetzte, von dem sie hoffte, dass es nicht allzu gekünstelt wirkte.

»Wir leihen uns David für ein halbes Jahr aus und schauen mal, ob wir ihn dauerhaft für ein Leben in Europas schönster

Hauptstadt gewinnen können.« Olivia ließ ihren Blick durch die Runde wandern, ehe sie sich zu David wandte und ihm freundlich auffordernd zunickte.

In wenigen, kurzen Sätzen stellte sich der neue Kollege vor. Sanna fiel es schwer, sich auf seine wohleinstudierten Worte zu konzentrieren. Immer wieder schoben sich Bilder ihrer letzten Begegnung vor ihr inneres Auge.

» ... freue ich mich auf eine erfrischende Zusammenarbeit mit euch.« Ein Gewinnerlächeln auf den Lippen, nahm David auf dem freien Stuhl neben Olivia Platz.

Den Rest des Meetings zum Wochenstart musste sich Sanna zwingen, zuzuhören und aufmerksam zu wirken. Ihr Kopf schien wie ausgehöhlt und von einer dicken Watteschicht umgeben. In keiner Weise ließ David sich etwas anmerken. Im Gegenteil, er verhielt sich ihr gegenüber genau wie allen anderen: höflich und mit professionell-freundlichem, offenem Lächeln.

Als Sanna danach in ihr Büro zurückkehrte, sank sie in ihren Schreibtischsessel und atmete einige Male kräftig durch. So, wie sie es in Emelys Yogastunden zur Stressreduktion gelernt hatte. Sie versuchte, einen pragmatischen Blickwinkel einzunehmen. Vielleicht hatte sie am Wochenende mit ihrer Angst übertrieben. Bestimmt war David daran gelegen, an seinem neuen Arbeitsplatz einen guten Eindruck zu hinterlassen. Er würde wohl nicht direkt seinen Ruf aufs Spiel setzen. Sie hatte gewiss nur ihre tief abgespeicherten Ängste auf diese Situation übertragen.

Bis zur Mittagspause arbeitete sie an einer Kampagne für eine Vasenserie mit maritimem Touch. Die Vasen waren aus Glas hergestellt, das man aus dem Meer gefischt hatte. Zusätzlich wurden in das Glas Treibgutstücke eingearbeitet. Sanna war so in das Projekt vertieft, dass sie den neuen Kollegen glatt vergaß. Sie hatte gerade die aktuelle Datei gesichert und checkte noch schnell ihren Maileingang, als David unvermittelt den Kopf durch die Bürotür steckte.

»Hej, schöne Frau, wie wäre es mit einem gemeinsamen Mittagessen?«

Sanna zögerte. Alles in ihr sträubte sich dagegen. Hektisch tippte sie auf ihrem Handy herum. »Sorry, ich hatte völlig übersehen, dass ich schon eine Verabredung habe. Mit einer alten Freundin.« Sie hoffte, dass er ihr die Lüge abnahm.

Schulterzuckend wandte David sich ab. »Dann ein anderes Mal.«

Erleichtert schloss Sanna für einen Moment die Augen. Ihre Hände zitterten, ihre Handflächen waren feucht. Noch mal gut gegangen. Aber sie musste einen Weg finden, denn natürlich würde sie ihm von nun an regelmäßig begegnen. Ihr Blick fiel auf Emelys Flyer, den sie an ihren Bildschirm geheftet hatte. Weniger Stress – mehr Gelassenheit. Vielleicht sollte sie sich doch zu diesem Workshop anmelden.

Um auf andere Gedanken zu kommen, nutzte Sanna die Mittagspause für einen Bummel durch die nahe gelegene Einkaufspassage *Gallerian*. Sie aß eine Kleinigkeit in einem hawaiianischen Restaurant und trank einen Kaffee. In ihrer Lieblingsboutique entdeckte sie ein hinreißendes Kleid, eng geschnitten aus einem rostroten Wolle-Seide-Mix. Sanna bat die Verkäuferin, es ihr zu reservieren. Nach Dienstschluss wollte sie wiederkommen, jetzt reichte die Zeit fürs Anprobieren nicht.

Zurück im Büro öffnete Sanna die Datei, an der sie zuletzt gearbeitet hatte. Sie druckte einen ersten Entwurf aus und stellte fest, dass das Papierfach ihres Druckers leer war. Seufzend erhob sie sich von ihrem Stuhl. Neues Papier gab es im Kopierraum am Ende des Flurs. Seit die Digitalisierung immer weiter fortschritt, wurden die Kopierer kaum noch benutzt. Mittlerweile diente der fensterlose Raum eher als Lager für Büromaterial.

Sanna schaltete das Licht ein und steuerte das hohe Regal an der hinteren Wand an. Sie wollte gerade nach einem Paket Papier greifen, als mit einem leisen Schnappen die Tür zufiel. Sanna drehte sich um und blieb wie angewurzelt stehen.

Direkt vor der geschlossenen Tür stand David, ein Grinsen im Gesicht. »Ich hatte völlig übersehen, dass ich schon eine Verabredung habe«, äffte er sie nach. »Wo war denn deine sogenannte alte Freundin?« Er kam auf sie zu.

Sanna erstarrte. »Sie – hat abgesagt. Ihr ist etwas dazwischengekommen.«

»Du hältst mich wohl für vollkommen minderbemittelt, was?« Hart packte er sie an den Handgelenken. Er führte ihre Arme hinter den Rücken und umfasste sie mit seiner Linken. Die Rechte ergriff ihren Kiefer, mit seinem Körper drückte er sie gegen die Wand.

Das alles geschah so schnell, dass Sanna nicht reagieren konnte. Davids Gesicht war nur Zentimeter von ihrem entfernt. Er roch nach Zwiebeln und einem penetranten Aftershave. Angewidert versuchte Sanna den Kopf wegzudrehen, aber Davids Griff glich dem einer Schraubzwinge. »Lass mich los. Sofort, sonst –«

»Mach das nicht noch mal! Lüg mich nicht noch einmal an. Beim nächsten Mal werde ich dir das nicht so leicht durchgehen lassen.« Er quetschte sie zwischen sich und der Wand ein. »Du denkst doch nicht etwa, die Sache in Berlin hätte keine Konsequenzen? Du wirst es noch bereuen, dass du dich damals so beschissen verhalten hast.«

Sanna spürte seinen harten Schwanz durch den Stoff ihres Rocks hindurch.

»Am liebsten würde ich dich direkt hier auf dem Kopierer ficken.« Er presste seine Lippen auf ihre und stieß seine Zunge in ihren Mund. Eine Welle der Übelkeit stieg in ihr auf, gleich würde sie sich übergeben müssen.

Unvermittelt ließ er sie los und grinste hämisch. »Wir werden viel Spaß miteinander haben.« Er strich sich das Hemd zurecht, fuhr sich durch die Haare und verließ den Raum, ohne sie weiter zu beachten.

Schwer fiel die Tür hinter ihm zu. Sanna rutschte an der Wand hinunter und blieb auf dem Boden sitzen. Sie konnte sich nicht bewegen. Reglos kauerte sie dort und hatte nur einen Gedanken im Kopf: Lass ihn nicht zurückkommen, bitte, lass ihn nicht zurückkommen.

Auf einmal öffnete sich die Tür erneut. Es durchfuhr Sanna, als hätte sie einen elektrischen Schlag bekommen. Doch es war nur Greta, eine junge Kollegin aus der Personalabteilung. Überrascht blickte sie auf Sanna herunter. »Du lieber Himmel! Was ist passiert?«

Mühsam stand Sanna auf. »Ich bin … ich muss ausgerutscht sein.«

»Bist du verletzt? Brauchst du Hilfe?«

»Ist schon gut. Es ist … alles okay.«

An Gretas skeptischem Blick erkannte sie, dass diese ihr nicht glaubte. Aber das war ihr im Moment egal.

Sanna verließ den Raum. Vorsichtig sah sie sich um. Von David war nichts zu sehen. Angestrengt hielt sie sich aufrecht, stakste zu den Toiletten und schloss sich ein. Auf dem Toilettensitz sackte sie zusammen. Sie zitterte am ganzen Körper. Immer noch hatte sie Davids Geruch in der Nase. Ihr Magen rebellierte. So schnell sie konnte, stand sie wieder auf, klappte den Deckel hoch, bückte sich und übergab sich in die Kloschüssel. Eine Weile hockte sie auf dem Boden, bis die Übelkeit allmählich nachließ.

Am liebsten wäre sie nach Hause gefahren, hätte sich die Kleider vom Leib gerissen und in den Müll geworfen. Und erst einmal geduscht.

Doch das ging nicht, sie musste heute zwei Präsentationen fertigstellen. Verzweifelt kämpfte Sanna gegen eine Panikwelle. Diesmal dauerte es, ehe es ihr gelang, sich auf ihre Atmung zu fokussieren. Viel länger durfte sie nicht auf der Toilette bleiben, sonst würde irgendwann jemand misstrauisch werden.

Ein weiteres Mal atmete Sanna durch, dann stand sie auf, spülte ihren Mund, öffnete die Tür und kehrte in ihr Büro zurück, ohne nach rechts oder links zu schauen.

Kapitel 8

Den Nachmittag verbrachten Maya und Pär in der Polizeistation und sichteten sämtliches Material, das sie bisher gesammelt hatten. Maya führte ein langes Gespräch mit dem zuständigen IT-Spezialisten, Pär bestückte das Whiteboard im Gemeinschaftsbüro mit Fotos, Haftzetteln und bunten Linien. Ehe sich die Östersunder Teamkollegen in den Feierabend verabschiedeten, trafen sie sich noch einmal mit ihnen und hielten fest, was sich während des Tages entwickelt hatte. Die Befragung der wenigen Anwohner in der näheren Umgebung des Leichenfundorts hatte keine Neuigkeiten erbracht. Maya hatte nichts anderes erwartet. Nun appellierten sie in der Lokalzeitung an alle Bürger, sich zu melden, wenn ihnen am Mittag und Nachmittag des vergangenen Freitags ein Fahrzeug im weiteren Umkreis des Tatorts aufgefallen war. Auch das erschien Maya eher wie das mühsame Suchen nach der Nadel im Heuhaufen. Sie konnte sich nicht vorstellen, dass sie auf diese Weise weiterkamen. Doch man durfte nichts unversucht lassen. Mats' Schreibtisch hatte ebenfalls keine neuen Erkenntnisse geliefert, da war die Spurensicherung gründlich gewesen.

Für den frühen Abend hatten Pär und sie ein Treffen mit Arvid Åkesson in seinem Betrieb vereinbart.

Auf dem Weg zu *Åkessons Trä* – dieses Mal hatte Maya das Los des Fahrens gezogen – tauschten Pär und sie sich, wie gewohnt pingpongartig, über ihre bisherigen Resultate aus.

Pär begann: »Mats' Handydaten?«

»Negativ. Die letzte SMS war die an seine Frau Idun. Danach war Funkstille.«

»Hatte er keinen Empfang?«

»Genau.« Maya fuhr in den Kreisverkehr, der in die Stadt hineinführte.

»Und davor? Irgendwelche Nachrichten, die für uns interessant sein könnten?«

»Erst einmal nichts Auffälliges. Das meiste war beruflich.« Maya steuerte den Wagen die schnurgerade Biblioteksgatan entlang. »Aber wer suchet, der findet: Vor einer Woche hat Mats Annika geschrieben. Er wollte sich mit ihr treffen.«

»Annika?«

»Fridas Mutter. Sie hat ihm nicht geantwortet.«

»Hat sie ihn angerufen?«

»Fehlanzeige.«

»Hm.« Pär kratzte sich am Kinn. »Wir sollten uns mal etwas länger mit ihr unterhalten, wenn Frida in der Schule ist. Immerhin hat man Mats nahe ihres Hauses erschossen, was zwar Zufall sein kann ...«

» ... aber nicht unbedingt sein muss.«

»Exakt. Wie sieht's mit dem Laptop aus?«

»Keine Leichen im Keller. Bisher. Die Überprüfung läuft allerdings noch.«

»Hat der Terminkalender was ergeben?«, wollte Pär wissen.

»Kein Eintrag bezüglich des ominösen Sponsors. Mit der restlichen Auswertung bin ich noch nicht komplett durch, aber bisher habe ich auch da noch nichts entdeckt, was uns weiterhilft.« Maya seufzte.

»Ist ja echt vertrackt.« Pär blätterte in seinem Notizbuch. »Wie steht's mit der Waffe?«

»Das ist in der Tat speziell. Erinnerst du dich an dieses Plastikteilchen, das ich in der Nähe des Tatorts gefunden habe?«

»Du meinst das, das abseits der Absperrung lag? Was ist damit?«

»Das stammt von einem Treibspiegelgeschoss.« Sie warf ihrem Kollegen einen Seitenblick zu, um zu sehen, wie er darauf reagierte, dass sie das Dichtungsteil der tödlichen Munition gefunden hatte.

Diese blieb nicht aus. Pärs Kopf ruckte zu ihr herum. »Wirklich?«

»Eindeutig. Schmauchspuren sind vorhanden.«

»Das heißt, an dem Projektil gibt es keinerlei Spuren, aus denen wir Rückschlüsse auf die Waffe ziehen könnten.«

»Exakt. Noch dazu stimmt das Kaliber nicht.«

»Verstehe. Die Munition muss kleiner sein, durch den Plastikmantel. Dadurch tappen wir natürlich vollkommen im Dunkeln, was den Waffentyp angeht. Mist.« Grübelnd sah Pär geradeaus auf die Straße. »Demnach war die Tat definitiv geplant.«

»Mit einem Treibspiegelgeschoss im Gewehr läuft man ja für gewöhnlich nicht einfach so durch die Gegend.« Bisher kannte Maya diese illegalen Geschosse, die in einem Plastikmantel steckten, lediglich aus der Theorie. Feuerte man sie ab, wurde die Plastikhülle weggesprengt. Eine Zuordnung zu einer registrierten Waffe war unmöglich.

»Also beißen wir auch hier auf Granit. Dieser Fall ist echt vertrackt.«

Das Bürogebäude von *Åkessons Trä* lag unweit des Storsjön, nur wenige Minuten von der Uferpromenade entfernt. Sie stellten den

Wagen nahe einem Restaurant direkt am Wasser ab. Zwei Anlegestege mit verlassenen Bootsplätzen ragten in die schneebedeckte, dick vereiste Fläche des Sees hinein. Auf der anderen Seite erhob sich oberhalb von Frösön eine flutlichtbestrahlte Abfahrtspiste.

Pär wies mit dem Daumen auf das Holzhaus hinter sich, von dem ihnen der Schriftzug *Marité* entgegenleuchtete. »Wollen wir heute Abend dort essen? Auch wenn sie vermutlich keine Nutella-Pizza im Angebot haben.«

»Was für ein Jammer!«

Pär lachte. »Ich werte das als Zustimmung.«

Grinsend nickte Maya ihm zu.

Kurz darauf erreichten sie ein zweistöckiges, maisgelbes Gebäude im klassischen Gründerzeitstil. Maya betrachtete den weißen Stuck und die dunkelbraunen Sprossenfenster aus Holz. »Nicht schlecht, Herr Specht.«

»Schwedisch, bitte!«

»Ich meine, dass es Arvid Åkesson offenbar nicht am nötigen Klein- und Großgeld fehlt.«

»Verstehe. Du meinst, das war nicht schlecht gepinkelt von einem Holzpferd.«

»Nach nur zwei Tagen auf dem Land sprichst du so?« Maya warf ihrem Kollegen einen gespielt schockierten Blick zu. »Na, da mag ich den deutschen Specht lieber.«

Durch eine überraschend moderne Glastür, die so gar nicht zum herrlich altmodischen Stil des übrigen Hauses passte, betraten sie den Empfangsraum. Hier mischten sich Designersessel mit schweren antiken Möbeln. Fridas Mutter Annika lächelte ihnen vom Empfangstresen entgegen. In der weißen Bluse und mit Dutt wirkte sie weniger jugendlich als bei ihrer Begegnung vor zwei Tagen. Gemeinsam mit Pär trat Maya auf sie zu.

»Hej, Annika, wie geht's?«

»Ganz okay, danke.«

»Wie steht's mit Frida?«

»Gut so weit.« Ein besorgter Ausdruck stahl sich in ihre Mimik. »Ich hoffe, dass sie diesen ... grauenhaften Fund ... dass sie das alles schnell vergisst. Ihr wart jedenfalls sehr einfühlsam mit ihr.«

»Frida ist ein tolles Mädchen.« Mayas Blick blieb an den kleinen Bilderrahmen auf Annikas Arbeitsplatz hängen, auf denen ihre Tochter in unterschiedlichen Altersstufen zu sehen war.

»Ja, das ist sie.« In Annikas Stimme klang eine dezente Melancholie mit.

»Allerdings wird das vermutlich ein längerer Prozess werden, in dem es so einige Aufs und Abs geben könnte.« Maya dachte an die SMS, die Mats Annika geschickt hatte, und setzte an: »Wir würden gern ...«

»Ah, die Kriminalermittler aus Stockholm! Ich habe euch schon erwartet.« Aus einer weißen, doppelflügeligen Kassettentür trat ein gut genährter Mann Mitte dreißig. Mit geschäftsmäßig herzlichem Gebaren schüttelte er ihnen die Hände und wies den Weg in ein helles, geräumiges Büro, in dem sich der Designstil vom Eingangsbereich fortsetzte. »Ist schon etwas anderes, hier oben bei uns in der Provinz, nicht wahr? Nehmt bitte Platz.« Er deutete auf eine moderne Sitzgruppe aus Holz und Leder links von ihnen, hinter der sich Bücherregale bis zur Decke streckten. »Annika bringt uns gleich Kaffee – ihr trinkt doch Kaffee?«

»Gern, danke.« Pär nahm Arvid gegenüber Platz, Maya setzte sich in den Sessel seitlich daneben.

»Meine jüngste Schwester hat einen Stockholmer geheiratet. Fehltritte kommen in den besten Familien vor.« Arvid lachte dröhnend über seinen eigenen Witz. »Spaß beiseite. Ist schon eine ansehnliche Stadt, keine Frage. Aber ehrlich, dieser ganze Trubel – das wäre mir auf Dauer zu anstrengend.«

Erstaunt betrachtete Maya den für einen Jämtländer ungewöhnlich mitteilsamen Mann. War das sein Naturell oder versuchte er direkt zu Beginn, sie einzuwickeln? Es war wichtig, einen umfassenden ersten Eindruck einer Person abzuspeichern. Wie sich jemand im Alltag in gewohnter Umgebung verhielt, konnte als Anhaltspunkt dienen, wenn es darum ging, Verhalten in Stresssituationen zu bewerten. *Nulllinie* nannten sie im Fachjargon diesen Zustand. Wusste man darüber Bescheid, konnte man Abweichungen leichter erkennen.

Jedenfalls hatte sich Maya den Juniorchef eines Holzbetriebs ganz anders vorgestellt. Mit seinem sichtbar teuren Nadelstreifenanzug samt passender Weste und Einstecktuch, blütenweißem Hemd und dunkelroter Krawatte wirkte Arvid Åkesson eher wie ein aufstrebender Banker. Von den gegelten dunklen Haaren bis zu den handgenähten Lederschuhen, in denen man sich spiegeln konnte, hatte er alles fein säuberlich aufeinander abgestimmt. Sogar ein goldener Siegelring blinkte an seiner linken Hand. Wieder einmal bewahrheitete sich, was Pär ihr vom ersten Tag ihrer Zusammenarbeit stets eingeschärft hatte. Dass nämlich Schubladendenken eine der größten Fallen in ihrem Beruf darstellte.

Während Maya sein Erscheinungsbild und seine Ausstrahlung auf sich wirken ließ, eröffnete Pär das Gespräch. Arvid war damit einverstanden, dass sie es aufnahmen, er zeigte sich weiterhin von der offenen und mitteilsamen Seite, mit der er sie empfangen hatte.

Einleitend erkundigte sich Pär nach der Firma, die Arvid erst vor Kurzem von seinem Vater übernommen hatte. »Schaffe eine gute Stimmung, umso leichter wirst du später Antworten auf unangenehmere Fragen bekommen«, war ebenfalls Teil vom Erfolgsrezept ihres erfahrenen Kollegen. Nach einigen Minuten Small Talk leitete er zum Fall über. »Du verstehst, dass wir das alle fragen müssen: Was hast du letzten Freitag am Mittag und Nachmittag gemacht?«

»Kein Problem.« Arvid lehnte sich in seinem Sessel zurück, schlug ein Bein übers andere und faltete die Hände. »Freitags läuten wir den Feierabend für gewöhnlich früher ein. Meistens gegen drei. Ich war zum Mittagessen mit meinem Vater im *Kitchen & Table*. Das liegt in der Prästgatan. Wir haben uns um zwölf dort getroffen und das Lokal gegen halb zwei verlassen, das könnt ihr anhand unserer Rechnung nachprüfen. Außerdem kennen mich die Kellner.«

»Danach bist du wieder ins Büro gegangen?«

»Stante pede.«

»Wie weit ist das Lokal von hier entfernt?«, fragte Pär.

»Fünf bis zehn Minuten. Je nachdem, wie schnell man sich bewegt.«

»Das heißt, du warst gegen zwanzig vor zwei zurück. Kann das jemand bezeugen?«

»Ich fürchte nein. Annika war noch nicht zurück, sie hat an dem Tag eine längere Mittagspause genommen, weil sie beim Zahnarzt war. Deswegen hat sie auch nicht wie die anderen um drei Uhr Schluss gemacht, sondern erst um vier.«

Pär schielte zu Maya herüber, vermutlich, um sicherzugehen, dass sie sich dieses Detail notierte, ehe er weiterfragte: »Mats und du, ihr kanntet euch seit Schulzeiten, nehme ich an?«

»So ist es, und er war damals nicht weniger ein Hitzkopf als im Erwachsenenalter.« Arvid verzog kaum merklich das Gesicht.

»Gab es zwischen euch mal Schwierigkeiten?«

»Nicht mehr als mit anderen.«

»Und wie sah es aus, seitdem er aus Stockholm zurückgekehrt ist?«

»Sagen wir so: Neue Freunde hat er sich mit seiner Haltung nicht gemacht. Ich fand es schade, dass er so einseitig aufgestellt war und sich nicht mal im Ansatz bemühte, uns zu verstehen.« In einer Geste der Resignation hob Arvid die Hände und ließ sie wieder fallen. »Von außen lässt sich immer so leicht beurteilen und verurteilen. Natürlich wäre ich bereit, nachhaltiger zu wirtschaften. Ist halt wie mit'm Fleisch. Überall schreien sie, man soll die Tiere besser behandeln. Aber die wenigsten sind bereit, mehr dafür auszugeben. Da hat er gut reden gehabt, der Mats, mit seiner Nachhaltigkeit.«

»Was aber noch lange kein Grund ist, ihn zu erschießen«, rutschte es Maya heraus.

»Moment mal!« Mit einem Ruck setzte sich Arvid in seinem Sessel kerzengerade auf. »Damit habe ich nichts zu tun! Und dass seine politischen Ansichten der Grund für seinen Tod waren, ist momentan doch wohl auch nur eine Vermutung, oder etwa nicht?«

»Alles ist zurzeit noch Vermutung, in jegliche Richtung. Und keiner hat hier die Absicht, dich der Tat zu beschuldigen.« Pär schlug einen beschwichtigenden Ton an, ehe er Maya einen scharfen Seitenblick zuwarf.

Am liebsten hätte sie sich die Zunge abgebissen. Gleichzeitig war Arvids heftige Reaktion jedoch auffällig. Dass er ihre zwar provokante, aber dennoch neutral gehaltene Äußerung sogleich auf sich bezog, ließ tief blicken. Definitiv hatte er soeben zum ersten Mal seine Nulllinie verlassen. Und wie Maya spontan vermutet hatte, gehörte Arvid Åkesson dem aufbrausenden Typ Mensch an.

Pär legte einen Schlenker zum Thema Holzwirtschaft ein, und

Arvid führte seine Ansichten zum Umgang mit der Problematik generell und individuell aus. Das brachte ihn sichtlich wieder runter. Durchaus erschreckend fand Maya, dass manche der großen Aktiengesellschaften den Holzpreis in Schweden für kleine Forstwirte extrem drückten, obwohl dieselben Firmen massenweise Holz im baltischen Raum zum oftmals doppelten Preis kauften. Seitens der EU-Kommission gab es den Vorwurf von Kartellbildung. Die ganze Thematik war bei Weitem vielschichtiger und undurchschaubarer, als es auf den ersten Blick schien.

Nach einigen Minuten war Arvid zu seinem geschäftsmäßig-freundlichen Auftreten zurückgekehrt und lehnte sich entspannt im Sessel zurück.

Pär setzte ein ebenso professionell-glattes Lächeln auf. »Kommen wir zu einer anderen Sache: Vor ein paar Wochen hat es einen Vorfall zwischen Mats Anderberg und dir nach einem Besuch im *Republiken* gegeben. Was kannst du uns dazu sagen?«

»Ach, diese Lappalie im Park ...« Arvid wischte durch die Luft, als wolle er eine lästige Fliege vertreiben. »Das ist doch nicht der Rede wert.«

»Du verstehst schon, dass wir dem nachgehen müssen, wenn körperliche Gewalt im Spiel war.«

»Ich bitte euch, ein paar Bierchen zu viel, da können die Gemüter schon mal hochkochen. Vor allem, wenn es um eine Sache geht, bei der wir schon zu Schulzeiten vollkommen unterschiedlicher Meinung waren. Damals flogen auch die Fäuste, so regelte man das eben unter sich.«

Aufmerksam beobachtete Maya Arvids Reaktion. Kurz zuvor hatte sie erst miterleben dürfen, wie schnell sich sein Verhalten in einer angespannten Situation veränderte. Dieses Mal konnte sie keine Abweichung von der Nulllinie feststellen.

Arvid beugte sich nach vorn. »Ich sag's noch einmal: Mit

Mats' Tod habe ich nichts zu tun. Warum hätte ich ihn umbringen sollen? Damit löst sich doch die RVS nicht automatisch auf. Gut, er war deren Aushängeschild. Aber eine solche Position lässt sich neu besetzen.« Erneut hob er die Hände. »Ich bin Geschäftsmann, ich kümmere mich um Dinge, die meinen Betrieb weiterbringen. Ein Mord gehört nicht dazu.«

Pär schaute zu Maya herüber. »Hast du noch eine Frage?«

Maya tat es Arvid gleich und lehnte sich in ihrem Sessel vor. »Wie ist es eigentlich mit Annika: Kannten Mats und sie sich ebenfalls seit der Schulzeit?«

Arvid zögerte einen Moment. »Sie – waren in einer Klasse.« Er knetete seinen rechten Handballen. Eine Reaktion, die eindeutig zur Kategorie Stresssymptome zählte.

»Und?«

»Was, und? Nichts. Sie waren in einer Klasse.«

Maya schielte zu Pär hinüber und sah an seiner Miene, dass er dasselbe dachte wie sie. Arvids Tonfall war zu hoch, die Worte kamen zu schnell, er befand sich meilenweit weg von dem, was sie zuvor als seine Nulllinie definiert hatte. Jetzt war eine Situation entstanden, in der es das Beste war abzuwarten. So schwer es manchmal fiel, ein solches Schweigen auszuhalten, so wichtig war es doch, die sich aufdrängenden Sätze zurückzuhalten.

Arvids Blick flackerte. Er legte die Fingerspitzen aneinander und senkte den Kopf. Schließlich schaute er Maya an: »Am besten fragt ihr sie das selbst.«

»Du wirkst etwas angespannt, was Annika betrifft.« Maya ließ ihn nicht aus den Augen, um auch die kleinsten Abweichungen seines Verhaltens aufzufangen.

Arvids Mundpartie zuckte leicht, und er verschränkte die Arme. »Das bildest du dir ein. Ich werde nicht über meine Mitarbeiter sprechen, das können sie gut für sich allein tun.« Er setzte seine freundliche Maske vom Beginn des Gesprächs wieder auf und wandte sich an Pär. »Gibt es sonst noch etwas, das ihr von mir wissen möchtet?«

Als Maya und Pär sich von ihm verabschiedet hatten und in den Eingangsbereich zurückkehrten, war der Platz am Empfang leer. Annika hatte schon Feierabend gemacht. Sie verließen das Gebäude und liefen in Richtung Parkplatz. Auf dem Weg tauschten sie ihre Gedanken zu Arvid aus.

»Entweder war der Vorfall vor dem Pub tatsächlich harmlos und stand in keinem Zusammenhang mit Mats' Tod, oder aber Arvid hat damit gerechnet, dass wir davon gehört haben und uns danach erkundigen würden.« Wie gewohnt legte Pär ein ordentliches Gehtempo vor, was Maya seinem Lauftraining zuschrieb.

»In dem Fall war er vorbereitet und hat sich nicht aus der Ruhe bringen lassen. Abweichungen von der Nulllinie konnte ich an der Stelle nicht festmachen.« Ein Thema, über das Maya schon oft mit dem Kollegen diskutiert hatte. Auch wenn einschlägige Ratgeber gern Merkmale auflisteten, anhand derer man einen Lügner erkannte, sah die Realität meist deutlich komplexer aus. »Was denkst du, kann es sich um eine wohleinstudierte Lüge handeln?«, fragte sie ihren Kollegen.

»Gut möglich. Wenn er sich lange genug darauf fixiert hat, glaubt er vielleicht sogar selbst an sein Konstrukt. Ist ein praktischer Schachzug des Gehirns: Beim späteren Lügen braucht er sich gar nicht mehr so anzustrengen, er verfällt weniger in einen Stressmodus, denn für ihn stellt seine Variante nun die Wirklichkeit dar. Er hat sie für sich zur Wahrheit deklariert.« Pär dachte einen Moment nach. »Für eine spontane Lüge halte ich seine Aussage jedenfalls nicht.« Er zog sein Telefon aus der Jackentasche und schaute aufs Display. »Ein verpasster Anruf von Hilding. Er hat echt ein Talent dafür, sich während unserer Befragungen zu melden.« Mitten im Abhören der Nachricht, die Hilding auf der Mailbox hinterlassen hatte, blieb er stehen. »*Herregud!*«

»Was ist?«

»Wir müssen sofort los.« Pär beschleunigte seine Schritte. »Es gibt einen weiteren Toten.«

• • •

Den Rest des Tages hatte sich Sanna so gut wie nicht mehr vom Schreibtisch wegbewegt. Jedes Mal, wenn jemand auf dem Flur vorbeiging, zuckte sie zusammen. Doch David ließ sich nicht noch einmal blicken.

Nach Dienstschluss eilte sie auf direktem Weg zum Hauptbahnhof. Das Kleid, das sie eigentlich hatte anprobieren wollen, war ihr momentan völlig egal. Mehrmals schaute sie sich hektisch um. Folgte ihr David womöglich? In dem Feierabendchaos am Hauptbahnhof T-Centralen war es schwer, den Überblick zu behalten. Sanna steuerte die U-Bahn-Station an. Als sie sich erneut umsah, durchfuhr sie ein Schock. Am Ende des Ganges, war er das nicht? Zwischen den unzähligen Köpfen war der eines Mannes mit dunklen Haaren aufgeblitzt, der sie an David erinnerte. Abrupt blieb Sanna stehen und reckte sich. Eine junge Frau unmittelbar hinter ihr, die Augen fest auf ihr Smartphone gerichtet, lief prompt in sie hinein. Ein empörter Blick traf Sanna, und mit etwas unverständlich Gemurmeltem in pampigem Ton schob sich die Frau vorbei. Sanna versuchte, den vermeintlichen David in der Menge wiederzufinden. Da war er! Erleichtert atmete sie aus. Bis auf die Haarfarbe hatte er bei genauerer Betrachtung nur wenig Ähnlichkeit mit ihrem furchtbaren Kollegen. Mit immer noch rasendem Puls hastete sie weiter zu den Gleisen.

Während sie auf das Eintreffen der grünen U-Bahn-Linie wartete, beobachtete sie alarmiert ihr Umfeld. Die ganze Fahrt lang und auch auf dem kurzen Fußweg zur Katarina Bangata hatte sie permanent das Gefühl, verfolgt zu werden. Erst als sie ihre Wohnung erreicht und die Tür sorgfältig hinter sich verschlossen hatte, fühlte sich Sanna in Sicherheit.

Achtlos warf sie ihren Mantel auf die gepolsterte Bank im Flur und streifte die Schuhe ab. Sie kramte in ihrer Handtasche nach dem Handy, schleppte sich ins Schlafzimmer und ließ sich aufs Bett fallen. Die Zeit verschwamm, sie lag nur da und kämpfte gegen die Flut des heute Erlebten an, die sie letztendlich überrollte und sie mitriss in die Tiefe zu den verschütteten Geschehnissen jenes Sommers vor vielen Jahren. Fragmentartig blitzten verzerrte Bilder auf: Die Wildblumenwiesen ihrer Heimat, das Lachen der Mädchen mit den Mittsommerkränzen, die ausgestreckte Hand, die sie zögernd ergriff, der schwere Atem nah an ihrem Ohr … Die Wunden, die nie verheilt waren, rissen wieder auf, und der Schmerz rollte auf sie zu -

Mit einem Schrei fuhr Sanna hoch. Wie benommen saß sie auf der Bettdecke und konnte keinen klaren Gedanken fassen. Schließlich raffte sie sich auf, tastete nach ihrem Handy und wählte Mayas Nummer. Doch die Freundin nahm nicht ab.

Kapitel 9

Unruhig trat Hilding von einem Fuß auf den anderen. Hoffentlich kamen die Stockholmer bald! Dass er sich auf deren Auftauchen einmal freuen würde, hätte er vor Kurzem noch nicht für möglich gehalten. So schnell änderten sich manchmal die Dinge.

Gemeinsam mit Sonny hatte er das blau-weiße Absperrband rund um den Fundort des Toten gespannt. Mehr konnten sie im Moment nicht tun. Zu groß war seine Angst, noch mal etwas falsch zu machen. Der Ausbruch des Arztes vom letzten Mal würde Hilding bis zu seiner Rente in Erinnerung bleiben. Gewiss, er hatte ja recht gehabt mit seiner Kritik. Sie hatten sich wirklich alles andere als vorbildlich verhalten. Aber wer hätte denn auch ahnen können, dass da tatsächlich ein Ermordeter im Unterholz lag? Ein solcher Fall war in ihrem beschaulichen Städtchen seit Jahren nicht vorgekommen.

Und jetzt schon wieder! Als der Anruf einging, hatte er gerade Feierabend machen wollen. Das gemütliche Abendessen daheim konnte er sich nun abschminken. Stattdessen war er mit Sonny, der eigentlich zum Bowling wollte, in den Dienstwagen gesprungen und mit Blaulicht und Einsatzhorn nach Kånkbacken rausgefahren. Kånkbacken. Knut Täckholms Kahlschlag. Gar nicht gut.

Wie beim letzten Mal hatten sie den Toten bäuchlings vorgefunden, eine Schusswunde im Rücken. Nur diesmal nicht im tiefsten Dickicht, sondern am Rand des Kahlschlags. Gefunden hatte ihn ein Spaziergänger, der einen anonymen Notruf getätigt hatte. Was Hilding suspekt vorkam – wer spazierte denn bei diesen Temperaturen freiwillig im Dunkeln dort herum?

Auf den ersten Blick hatte er nicht erkennen können, um wen es sich handelte. Beziehungsweise, ob er das Opfer kannte. Dieses Mal hatte er sich jedoch nicht näher herangewagt.

Sonny schien neuerdings seine Gedanken lesen zu können: »Warum wollte der Kerl, der die Leiche entdeckt hat, unerkannt bleiben? Ziemlich verdächtig, finde ich.«

»Jo.« Hilding begann, auf und ab zu gehen, um sich warm zu halten. Was trugen sich da seit Neuestem für Gräueltaten in seiner Heimatstadt zu? Er dachte an seinen Arzt, der beim letzten Routinecheck wieder gemeint hatte, er solle darüber nachdenken, etwas kürzerzutreten, sein Herz würde es ihm danken. Vielleicht hatte der Weißkittel ja recht.

In diesem Moment tauchten in der Ferne Lichter auf.

• • •

Als Maya und Pär den *kalhygge* bei Kånkbacken erreichten, parkten bereits mehrere Fahrzeuge auf dem verschneiten Schotterweg. Maya stieg aus, und sogleich packte sie die Kälte mit frostigem Griff. Bei jedem Atemzug sträubten sich ihre Nasenlöcher förmlich vor der eisigen Luft. Hier draußen lagen die Temperaturen noch einige Grade tiefer als in der Stadt. Minus vierzehn hatte das Display des Wagens soeben angezeigt. Dazu begann es gerade wieder zu schneien. Sie zog sich die Kapuze an und den Schal vor Mund und Nase, dann stapfte sie hinter Pär her.

In der Dunkelheit, mit dem spärlichen Licht der Scheinwerfer vom Tatort, wirkte so ein Kahlschlag noch gespenstischer als am

Tag. Besonders ein frisch geschlagener. Die Zerstörungskraft der Motorsägen und monströsen Harvester sprang Maya trotz der Finsternis vor das innere Auge. Automatisch hatte sie das penetrante Kreischen und Krachen im Ohr, das ihr seit ihrer Kindheit, sobald sie es hörte, einen Schauer über den Rücken jagte. Bäume, die jahrzehntelang gewachsen waren, abgeholzt in wenigen Sekunden. Noch hatte sich keine Schneedecke über die gefällten, wild durcheinanderliegenden Stämme gebreitet. Wie abgebrochene Streichhölzer ragten Baumstümpfe aus dem Boden, auf dem bis vor Kurzem ein lebendiger Wald gestanden hatte. Trostlos erhob sich hier und da eine vereinzelte Riesentanne, die nur noch in der Krone ihr Nadelkleid trug und anklagend zu flüstern schien. Wie nach einer Schlacht oder einem Massaker, ging es Maya durch den Kopf. Eigentlich gab es keinen passenderen Platz für eine Leiche, mitten unter all den toten Bäumen.

Der Schnee knirschte unter Mayas Stiefeln, als sie zu dem abgesperrten Bereich hinüberliefen, der ein Stück des Kahlschlags und einen Streifen noch intakten Waldes umfasste. Maya erkannte Hilding, mit undurchdringlicher Miene verharrte er am Absperrband. Weiter hinten leuchteten ihnen weiße Schutzanzüge entgegen. Die Spurensicherung war also bereits eingetroffen und womöglich der Arzt ebenfalls. Maya hoffte, dass es sich um Christoffer Hall handelte. Ob der allerdings extra von Umeå anreisen würde? Den Totenschein konnte auch jeder andere, x-beliebige Mediziner ausstellen.

»Hej.« Pär trat neben Hilding. »Zwei in einer Woche – das ist bei euch wohl eher die Ausnahme.«

»Jo.« Nichts in Hildings Gesicht verriet, wie er zu dem Fund dieser zweiten Leiche stand.

»Ist der Arzt schon da?«

»Jo.« Mit dem Kopf wies Hilding in Richtung des abgesperrten

Bereichs. Nach einer Pause fügte er hinzu: »Wieder Christoffer Hall. Er war noch vor Ort.«

Pär wandte sich an Maya. »Ich schaue mir das Gelände an. Sprich du am besten mit Christoffer, ihr kennt euch ja schon.«

»Geht klar.« Maya nickte ihrem Kollegen zu, lief zu einem der Einsatzwagen und ließ sich Schutzkleidung geben. Sie schlüpfte in den Anzug, stülpte die Überzieher über ihre Stiefel und zog die Einmalhandschuhe an. Dann bückte sie sich unter dem Absperrband hindurch und balancierte über die ausgelegten Planken zu Christoffer, der mit dem Rücken zu ihr neben dem Leichnam hockte. Ehe sie ihn ansprach, konzentrierte sich Maya für einen Moment auf den Toten. Ausgestreckt lag er auf dem Bauch, das Gesicht von ihr weggedreht. Einige weiße Haare blitzten unter einer Fellmütze hervor. Von der Statur her schien es sich um einen Mann zu handeln. Sein dunkler Parka war in der Mitte zerrissen, dort klaffte eine blutende Wunde.

Abermals ein Schuss in den Rücken, abermals an einem einsamen Ort im Wald – konnte das Zufall sein? Maya machte sich eine gedankliche Notiz: Sie mussten unbedingt prüfen, ob es weitere ähnliche Todesfälle in der Region, in ganz Schweden gegeben hatte. Sie räusperte sich. »So schnell sieht man sich wieder.«

Christoffer blickte von dem Toten auf, und für den Bruchteil einer Sekunde huschte ein Lächeln über sein Gesicht. »Hej, wenigstens ein Lichtblick an diesem düsteren Ort.«

»Ich habe Kahlschläge schon immer gehasst.«

»Willkommen im Club.«

Sie sahen sich an, und Maya fühlte eine eigentümliche Verbindung. Genau wie beim letzten Mal. So etwas hatte sie noch nicht erlebt. Sie zwang sich, ihre Konzentration auf die Ermittlungen zu richten. »Korrigiere mich, falls ich mich irre. Auf den ersten Blick gibt es deutliche Parallelen zu Mats, nicht wahr?«

»So sieht es zunächst aus.« Christoffer richtete sich auf und streckte sich. »Allerdings nur oberflächlich. Ich kann dir schon jetzt sagen, dass wir es mit einer anderen Waffe zu tun haben. Diese Verletzungen stammen von einer Schrotflinte. Nach dem Durchmesser der Schrotverteilung würde ich auf eine Entfernung von nicht mehr als fünf Metern schließen.«

»Kannst du bei diesen Temperaturen etwas dazu sagen, wie lange die Leiche schon hier liegt?«

»Die Livores lassen sich noch wegdrücken, Rigor Mortis ist noch nicht ganz ausgeprägt. Maximal einige Stunden, vermute ich. Bei Minustemperaturen verzögern sich diese Prozesse etwas. Genaueres kann ich dir nach der Messung der Temperatur sagen.«

Maya speicherte die Details ab, aufschreiben würde sie sie später. Sie überlegte. »Das heißt, der anonyme Anrufer muss unmittelbar nach der Tat hier vorbeigekommen sein, wenn er es nicht gar selbst gewesen ist.«

»Was gar nicht mal so abwegig ist. Ich will die Jagdunfall-Theorie, mit der sie gleich bestimmt wieder kommen werden, dieses Mal gar nicht komplett ausschließen. Sie sollen sich nur nicht zu früh darauf festlegen.« Christoffer warf ihr einen vielsagenden Blick zu. »Wilderei ist in der Gegend ein großes Problem. Wenn da was schiefgeht, bleibt man vermutlich lieber anonym.«

Vorsichtig ging Maya um den Toten herum und betrachtete sein runzliges Gesicht. Die Lippen waren spröde und rissig, die Nase grobporig, und die rot geäderten Wangen sowie das Kinn zierten weiße Bartstoppeln. Die in der Mitte fast zusammengewachsenen, buschigen Brauen und die markanten Zornesfalten verliehen dem Antlitz einen grimmigen Eindruck.

»Habt ihr ihn schon identifiziert?«

»Soweit ich weiß, hat bisher keiner seine Taschen gefilzt.«

Maya bückte sich und tastete behutsam die Seiten des Parkas

ab sowie die Hosentaschen. In der rechten Gesäßtasche wurde sie fündig.

Gemeinsam liefen sie zu Hilding zurück, der mit Sonny am Absperrband verharrte. Gerade als sie sie erreichten, tauchte auch Pär auf. In sachlichem Ton legte Christoffer den anderen dar, was er Maya mitgeteilt hatte.

»Dann war's wohl diesmal falscher Alarm.« Die Hände tief in die Jackentaschen vergraben, stand Sonny kaugummikauend neben Hilding. »Ein Jagdunfall.«

»Ich sagte, es KÖNNTE sich um einen Jagdunfall handeln.« Christoffer streifte seine Einmalhandschuhe ab und zog dicke Fellfäustlinge über.

Nachdenklich wippte Sonny auf den Fußballen vor und zurück. »Oder ist das ein verrückter Killer, der sich diesmal cleverer angestellt hat?«

»Mal den Teufel nicht an die Wand!« Hilding warf seinem Kollegen einen strengen Blick zu.

Pär runzelte die Stirn. »Selbst wenn's NUR ein Jagdunfall war, müssen wir den Schützen trotzdem finden.« Er wandte sich wieder an Christoffer und Maya. »Wisst ihr schon, um wen es sich bei dem Toten handelt?«

»Ein Portemonnaie trug er nicht bei sich. Möglicherweise wurde es gestohlen? Dafür habe ich seinen Führerschein gefunden.« Maya hob ein rechteckiges Kärtchen hoch. »Er ist auf den Namen Svante Wikland ausgestellt, einundsiebzig Jahre alt.«

»Grundgütiger!«

Überrascht blickte Maya zur Seite. Hilding war kreidebleich geworden.

Es war bereits Viertel vor neun am Abend, als Maya und Pär nach Östersund zurückfuhren. Maya spürte ihren Magen deutlich, der

Hotdog, den sie sich nach der Befragung von Bengt Hansen im nahe liegenden *Gatukök Sibylla* gekauft hatte, hielt schon seit geraumer Zeit nicht mehr vor. Ein gutes Essen im *Marité* war genau das Richtige zum Abschluss dieses langen Arbeitstags. Doch als sie am Restaurant ankamen, mussten sie feststellen, dass es montags geschlossen hatte.

Suchend sah Pär sich um. »In solchen Momenten vermisse ich Stockholm!«

Maya zückte ihr Handy und öffnete den Internetbrowser. »Wir können ins *Kitchen & Table* gehen, die haben bis elf auf. Von hier keine zehn Minuten zu Fuß.«

»Gebongt. Bei der Gelegenheit können wir gleich Arvids Alibi überprüfen.«

Etwas später saßen sie in dem von außen zunächst unscheinbar wirkenden, von innen jedoch überraschend geschmackvoll eingerichteten Lokal. Offene Regale dienten als Raumteiler, eine mit gemusterten Kacheln gestaltete Wand verlieh dem Raum eine orientalische Note. Nur wenige der edlen Holztische waren um diese Uhrzeit noch besetzt. Maya und Pär hatten einen abgeschiedenen Platz seitlich am Fenster gewählt. Hier konnten sie sich beim Essen ungestört über ihre Arbeit austauschen.

Kurz darauf kam eine junge Kellnerin und reichte ihnen die Speisekarte. Dem runden Namensschild an ihrer grüngrauen Leinenschürze nach hieß sie Pia. »Ah, ihr habt euch für den Tisch der Handelsreisenden entschieden.« Sie warf Pär einen prüfenden Blick zu. »Ich hoffe, du hast daran gedacht, deinen Ehering abzulegen?«

»Wie bitte?« Verständnislos sah Maya sie an, doch Pia zwinkerte ihr nur zu und entfernte sich lachend.

»Was war das denn eben?«

Pär schmunzelte. »Das war die zweite, deutlich seltener ausgeprägte Variante der Jämtländer. Quasi der Gegenpol zu der schweigsamen Mehrheit.«

»Was meinte sie mit – Tisch der Handelsreisenden? Und weshalb fragte sie nach deinem Ehering? Ehrlich, ich verstehe gar nichts.«

»Okay, kleiner Exkurs in die Geschichte Schwedens.« Pär faltete die Hände und imitierte die Stimme eines alten Lehrmeisters: »Als die Welt noch komplett analog war, fuhren Handelsreisende kreuz und quer durchs Land, verkauften tagsüber Waren und saßen am Abend im Stadthotel. Den Ehering versteckten sie für gewöhnlich, aber den kleinen Abdruck des Rings in der Haut bekommt man nun mal nicht weg. Ihn nannte man im Volksmund *Ring des Handelsreisenden*.«

»Ich danke dir für den interessanten Vortrag! Da habe ich doch heute Abend glatt noch was gelernt, wer hätte das gedacht.«

»Bedank dich bei Pia.«

Beide lachten und vertieften sich dann in das Menü.

»Jetzt erinnere ich mich, woher ich den Namen kenne.« Mayas Augen glitten über die Vorspeisen. »In Stockholm gibt's auch ein *Kitchen & Table*, auf Kungsholmen, da war ich mal mit meinen Freundinnen essen, war ein Tipp von Sanna.« Sie hob den Kopf und schaute Pär über den Tisch hinweg an. »Sie hat erzählt, dass der Küchenchef Marcus Samuelsson als Dreijähriger aus Äthiopien adoptiert wurde und in Göteborg aufwuchs. Als junger Koch gelang ihm der Durchbruch in einem skandinavischen Restaurant in Manhattan. Nun wiederum bringen seine Restaurants den Manhattan-Touch zu uns.«

»Klingt vielversprechend.« Pär heftete seinen Blick von Neuem auf die Karte. »Allerdings würde mich interessieren, warum er ausgerechnet in Östersund eine Dependance eröffnet hat.«

Nach kurzer Zeit erschien Pia wieder, um ihre Bestellung aufzunehmen. Maya wählte eine vegetarische Lasagne, Pär entschied sich für einen Trüffelburger.

»Wollt ihr auch was trinken?«

»Ein Bier vielleicht?« Pär blinzelte Maya zu.

»Warum nicht?« Rasch musterte Maya die Karte erneut. »Ein Brooklyn Lager, bitte.«

»Für mich ein Carlsberg Export.«

»Echt jetzt? Wir haben hier eine so spannende Auswahl an Bieren, und du wählst ein Carlsberg?«

»Okay, was empfiehlst du mir?«

»Hell oder dunkel?«

»Hell, bitte.«

»Komm auf die dunkle Seite!« Pia zwinkerte abermals. »Doch wenn du unbedingt bei den Guten bleiben willst: *Jämtlands Bärnsten*, das ist ein lokal gebrautes Helles, ein perfekter Allrounder.«

»Das nehme ich.«

»Kommt sofort.« Mit wiegendem Gang entfernte sich Pia.

Maya sah ihr hinterher. Was für eine spezielle Frau. Pias blonde Lockenpracht erinnerte sie an Frisuren aus ihrer frühen Kindheit. Zwar kam die Dauerwelle in entschärfter Form gerade wieder in Mode – aber wer ließ sich heutzutage noch eine Pudelmähne machen? Höchstens Menschen, die in den Achtzigern stecken geblieben waren. Und dafür war Pia definitiv zu jung.

»Okay, bis das Essen kommt, können wir uns ja ein bisschen austauschen.« Maya rieb sich die Hände. »Was sind deine Gedanken zu dem zweiten Toten? Offenbar hängen die beiden Fälle eher nicht zusammen.«

»Du meinst die Munition.« Nachdenklich massierte Pär sich die Schläfen. »Ich weiß nicht recht. Wir sollten nach wie vor alles in Erwägung ziehen. Einerseits ähneln sich die beiden Fälle trotzdem.«

»Andererseits sind es zwei unterschiedliche Handschriften.«

»Exakt. Schuss aus der Nähe versus Schuss aus der Ferne, mitten im Wald versus Waldrand, unterschiedliche Waffen. Auf den ersten Blick keine Übereinstimmung beim Opferprofil.«

»Die Frage ist, ob es zwischen Mats Anderberg und Svante Wikland eine Verbindung gab«, überlegte Maya.

»Genau darum werden wir uns morgen kümmern.«

Sie versanken in Schweigen, bis Pia erschien und das Bier servierte.

»Auf weiterführende Obduktionsresultate, hilfreiche Indizien und kluge Eingebungen!« Pär hob sein Glas.

Maya grinste. »Auf die Lösung des Rätsels. Und den Weltfrieden.«

»So kann man es auch auf den Punkt bringen.« Pär lachte sie an, ehe er wieder ernst wurde. »Dass es sich bei dem Opfer um einen seiner Nachbarn handelte, hat Hilding ganz schön aus der Bahn geworfen.«

»Hat er mehr über diesen Svante erzählt?«

»Nur, dass er sein Leben lang dort gewohnt hat. Er war Klempner. Kurz nachdem er Rentner wurde, verstarb seine Frau sehr plötzlich. Dabei hatten die beiden wohl allerlei Pläne für ihren letzten gemeinsamen Lebensabschnitt.«

»Wie tragisch.«

Gedankenvoll nickte Pär. »Da wird einem mal wieder vor Augen geführt, dass man mit dem Umsetzen seiner Träume nicht zu lange warten soll.«

»Das erleben wir in unserem Beruf ja regelmäßig.«

»Stimmt, aber lernen wir daraus?«

Maya ließ die Sätze in sich nachwirken. Sobald sie zurück in

Stockholm waren, würde sie sich eine Liste erstellen mit allem, was sie in diesem Leben gern erreichen wollte. Viel zu leicht vergaß man im hektischen Arbeitsalltag seine Wünsche und Ziele.

Während des Essens blieb die Arbeit außen vor. Maya erkundigte sich nach Pärs Marathonplänen für die kommende Saison.

»Ich möchte unbedingt den New-York-City-Marathon laufen. Das bin ich schon zweimal angegangen, doch immer ist etwas dazwischengekommen. Dieses Mal will ich es wirklich durchziehen.« Pärs Augen begannen zu leuchten.

»Wow – Respekt. Das nenne ich mal ein Vorhaben. Wann findet der denn statt?«

»Anfang November. Also noch genügend Zeit fürs Training, wenn ich konsequent bin.«

»Ich kenne kaum jemanden, der so konsequent trainiert wie du.«

Eine Weile plauderten sie über die Dinge, die sie sich für das gerade begonnene Jahr vorgenommen hatten. Als Pär nach Jonas fragte, winkte Maya ab. »*Same old, same old*. Der Künstler ist auf Tour, da gibt es nichts anderes. Außer vielleicht die eine oder andere Frau.«

»Weiß er, dass du einen neuen Fall hast und hier oben ermittelst?«

»Ich habe ihm geschrieben, aber bisher keine Antwort bekommen.«

Energisch stellte Pär sein leeres Glas auf den Tisch. »Maya, du bist zu gut für jemanden so Unzuverlässiges. Das Leben ist zu kurz, davon haben wir doch gerade gesprochen.«

»Du hast ja recht.« Maya beschloss, sich Pärs Worte zu Herzen zu nehmen. Gleich heute Abend würde sie Jonas anrufen. Sie aß den letzten Bissen ihrer Lasagne und wischte sich mit einer grauen Stoffserviette den Mund ab. »Themawechsel: Wir müssen uns unbedingt noch nach Arvids Mittagessen erkundigen.«

»Stimmt.« Pär drehte sich um und winkte Pia, die gerade einen der Nachbartische abräumte, zu sich heran.

»Habt ihr noch einen Wunsch?«

»Haben wir. Der hat jedoch nichts mit eurer Speisekarte zu tun.« Pär griff in die Tasche seiner Jacke, die er über den Stuhl gehängt hatte, und legte seinen Dienstausweis auf den Tisch. »Wir sind aus Stockholm und ermitteln derzeit vor Ort. Könntest du uns bei der Überprüfung eines Alibis helfen?«

Verblüfft sah die junge Frau sie an, ohne den Ausweis näher zu betrachten. Dann nahm ihr Gesicht einen neugierigen Ausdruck an. »Wie spannend! Verratet ihr mir, in was für einer Sache ihr ermittelt?«

»Es geht um den Tod von Mats Anderberg. Vermutlich kanntest du ihn?«

»Mats Anderberg? Natürlich – den kannte hier doch jeder.« Pias Miene bekam etwas Hintergründiges. »Und ich – kannte ihn sogar ein bisschen besser.« Mit Daumen und Zeigefinger deutete sie an, wie klein dieses bisschen war. »Wir waren nämlich mal zusammen, müsst ihr wissen.«

»Echt?« Maya betrachtete die stämmige Kellnerin. Mit ihren auffälligen Ohrhängern im Ethnostil und einer tätowierten Rosenranke am Hals war sie ein vollkommen anderer Typ als die zerbrechlich wirkende, zurückhaltende Idun. »Das ist ja interessant. Wann war denn das?«

»Ach, lange her, ich war damals gerade mal sechzehn. Er war mein erster Freund, den vergisst man natürlich nicht, ihr versteht.«

»Die erste Liebe prägt fürs Leben.« Pär stützte den rechten Ellbogen auf den Tisch und legte das Kinn auf den ausgestreckten Fingern ab.

Eine Braue hochgezogen, wandte sich Pia an Maya: »Was für ein Philosoph dein Kollege ist!«

»Er steckt voller Überraschungen. Wie lange wart ihr denn ein Paar?«

»Nur einige Monate. Fünf waren es, um genau zu sein. Ich habe ihn abserviert.« Stolz schwang in ihrer Stimme mit.

Maya lehnte sich auf dem Stuhl zurück und schlug die Beine übereinander. »Was waren deine Gründe für die Trennung?«

»Ach ... ich war sechzehn, und hier oben war das größte Mysterium die Frage, ob das Ungeheuer im Storsjön existiert oder nicht. Ich wollte mich einfach noch nicht binden.« Sie lächelte vage, dann wurde sie mit einem Mal ernst. »Ehrlich gesagt, ich wollte mir Zeit lassen. Aber Mats – er wollte nicht warten. Er drängte mich. Schließlich sagte er zu mir: Am nächsten Wochenende tun wir es, oder es ist aus.« Sie zuckte mit den Schultern. »Da habe ich Schluss gemacht.«

In Maya glomm ein neuer Einfall auf. Was, wenn der Mord an Mats gar nichts mit seiner Kritik am Umgang mit dem Wald zu tun hatte? Womöglich steckte ein ganz anderes Motiv dahinter – zum Beispiel die Rache einer enttäuschten Exfreundin?

In ihre Gedanken hinein fragte Pia: »Ihr habt etwas von einem Alibi gesagt, das ihr prüfen wolltet?«

»Richtig.« Pär lächelte sie freundlich an und erklärte, worum es ihnen ging.

»Arvid Åkesson? Der war neulich zum Mittagessen hier, mit seinem Vater. Die beiden sind Stammgäste bei uns. Ich bin mir ziemlich sicher, dass es am Freitag war. Ich schaue mal schnell nach.« Mit zielstrebigen Schritten lief sie zur Theke hinüber.

Maya beugte sich über den Tisch. »Ich möchte mehr über das

Thema ehemalige Freundinnen von ihr wissen.« Rasch erläuterte sie Pär, was ihr eben in den Sinn gekommen war.

Er dachte kurz nach, dann nickte er zustimmend. »Du hast recht. Wir dürfen uns nicht zu früh auf eine Richtung festlegen. Lass uns bei ihr nachhaken.«

Bald darauf kehrte Pia mit einem Blatt Papier zu ihnen zurück. »Das ist eine Kopie der Quittung. Es stimmt, die beiden haben am letzten Freitag hier zu Mittag gegessen.« Sie reichte Maya den Ausdruck.

»Vielen Dank.« Maya schaute in ihre stark geschminkte und nicht besonders vorteilhaft betonte Augen. »Wir haben noch eine Frage.«

»Kein Problem. Ist ja nicht mehr so viel los.« Mit gespannter Miene lehnte sich Pia an den Nebentisch. »Was wollt ihr wissen?«

»Kannst du uns etwas zu Mats' anderen Freundinnen von früher sagen?«

Pia brauchte nicht lange nachzudenken. »Die, mit der er nach mir zusammen war, heißt Nadia. Sie lebt aber schon lange nicht mehr hier. Sie ist nach Amerika ausgewandert. Wollte immer Filmstar werden.« Ihr Lachen klang abfällig und resigniert zugleich. »Vermutlich kellnert sie jetzt auch. Nur, dass sie wohl das bessere Trinkgeld kriegt. Wer weiß, vielleicht arbeitet sie am Ende sogar bei *Marcus Samuelsson New York*?« Sie lachte erneut.

»Fällt dir sonst noch jemand ein?«

Pia überlegte. »Höchstens noch – aber zu der hatte ich damals schon keinen Kontakt. Sie ist zwei Jahre älter als ich, ging in Mats' Klasse. Im Abschlussjahr waren die beiden eine Weile zusammen.«

»Verrätst du uns ihren Namen?«

»Klar. Ist ja kein Geheimnis. Sie heißt Annika Nordström.«

Ein Blitz durchzuckte Maya. Ihr Gefühl hatte sie nicht getäuscht. Es existierte eine Verbindung zwischen Mats und Annika.

»Mehr fällt mir nicht zu dem Thema ein, sorry.« Pia löste sich von der Tischkante und begann, die leer gegessenen Teller zusammenzuräumen. »Wollt ihr sonst noch etwas wissen?«

Maya wechselte einen raschen Blick mit Pär. »Für den Moment war das alles, danke dir.«

Sie zahlten und gaben Pia ein großzügiges Trinkgeld. Als sie fast den Ausgang erreicht hatten, blieb Maya stehen und zog den Ausdruck, den Pia ihr gegeben hatte, noch einmal hervor. »Warte mal, hier auf dem Beleg steht Vilgot Åkesson.« Sie schaute sich nach der Bedienung um, die gerade mit dem Tablett von ihrem Tisch losging. »Pia, entschuldige.«

Sie kam zu ihnen herüber. »Ja?«

»Mir ist doch noch etwas eingefallen.« Maya deutete auf den Zahlbeleg. »Beziehungsweise aufgefallen: Hier steht Vilgot Åkesson, nicht Arvid.«

»Papas Kreditkarte, das ewige Schnuffeltuch.«

»Haben Vater und Sohn denn zusammen das Lokal verlassen?«

Pia legte die Stirn in Falten. »Jetzt, wo du fragst … Nein, ich glaube, Arvid ist früher gegangen.« Sie dachte einen Moment nach, dann hellte sich ihre Miene auf. »Ja, genau, ich hörte, wie er etwas sagte von wegen ein Meeting gleich nach der Mittagspause. Sein Vater war noch eine Weile da, hat in Ruhe seinen Kaffee getrunken.«

»Das heißt, wann ungefähr hat Arvid das Restaurant verlassen?«, erkundigte sich Pär.

»Das müsste so gegen kurz nach eins gewesen sein.« Pia schüttelte leicht den Kopf. »Erstaunlich, an wie viel man sich erinnert, wenn die werte Polizei nachfragt.«

Maya brauchte den neben ihr stehenden Pär nicht anzusehen, um zu wissen, dass er sich dasselbe fragte wie sie: Warum hatte Arvid sie angelogen?

Zurück in ihrem Hotelzimmer streifte Maya die Stiefel von den Füßen, warf die Jacke über einen Stuhl und ließ sich aufs Bett fallen. Was für ein Tag! Diese Geschichte war verzwickter, als sie anfangs gedacht hatte. Irgendwas übersahen sie. Aber was?

Nachdem sie eine Weile an die Decke gestarrt und ihre Gedanken sortiert hatte, stand sie wieder auf und wühlte in den Jackentaschen nach ihrem Handy. Dunkel hatte sie in Erinnerung, dass Sanna irgendwann versucht hatte, sie zu erreichen. Bis jetzt hatte sie keine Gelegenheit gehabt, sich bei ihr zu melden.

Das Display zeigte sieben verpasste Anrufe an. Allesamt von Sanna. Mit einem unbehaglichen Gefühl im Magen rief sie sie zurück. Es klingelte eine gefühlte Ewigkeit, und Maya rechnete jeden Augenblick damit, dass die Mailbox ansprang. Als sie gerade auflegen wollte, meldete sich die Freundin.

»Sanna – was ist passiert?«

»Ich kann da nicht mehr hingehen!«

»Wovon redest du?«

»Mein Job. Es geht nicht mehr. David hat ... Ich halte das nicht aus.«

Maya schwieg einen Moment. Nach ihrem letzten Gespräch hatte sie nicht mit einem derartigen Rückfall gerechnet. »Wo bist du jetzt?«

»Zu Hause. Ich packe.«

»Du ... verreist?« Besorgt setzte sich Maya auf die Bettkante. So niedergeschmettert hatte Sanna noch nie geklungen.

»Ich komme nach Östersund.«

»Was?«

»Keine Sorge, ich falle dir nicht zur Last.« Ein klägliches Lachen tönte in Mayas Ohr. »Ich weiß doch, dass du arbeitest. Ich wohne bei meiner Tante.«

»Aber – dein Job? Du kannst doch nicht so einfach wegbleiben.«

»Ich habe mich krankgemeldet. Morgen früh fahre ich los.«

»Aber … solltest du nicht vielleicht doch mit Olivia reden?«

Am anderen Ende blieb es still. Schließlich sagte Sanna zögernd: »Du verstehst das nicht, Maya. Es geht nicht.«

Kapitel 10

Dienstag, 30. Januar

Wieder wachte Maya lange vor dem Weckerklingeln auf. Genervt drehte sie sich auf den Bauch und vergrub ihren Kopf unter dem Kissen. Sie wusste bereits, dass es mit dem Weiterschlafen nichts mehr würde.

Ihre Gedanken wanderten zu Sanna, die sich bald auf den Weg zum Bahnhof machen würde. Sie wollte den ersten Zug nehmen und würde am frühen Nachmittag in Östersund sein. Durch die tief verschneite Landschaft zu fahren, stellte sich Maya idyllisch vor. Wobei es fraglich war, ob Sanna dies in ihrem derzeitigen Zustand genießen konnte.

Wirklich nachvollziehen konnte Maya Sannas Verhalten nicht. Woher kam diese heftige, irrationale Reaktion? Die Sanna, die sie kannte, hätte nach dem Vorfall in Berlin sofort eine Beschwerde bei ihrer Chefin eingereicht. Irgendetwas stimmte da nicht. Falls sie es schaffte, würde sie Sanna am Abend bei ihrer Tante besuchen.

Maya drehte sich auf den Rücken und sah zum Fenster hinüber. Draußen war es stockdunkel, und sie hatte überhaupt keine Lust aufzustehen. Eigentlich sollte sie trainieren, doch ihre Motivation befand sich irgendwo im tiefsten Keller. Kurz vor dem Einschlafen hatte sie gestern noch Jonas angerufen, gleich nach dem Gespräch mit Sanna. Es war ein Fehler gewesen. Er war gerade in Lund, wo sie Ibsens *Wenn wir Toten erwachen* gegeben hatten. Ausnahmsweise an einem Montag – normalerweise der vorstellungsfreie Tag. Im Hintergrund hörte Maya Stimmengewirr, Lachen und Gläserklirren.

»Wo bist du?«

»Im Theatercafé. Heute lief es großartig! Wir hatten einen Gast, sie hat die Maja gespielt. Sie war einfach umwerfend!« Die folgenden fünf Minuten schwärmte Jonas ununterbrochen von der Kollegin, die für die ursprüngliche Besetzung der weiblichen Hauptrolle eingesprungen war. »Jetzt müssen wir erst mal feiern.«

»Ihr müsst nicht, ihr wollt.«

»Was?«

»Ach, nichts.« Maya hatte den Satz von Emely übernommen, die gern mit einem Augenzwinkern kommentierte, wenn jemand in ihrer Gegenwart davon sprach, etwas zu »müssen«.

Am anderen Ende entstand eine Pause. »Alles okay bei dir?«

»Ich bin in Östersund.«

»Aha?«

»Beruflich.«

»Ein neuer Fall?«

»Nein, eigentlich eher, um zu prüfen, ob es hier bessere Kaffeeautomaten gibt als bei uns.«

»Was?«

»Natürlich ein neuer Fall, was sonst?«

»Und um was geht es?«

Maya war nicht sicher, ob Jonas aus echtem Interesse fragte oder bloß der Höflichkeit halber. Kurz umriss sie ihre aktuellen Ermittlungen, ohne konkrete Fakten zu nennen. Während sie redete, gab Jonas zweimal ein abwesend klingendes »Hm« von sich. Ganz offensichtlich war er mit seiner Aufmerksamkeit bei etwas anderem. Vermutlich bei der umwerfenden Kollegin. Mitten im

Satz brach sie ab und sagte trocken: »Ich glaube, du musst jetzt feiern gehen.«

»Was? Ja, stimmt, das wollte ich auch gerade sagen.«

Dass sie ihn vermisste, hatte sie sich daraufhin verkniffen.

Wenn sie an das Gespräch zurückdachte, bekam Maya sofort wieder schlechte Laune. Ob Jonas mit seiner Maja gestern im Bett gelandet war? Der Rollenname war Zynismus in Reinform! Oder gar eine Prophezeiung? Ohne es zu wollen, hatte sie plötzlich Bilder im Kopf von ihm und einer modelmäßigen Blondine, wie sie sich eng umschlungen auf roten Seidenlaken wälzten. Nach einigen weiteren selbstzerfleischenden Minuten warf Maya die steife weiße Hotelbettdecke beiseite und setzte sich auf die Bettkante.

»Dieser Schauspieler tut dir nicht gut«, war erst neulich Emelys Kommentar gewesen, und sie hatte ihr einen Link zu einem Artikel über toxische Beziehungen geschickt. Bis jetzt hatte Maya ihn sich nicht angesehen. Für einen Moment erwog sie, das endlich nachzuholen, entschied sich dann aber dagegen.

Sie stand auf, machte ein paar Dehnübungen und duschte anschließend lange mit abwechselnd heißem und kaltem Wasser.

Es würde ein anstrengender Tag werden. Nun kam zu ihren Ermittlungen noch ein zweiter Todesfall hinzu. Die Untersuchungen im Fall Mats Anderberg würden mit demselben Tempo weitergehen. Da sie nicht mit Verstärkung aus Stockholm rechnen konnten, würde das Arbeitspensum zwangsläufig auf den vorhandenen Schultern verteilt werden.

Nach einem schnellen Frühstück machte sich Maya auf den Weg zum *polishus*. Unterwegs ließ sie ihre Gedanken ziellos umherstreifen. Was schob sich in den Vordergrund? Von Beginn ihrer Polizeitätigkeit an hatte Maya neben dem Fachwissen, das auf Rationalität und Vernunft basierte, ihrer Intuition vertraut. Spontane Eingebungen hatten sie schon oft weitergebracht. Nach wie vor fragte sie sich, wer dieser mysteriöse Sponsor war, mit dem Mats sich treffen wollte. Warum gab es dazu nirgendwo einen Eintrag? Hatte er sich den Termin womöglich auf einen Zettel geschrieben? Gleich als Erstes würde sie sich auf die Suche nach seinen handschriftlichen Notizen begeben.

In ihrem Büro erwarteten sie die Kartons mit den Unterlagen von Mats' Schreibtisch, und Maya machte sich sofort an die Arbeit.

Sie hatte bereits einen Teil davon erfolglos durchgesehen, als Pär erschien.

»Guten Morgen!« Sein Gesicht hatte einen rosigen Schimmer, er wirkte ausgeschlafen und gelöst.

»Hej, wie war das Training?«

»Nachdem ich den Herrn Schweinehund eingesperrt hatte: herrlich erfrischend.«

»Mein Schweinehund hat heute früh die Diskussion gewonnen.«

»Maya, mit Tieren diskutiert man nicht.« Schmunzelnd zog Pär seine Jacke aus, hängte sie über die Lehne seines Stuhls und setzte sich. »Ah, ich sehe, du hast schon mit Mats' Papieren begonnen – hast du was Interessantes gefunden?«

»Bis jetzt nicht. Übers Sortieren bin ich aber auch noch nicht hinausgekommen. Es ist ein ziemliches Zettelchaos. Mats scheint keinen besonders ausgeprägten Sinn für Ordnung gehabt zu haben.«

»Das hat vermutlich seine Assistentin übernommen.«

»Und sicher auch seine Frau.« Maya rollte mit den Augen. »Jedenfalls ist noch genug für dich da.« Grinsend deutete sie auf zwei weitere Kartons neben Pärs Schreibtisch.

»Ich leg sofort los.« Unverwandt sah er Maya an. »Übrigens habe ich mir überlegt, dass – also, ich weiß, du wirst jetzt nicht in Begeisterungsstürme ausbrechen, aber wir müssen in dieser Situation jedes Potenzial ausschöpfen, das wir zur Verfügung haben.«

»Worauf willst du hinaus?«

»Wenn wir uns aufteilen, sind wir produktiver. Außerdem sorgen wir auf diese Weise dafür, dass die Befragungen nach unseren Spielregeln ablaufen.«

Maya schwante Übles. Wenn ihr Partner so herumdruckste, steckte meist etwas Unangenehmes dahinter. »Spar dir den heißen Brei und komm zur Sache.«

»Heißer Brei?«

»Na, um den heißen Brei herumreden. Nicht auf den Punkt kommen. Also was du gerade machst.« Ungeduldig wedelte sie mit den Händen.

»Stimmt, das sagt man auch so auf Schwedisch, also so ähnlich, wie die Katze ...«

»Sag's halt, Pär!«

Pär atmete aus. »Ich möchte, dass du am Vormittag Annika befragst.«

»Okay.« Maya hatte keine Ahnung, was daran so dramatisch sein sollte.

»Zusammen mit Sonny.«

Maya starrte ihn an. »Ist nicht dein Ernst! Mit diesem ... Du weißt, wie Sonny Cher behandelt hat?«

»Ist mir bekannt.« Er zwinkerte ihr zu. »Aber sie hat ihn um Jahrzehnte überlebt.«

Während der morgendlichen Teambesprechung verteilten sie die anstehenden Aufgaben. Vier weitere Östersunder Polizisten unterstützten sie ab jetzt. Sie würden sich heute in erster Linie um das Umfeld des toten Rentners kümmern. Bis das Obduktionsergebnis vorlag, sollten sie so viele Informationen wie möglich sammeln.

Immer wieder glitt Mayas Blick hinüber zu Sonny, der kaugummikauend in seinem Schreibtischstuhl hing. Widerwillig musste sie zugeben, dass Pär recht hatte. Wollten sie ihre Effektivität steigern, war es sinnvoll, sich aufzuteilen. Die Aussicht, den Vormittag ausgerechnet mit dem Machosprüche-Klopfer zu verbringen, stimmte sie dennoch alles andere als froh.

Nach der Besprechung brachen Sonny und sie sogleich auf. Innerlich wappnete sich Maya für den ersten dummen Kommentar, doch dieser blieb zunächst aus. Vielmehr wirkte der Zweimetermann, als wüsste er nicht wirklich, wie er sich ihr gegenüber verhalten sollte. Maya erlebte so etwas nicht zum ersten Mal: Solche Machos beleidigten Frauen gern in Gegenwart anderer Männer mit ihren sexistischen Sprüchen. Waren sie mit einer Frau allein, mutierten sie schnell zu unsicheren Zeitgenossen. Aber Maya beschloss, auf der Hut zu bleiben. Noch einmal würde sie seine Sprüche nicht kommentarlos einstecken.

Sie hatten ihr Kommen telefonisch bei Arvid Åkesson angekündigt, und dieser war überaus verständig gewesen. Um zehn Uhr konnten sie Annika an ihrem Arbeitsplatz treffen.

Auf der kurzen Fahrt in die Stadt erklärte Maya ihrem neuen Teamkollegen, wie Pär und sie vorzugehen pflegten. »Notier dir alles, was dir merkwürdig vorkommt. Und beobachte sie genau – na ja, das weißt du ja alles selbst.«

Der Blick, den der am Steuer sitzende Sonny ihr zuwarf, signalisierte ihr, dass er es eher nicht wusste. Vorsichtshalber hakte sie nach: »Hast du noch Fragen?«

»Hm … also …« Es entstand eine lange Pause, in der er seinen Kaugummi von rechts nach links schob. »Worauf genau soll ich achten?«

»Na, ob sich ihre Haltung verändert oder ihre Mimik. Besonders die Hände verraten total viel. Seine Gesichtszüge hat der Durchschnittsmensch meist noch unter Kontrolle, aber die Finger – die machen gern, was sie wollen.«

»Das tun meine auch oft.« Er ließ ein anzügliches Lachen hören. »Wenn ich in so hübscher Begleitung bin.«

Maya hätte sich am liebsten geohrfeigt, dass sie ihm diese Steilvorlage geliefert hatte. »Sag mal, MeToo ist hier oben wohl noch nicht angekommen?«

»Hä?«

»Vergiss es.«

Den Rest des Weges legten sie schweigend zurück.

Wie am Tag zuvor empfing Annika sie am Tresen im Eingangsbereich von *Åkessons Trä*. Die Tür zu Arvids Büro stand offen, und Maya erhaschte einen Blick auf den Jungunternehmer, der heute wieder piekfein gekleidet war.

Annika führte sie in einen kleinen Aufenthaltsraum neben Arvids Büro. Ihrem ausdruckslosen Gesicht entnahm Maya, dass sie über die bevorstehende Unterhaltung nicht in Jubelstürme ausbrach.

Die Sitzgruppe, auf der sie sich mit Sonny niederließ, war identisch mit der in Arvids Büro. Auch hier gab es ein deckenhohes Bücherregal, außerdem einige altmodische Ölgemälde. Auf einem niedrigen Glastisch mit schnörkellosem Stahlgestell standen Kaffee und Wasser bereit. Annika schenkte ihnen ein, dann setzte sie sich ebenfalls.

Nachdem sie einen Schluck Kaffee getrunken hatte, eröffnete Maya das Gespräch: »Sonny Lindberg kennst du vielleicht schon?«

»Nur vom Sehen.« Verhalten nickte Annika ihm zu.

»Danke, dass du dir kurz Zeit für uns nimmst.« Maya schielte zu Sonny hinüber, der Stift und Block parat hielt.

»Worum geht es denn?« Annika nestelte am linken Ärmel ihres Rollkragenpullovers.

»Wir wollten noch einmal kurz mit dir über Mats Anderberg sprechen.« Maya beobachtete sie genau.

Annika sah sie an, ihre Finger spielten weiterhin mit dem Bündchen des Pullovers. Ansonsten zeigte sie keine Reaktion.

»Wie viel Kontakt hattest du eigentlich zu Mats, Annika?«

»Was meinst du?«

»Wie gut habt ihr euch gekannt?«

»Wir … gingen in dieselbe Klasse.«

Freundlich lächelnd schaute Maya sie weiter an und wartete ab, doch Annika fügte nichts mehr hinzu. »Annika, ich weiß, dass ihr am Ende eurer Schulzeit zusammen wart.«

Annika stieß einen tiefen Seufzer aus. »Diese Kleinstadt! Ja, wir waren damals zusammen. Aber nur für einige Monate, um die Abiturprüfungen herum. Danach … er zog nach Stockholm, und ich ging ins Ausland. Da hatte sich das dann erledigt.«

Maya wechselte einen raschen Blick mit Sonny, der nicht erkennen ließ, ob ihm all dies bereits bekannt war. »Warum erzählst du uns erst jetzt davon?«

»Ich dachte, es sei nicht relevant.« Annika zuckte mit den Schultern. »Immerhin ist das eine kleine Ewigkeit her.«

»Das heißt, ihr hattet später gar keinen Kontakt mehr, Mats und du?«

»Nein.«

»Auch nicht, als Mats wieder hierherzog?«

Annika zögerte.

»Was ist mit der SMS, die Mats dir neulich geschickt hat? Er wollte sich mit dir treffen.«

»Ich habe nicht darauf geantwortet. Aber das wisst ihr vermutlich auch schon.«

»Warum hast du ihm nicht geantwortet? Wolltest du ihn nicht sehen?«

»Ja ... nein ... ich – ich hatte keine Zeit.«

»Keine Zeit, ihm zu antworten, oder keine Zeit, ihn zu treffen?«

»Beides.« Annika strich sich eine Haarsträhne aus dem Gesicht. »Ich bin alleinerziehend. Entweder ich arbeite oder ich verbringe Zeit mit meiner Tochter. Der Haushalt, Fridas Schule, mein Job – ich schaffe eigentlich nie alles, was ansteht. Ich wollte ihm noch antworten, aber ...« Resigniert hob sie die Hände.

Maya schlug einen einfühlsamen Ton an: »Ich würde gern kurz über eure damalige Beziehung sprechen.«

»Ist das wirklich nötig?«

»Momentan fischen wir ziemlich im Trüben, was die Umstände von Mats' Tod angeht. Wir sind auf jede Information angewiesen. Auch von Menschen, die ihn von früher kennen.«

Für einen Moment schloss Annika die Augen, öffnete sie wieder und fragte: »Was möchtest du wissen?«

»Wie war es zwischen euch?«

»Ach ... Das war vor so langer Zeit.« Annika sah zu Sonny und dann erneut zu ihr. »Ich weiß gar nicht mehr genau.« Ihre Worte klangen halbherzig.

Maya glaubte ihr nicht. »Na, so lange ist das doch noch nicht her. An alles kann ich mich auch nicht mehr erinnern, aber meine damaligen Beziehungen habe ich schon irgendwie parat.«

»Anscheinend bist du mit einem besseren Gedächtnis gesegnet als ich.« Annikas Ton bekam eine säuerliche Note.

»Sorry, so war das nicht gemeint.« Maya ruderte zurück. Offenbar war sie übers Ziel hinausgeschossen. Es war wichtig, dass Annika ihr vertraute, sonst würde sie ihr nichts erzählen. Maya blickte zu Sonny, der neben seinen Notizen Strichmännchen zeichnete. So viel zum Beobachten der Befragten. Dann konnte sie das genauso gut ohne ihn weiterführen. Und vielleicht würde sich Annika wohler fühlen, wenn sie unter vier Augen mit ihr sprach. Maya räusperte sich. »Sonny, könntest du uns kurz allein lassen?«

Der Östersunder Kollege sah sie überrascht an. »Okay.« Zögernd erhob er sich. »Ich warte draußen.«

Auch in Annikas Gesicht machte sich Verwunderung breit, doch sie sagte nichts.

Maya dachte an Pärs Strategien und ahmte Annikas Haltung nach: Sie schlug die Beine übereinander und legte die gefalteten Hände auf die Oberschenkel. Spontan entschied sie sich für eine offene Gesprächsvariante. Als säße sie einer Freundin gegenüber. »Ich möchte ganz frei mit dir reden können, Annika. Ohne …«, sie überlegte einen Moment, »ohne männliche Anwesenheit.«

Auf Annikas Gesicht erschien der Ansatz eines Lächelns.

»Ich kenne Sonny noch nicht lange«, fuhr Maya fort, »und er meint es sicher nicht so, aber manchmal kommen von ihm solche Sprüche, solche richtigen …«

»Machosprüche?« Annika sah sie aufmerksam an. »Ich weiß, was du meinst. Also, nicht in Bezug auf deinen Kollegen, sondern allgemein.« Sie kräuselte die Stirn. »So sind sie hier halt. Nicht nur hier, ich weiß. Aber solange es nur Sprüche sind … Selbst wenn natürlich auch das nicht okay ist.« Mit beiden Händen fasste sie ihre Haare, die sie heute offen trug, zusammen und streifte sie nach hinten. »Okay, was möchtest du wissen?«

Innerlich atmete Maya auf. Es war ihr gelungen, ihren Fauxpas auszubügeln. »Erzähl mir doch einfach ein bisschen, woran du dich erinnerst, von eurer gemeinsamen Zeit damals. Wie es angefangen hat, zum Beispiel.«

Annikas Blick wanderte im Raum umher. »Also, das waren ziemlich wilde Monate. Das ging schon weit vor den Abiturprüfungen los: Ständig war irgendwo eine Party, es wurde viel getrunken.« Sie hielt einen Moment inne, ehe sie fortfuhr: »An manche Abende kann ich mich nur noch bruchstückhaft erinnern. Ein paar Mal bin ich am nächsten Tag aufgewacht und hatte keine Ahnung, wie ich nach Hause gekommen war.«

Maya nutzte ihre Pause und fragte: »Waren damals Drogen im Spiel? Also, ich meine, andere außer Alkohol?«

»Hier und da wurde mal was ausprobiert.« Annika senkte den Blick. »Für gewöhnlich Haschisch. Einmal hatte einer solche LSD-Kekse dabei, die habe ich aber nicht angerührt. Keine härteren Sachen. Meist nur Alkohol.«

»Wann genau bist du mit Mats zusammengekommen?«

»Wir hatten ab und zu mal was, auf diesen Festen. Nichts Ernstes, meine ich. Wir haben uns halt geküsst und so. Irgendwann, ich glaube, es war nach dem dritten Mal oder so, da haben wir dann beschlossen, dass wir jetzt zusammen sind. So mit Händchenhalten auf dem Schulhof. Eben nicht nur bei den Partys. Das war vielleicht«, Annika überlegte, »zwei Monate vor den Prüfungen.«

»Warst du sehr verliebt in ihn?«

»Eher verknallt.« Mit der rechten Hand massierte sie sich den Nacken. »Eigentlich war ich damals in einen anderen Typ verliebt. So richtig heftig. Aber er hat nie von mir Notiz genommen. Das kennst du ja sicher, man steht auf jemanden, der sich nicht für einen interessiert, dafür steht jemand anderes auf einen selbst, für den man sich nicht interessiert. Zum Beispiel war Bengt damals eine Weile in mich verliebt, der Stellvertreter der RVS. Er hat mir einen Liebesbrief geschrieben, was ich damals total süß fand. Und mutig – schließlich war er zwei Jahre jünger als ich.«

Sie zuckte mit den Schultern. »Mit Mats, das hat sich irgendwie so ergeben. Er sah schon ziemlich gut aus. Viele Mädchen fanden ihn toll. Und er war spannend. So anders als die anderen. Aber richtig verliebt war ich in ihn nicht.«

»Und er? War er in dich verliebt?«

»Total. Er hat mir damals gestanden, dass er mich schon seit der siebten Klasse angehimmelt hat. Ich glaube fast, dass ein Teil seiner Verliebtheit auf mich übergeschwappt ist.«

»Du meinst, dass du dadurch geglaubt hast, du seiest auch in ihn verliebt?«

»Ja, genau.« Beinahe erleichtert sah Annika sie an. »So habe ich das noch nie gesehen, aber das bringt es auf den Punkt.«

»Entschuldige, wenn ich so indiskret frage: Hattet ihr Sex?«

Annika schaute sie an, ohne zu antworten.

»Ich weiß, das ist sehr intim.« Maya betete, dass Annika nicht wieder dichtmachen würde. »Ich frage, weil wir von einer anderen Frau wissen, mit der Mats vorher zusammen war. Sie meinte, er habe sie damals gedrängt, und dann hätte sie Schluss gemacht.«

»Ihr habt mit Pia gesprochen.« Annika nickte bedächtig. »Natürlich! Ihr wart im *Kitchen & Table*, und sie hat euch bedient – daher wisst ihr auch ...« Unvollendet ließ sie den Satz in der Luft hängen und schwieg einen Moment lang, ehe sie fortfuhr: »Bei mir war es genauso. Er hat immer wieder gedrängt und dann – tja, wie gesagt, dann haben sich unsere Wege getrennt.«

»Ihr habt nicht miteinander geschlafen?«

»Nein.«

Maya sah sie prüfend an. Sagte Annika die Wahrheit? Andererseits – war sie wirklich verpflichtet, Maya davon zu berichten? »Gibt es sonst noch etwas, was du mir zu Mats erzählen möchtest?«

»Mir fällt nichts ein.«

»Gut, dann war's das für heute.« Maya erhob sich. »Danke für deine Zeit und deine Auskunftsbereitschaft, Annika.«

»Gern geschehen.« Annika stand ebenfalls auf. »Ich hoffe, ihr findet den Täter bald. Oder die Täterin. Man weiß ja nicht.«

»Das stimmt. Noch wissen wir es nicht.« Abermals dachte Maya daran, dass hinter dem Mord an Mats auch private Gründe stecken konnten. Irgendwie bekam sie den Fall nicht richtig zu fassen. Sie wandte sich Arvids Büro zu. Ehe sie ging, wollte sie ihn auf seine Falschaussage bezüglich des Alibis ansprechen.

»Arvid hat einen auswärtigen Termin.« Annika setzte sich an ihren Schreibtisch. »Soll ich ihm etwas ausrichten?«

»Nein, danke. Wann wird er wieder zurück sein?«

»Warte mal ...« Sie blickte auf den Bildschirm. Nach ein paar Mausklicks hob sie den Kopf und sah Maya an. »Heute kommt er gar nicht mehr rein. Er ist auf dem Weg zu einem Geschäftstermin nach Umeå und bleibt über Nacht dort. Morgen kommt er zwar zurück, fährt dann aber gleich in unser Lager, um die Bestände zu prüfen.«

»Dann besuche ich ihn morgen dort. Hast du eine Adresse für mich?«

Annika griff nach einem Notizzettel. »Ich schreib sie dir auf.«

»Danke dir.« Maya steckte den Zettel ein und verließ das Gebäude. Wie ärgerlich, dass sie nicht direkt mit Arvid gesprochen hatte!

Kapitel 11

Hilding stellte den Dienstwagen auf einem Parkplatz am Eingang des Campusgeländes ab. Er holte die Abdeckung für die Windschutzscheibe aus dem Kofferraum und befestigte sie. Im Laufe der Jahre war ihm diese Handhabung in Fleisch und Blut übergegangen. Wozu Eiskratzen, wenn es solch nützliche und dazu noch kostengünstige Hilfsmittel gab?

Gemeinsam mit Pär lief er über die festgetretenen Schneewege auf den gelb verputzten Gebäudekomplex der Mittuniversitetet zu, in dem sich neben der Bibliothek auch das *Café Fikaön* befand. Während der Fahrt hierher hatte es wieder zu schneien begonnen. Dicke Flocken schwebten aus den tiefhängenden Wolken auf sie herab. Diese Sanftheit bildete einen heftigen Kontrast zu der schneidenden Kälte. Und zu der Brutalität, die besonders im Moment seinen Arbeitsalltag prägte. Nicht zum ersten Mal freute sich Hilding darauf, wenn er in Rente gehen durfte. Endlich die friedliche Seite des Winters, des Lebens überhaupt genießen zu können. Wenn er endlich frei sein würde.

Hilding war gern Polizist gewesen, doch in den letzten Jahren war er müde geworden. So vieles hatte sich verändert. Sparmaßnahmen, wohin man nur blickte, Personalmangel und zuletzt diese absolut sinnfreie Umstrukturierung. Es war an der Zeit, dass die nächste Generation das Ruder übernahm. Sie stand eh längst in den Startlöchern.

Blieb bloß zu hoffen, dass ihn seine Gesundheit nicht im Stich ließ. Kurz vor seinem Sechzigsten hatte es angefangen, mit dem Herzen. Ein leichter Infarkt, er hatte sich schonen müssen, nahm seither brav jeden Morgen seine Medizin. Lisbet achtete darauf, dass er sich – zumindest zu Hause – ausgewogen ernährte, und drängte ihm regelmäßige Spaziergänge auf. Wollte sie wissen, wie es ihm ging, antwortete er immer leichthin, sie solle sich keine Sorgen machen. Insgeheim jedoch fragte er sich manchmal, wie viele gute Jahre ihm nach seiner Pensionierung wohl bleiben würden. Vor allem, wenn wieder einmal jemand aus seinem Bekanntenkreis verstarb.

Pär hatte ihm vorhin erneut sein Beileid ausgesprochen. Hilding rechnete es ihm hoch an, dass er ihn außen vor hielt, was die Aufklärung von Svantes Tod betraf. Um diese Ermittlungen kümmerten sich bis auf Weiteres die anderen Kollegen der Abteilung. Es reichte, dass ihn die Erinnerungen an den zwar schrulligen, aber durchaus auch liebenswerten Rentner überfielen, sobald er in seine Straße einbog.

Svantes Haus war das zweite auf der rechten Seite, schräg gegenüber von seinem eigenen. Früher war der Garten der Wiklands eine blühende Pracht gewesen. Ein regelrechter Hingucker, an dem man unweigerlich haltmachen musste. Es war Svantes Frau Ulrika gewesen, die dieses Paradies geschaffen hatte. Seit ihrem Tod war der Garten schleichend verwahrlost. Die Pflanzen, nun nicht länger im Zaum gehalten, hatten sich verselbstständigt. Was, wie Hilding fand, einen ganz eigenen Charme besaß. Jetzt war Svante ebenfalls nicht mehr da. Ein dumpfer Schmerz hatte sich in Hildings Brust eingenistet. Nie wieder würde er am Gartenzaun mit der abblätternden Farbe stehen bleiben und mit dem Rentner ein Pläuschchen halten.

Hilding versuchte, sich auf das bevorstehende Gespräch zu konzentrieren. Er räusperte sich. »Was wissen wir über diese Teresa?«

»Sie kommt aus Luleå. Kommunikation und PR sind ihre Fächer.«

Gerade passierten sie die Übersichtstafeln vom Campus Östersund, und Hildings Gedanken schweiften schon wieder ab. Unwillkürlich kam ihm Mirjam in den Sinn. Seine Jüngste, das Nesthäkchen der Familie, studierte in Boston. Warum hatte sie sich nicht für einen Studiengang in ihrer Heimat entschieden? Die Fächerauswahl an der Mittuniversitetet war durchaus groß. Wenn ihr die Stadt zu klein war, hätte es ja Stockholm oder Göteborg sein können. Und Auslandssemester konnte man schließlich auch einlegen. Aber nein, es mussten ja die USA sein! Es fiel Hilding nicht leicht einzusehen, dass ausgerechnet seine kleine Mirjam, der Nachzügler, die Flügel so weit ausgebreitet hatte und in die Ferne davongeflogen war. Er seufzte auf.

Überrascht sah Pär ihn an. »Alles okay?«

»Jo.« Ein Schwall eiskalter Luft strömte in seinen Mund. Hustend öffnete Hilding die gläserne Eingangstür des Gebäudes und ließ den Stockholmer Kollegen vor sich eintreten.

Die blank gescheuerten, grauen Bodenfliesen spiegelten das Tageslicht, das durch die deckenhohen Fenster hereinfiel. Im Hintergrund der offenen, großzügig geschnittenen Eingangshalle befand sich der Zugang zur Bibliothek, mittig führte eine breite Treppe in die oberen Stockwerke. Zu ihrer Rechten lag ein ovaler Verkaufstresen, davor und dahinter standen Barhocker an hohen, quadratischen Tischen. *Fikaön* kündigten dunkelblaue Buchstaben auf einem weißen Schild an. Geradeaus führte eine offene Treppe in die oberen Stockwerke, daneben gab es eine lange Tischreihe mit Arbeitsplätzen. Mehrere Studenten saßen dort mit ihren Laptops.

Suchend blickte Pär sich um und steuerte einen der Tische im vorderen Bereich an, von dem ihnen eine junge Frau gespannt entgegensah.

»Hej.« Pär trat auf sie zu. »Bist du Teresa Björkgren?«

»Ja.« Sie schob ihre goldgerahmte Brille hoch und musterte sie. »Und ihr seid von der Polizei, nehme ich an.«

»Genau.« Pär stellte Hilding und sich vor, dann setzte er sich ihr gegenüber auf einen der Barhocker.

»Ich hol mal schnell Kaffee.« Hilding überließ Pär den aufwärmenden Small Talk und wandte sich dem Tresen zu. Auch Teresas Kleidungsstil erinnerte ihn an Mirjam. Diese seltsame Mode, die die Jugend momentan trug, und zwar Jungs wie Mädchen gleichermaßen, befremdete ihn. Kurze, weite Pullis, klobige Schuhe und Karottenjeans mit Hochwasser, in denen selbst das dünnste Model unförmig aussah. Diesen unvorteilhaften Schnitt hatte er bereits in den Achtzigern scheußlich gefunden. Es gab Modeerscheinungen, die brauchten kein Revival. Doch was verstand er davon. Weshalb bemühten sich die jungen Frauen derzeit nur so, jegliche weibliche Form zu verschleiern? Oder ging es speziell darum? Er dachte an die Gespräche, die er manchmal mit Mirjam führte, über Gendern und Rollenbilder. Gleichberechtigung zwischen Mann und Frau, dagegen war ja gar nichts einzuwenden. Aber mit so mancher Ansicht der Jugend kam Hilding einfach nicht mehr mit. An den eigenen Kindern merkte man am ehesten, dass man alt wurde.

Mit zwei Pappbechern lief Hilding zu dem Tisch hinüber, an dem sich Pär und Teresa bereits angeregt unterhielten.

»Wie lange arbeitest du schon für die RVS?«, erkundigte Pär sich gerade.

»Ungefähr ein halbes Jahr.« Teresa strich sich die blonden Haare zurück, die ihr mittig gescheitelt über die Schultern fielen.

»Wie bist du an den Job gekommen?«

»Es gab einen Aushang in der Uni. Ist mir gleich aufgefallen, als ich nach den Sommerferien das erste Mal wieder hier war. Und da ich – nun ja – schon ziemlich lange ein Fan von Mats Anderberg war, habe ich mich sofort beworben.«

Während sie sprach, stellte Hilding die Becher ab, hängte seine Jacke über die Stuhllehne und setzte sich. Dann fiel ihm ein, dass er ja mitschreiben sollte. Umständlich zog er ein Notizheft mit angeklemmtem Kugelschreiber aus der Jackentasche. Was hatte sie gerade gesagt? Mats Anderberg war ihr Idol gewesen? Das konnte durchaus wichtig sein. Er begann zu schreiben.

Pär schlug die Beine locker übereinander. »Erzähl uns doch ein bisschen von deiner Arbeit bei der RVS. Was waren deine Aufgaben?«

Teresa trank einen Schluck ihres Tees, ehe sie antwortete. »Ich habe mich vor allem um die Organisation von Presseterminen und Interviews und den Kontakt zu Influencer:innen gekümmert. Generell habe ich alle Anfragen erst einmal geprüft.«

»Da kannst du uns sicher sagen, wer der potenzielle neue Sponsor ist, mit dem Mats sich am vergangenen Freitagmittag treffen wollte?«

Teresa dachte einen Moment nach, dann schüttelte sie den Kopf. »Sorry, da muss ich passen. Die Termine für die aktuelle Woche habe ich am Montag früh upgedatet. Ich habe immer Lücken gelassen für spontane Treffen, das war Mats wichtig.« Abermals schob sie ihre Brille hoch. »Ich vermute mal, dass Mats diejenige beziehungsweise denjenigen persönlich gekannt hat.

Oder aber er hat direkt mit ihr oder ihm Kontakt aufgenommen. Ich habe nämlich einen solchen Termin nicht vereinbart, daran würde ich mich erinnern.«

»Eigenartig.« Pär kratzte sich am Kinn.

»Eigentlich nicht. Das kam öfter mal vor, besonders bei neuen Geldgeber:innen. Da war Mats der persönliche Kontakt enorm wichtig.«

»Darf ich mal kurz?« Mit einer Handbewegung bedeutete Pär Hilding, dass er etwas aufschreiben wollte. Hilding hielt ihm Heft und Stift hin.

»Danke.« Nachdem er seine Gedanken notiert hatte, richtete er seine Aufmerksamkeit wieder auf Teresa. »Du hast vorhin gesagt, dass du schon früher ein Fan von Mats Anderberg warst. Wie war es denn so, seine Assistentin zu sein?«

Hilding zog das Heft zu sich zurück und warf einen Blick auf Pärs Worte. *Handy Mats: Adressbuch auf mögliche Geldgeber prüfen!!!* hatte er geschrieben. Hilding schlug eine neue Seite auf.

Teresa zögerte mit ihrer Antwort. »Vielleicht ist es besser, seine Vorbilder nicht persönlich kennenzulernen. Geschweige denn, mit ihnen zu arbeiten.«

»Klingt so, als hättest du Schwierigkeiten mit Mats gehabt?«

»Na ja, auf Dauer wäre ich wohl nicht dort geblieben. Mats war nicht der Einfachste. Aber ich vermute, das mit der Stelle hat sich jetzt eh erledigt. Ich war ja seine Assistentin. Wer weiß, wer der oder die Nachfolger:in wird. Für Bengt möchte ich jedenfalls nicht arbeiten.«

Hilding horchte auf.

Auch Pär hakte sofort nach: »Was stört dich an Bengt?«

»Er kann ziemlich nervig sein. Kontrollierend und ...« Sie suchte nach dem passenden Ausdruck. »Kleinkrämerisch. Mats war chaotisch, aber er hatte Charisma. Seine Spontaneität konnte anstrengend sein, seine Launen ebenfalls. Aber es gab immer wieder diese Momente, in denen er einen total mitriss. Dieses Talent fehlt Bengt leider total.« Sie hob die Hände. »Ehrlich, wenn er den Vorsitz übernimmt, habe ich keine Lust, noch für die RVS zu arbeiten. Da suche ich mir lieber etwas anderes.«

Hilding machte sich Notizen. Teresa war die Erste, die Mats' Launen erwähnte. Soweit er wusste, hatte seine Frau nichts darüber gesagt.

»Warst du am letzten Freitag im Büro der RVS?«, fragte Pär weiter.

»An dem Tag hatte ich frei.«

»Was hast du gemacht?«

»Ich war hier, in der Uni. Ich hatte den ganzen Tag über Veranstaltungen.«

»Wird dabei die Anwesenheit überprüft?«

Hilding kniff die Augen zusammen und beobachtete Teresas Reaktion auf Pärs Frage genau.

»Bei den Vorlesungen nicht. In den Seminaren fällt es auf, wenn jemand nicht da ist.« Sie hielt Pär ihr Telefon hin. »Ihr könnt mein Handy prüfen, wenn ihr wollt, dann seht ihr, dass ich mich nicht vom Campus wegbewegt habe.«

Pär lächelte sie an, ohne danach zu greifen. »Du könntest es hiergelassen haben.«

Entsetzt sah Teresa ihn an. »Ohne mein Handy würde ich doch nicht ... Da ist mein Leben drin!«

In dem Blick, den Pär ihm zuwarf, konnte Hilding deutlich die Gedanken des Stockholmers lesen: Du und ich, wir stammen aus dem Zeitalter vor den Mobiltelefonen. Wir werden die Jüngeren nie ganz verstehen können. Und sie uns nicht. Er wandte sich wieder an Teresa. »Was denkst du, wer könnte etwas mit Mats'

Tod zu tun haben? Gab es jemanden, der dir irgendwie verdächtig vorkam?«

In Teresas Gesicht machte sich eine neue Unsicherheit breit.

»Mach dir keine Sorgen, unser Gespräch ist streng vertraulich.« Pär beugte sich leicht nach vorn. »Es ist verständlich, dass du niemanden fälschlich belasten möchtest. Aber wir sind auf die Beobachtungen derer angewiesen, mit denen Mats im Alltag regelmäßig zu tun hatte. Und da spielst du als seine Assistentin zweifellos eine wichtige Rolle.«

»Auf Mats lastete einiges.«

»Wie meinst du das?«

»Er war Kopf der RVS, galt aber gleichzeitig als Spitzenkandidat der Grünen für die nächsten Wahlen. Manch einer hat vielleicht befürchtet, er könnte zu groß werden.«

Hilding überlegte. Bisher hatten sie dieser Doppelrolle, die Mats innehatte, keine nähere Beachtung geschenkt. Auch Pär schien das aufzufallen, denn er hakte nach:

»Kannst du das noch mehr ausführen?«

Wieder trank Teresa von ihrem Tee, ehe sie antwortete: »Bis jetzt hat er nur eine Gruppe von Umweltschützer:innen angeführt. Nun musste man hier damit rechnen, dass er aktiv in der Politik mitmischen würde. Jemand mit seinen Führungsqualitäten hatte gute Chancen, sich gegen seine Konkurrent:innen durchzusetzen. Alle, die Mats kannten oder ihn auch nur einmal auf einer Bühne erlebt hatten, wussten das.«

Pär nickte nachdenklich. »Für die anderen bei der RVS war es gewiss nicht immer leicht, im Schatten einer solchen Persönlichkeit zu arbeiten?«

»Ach, jemand wie Mats braucht ja nicht nur sein Publikum.« Teresa hob die Hände. »Ohne seine kleinen Helferlein um ihn herum wäre er schnell aufgeschmissen gewesen. Das wusste er, das wussten wir.« Sie lachte. »Man hat ein leichteres Leben, wenn man seinen Platz kennt und diesen so gut wie möglich ausfüllt. Je effektiver wir im Hintergrund arbeiteten, desto besser konnte Mats nach außen hin agieren. Bestimmt waren manche neidisch, aber auf so etwas achte ich nicht.«

»Wie ist das mit Bengt gewesen? Hat er das auch so gesehen oder gab es eine Konkurrenz zwischen ihm und Mats?«

Teresa überlegte. »Davon habe ich nichts mitbekommen. Sie sind ja echt total verschieden. Bengt war der ideale Stellvertreter, die beiden wirkten ziemlich eingespielt.«

»Eine der Fragen, die uns beschäftigt, ist, warum Mats genau an jener Stelle getötet wurde. War es Zufall, ein einsam liegender Ort im Wald, oder hatte er eine bestimmte Bedeutung? Gibt es einen Bezug zur RVS?«

»Also, mir fällt nichts ein, was die RVS da zu tun haben könnte. Auf mich wirkt es eher wie …«, sie schien nach den richtigen Worten zu suchen, »wie ein willkürlich gewählter Ort, irgendwo im Nirgendwo.«

Hilding dachte an den Obduktionsbericht. Es gab keinerlei Spuren, dass man Mats mit Gewalt dorthin gebracht hatte. Aus welchem Grund war er bloß da im Tannendickicht gewesen?

Pär stellte noch einige Fragen, doch Teresa wusste weiter nichts, was für ihre Ermittlungen interessant war. Schließlich verabschiedeten sie sich von der jungen Frau und verließen das Gebäude.

Es hatte aufgehört zu schneien, und die Wolken waren aufgerissen. Das Sonnenlicht gleißte auf der Schneedecke, sodass Hilding blinzeln musste. Schweigend legten sie den Weg zum Parkplatz zurück. Am Wagen angekommen, blieb Pär stehen und drehte sich zu Hilding um. »Ehrlich gesagt, ich hatte mir mehr von dem Gespräch erhofft.« Er verschränkte die Arme vor der

Brust. »Immerhin war sie seine Assistentin, da sollte man davon ausgehen dürfen, dass sie Mats besser gekannt hat als die meisten anderen.«

»Jo.« Hilding entfernte die Abdeckplane von der Windschutzscheibe und verstaute sie im Kofferraum, ehe er sich auf den Fahrersitz plumpsen ließ. Er schaute auf die Uhr am Armaturenbrett, die ihm bestätigte, was sein Magen bereits andeutete: Zeit fürs Mittagessen. Fragend sah er Pär von der Seite an, der gerade die Beifahrertür schloss. »Lunch?«

»Definitiv. Gibt's hier was in der Nähe?«

»Um die Ecke liegt ein Hotdogladen.«

»Den nehmen wir.« In sachlichem Ton fügte Pär hinzu: »Dann können wir ja beim Essen das Gespräch noch mal in Ruhe durchgehen.«

Missmutig startete Hilding den Motor. Beim Lunch pflegte er sich ausschließlich aufs Essen zu konzentrieren. Kleiner Small Talk war okay. Aber nicht zeitgleich schon wieder arbeiten. Wozu hieß es sonst MittagsPAUSE? Typisch diese Hauptstädter, immer unter Strom. Da musste er jetzt wohl durch. Innerlich aufseufzend rollte er vom Parkplatz.

• • •

Nach dem Gespräch mit Annika fuhren Maya und Sonny zurück zur Polizeistation. Unterwegs erkundigte sich Maya bei ihrem Kollegen, was er von Annika hielt. »Und damit meine ich nicht als weibliches Wesen, das man daten oder anbaggern kann.« Sie konnte nicht verhindern, dass eine gewisse Schärfe in ihrer Stimme lag.

»Schon klar.« Auch Sonny klang gereizt.

Ob es daran lag, dass sie ihn erneut bezüglich seines Verhaltens Frauen gegenüber kritisierte oder daran, dass sie ihn während der Unterhaltung rausgeschickt hatte, war Maya egal. Ein distanziertes Lächeln auf den Lippen sah sie ihn auffordernd an.

»Was den Teil betrifft, bei dem ich anwesend war –«, er machte eine vielsagende Pause, »völlig klar, dass sie nicht über Mats und ihre Beziehung sprechen wollte. Offenbar nicht die erste große Liebe.« Er hielt einen Moment inne, ehe er weitersprach. »Oder aber genau das. Gefolgt vom ersten großen Liebeskummer, und deswegen wollte sie ihn auch nicht wiedersehen, als er sich meldete.«

»Nach so vielen Jahren?«

»Wenn die Verletzung groß genug war.« Sonny zuckte mit den Schultern.

Maya musterte ihn. Hatte Sonny ebenfalls eine solche Erfahrung gemacht? War sein Machoverhalten bloß ein Schutzpanzer, den er sich nach einer tiefen Enttäuschung zugelegt hatte?

Zurück im Gemeinschaftsbüro im Fyrvallavägen packte Maya ihre Unterlagen auf einem der gerade unbesetzten Arbeitsplätze aus. Sie wollte sogleich das Whiteboard ergänzen. Unschlüssig stand Sonny neben seinem Schreibtisch. Er räusperte sich. »Brauchst mich dann wohl nicht mehr?«

»Was?« Maya schaute auf. »Oh, doch. Ich könnte einen Kaffee vertragen.«

Für einen Moment sah Sonny sie verdutzt an.

»War 'n Scherz.« Maya konnte sich ein Grinsen nicht verkneifen.

»Ach so.« Verlegen fuhr sich Sonny durch das strohblonde Haar. »Ich mach dir aber gern einen«, beeilte er sich hinterherzuschieben. Mit einem Mal wirkte er auf Maya wie ein hochaufgeschossener Schuljunge, der nicht recht wusste, wo sein Platz in der Welt war. Erneut räusperte er sich. »Mit Milch, nicht wahr?«

»Stimmt.« Überrascht schaute Maya ihm nach, als er in der Küchennische verschwand. Hatte er sich echt gemerkt, wie sie ihren Kaffee trank?

Sie hatte gerade einige Stichworte zu Annika auf einen Haftzettel notiert, als Pär mit Hilding den Raum betrat. Wie sie es von ihrem Partner gewohnt war, ließ sich an seiner Miene nicht ablesen, ob er neue Erkenntnisse gewonnen hatte.

»Und, wie war's bei Mats' Assistentin?«

»So lala.« Pär zog seine Jacke aus und hängte sie über einen freien Stuhl. Er setzte sich, streckte die Beine aus und gab ihr eine Zusammenfassung seines Treffens.

Gespannt hörte Maya zu, ohne ihn zu unterbrechen. Zwischendurch erschien Sonny mit ihrem Kaffee und holte direkt noch einen für Pär. Hilding verschwand ebenfalls in der Küchennische und kam kurz darauf mit einem dampfenden Becher zurück. Beide nahmen an ihren Schreibtischen Platz und lauschten Pärs Bericht.

Als dieser geendet hatte, ließ Maya seine Worte in sich nachwirken. »Ich fasse mal in Kurzform zusammen, welches Bild ich nach deiner Schilderung von Teresa habe: Eine durchschnittliche junge Frau, sie hat klare Aussagen zu Mats gemacht, aber keine, die zu besonderen Erkenntnissen geführt haben. Nichts in ihrem Verhalten hat sie verdächtig wirken lassen. Insgesamt also nicht besonders auffällig. Deckt sich das mit deinem Eindruck?«

»Das kommt hin.« Pär sah zu Hilding hinüber. »Oder was meinst du, Hilding?«

»Jo. Genau so.«

»Wenn sie so ein Fan von Mats Anderberg war …« Maya ging zum Whiteboard und betrachtete das Foto der blonden Studentin, das sie zwischen die von Idun und Bengt gepinnt hatten.

»Haltet ihr es für denkbar, dass sie und Mats etwas miteinander hatten? Ich weiß, es klingt nach Klischee, Chef und Assistentin.«

»Solche Affären sind ja tatsächlich keine Seltenheit.« Pär trat neben sie. »Schließlich kommt ein Klischee nicht von ungefähr. Aber in diesem Fall … ich weiß nicht. Spontan würde ich sagen, eher nicht.«

»Den Eindruck hatte ich auch nicht«, ließ sich Hilding vernehmen. »Eher, dass sie ernüchtert war, als sie ihr Idol persönlich kennenlernte.«

»Stimmt, sie war die Erste, die Mats' Launenhaftigkeit erwähnte.« Pär verschränkte die Hände auf dem Rücken und begann, vor dem Whiteboard auf und ab zu laufen.

»Wenn er sich so während der Arbeit zeigte, war er zu Hause gewiss nicht anders«, überlegte Maya laut. »Wir sollten noch einmal mit Idun reden.«

»Wie viele Menschen waren an Mats' Tod beteiligt?« Pär war in seine eigenen Gedankenströme vertieft. »Angenommen, die Spuren, die du entdeckt hast, Maya, stammen von jemandem, der ihm aufgelauert hat. Dann müsste Mats einen Grund gehabt haben, dorthin zu kommen.«

»Aber wie ist er dorthin gelangt?« Maya betrachtete die Übersichtskarte von Östersund und der Umgebung, auf der sie den Fundort der Leiche mit einem Kreuz markiert hatten. »Mats war schließlich zu Fuß unterwegs. Ist er mit diesem potenziellen neuen Geldgeber dorthin gefahren?«

»Dann müsste der ebenfalls beteiligt gewesen sein.«

»Zu dumm, dass wir immer noch nicht wissen, um wen es sich handelt. Dass uns das nicht einmal Teresa sagen konnte …«

Von Hildings Schreibtisch her war ein schnaubendes Geräusch zu hören. Mit seinem Notizheft kam er zu ihnen und hielt es Pär unter die Nase.

Pär überflog die aufgeschlagene Seite. »Richtig!« Er hob den Blick und sah Maya an. »Laut Teresa war Mats der persönliche Kontakt bei neuen Geldgebern sehr wichtig.«

»Stimmt, das hat schon Bengt gesagt«, erinnerte sich Maya.

»Lasst uns alle Telefonate und Nachrichten der Woche noch mal gründlich überprüfen und auch sein Adressbuch auf mögliche Geldgeber hin abklappern«, schlug Pär vor.

»Alles klar, ich kümmere mich darum«, gab Maya zurück.

Pär schickte einen gehobenen Daumen in ihre Richtung. »Wir müssen unbedingt herausfinden, wer Mats zuletzt gesehen hat.« Er schaute der Reihe nach erst sie, dann die beiden Östersunder Polizisten an.

Maya besah sich das Whiteboard, an dem sich immer mehr Bilder und Zettel sammelten. »Sind inzwischen eigentlich Hinweise aus der Bevölkerung eingegangen? Mats war doch bekannt.«

»Nicht, dass ich wüsste. Aber ich schaue gleich noch mal nach.« Hilding tippte auf seiner Tastatur herum.

Maya lief zum Tisch hinüber und nahm ihre Sachen. Sie wollte an ihrem eigenen Arbeitsplatz weitermachen. »Wer weiß, wenn wir Anhaltspunkte zu den zwei Todesfällen sammeln – womöglich stoßen wir auf eine Überschneidung.«

Hilding drehte sich halb zu ihr um. »Ich kann mir nicht vorstellen, dass es zwischen Svante und Mats Anderberg eine Verbindung gab.«

»Wir müssen nach allen Seiten hin offen bleiben.« Mit gerunzelter Stirn musterte Pär das Whiteboard. »Es wäre nicht das erste Mal, dass wir dahingehend eine Überraschung erleben.«

Kapitel 12

Gut gelaunt packte Frida ihr Stiftemäppchen in den Schulrucksack. Heute übernachtete sie bei Ebba!

Ihre beste Freundin war so ziemlich das komplette Gegenteil von ihr. Den blonden Pferdeschwanz hatte Ebba vor Kurzem abschneiden lassen, nun waren ihre Haare kinnlang. Pagenkopf nannte man das, hatte sie Frida erklärt. Ebba war ein halbes Jahr älter und ein ganzes Stück größer als sie. Das ärgerte Frida manchmal. Es ärgerte sie auch, dass sie nicht dieselbe Frisur haben durfte wie Ebba. Mama war dagegen. »Das wäre eine Schande«, hatte sie gesagt und ihr zärtlich über den Kopf gestrichen. »Die Haarpracht hast du von mir geerbt«, hatte sie leise hinzugefügt. Frida hätte ihre dicke, dunkle Mähne liebend gern gegen Ebbas Pagenkopf eingetauscht.

Ebbas Vater holte die beiden von der Schule ab. Mit ihren Eltern und vier Geschwistern lebte Ebba in einem großen Haus am Stadtrand. Zwar fing hinter dem Garten auch ein Wald an, aber Ebbas Zuhause lag in einer richtigen Siedlung mit Straßenlampen und Nachbarn. Frida mochte es, dass man auf der Straße anderen Menschen begegnete. Wenn sie bei sich aus dem Haus trat, sah sie nichts als Bäume, Vögel und, wenn sie Glück hatte, mal ein Reh. Lag kein Schnee, fuhr Ebba mit dem Fahrrad zur Schule – davon konnte Frida nur träumen.

Ebbas Mutter arbeitete als Chefärztin im Krankenhaus, der Vater war Hausmann. Frida war völlig überrascht gewesen, als sie zum ersten Mal bei Ebba war und ihr Vater gerade die Betten neu bezog. »Ist für die meisten immer noch verkehrte Welt, ich weiß.« Lachend hatte er die Kissen aufgeschüttelt. »Ehrlich, mein Gehalt als Kindergärtner kommt an das meiner Frau nicht ran. Und ich mag es, mich um das Haus und die Kinder zu kümmern.«

Bei Ebba zu Hause war immer etwas los. Im Esszimmer stand ein überlanger Tisch mit einem Haufen Stühle in unterschiedlichen Farben. Frida liebte diese Stühle. Jedes Familienmitglied hatte seinen eigenen ganz persönlich gestalten dürfen. Ebbas war pink und über und über mit Glitzer und Sternchen verziert. Auch die anderen Stühle verrieten viel über ihre Besitzer. So erfuhr Frida beim ersten Besuch automatisch, dass Ebbas ältere Brüder Eishockey- und *Star Wars*-Fans waren, ihre jüngere Schwester ebenso pferdeverrückt wie Frida selbst und die Jüngste der Familie Disneyprinzessinnen toll fand. Die Stühle für die Gäste sahen ebenfalls besonders aus. Fridas Favorit war ein himmelblauer mit Gänseblümchen.

Gäste gab es im Hause der Carléns eigentlich ständig. Ebbas Vater Fredrik deckte grundsätzlich für ein bis zwei Personen mehr, denn mindestens eines seiner Kinder brachte sicherlich einen Freund oder eine Freundin zum Essen mit.

Überhaupt lief bei Ebba zu Hause vieles lockerer als bei Frida und ihrer Mutter. So würde es für Ebba und sie babyleicht sein, nach dem Abendessen noch mal kurz zu verschwinden. Es würde gar nicht auffallen, solange sie nur rechtzeitig zur Schlafenszeit zurück waren.

Als Frida Ebba in ihre Detektivpläne eingeweiht hatte, war diese, anders als erwartet, nicht sofort Feuer und Flamme.

»Ich finde das ganz schön gruselig.« Ebba zog ihrer Lieblingsbarbie ein silbernes Abendkleid an.

»Aber so was haben wir doch früher auch schon gemacht.« Wie die fünf Freunde. Nur zu zweit. Und ohne Hund. Dafür aber mit richtigen Ausweisen. Frida dachte an die Kärtchen, die sie gebastelt hatten. Sie hatten eine der Visitenkarten von Ebbas Mama als Muster genommen, Pappe in derselben Größe zurechtgeschnitten und sich total schicke Detektivausweise gemacht. Ihren hatte sie immer noch im Geldbeutel.

»Das war was anderes. Das sind doch bloß Geschichten. Du hast schließlich einen Toten bei euch im Wald entdeckt. In echt!«

»Ja, das stimmt«, sagte Frida gedehnt, während sie in einem Berg aus Kleidungsstücken Kens rechten Schuh suchte.

»Findest du das nicht unheimlich?«

»Schon, aber irgendwie ...« Wie sollte sie Ebba erklären, warum ihr das so wichtig war? Sie verstand es ja selbst nicht so ganz. »Wo ist bloß dieser blöde Schuh von Ken?« Diese Minischuhe verschwanden gern im Staubsauger. Einmal hatten Ebba und sie einen Staubsaugerbeutel aufgemacht und durchgesehen, das war ziemlich eklig gewesen. Doch sie hatten diverse Legoteile, zwei von Barbies Pumps und eine Handvoll kleiner Holzperlen gefunden.

Ebba schaute sich suchend um, griff hinter sich und gab ihr den gesuchten Schuh. »Hältst du die Polizei für so dumm, dass sie unsere Hilfe braucht?«

»Ich halte sie gar nicht für dumm.« Frida dachte an die toughe Maya, ihr neues Vorbild. Gerade fiel ihr auf: Eine von Ebbas Barbies sah ein bisschen so aus wie die Polizistin, mit langen, rotbraunen Haaren. Sie schnappte sie sich und begann, Kleidung herauszusuchen, die wie Mayas aussah. Jeans und Rollkragenpulli, Parka. Keine Uniform. Sicher, damit sie nicht auffiel. »Ich meine nur, dass wir vielleicht Dinge mitbekommen, die die Erwachsenen übersehen. So was passiert doch ständig.«

»Mag sein.« Ebba nagte an ihrer Unterlippe. »Okay, wie hast du dir das gedacht? Wo willst du anfangen?«

»Na, bei den Waldschützern natürlich.« Frida zog sich ihren dicken Strickpulli über den Kopf. »Schließlich hat Mats da gearbeitet.«

Ebba schüttelte sich. »Es ist und bleibt gruselig.«

»Das gehört dazu.« In ihrer Fantasie hatte Frida sich ausgemalt, wie Mayas Arbeitsalltag aussah. Wie sie Spuren entdeckte. Oder Verdächtige verfolgte. Was sie wohl von Fridas Plan halten würde? »Die Zentrale von denen liegt doch gar nicht weit von hier.«

Ebba schaute auf die Leuchtanzeige ihres Weckers. »Anderthalb Stunden haben wir noch.«

Frida fischte ihre Wollsocken aus dem Schulrucksack. »Na, dann los.«

Wenig später liefen sie den schneebedeckten Gehweg neben der Straße entlang, die stadtauswärts führte.

»Hui, das ist aber scheißglatt!« Ebba deutete auf die vereisten Stellen vor ihnen. »Dass die verdammt noch mal nicht richtig streuen können, das ist ja saugefährlich!«

Frida musste kichern. Anders als sie traute sich Ebba mehr, Schimpfwörter zu benutzen. Kein Wunder, ihre älteren Brüder warfen nur so damit um sich. Wenn Frida zu Hause mal ein Fluch rausrutschte, fing sie sich gleich einen mahnenden Blick von Mama ein.

Je weiter sie sich von der Siedlung entfernten, desto langsamer wurde Ebba.

»Stimmt, ist scheißglatt hier.« Frida schielte zu Ebba rüber.

»Hm.«

Vor ihnen tauchte das Rondell auf, an dem es rechts zur Skistation ging. Von da aus war es nicht mehr weit bis zum Industriegebiet. Ab und zu fuhr Fridas Mutter zum Einkaufen zu dem riesigen ICA Maxi, der dort lag. Frida mochte es, durch die langen Gänge zu bummeln und Sachen zu entdecken, die sie später zu Hause auf ihre Wunschliste schrieb. Vieles konnten sie sich nicht leisten, das wusste Frida. Aber träumen war erlaubt, sagte Mama immer.

»Wollen wir nicht lieber umkehren?«, unterbrach Ebba Fridas Gedanken und blieb stehen. »Vielleicht sollten wir uns da doch nicht einmischen.«

»Lass uns wenigstens einmal bis zur Zentrale laufen.«

»Und wieso machen wir das? Da ist doch um diese Zeit sowieso keiner mehr.«

Frida konnte nicht erklären, warum sie unbedingt dorthin wollte. Es war einfach so. Obwohl es sie inzwischen ebenfalls etwas gruselte. »Bitte, es sind doch nur noch ein paar Meter. Wenn keiner da ist, kehren wir sofort um.«

Ebba zögerte. Schließlich sagte sie: »Na gut.«

Schweigend setzten sie ihren Weg fort. Solange man sich bewegte, war die Kälte nicht so schlimm. Nur Fridas Finger waren durchgefroren, trotz ihrer dicken Fäustlinge. Immer öfter ballte sie die Hände, aber es half nicht. Die Finger taten schon ganz schön weh. Das würde nicht lustig werden, wenn sie später auftauten.

Egal, die Detektivarbeit ging vor. Wobei, allmählich hatte sie ziemliches Flattern im Magen. Das Industriegebiet lag echt einsam. Und so im Dunkeln war das doch etwas anderes als am Tag. Erneut schielte Frida zu Ebba, die neben ihr herstapfte, die Hände tief in den Jackentaschen vergraben. Noch konnten sie umdrehen.

Sie schaute wieder geradeaus. Vor ihnen kamen die ersten Gebäude in Sicht, einige Firmen und auch eine große Tierklinik. Die Zentrale der Waldschützer lag zum Glück am Anfang des Geländes. Das kleine Stück schafften sie nun auch noch. Irgendwie war es wie eine Mutprobe. Selbst wenn Mama immer sagte, so was sei total albern. Alle machten es. Das hier war jetzt eben ihre Mutprobe.

Schon von Weitem sah Frida den Lichtschein in den Fenstern des kleinen Holzhauses. »Siehst du, ist doch jemand da!«

Ebba schnaubte. »Na gut, du hast gewonnen. Aber nur kurz. Dann will ich nach Hause.«

Nachdenklich schaute Frida die beleuchtete Straße entlang. »Lass uns von der Rückseite ranschleichen. Da vorn ist ein Trampelpfad.«

Sie folgten dem Gehweg, der in Richtung Stadt führte, und bogen in einen schmalen Pfad zwischen ein paar Büschen und Bäumen ab. Im Schnee waren Trittspuren zu sehen, auch die Abdrücke von Pfoten erkannte Frida. Offenbar gingen die Leute, die in der Nähe wohnten, hier mit ihren Hunden Gassi. Jetzt fühlte sie sich wie eine richtige Detektivin. Sie versuchte, so leise wie möglich aufzutreten, doch der Schnee knautschte laut unter ihren Sohlen. Wie sollte man sich denn da anpirschen können? Ob Maya einen Trick wusste?

Plötzlich blieb Frida ruckartig stehen. Ebba, die dicht hinter ihr lief, prallte prompt gegen ihren Rücken. »He, was –«

»Pst! Sei still«, flüsterte Frida. »Da vorn ist jemand!«

• • •

Nach der Arbeit fuhr Maya in die Stadt, sie wollte Sanna bei deren Tante Elinor besuchen. Während der Nachmittagsarbeit hatte sie der Freundin eine Whatsappnachricht geschickt: *Wie läuft die Reise durchs Winterwonderland? Wenn dein Zug nicht irgendwo im Schnee stecken bleibt, kann ich später vorbeikommen.*

Sannas Antwort hatte lediglich aus zwei Buchstaben bestanden: *Ok*.

Auch wenn die pragmatische Geschäftsfrau in ihrer Handykorrespondenz selten blumige Romane zu verfassen pflegte, war dies selbst für sie etwas zu kurz und knapp. Das Gefühl, das Maya zum ersten Mal bei ihrem gemeinsamen Essen im *Da Luigi* empfunden hatte, wandelte sich allmählich zu einer bohrenden Unruhe. Was war nur mit Sanna los? Womöglich lag die Ursache für das seltsame Verhalten der Freundin woanders als ausschließlich in der Angelegenheit mit diesem David. Hoffentlich würde Sanna sich öffnen.

Während Maya die Biblioteksgatan entlangfuhr, ging sie in Gedanken die letzten Ergebnisse ihrer Ermittlungen durch. Am Nachmittag hatte sie mit Christoffer telefoniert. Svante Wikland war an tödlichen Organverletzungen infolge des Schusses in den Rücken gestorben. Wie ihr der Rechtsmediziner schon am Tatort erläutert hatte, handelte es sich definitiv um eine andere Waffe als bei Mats Anderberg. Dennoch war auch in diesem Fall eine Zuordnung anhand registrierter Schusswaffen unmöglich, wie ihr nach dem Telefonat ein Kriminaltechniker bestätigte. Eine Schrotflinte besaß einen glatten Flintenlauf, daher gab es an der Schrotladung keinerlei Spuren – Felddruckspuren nannten die Profis sie –, von denen man Rückschlüsse hätte ziehen können.

Immer mehr verdichtete sich die Vermutung, dass Svante bei einer illegalen Jagd ums Leben gekommen war. Knut Täckholm hatte jedenfalls angegeben, dass er für den Zeitraum keine Jagderlaubnis auf seinem Kahlschlag und im angrenzenden Wald erteilt hatte. War der Tod des Rentners am Ende wirklich ein tragischer Unfall? Trotzdem, sie durften nicht automatisch davon ausgehen, dass die Todesfälle nicht zusammenhingen. Zum jetzigen Zeitpunkt war noch alles möglich.

Den restlichen Tag hatten Maya und Pär mit Schreibtischarbeit verbracht. Zusammen waren sie die Ermittlungsakten erneut durchgegangen und hatten über plausible Verdächtige diskutiert: Was verheimlichte Annika ihnen? Weshalb hatte Arvid sie bezüglich seines Alibis angelogen? Konnten die beiden womöglich gemeinsam etwas gegen Mats unternommen haben? Was war mit Knut Täckholm? Angeblich hatte er zum Tatzeitpunkt Bäume gefällt. Doch stimmte das wirklich? Wäre es aufgefallen, wenn er sich für eine Weile abgesetzt hätte? Dass nur kurz nach Mats' Tod auf seinem frischen Kahlschlag ein weiterer Mensch erschossen wurde, weckte bei Maya und Pär neues Misstrauen ihm gegenüber. Sie mussten mit Knuts Mitarbeitern sprechen. Auch wenn Maya bezweifelte, dass sie aus den wortkargen Arbeitern viel herausbekommen würden. Den Dritten im Bunde, den Forstwirt Eivind Pettsson, hatten in der Zwischenzeit zwei Östersunder Kollegen besucht. Für den Zeitraum, in dem Mats getötet worden war, besaß er ein wasserdichtes Alibi: Er hatte im Krankenhaus eine Darmspiegelung durchführen lassen.

Was den mysteriösen Sponsor und Mats' Verabredung anging, so war Maya kein Stück weitergekommen. Weder fand sie diesbezüglich einen Anruf noch eine Textnachricht. Auch eine handschriftliche Notiz war dazu nicht aufgetaucht. Das Adressbuch seines Telefons gab eine Menge an Namen her, die sie überprüfen mussten. Maya hatte eine Liste erstellt und sie zwischen Sonny und sich aufgeteilt.

Vor Dienstschluss hatten sie sich abermals mit dem gesamten

Team zusammengesetzt und waren die Resultate durchgegangen. Sonderlich weit waren sie immer noch nicht gekommen. Die drei Kollegen, die Svante Wiklands Umfeld prüften, hatten keine weiterführenden Hinweise gefunden. Dass sich die Ermittlungen derart zäh gestalten würden, damit hatte Maya nicht gerechnet. Und dieser zweite Todesfall machte alles noch komplizierter.

Inzwischen hatte Maya das Ufer des Storsjön erreicht. *Elinors Café* lag in der Nähe eines kleinen Jachthafens. Sie parkte beim Restaurant *Marité* und lief die Uferpromenade entlang. Den zugefrorenen See bedeckte eine dicke Schneeschicht, in der hier und da Fußspuren erkennbar waren. Ein Mini-Leuchtturm warf seinen Lichtkegel darüber. Auf der Insel Frösön leuchtete ihr oberhalb der Wohnviertel das Skigebiet entgegen. Maya blieb stehen und beobachtete einige der Sportler, die sich souverän die Abfahrten herunterschwangen. Sie wünschte, sie hätte Zeit, sich dort oben zu vergnügen. Die Liebe zum Skifahren hatte sie von ihrer schwedischen Mutter geerbt. Ihr Vater dagegen hatte noch nie auf Skiern gestanden und würde es vermutlich in diesem Leben auch nicht mehr tun. Wenn sie früher die Winterferien im Februar in den Bergen verbracht hatten, waren in seinem Reisegepäck mindestens fünf Bücher gelandet, denen er sich gewidmet hatte, während Maya und ihre Mutter die Pisten heruntergesaust waren.

In ihre Kindheitserinnerungen vertieft, steuerte Maya ein kleines, hellgrün gestrichenes Holzhaus mit weißen Fensterläden an. Über dem Eingang hing ein Holzschild, auf dem in verschnörkelten Buchstaben *Elinors Café* stand. Bis auf eine Lichterkette in den Sprossenfenstern war das Café dunkel. Sannas Tante wohnte im ersten Stock darüber. Es dauerte eine Weile, bis Maya die zweite Tür auf der Rückseite des Gebäudes entdeckte, neben der sich ein unscheinbarer Klingelknopf befand. Auf ihr Läuten hin öffnete nach kurzem Warten eine kleine, rundliche Frau in grauem Flanellrock und rot-weiß karierter Bluse.

»Hej, ich bin Maya, eine Freundin von Sanna.«

Das faltige Gesicht mit den lebhaften Augen hellte sich auf. »Das ist aber schön. Ich bin Elinor. Komm rein.« Sie machte einen Schritt zur Seite.

Maya betrat den winzigen Flur, streifte die Schuhe ab und hängte ihre Jacke an einer Leiste mit schmiedeeisernen Wandhaken auf.

»Sanna ist oben, in ihrem Zimmer.« Elinor senkte die Stimme. »Sie ist ganz anders als sonst, hat sich gleich verkrochen. Nicht mal zum Essen konnte ich sie hervorlocken. Vielleicht hast du ja mehr Glück als ich.« Sie zwinkerte Maya zu, dann stieg sie die schmale Holztreppe hinauf.

Maya folgte ihr. Vor ihr lag ein enger Gang, von dem rechts und links je zwei Türen abzweigten. Elinor blieb am Ende des Ganges stehen. »Sanna findest du gleich vorn links im ersten Zimmer. Wenn ihr was braucht, sag Bescheid.«

Maya nickte und klopfte an die Tür zu ihrer Linken.

»Herein.«

Sie betrat das Zimmer, das klein, aber überaus gemütlich war, mit einem nostalgisch anmutenden Holzbett und vielen Kissen, einem Sessel mit geblümtem Bezug am Fenster und einer altertümlichen Kommode mit einer Waschschüssel aus Emaille in der Mitte. Maya kam sich vor wie in einer Puppenstube. Was nicht ins idyllische Gesamtbild passte, war Sanna. Teilnahmslos saß sie auf dem Bett, den Rücken an die Wand gelehnt. Bis zum Hals hatte sie eine Wolldecke hochgezogen, obwohl es im Zimmer lauschig warm war. Sie wirkte ungewohnt zerbrechlich und ohne die übliche Make-up-Schicht erstaunlicherweise auch jünger.

»Sanna, hej, wie schön, dich zu sehen!« Maya machte ein paar

Schritte auf sie zu, um sie zu umarmen, doch Sanna rührte sich nicht von der Stelle. Unschlüssig schaute Maya sich um und setzte sich schließlich in den Sessel neben dem Fenster. Aufmerksam betrachtete sie Sanna. Sie sah so blass und kraftlos aus, wie sie dort auf dem Bett hockte. Ein völlig anderer Mensch als die Sanna, die sie kannte. »Wie war die Reise?«

»Ehrlich gesagt, keine Ahnung.« Sanna richtete sich etwas auf. »Ich hatte eine schlaflose Nacht. Kaum, dass der Zug losgefahren war, sind mir die Augen zugefallen.«

»Na, hier kannst du dich ja jetzt erst mal entspannen.«

»Hm.«

»Elinor scheint sich jedenfalls sehr zu freuen, dass du da bist. Wann hast du sie zuletzt besucht?«

»Ich weiß nicht genau. Ist auf jeden Fall mehrere Jahre her.« Sanna lehnte sich in die Kissen zurück, den Blick lethargisch an die Decke gerichtet.

Maya fühlte sich hilflos. Sie startete diverse Versuche, ein Gespräch in Gang zu bekommen, doch egal, welches Thema sie anschnitt, Sannas Antworten waren einsilbig. Maya konnte sich nicht erinnern, dass es in ihrer langjährigen Freundschaft jemals eine solch zähe Unterhaltung gegeben hatte. Sie begann, von ihrem aktuellen Fall zu berichten, natürlich ohne Namen und konkrete Details zu nennen. Als sie Annikas frühere Verbindung zu Mats erwähnte, schaute Sanna auf. In ihren Augen glomm Interesse auf, aber auch jetzt blieb sie schweigsam.

Maya beschloss, einen letzten Vorstoß zu wagen. »Magst du … Möchtest du darüber sprechen, was vorgefallen ist?«

Unschlüssig hob Sanna die Schultern und ließ sie wieder fallen. »Ich glaube nicht.« Nach einer kurzen Pause fügte sie hinzu: »Es hat ja sowieso keinen Sinn.«

Maya stand auf, ging zu ihr und setzte sich neben sie aufs Bett.

Behutsam nahm sie mit beiden Händen Sannas rechte in ihre. Sie war eiskalt. »Ich bin für dich da. Soll ich dir einen Tee machen?«

»Ich weiß nicht.« Sanna zögerte. »Nimm's mir nicht übel, ich glaube, ich würde jetzt gern schlafen.«

»Klar, das verstehe ich. Die Reise war ja anstrengend und ...« Unbeholfen suchte Maya nach den richtigen Worten. »Ich kann ja morgen wieder vorbeikommen.«

Sanna nickte, dann verkroch sie sich erneut in ihr Schneckenhaus.

Maya erhob sich. »Okay, ich –« In diesem Moment klingelte ihr Handy. Sie schaute aufs Display. Es war Pär. Spontan drückte sie den Anruf weg. »Also, wie gesagt, ich besuche dich morgen wieder.« Sie beugte sich zu Sanna hinunter und umarmte sie, ehe sie das Zimmer verließ und die Tür hinter sich schloss.

Sobald sie vor dem Haus stand, rief sie Pär zurück. Er ging sofort ans Telefon.

»Hej, Pär. Was gibt's?«

»Komm so schnell du kannst. Die Zentrale der RVS brennt.«

• • •

Nahm das denn gar kein Ende? Letzte Woche ein brutaler Mord, gestern Svantes Tod und heute ein Brandanschlag! Entnervt steckte Hilding sein Handy ein, warf sich die Jacke über und schlüpfte in seine Stiefel, die sich von innen immer noch klamm anfühlten. Kein Wunder, er hatte ja auch erst vor zwei Stunden das Haus betreten.

Er hatte es sich gerade in seinem Lieblingssessel neben dem Kamin gemütlich gemacht und die Füße hochgelegt, als ihn das Schrillen des Telefons hochgeschreckt hatte.

Und schon war er erneut unterwegs in der bitterkalten Dunkelheit. Vorsichtig steuerte Hilding den Wagen aus dem Odlarvägen auf den Genvägen. Es hatte wieder angefangen zu schneien. Bei dieser Wetterlage musste man höllisch aufpassen – überall konnte eine glatte Stelle lauern. Rasen war definitiv nicht drin. Zum Glück brauchte er der Straße bloß geradeaus zu folgen. Der Genvägen zog sich von Süden nach Norden durch die Stadt, direkt bis zum Rondell, das zum Gewerbegebiet führte.

Aus der Ferne leuchtete ihm bereits der Feuerschein entgegen. Zum Teufel auch! Wo sollte das noch hinführen? Wenigstens lag der Brandort weit genug weg von dem großen Einkaufszentrum. Um diese Uhrzeit war hier normalerweise keine Menschenseele anzutreffen, und die nächsten Wohnhäuser befanden sich einige Straßenzüge entfernt. Blieb nur zu hoffen, dass sie den Brand löschten, ehe die Flammen auf die benachbarten Firmengebäude übergriffen.

In höchster Anspannung bog Hilding in den Arenavägen ein. Die RVS hatte ihren Sitz in einem kleinen Haus zwischen einer Autowerkstatt und einem Großhändler. Die Rückwand des Hauses brannte lichterloh. Auf dem Parkplatz davor standen schon ein Einsatzwagen sowie mehrere Löschfahrzeuge der Feuerwehr und ein Rettungswagen.

Hilding parkte gleich dahinter, sprang aus dem Wagen und hastete auf das brennende Gebäude zu. Neben dem Einsatzleiter entdeckte er Pär und zwei weitere Kollegen. »Hej.« Er legte dem Stockholmer die Hand auf die Schulter, woraufhin dieser sich zu ihm umdrehte.

Fassungslos schüttelte Pär den Kopf. »Ausgerechnet hier!«

Hilding nickte. Gemeinsam beobachteten sie, wie die Feuerwehrleute versuchten, die Flammen unter Kontrolle zu bringen, die grell in die dunkle Nacht loderten und sich gierig in das alte Holz fraßen.

In diesem Moment trugen zwei Männer eine Bahre heraus, auf der jemand lag. Trotz der klirrenden Kälte brach Hilding der Schweiß aus. Um Gottes willen – nicht noch eine Leiche!

Als sie an ihnen vorbeikamen, entfuhr Pär: »Du lieber Himmel! Das ist doch Bengt Hansen!«

Kapitel 13

Mittwoch, 31. Januar

»Zwei Tote und ein Brandanschlag.« Pär legte einen Filter in die Kaffeemaschine und füllte Kaffeepulver hinein.

»Und es hätte nicht viel gefehlt, und wir hätten ein drittes Todesopfer gehabt.« Aus dem Schrank schräg über dem Herd nahm Maya zwei Becher und stellte sie auf die Ablage neben der Spüle.

Sie standen in der engen Küchennische des Gemeinschaftsbüros. Pär hatte heute Morgen auf sein Lauftraining verzichtet. Gemeinsam waren sie nach einem raschen Frühstück im Hotel zur Polizeistation gefahren. Sie waren die Ersten dort, aber die anderen würden sicher bald eintreffen. Für acht Uhr hatten sie eine Lagebesprechung angesetzt.

Pär betätigte den Knopf der Maschine, und sogleich ertönte ein leises Brummen. »Bengt hat unfassbares Glück gehabt, dass er nicht mehr Rauch eingeatmet hat. Ein paar Minuten länger, und es wäre kritisch geworden.« Er lehnte sich an den Fensterrahmen. »Hast du was über seinen Zustand erfahren?«

»Er hat eine Gehirnerschütterung und ein paar Schürfwunden. Zur Beobachtung wollten sie ihn vorerst im Krankenhaus behalten.«

»Dann werden wir ihn nachher dort besuchen.«

Schweigend sinnierten sie vor sich hin, während die dunkelbraune Flüssigkeit den Boden der gläsernen Kanne füllte und sich allmählich der belebende Duft frischen Kaffees im Raum ausbreitete. Wenig später saßen sie mit dampfenden Bechern an ihren Schreibtischen.

»Da scheint jemand die RVS komplett schachmatt setzen zu wollen.« Maya fuhr ihren Rechner hoch.

»Ich rufe gleich mal den Einsatzleiter der Feuerwehr an.« Pär griff nach seinem Telefon.

»Dauern solche Untersuchungen nicht für gewöhnlich länger?«

»Schon. Doch in diesem Fall haben wir Priorität, da der Vorfall an eine Morduntersuchung gekoppelt ist. Darauf müssen wir direkt hinweisen.«

Während Pär telefonierte, ging Maya zurück in das Gemeinschaftsbüro und betrachtete lange das Whiteboard. Lauter schwammige Alibis, kaum brauchbares Spurenmaterial, die Handymasten hatten nichts ergeben. Selten hatten sie einen so vertrackten Fall gehabt.

• • •

Frida kaute auf ihrem Bleistift herum. Eigentlich war Schwedisch ihr Lieblingsfach, besonders, wenn sie sich Geschichten ausdenken durften. Aber heute konnte sie sich einfach nicht konzentrieren. Die Worte ihrer Lehrerin rauschten an ihren Ohren vorbei. Frida versuchte zuzuhören, doch ihre Gedanken schweiften immer wieder ab.

Nie im Leben hätte sie damit gerechnet, dass ihre Detektivtour mit Ebba so enden würde! Dass einem im Leben ALLES passieren konnte, wusste sie, seit sie den toten Mats Anderberg im Wald gefunden hatte. Aber dass jetzt, kurz danach, auch noch ein

Feuer in der Zentrale der Waldschützer ausgebrochen war – das konnte kein Zufall sein!

Fridas Detektivgehirn ratterte auf Hochtouren. Wer steckte hinter alldem? Irgendjemand hatte es auf die Waldschützer abgesehen, das war völlig klar. Der Meinung war auch Ebba. Allerdings hatte sie nicht weiter über die Sache reden wollen.

Frida hingegen hatte die halbe Nacht wach gelegen und über die dunkle Gestalt nachgedacht, die sie gesehen hatte. Durch die tief in die Stirn gezogene Kapuze hatte sie kein Gesicht erkannt. Er war ihr wie ein Mann vorgekommen, und er hatte etwas Schweres geschleppt. Frida hatte die Augen zusammengekniffen, um besser sehen zu können, doch da hatte Ebba sie am Ärmel weggerissen: »Lass uns verschwinden!«

Im Gehen hatte Frida sich noch einmal umgedreht. Sie war nicht sicher: Hatte er gerade in ihre Richtung geschaut? Ebba gegenüber sagte sie lieber nichts, die war eh schon total durch den Wind.

Heute beim Frühstück hatte Ebbas Mutter von dem Brand erzählt. Frida hatte sich beinahe an ihrem Kakao verschluckt. Dieser Mann, den sie gesehen hatte, musste etwas damit zu tun haben! Sie hatte daran gedacht, wie die Polizei sie befragt hatte, nachdem sie den toten Mats Anderberg gefunden hatte. Müsste sie jetzt nicht wieder zur Polizei? Wenn aber Mama mitbekam, dass Ebba und sie nach dem Abendessen heimlich draußen im Industriegebiet herumgelaufen waren … Dann dürfte sie bestimmt nie mehr bei Ebba übernachten! Frida war hin- und hergerissen. Und was war mit dem Licht, das sie in dem Haus gesehen hatten? Vorsichtig hatte sie nachgefragt, ob jemand verletzt worden war. Ebbas Mutter hatte gemeint, in der Zeitung hätte nichts davon gestanden.

»… ist dein Vorschlag, Frida?«

»Wie bitte?« Mit einem Ruck war Frida zurück im Klassenzimmer. »Entschuldigung, ich – wie war die Frage?«

»Na, wo bist du denn heute mit deinen Gedanken?« Nachsichtig lächelte ihre Lehrerin sie an. »Wir haben gerade darüber gesprochen, dass wir gemeinsam ein neues Buch lesen wollen, und ich sammle Vorschläge dafür. Was würdest du denn gern lesen?«

»Eine Detektivgeschichte«, rutschte es Frida heraus. Aus den Augenwinkeln fing sie Ebbas Blick auf, und der war eindeutig: Schluss damit!

Auf dem Heimweg hatte sie auf Frida eingeredet, dass dieses Detektivding zu gefährlich sei. »Lass bloß die Finger davon! Das ist kein Spiel. Wir haben total Glück gehabt. Darum soll sich die Polizei kümmern.«

Frida hatte nichts mehr gesagt. Sie kannte Ebba gut genug, um zu wissen, dass das Thema für sie durch war. Und bevor sie noch auf die Idee kam, ihre Eltern oder gar Fridas Mutter einzuweihen, um sie zu stoppen, tat sie besser so, als würde sie ebenfalls damit aufhören.

Doch obwohl sie letzte Nacht ziemlich dolle Angst gehabt hatte und ihr, wie seit Tagen schon, der tote Mann im Schlaf erschienen war, dachte sie nicht daran, jetzt aufzugeben. Dann machte sie eben allein weiter. Ebba verstand das nicht. Sie war nicht diejenige gewesen, die Mats Anderberg gefunden hatte. Frida war davon überzeugt: Ihre Albträume würden erst enden, wenn der, der ihn erschossen hatte, im Gefängnis saß.

• • •

Vereinzelte Schneeflocken fielen sacht auf sie herab, als Maya und Pär vom Parkplatz zum Eingang des Östersunder Krankenhauses liefen. Es war kurz nach elf, und das fahle Tageslicht tauchte alles in eine gedrückte Stimmung. Nicht lange, und es würde wieder anfangen zu dämmern. Diese kurzen Tage, besonders, wenn sich die Sonne nicht zeigte, konnten einem ziemlich aufs Gemüt schlagen. Maya hatte schon in Stockholm damit zu kämpfen, aber hier war es noch krasser.

Dabei lag Östersund ein Stück unterhalb des Polargebiets und gerade mal auf halber Strecke bis zum nördlichsten Punkt Schwedens. Dort oben, in den wenigen, kleinen Dörfern zweihundertfünfzig Kilometer nördlich des Polarkreises an der finnischen Grenze, ging die Sonne fast den gesamten Dezember über gar nicht auf, und selbst jetzt, Ende Januar, gab es maximal vier Stunden Tageslicht. Maya hatte einen vierwöchigen Schulaustausch in Kiruna verbracht. An jenen Winter musste sie denken, als sie die seitlich am Parkplatz aufgetürmten, von Kehrmaschinen zusammengeschobenen Schneeberge sah. Gemessen an der Kälte, der Dunkelheit und den Schneemassen im ganz hohen Norden war es hier immer noch harmlos.

Während der Fahrt von der Polizeistation hierher hatte Pär von seinen Telefonaten mit dem Einsatzleiter und dem Kriminaltechniker berichtet. Hinter dem Haus hatten sie unweit der Brandstelle im Gebüsch einen leeren Kanister gefunden. Leider gab es daran keinerlei Fingerabdrücke. Der eingesetzte Spürhund war zunächst zielstrebig losgelaufen, auf dem Parkplatz dann jedoch hilflos stehen geblieben. Wenigstens hatten sie einige Fußspuren sichern können. Allerdings waren sie nicht mit jenen identisch, die Maya im Wald entdeckt hatte. Überdies war fraglich, wie viele davon von Leuten stammten, die hier ihre Hunde ausführten.

Maya war gespannt, wie das Gespräch mit Bengt verlaufen würde. Er lag in einem Dreibettzimmer im dritten Stock des Östersunder Krankenhauses. Durch das Fenster sah man zwischen verschneiten Bäumen ein Stück des Storsjön. Bengt blickte ihnen aus müden Augen entgegen, sein Gesicht war blass, und auf seiner Stirn klebte ein großes Pflaster.

»Hej, Bengt.« Pär trat neben sein Bett. »Wie geht es dir?«

»Hab mich schon besser gefühlt.« Bengt hustete. »Die Ärzte meinten, ich hätte Glück im Unglück gehabt.«

Maya holte zwei Stühle heran, und sie setzten sich. »Ist es okay für dich, dass wir dir ein paar Fragen stellen? Sag uns bitte ehrlich, wenn es dir zu viel ist, du sollst dich ja im Moment schonen.«

»Das passt schon. Ich bin ja froh, wenn ich euch helfen kann.«

»Was kannst du uns von gestern Abend erzählen?«

»Es war noch so viel zu erledigen. Seit Mats nicht mehr da ist, bleibt viel zu viel liegen. Da dachte ich, ich lege eine Spätschicht ein – irgendjemand muss sich ja darum kümmern –, autsch.« Bengt hielt sich den Kopf. »Die Ärzte meinen, sie wollen mich vorsichtshalber noch hierbehalten. Diese Auszeit hier kann ich mir eigentlich gar nicht erlauben.« Er probierte es mit einem Lächeln, das ziemlich schief geriet. »Morgen will ich definitiv nach Hause!«

Maya fiel auf, dass sie gar nicht wusste, ob Bengt Familie hatte. Vorsichtig erkundigte sie sich nach seinen Angehörigen.

Bengts Lächeln verschwand. »Derzeit bin ich allein. Meine letzte Freundin ging nach Warschau, um dort Tiermedizin zu studieren. Die Entfernung ... ich bin noch nicht über sie hinweg.«

»Ich verstehe.« Maya machte sich eine Notiz, während Pär fragte: »Ist dir gestern Abend etwas Besonderes aufgefallen?«

»Ich weiß noch, dass ich dachte, ich hätte draußen etwas gehört. Ich habe mich damit beruhigt, dass es bestimmt bloß der Wind gewesen ist. Aber dann hatte ich plötzlich das Gefühl, dass es nach Benzin roch. Was ja offenbar auch gestimmt hat.« Sarkastisch verzog Bengt das Gesicht. »Da bin ich unruhig geworden und wollte nachsehen. Ich bin aufgestanden und zur Hintertür gelaufen. Es war ein Knistern zu hören, und so ein seltsames Flackern schien durchs Fenster. Im nächsten Moment gab es einen furchtbaren Knall. Das ist das Letzte, was ich weiß. Danach bin ich irgendwann hier wach geworden.« Er ließ sich wieder in die Kissen sinken und blickte Maya und Pär resigniert an. »Was ist denn überhaupt genau passiert?«

Pär machte eine vage Handbewegung. »Die detaillierten Ergebnisse stehen noch aus, aber alles deutet darauf hin, dass jemand die Rückwand des Gebäudes mit Benzin getränkt hat.«

»Nicht zu fassen!« Bengt sah ihn ungläubig an. »Ich hätte gar nicht gedacht, dass im Winter so ein Brandanschlag möglich ist.«

»Leider doch.« Pär schlug die Beine übereinander. »Hast du eine Idee, wer hinter dem Anschlag stecken könnte, Bengt?«

Bengt ließ wieder das hohe, kehlige Lachen hören, das Maya schon beim ersten Treffen irritiert hatte. »Alle, die was gegen unsere Arbeit haben! Vorneweg Arvid Åkesson und sein Gefolge.«

»Du meinst, wegen der Prügelei im Kyrkparken neulich?«

»Nicht nur deswegen.« Bengt hustete, griff nach dem Wasserglas auf dem Nachttisch und trank ein paar Schlucke. Dann fuhr er fort: »Arvid ist mir am Montagvormittag begegnet. Hat mir erst – der Form halber – sein Beileid bekundet. Um mich zwei Minuten später zu fragen, ob ich nicht allmählich die Seiten wechseln wolle. Jetzt, wo das Zugpferd fehle, würde es mit der RVS ja unweigerlich bergab gehen. Wenn ich nicht weiterwisse, könne ich bei ihm vorbeikommen, er würde mich schon irgendwo bei sich unterbringen.« Er hustete erneut. »Den Teufel werde ich tun!«

Maya sah von ihren Notizen auf. »Hast du ihm das gesagt?«

»Auf die höfliche Art: Danke, aber nein danke, bevor ich so

tief sinke, würde ich lieber mit dem Schneeräumen anfangen. Ich sagte, er müsse sich keine Sorgen machen, die RVS werde garantiert nicht klein beigeben. Er solle mal abwarten, bald würden wir zu neuer Höchstform auflaufen. Es sei ein Nachfolger im Gespräch. Da hat er mich nur angeglotzt, sich umgedreht und ist gegangen.«

Pär räusperte sich. »Stimmt das mit dem Nachfolger?«

»Nee, das war ein Bluff. Ich wollte ihn provozieren. Was mir ja offenbar auch gelungen ist.«

»Du meinst, der Brandanschlag sei eine Reaktion darauf?«

»Für mich ist das ganz klar: Die RVS soll geschwächt werden, damit Arvid illegal in Naturschutzgebieten Holz schlagen kann! Erst wird der Leiter beseitigt, jetzt zerstören sie unsere Zentrale, und dann kann er ungehindert in Gebiete vordringen, in die er eigentlich nicht darf – denn niemand außer uns hat das im Blick. Bis unsere Strukturen wieder aufgebaut sind, all die Dokumente, das dauert ewig!« Bengts Gesicht nahm einen energischen Ausdruck an. »Aber wir werden nicht klein beigeben! Da hat er sich geschnitten, dieser Waldvernichter!«

»Du gehst also davon aus, dass Arvid für den Brand bei der RVS verantwortlich ist?«, fragte Pär.

Maya dachte daran, dass der Geschäftsmann momentan offiziell in Umeå war. Noch ehe sie etwas einwenden konnte, sagte Bengt: »Nicht er persönlich. Der macht sich doch nicht selbst die Hände schmutzig. Dafür hat er seine Leute.«

»Ohne Beweise wird es schwierig, ihn dafür zu belangen«, gab Maya zu bedenken.

Bengt überlegte. »Wart ihr schon bei seinem Lager draußen in Torråsen?«

Maya horchte auf. »Richtig, da wollte ich heute sowieso vorbeischauen.«

»Gut, dann fahren wir jetzt gleich hin.« Pär stand auf. »Danke, Bengt, für deine Auskünfte. Gute Besserung für deinen Kopf! Und lass dir Zeit, ehe du dich wieder in die Arbeit stürzt. Dem Wald hilfst du mehr, wenn du wieder ganz hergestellt bist.«

Kapitel 14

Nach einem überbackenen Panini und einem Kaffee im heute geöffneten *Café Entré* im Erdgeschoss des Krankenhauses machten sich Maya und Pär auf den Weg nach Torråsen. Das Los des Fahrens fiel wieder auf Maya.

Pär gab die Adresse, die Annika aufgeschrieben hatte, in sein Smartphone ein. »Gar nicht weit entfernt von unserem zweiten Tatort.«

»Ach was?«

»Kånkbacken liegt links von der E 45, ein Stück weiter Richtung Norden. Nach Torråsen müssen wir rechts abbiegen. Und unser erster Tatort ...«, Pär verschob mit einem Finger die Karte auf seinem Telefon, »ist etwas weiter südlich. Die drei Punkte liegen quasi auf einer Geraden.«

»Ob das ein Zufall ist?« Stirnrunzelnd lenkte Maya den Wagen vom Krankenhausgelände auf die weiße Fahrbahn mit den dunklen Spurrillen. Dieser Fall wurde immer rätselhafter.

Soeben riss die Wolkendecke auf, und die Sonnenstrahlen ließen die Schneekulisse funkeln. Sofort hob sich Mayas Stimmung. Wie viel mehr Energie man doch gleich hatte, wenn man nur ein bisschen Licht abbekam.

Vor ihnen lag die Abzweigung zum Gewerbegebiet.

»Lass uns einen kleinen Schlenker bei der RVS-Zentrale vorbei machen«, schlug Pär vor.

Maya setzte den Blinker und bog nach links ab. Kurz darauf sahen sie schon das brandgeschädigte, alte Haus, das zwischen den großen, intakten Firmengebäuden seltsam verletzlich wirkte.

Sie stiegen aus und betrachteten eine Weile den Brandschaden. Das Dach war an der linken Seite eingebrochen, und schwarze Rußspuren zogen sich über die Fassade. Von Fotos wusste Maya, dass die Rückwand komplett erneuert werden musste. Nur durch das schnelle Handeln der Feuerwehr hatte das Gebäude gerettet werden können. Bis es den Umweltaktivisten jedoch wieder als Zentrale dienen konnte, würden Monate vergehen. Und Bengt hatte ganz recht: All die Unterlagen, die bei dem Brand vernichtet worden waren, ließen sich nicht so leicht ersetzen. Hoffentlich hatten sie von den wichtigsten Dokumenten wenigstens irgendwo anders Sicherheitskopien gelagert.

»Bestimmt finden unsere Spezialisten bald mehr heraus.« Pär wandte sich ab. »Lass uns Arvids Lager aufsuchen.«

Sie stiegen wieder ein und verließen die Stadt, vorbei an Östersunds Skistation und einem großen Sportgelände mit Arena sowie verschiedenen Hallen. Danach folgten zu beiden Seiten der Straße nichts als Nadelbäume – Nadelbäume, wohin sie auch blickten. Ab und zu ein Kahlschlag, auf denen teilweise schon neue junge Tannen und Fichten heranwuchsen. So schön die verschneite Pracht aussah, Maya wurde Bengts Bezeichnung als »Plantagen« nicht mehr los. Er hatte ja recht. Von wegen Natur – das hier waren keine Wälder!

Pär schien etwas Ähnliches durch den Kopf zu gehen. »Das wird lustig werden, wenn hier irgendwann mal die Borkenkäfer zuschlagen.« Er schüttelte den Kopf. »Was meinst du, wollen wir ab jetzt auf Billigholz verzichten?«

»Keine schlechte Idee. Wenn du mir verrätst, wie ich das anstellen soll?«

»Ach, ganz einfach. Du benutzt in Zukunft Stoffservietten und Stofftaschentücher wie deine Omas früher, Stofflappen statt Küchenkrepp …«

»Und auf der Toilette orientiere ich mich an Indien.«

»Zum Beispiel.« Pär grinste sie an, dann wurde er wieder ernst. »Weltweit gesehen sind die Menschen, die Toilettenpapier benutzen, eh in der absoluten Minderheit.«

»Uff, was das angeht, fürchte ich, dass ich zu sehr westlich geprägt bin.«

»Verstehe ich. Und trotzdem, man sollte sich das mal durch den Kopf gehen lassen: Der durchschnittliche Europäer verbraucht pro Jahr acht Kilo Toilettenpapier. Der durchschnittliche Schwede sogar fünfzehn Kilo. Rechne das mal hoch.«

»Das sind ganz schön viele Bäume.« Maya wechselte in den fünften Gang. »Im Grunde hast du ja recht, wir verschwenden viel zu viel Einwegpapier.«

»Das Küchenkrepp hat meine Frau tatsächlich vor einiger Zeit abgeschafft.«

»Ernsthaft?«

»O ja.« Pär streckte seine Beine aus. »Sie hat irgendwo gelesen, wie oft man mit dem Zeug, was wir da verbrauchen, die Erde einwickeln könnte. Das hat sie so erschreckt, dass sie seither lieber löcherige Socken zerschneidet und die Stoffstücke in der Küche verwendet. Funktioniert hervorragend.«

»Coole Idee.« Maya dachte an ihre Schublade mit all den vereinsamten Strümpfen. Das wäre doch mal ein sinnvoller Verwendungszweck. Sie nahm sich vor, bei ihrer Rückkehr nach Stockholm das Thema Einwegpapier neu anzugehen.

Pär schaute auf sein Handy. »Da vorn bitte rechts abbiegen.«

Maya bog in einen schmalen Waldpfad ein. Festgefahrene Spuren im Schnee zeigten, dass er regelmäßig benutzt wurde, anders als so manche verschneite Abzweigung, an der sie vorbeigekommen waren. Die im Sonnenlicht glitzernde Schneepracht zu beiden Seiten hatte etwas von einem verträumten Wintermärchen.

Nach kurzer Zeit endete der Weg an einem umzäunten Gelände. Rechts von einem weit geöffneten Tor hing ein Firmenschild, *Åkessons Trä* stand darauf. Sie rollten durch die Einfahrt und parkten vor einer ebenerdigen, lang gezogenen Halle aus Backsteinen und einem Wellblechdach.

Maya stieg aus und sah sich um. Ringsum an der Hallenwand sowie am Zaun entlang stapelten sich unzählige Baumstämme. Rechter Hand lagen mehrere kleine Gebäude. »Seltsam, kein anderes Fahrzeug da.«

»Hat Annika nicht gesagt, Arvid wäre heute den ganzen Tag über hier?«

»Doch, schon.« Maya versuchte, sich an den genauen Wortlaut zurückzuerinnern. War dem Juniorchef bei seinem gestrigen Aufenthalt in Umeå womöglich etwas dazwischengekommen, und er hatte seine Pläne geändert? »Wo wir schon mal da sind, können wir uns ja ein bisschen umschauen.« Zwischen den Stämmen lief sie ein Stück in das Gelände hinein. Gefällte Bäume, so weit das Auge reichte. Pär hatte recht: Sie mussten ihren Holzkonsum einschränken! Unverrichteter Dinge kehrte sie zum Vorplatz zurück.

Pär hatte sich die andere Seite der Halle vorgenommen und kam ihr entgegen. »Alle Gebäude dort drüben sind abgeschlossen. Hier ist niemand. Hast du eine Telefonnummer von Arvid? Dann können wir …«

Aus einem Impuls heraus ging Maya zum Holztor an der großen Halle und betätigte probehalber den Metallriegel. Zu ihrer

Überraschung ließ er sich zurückschieben. »Na so was!« Sie drehte sich zu Pär um. »Werfen wir einen Blick rein?«

»Eigentlich bräuchten wir dazu einen Durchsuchungsbefehl.«

»Ach, komm, sonst sind wir ja völlig umsonst hier rausgefahren.« Und schon machte sie ein paar Schritte in die düstere Halle hinein. Einen Moment später flammten über ihr grelle Neonröhren auf.

»So ist's besser, oder?« Pär stand am Eingang neben den Lichtschaltern.

»Und Gott sprach, es werde Licht, doch er fand den Schalter nicht«, murmelte Maya.

»Was hast du gesagt?«

»Ach, nur so eine deutsche Blödelei von wegen Gott und Licht.«

»Gott? Nicht Goethe?« Pär schob seine Hände in die Taschen. »*Mehr Licht* stammt doch von eurem Meisterdichter, oder?«

»Waren angeblich seine letzten Worte.« Maya begann mit ihrer Erkundungstour in der Halle. »Andere Quellen sprechen davon, dass er nach einem Nachttopf verlangt hat.«

Pär lachte auf. »Jaja, die angeblichen letzten großen Worte bedeutender Menschen.«

Maya ließ ihren Blick den Gang entlangschweifen. Auch hier lagerte Holz, allerdings in Form von zugeschnittenen Brettern, sortiert nach unterschiedlichen Längen, Breiten und Dicken. Es gab mehrere Gänge und dazwischen begehbare Container.

»Das ist ja interessant.« Pär war beim ersten Container links vom Tor stehen geblieben und schaute durchs Fenster.

»Was denn?«

»Komm mal her.«

Gespannt lief Maya zu ihm hinüber. Pär wies durch das Fenster, und Maya erkannte an der gegenüberliegenden Wand ein überdimensionales Pinnbrett.

»Das sind die Waldgebiete, die Arvid besitzt.« Er zeigte auf eine Übersichtskarte, auf der gelbe Markierungen eingetragen waren. »Und daneben«, er deutete auf eine zweite Karte mit roten Strichlinien, »sind die geplanten Kahlschläge für das kommende Jahr eingezeichnet.«

»Ja, und?«

»Fällt dir nichts auf?«

Maya glich die beiden Karten miteinander ab. »Ah, jetzt verstehe ich, was du meinst. Da sind Kahlschläge verzeichnet, die nicht zu Arvids Gebiet gehören.«

»Exakt.« Pär nickte ihr zu. »Dort und dort«, er wies auf zwei rot umstrichelte Bereiche, »das sind geschützte Gebiete. Die liegen im Naturreservat Rannåsen.«

»Krass! Das ist doch illegal.«

»Aber so was von! Du erinnerst dich an Bengts Worte? Er meinte, da es gar nicht mal so leicht sei, das nachzuprüfen, passiere es immer wieder.«

Nachdenklich musterte Maya die Karten. »Geht es bei der ganzen Angelegenheit am Ende darum? Dass Mats Arvid auf die Schliche gekommen ist?«

»Möglicherweise.«

Maya ging zur Tür und drückte die Klinke runter. Doch die Tür war abgeschlossen. Sie kehrte zum Fenster zurück und schoss mit dem Handy Fotos von den Karten, dann wandte sie sich um und blickte in den Mittelgang. »Ehe wir fahren, schaue ich mir kurz die anderen Container an.« Kurzerhand lief sie den Gang hinunter zum zweiten Container, der ebenfalls verschlossen war. Das einzige Fenster, das es gab, verdeckte eine Jalousie. Welche Geheimnisse sich wohl dort verbargen?

Mit einem Mal vernahm Maya ein Geräusch. Abrupt hielt sie in der Bewegung inne und lauschte. Nichts. Bestimmt hatte sie sich geirrt. Sie wollte gerade den Weg durch den Gang fortsetzen, da hörte sie es erneut. Es klang wie ein Knurren. Alarmiert drehte sie sich zu Pär um. »Hörst du das auch?«

»Was?«

»Ich glaube, da ist irgendwas. Vielleicht sollten wir lieber –« Sie kam nicht mehr dazu, ihren Satz zu beenden, denn im nächsten Moment schossen am Ende des Ganges drei wild gewordene Hunde um die Ecke.

• • •

»Einmal am Tag gehst du an die frische Luft, und damit basta!«

Dass Elinors Vorfahren aus Italien stammten, schlug in manchen Situationen durch. Gerade war es wieder mal so weit gewesen. Mehrfach war die Tante heute in Sannas Zimmer erschienen und hatte sie aufgefordert, nach unten ins Café zu kommen.

Doch allein bei der Vorstellung, sich zurechtmachen und unter wildfremden Leuten sitzen zu müssen, zog sich in Sanna alles zusammen. Bis jetzt hatte sie im Bett gelegen, sie hatte sich einfach nicht aufraffen können aufzustehen. Ihr ganzer Körper fühlte sich unglaublich schwer an, der bloße Gang zur Toilette kostete sie endlose Kraft.

Dann schon lieber ein Spaziergang, da konnte sie wenigstens für sich sein. Missmutig erhob sich Sanna und wühlte in ihrem Gepäck nach der Thermowäsche. In Stockholm hatte sie alles, was ihr warm erschien, wild in den Koffer geworfen. Sie schaute auf die Wetterapp ihres Handys, draußen waren es minus acht Grad. Mechanisch legte sie Schicht für Schicht einen Zwiebellook an.

Sanna warf einen Blick aus dem kleinen Fenster, von dem aus man den Storsjön sah. Die Sonne war bereits untergegangen, und am Himmel über dem See zeichnete sich ein grandioses Farbenspiel ab, für das sie unter anderen Umständen große Begeisterung gezeigt hätte. Heute war es ihr egal. Allerdings empfand sie den Gedanken tröstlich, dass es draußen nicht mehr hell war. Wenn sie schon rausmusste, dann wollte sie, so gut es ging, unsichtbar sein.

Dick vermummt lief Sanna kurz darauf die Promenade des Sees entlang. Insgeheim musste sie Elinor recht geben: Es tat tatsächlich gut, sich zu bewegen und die eisklare Luft zu atmen. Hier war es deutlich frostiger als in Stockholm und ihrer Heimat in Småland. Es war eine ganz andere Art von Kälte, viel trockener und deswegen irgendwie angenehmer.

Doch auch jetzt kreiste das Gedankenkarussell in ihrem Kopf weiter. Immer wieder sah sie David vor sich, spürte, wie er sie an die Wand presste, fühlte förmlich seinen Atem im Gesicht. Sanna schüttelte sich. Wie hatte sie noch einmal derart zum Opfer werden können?

All die Jahre hatte sie Affären gehabt, mal mit Männern, mal mit Frauen. Ihre Liebhaber hielt sie stets auf Abstand, sie brauchte die Gewissheit, jederzeit gehen zu können. Diese schwebende Unverbindlichkeit war für Sanna ideal. Sobald es zu eng wurde, sobald sich anbahnte, dass der oder die andere mehr Platz in ihrem Leben einnehmen wollte, zog sie die Reißleine. So hatte sie sich souverän durch ihr Erwachsenenleben manövriert und nie das Gefühl gehabt, dass ihr etwas fehlte. Vor allem aber hatte niemals die Gefahr bestanden, dass jemand ihre Schutzmauern überwinden würde.

David hatte diese Mauern, die sie seit so vielen Jahren behüteten, binnen kürzester Zeit niedergerissen und war auf den Trümmern herumgetrampelt. Noch einmal würde sie es nicht schaffen, einen solchen Wall aufzubauen. Sie hatte darauf vertraut, dass er stark genug war. Dass sie stark genug war. Sie hatte versagt.

Gerade passierte sie die M/S Thomée, ein ehemaliges Dampfschiff aus dem Jahre 1875, das im Sommer als Restaurantschiff mit nostalgischem Charme über den Storsjön schipperte. Im Moment ruhte das Schiff in der wohlverdienten Winterpause. Sanna blieb stehen. Elinor und sie hatten in der Vergangenheit schon so manchen Lunch an Bord eingenommen. Wie gern dachte sie an diese vergnügten Nachmittage zurück, an denen sie über den Storsjön getuckert waren. Die Sonne hatte das Wasser glitzern lassen, und alles hatte sich leicht angefühlt. Es kam Sanna vor, als sei das in einem anderen Leben gewesen.

Gedankenverloren schlenderte sie weiter. Genau genommen steckte sie momentan fest wie dieses Schiff im ringsum dick vereisten See. Sanna fühlte sich ohnmächtig wie nie zuvor. Sie durchquerte den Badhusparken in Richtung Frösöbron. Die Bäume funkelten vom Raureif um die Wette, doch selbst das berührte sie nicht.

Damals war sie auch in den nächstbesten Zug gestiegen und zu Tante Elinor gefahren. Nur mit dem Unterschied, dass sie das alles leichter in sich hatte abkapseln können. Es war Sommer, und sie war jung gewesen und hatte eine andere Energie besessen. Das Verdrängen war einfacher gewesen. Sie hatte ein paar schöne Wochen hier in Östersund verbracht, und allmählich war der düstere Schatten verblasst. Als sie nach Småland zurückkam, hatte sie sich ihren Freundinnen anvertrauen wollen. Aber in der Zwischenzeit waren dort Dinge geschehen, die so viel größer waren als das, was ihr zugestoßen war. Sie würde es ihnen später erzählen, das nahm sie sich fest vor. Doch irgendwie hatte sie den Zeitpunkt verpasst.

Sanna drehte sich um und lief denselben Weg zurück, den sie gekommen war. Sie hatte keine Lust, durch die Stadt zu gehen. Hier am See waren nur wenige Menschen unterwegs. Sannas Gedanken wanderten zu Mayas Besuch am vergangenen Abend. Es tat ihr leid, dass sie so abweisend gewesen war. Maya hatte sich nach Kräften um sie bemüht. Sanna jedoch hatte einfach nicht anders gekonnt. Sie hatte Angst, dass all die ungesagten Worte herausströmen würden, wenn sie bloß den Mund öffnete.

Was Maya von ihrer Arbeit erzählt hatte, hallte allerdings in Sanna nach. Diese Frau, die in der Jugend mit dem Todesopfer liiert gewesen war – ihr Verhalten sprach in Sannas Augen Bände. Ob Maya schon daran gedacht hatte, dass der Mann womöglich übergriffig geworden war? Vielleicht sollte sie mit ihrer Freundin darüber sprechen. Doch sie riskierte damit, dass Maya daraufhin unweigerlich nachbohren würde und –

Das Telefon vibrierte in der Innentasche ihrer Jacke. Sanna blieb stehen, streifte ihre Handschuhe ab, zog den Reißverschluss ein Stückchen runter und holte es heraus. *Emely* verriet ihr das Display. Einen Moment lang zögerte sie, dann nahm sie das Gespräch an.

»Hej, Emely.«

»Sanna, ich habe gehört, du bist in Östersund?« Der leichte, schwingende Ton ihrer allzeit entspannten Yogafreundin schallte ihr ins Ohr.

»Was hat Maya gesagt?« Sanna spürte, dass sie ärgerlicher klang als beabsichtigt.

»Sanna … wir machen uns Sorgen um dich. Du bist doch unsere Freundin! Wir möchten für dich da sein.« Jetzt hörte sie sich bemutternd an.

»Ich möchte im Moment einfach nur allein sein.« Auch das kam viel zu hart rüber, Sanna wusste es, konnte es aber nicht verhindern. Außerdem begann die Kälte sich in ihre Finger hineinzufressen. »Sorry, Emely, ich bin gerade draußen. Kein guter Ort zum Telefonieren.«

»Ich verstehe. Wenn du reden willst, ganz egal wann, melde dich einfach.«

Sanna versprach es und verabschiedete sich. Sie steckte das Telefon ein und schloss ihre Jacke. Ehe sie in die Handschuhe schlüpfte, hauchte sie einige Male in ihre Hände und knetete die schmerzenden Finger. Erschreckend, wie schnell die Gliedmaßen bei diesen Temperaturen auskühlten! Besser sie hätte das Gespräch nicht angenommen. Dann wären ihre Hände noch warm und sie hätte nicht die zweite Freundin vor den Kopf gestoßen. Seufzend setzte Sanna sich erneut in Bewegung. Für heute reichte es mit der frischen Luft. Wenigstens konnte sie jetzt guten Gewissens zu Elinor zurückkehren und sich wieder im Bett verkriechen.

Während sie am Seeufer zurücklief, schaute sie zu der breiten Skipiste Gustavsbergsbacken drüben auf Frösön hinüber. In großen, eleganten Bögen glitten die Fahrer ins Tal. Aus heiterem Himmel liefen Sanna Tränen übers Gesicht.

Kapitel 15

Maya drehte sich um und stürmte los. »Raus hier!« So schnell sie konnte, hechtete sie in Richtung Ausgang. Hinter sich hörte sie die Hunde näher kommen. Sie hatte sie gesehen, zwei Schäferhunde und einen Dobermann. Zum Glück war der Gang so lang und Maya erst bis zur Mitte gekommen, als die Tiere aufgetaucht waren.

Pär hatte schon das Tor erreicht. »Du schaffst das!«

Noch einmal gab Maya Gas, dann war sie draußen. Pär knallte das Tor zu und schob den metallenen Riegel vor. Von drinnen tönte das wütende Kläffen der Hunde und das Kratzen ihrer Krallen an dem Holztor.

Mayas Herz raste. Sie beugte sich vor, stützte ihre Hände auf den Knien ab und versuchte durchzuatmen.

»*Helvete!*« Pärs Stimme wackelte. »Das war knapp.«

»Verdammt knapp.« Langsam richtete Maya sich auf. »Kein Wunder, dass die Halle nicht abgeschlossen ist. Mit solchen Bestien braucht sich Arvid nicht vor Einbrechern zu fürchten.«

»Lass uns zusehen, dass wir von hier wegkommen. Am Ende ist noch irgendwo eine Hintertür offen, und die süßen Schoßhündchen sind uns gleich wieder auf den Fersen.«

»Bloß das nicht!« Maya schüttelte sich einmal kräftig, wie sie es von Emely gelernt hatte, dann folgte sie Pär, der bereits zügigen Schrittes Richtung Auto unterwegs war. Etwas zu zügig, dachte Maya noch, da war es schon geschehen: Pär erwischte eine vereiste Stelle, rutschte aus und fiel der Länge nach auf den gefrorenen Untergrund.

»Verdammte – autsch!«

»Pär – um Himmels willen! Hast du dich verletzt?«

»Ich weiß nicht.« Mühsam versuchte Pär aufzustehen. »Au! Es geht nicht.« Mit schmerzverzerrtem Gesicht sackte er zurück auf den Boden und hielt sich das Bein. »Shit, ich bin genau da draufgeknallt.« Er deutete auf einen dicken Stein neben sich. »Maya, ich fürchte, da ist was kaputtgegangen.«

»He, nun mal nicht gleich den Teufel an die Wand.« Maya griff ihm unter die Arme und half ihm, hochzukommen.

»Nett von dir, dass du mal ein Sprichwort wählst, das wir auf Schwedisch ganz genau so sagen«, presste Pär mit zusammengebissenen Zähnen hervor, während er von ihr gestützt zum Wagen humpelte.

Vorsichtig bugsierte Maya ihn auf den Beifahrersitz. »Ich würde sagen: Auf zum Krankenhaus!«

»Ich habe irgendwie das Gefühl, dass wir da gerade erst herkommen.«

»Na, solange du deinen Humor nicht komplett verloren hast …« Maya ließ sich auf den Fahrersitz fallen und startete den Motor.

• • •

Die Unglückssträhne wollte einfach nicht abreißen! Hilding fehlten die Worte. Als Maya am späten Nachmittag im Gemeinschaftsbüro auftauchte und erzählte, dass Pär in der Röntgenabteilung wartete und sich vermutlich das Bein gebrochen hatte, schüttelte er nur den Kopf.

Maya lehnte sich an den Tisch vor dem Whiteboard und sah ihn direkt an. »Ich brauche deine Hilfe, Hilding.«

»Okay?«

»Sonny ist schon nach Hause gegangen. Ich muss heute noch mit Arvid sprechen. Kannst du mich begleiten?«

Auch wenn die junge Stockholmerin ihn manchmal mit ihrer großstädterisch-stressigen Art nervte, sie war eine Kollegin, und Kollegen hielten zusammen. »Jo.« Er schaltete seinen Computer aus und erhob sich. »Auf geht's.«

Arvid hatte bereits Feierabend gemacht und war nach Hause gefahren, wie Annika ihnen am Telefon mitgeteilt hatte. Also würden sie ihm dort einen Besuch abstatten. Mit dem Dienstwagen fuhren sie quer durch die Stadt zum Lugnviksvägen.

Die Villa, die sich seit mehreren Generationen im Familienbesitz der Åkessons befand, lag im Norden von Östersund, direkt am Ufer des Storsjön mit eigenem Bootssteg. Ein weißer Holzzaun umgab das weitläufige Grundstück, auf dem mittig das prächtige, zweistöckige rote Holzhaus mit Wintergarten thronte. Im Hintergrund erkannte man weitere Nebengebäude. Alle Häuser waren durch zahlreiche Außenlampen rundum beleuchtet. Hilding hatte diese Art der Stromverschwendung nie verstanden. Die Hälfte der Lampen hätte es auch getan. Aber vermutlich war das ein Symbol, mit dem die Reichen sagten: Schaut, wir haben mehr als genug, wir können es uns leisten.

Was zur Folge hatte, dass die weniger gut Betuchten den Trend nachmachen wollten. Nur dass sie es sich eben nicht leisten konnten. Hilding hatte dazu schon diverse Diskussionen mit

Lisbet geführt, die sich ebenfalls eine Rundumbeleuchtung für ihr Haus wünschte.

Arvid empfing sie mit der oberflächlich-großzügigen Art, die Hilding von ihm kannte. Er führte sie in ein pompöses Wohnzimmer. Eine Designercouch, auf die das Wort *Wohnlandschaft* wirklich zutraf, dominierte den überwiegend mit Antiquitäten bestückten Raum. Zaghaft nahm Hilding Platz, während Maya sich wie selbstverständlich im Schneidersitz darauf niederließ. Von hier hatte man einen phänomenalen Blick auf den See.

»Kaffee, Tee, Wasser, Saft?«

»Kaffee«, hörte Hilding sich und Maya wie aus einem Mund sagen. Für einen Moment sahen sie sich überrascht an.

»Kommt sofort.« Arvid verschwand, und kurz danach ertönte ein sanftes Brummen. Sicher eine dieser sündhaft teuren, vollautomatischen Maschinen. Auch ein Punkt auf Lisbets Wunschliste, der Hildings Polizistengehalt überstieg.

»Kann man diesen Luxus eigentlich genießen, wenn man dafür die Ausbeutung der Erde in Kauf nimmt?« Mayas Blick wanderte durch das Wohnzimmer. »Arvid hat schließlich Kinder.« Sie deutete auf eine Fotogalerie an der Wand links von ihnen. »Da müsste es ihm doch wichtig sein, alles dafür zu tun, dass auch seine Nachfahren noch auf diesem Planeten leben können.«

»Jo. Im Grunde schon. Komplexes Thema. Nehme an, dass es viel mit der Tradition seiner Familie zu tun hat.«

»Ich versteh's trotzdem nicht. Heutzutage kommt man doch am Klimawandel nicht mehr vorbei.«

Hilding zuckte nur mit den Schultern, woraufhin Maya die Stirn kräuselte. Umweltrelevante Themen mit einem Geschäftsmann wie Arvid zu diskutieren, überließ er Aktivisten wie denen von der RVS.

Mit einem Tablett kehrte Arvid zurück und platzierte es auf

dem gläsernen Couchtisch. Wie man es schaffte, ein solches Teil frei von Abdrücken zu halten, war Hilding ein Rätsel.

»Allzu viel Zeit habe ich nicht, meine Frau und ich sind heute Abend bei Freunden zum Essen eingeladen.« Arvid setzte sich links von ihnen in einen Sessel.

»Kein Problem, es wird nicht lang dauern.« Maya trank einen Schluck ihres Kaffees und stellte die Tasse auf die Glasplatte, ohne den dafür vorgesehenen Korkuntersetzer zu benutzen.

Hilding sah an Arvids Blick, dass er dies begrüßt hätte.

»Wir waren heute bei deinem Lager, draußen in Torråsen, Arvid«, begann Maya in neutralem Ton.

»Wieso das?«

»Annika hat gestern gesagt, du seiest den ganzen Tag dort.«

»Das war ursprünglich mein Plan, stimmt. Aber ich kam doch erst später als geplant aus Umeå zurück. Es hätte sich nicht mehr gelohnt, noch rauszufahren.«

»Wir hatten dort eine weniger angenehme Begegnung mit deinen Hunden.«

»Hunde? Da draußen?« Verständnislos schaute Arvid von Maya zu Hilding und zurück.

»Die beiden Schäferhunde und der Dobermann, die in der Halle frei herumlaufen.«

»Ich verstehe nicht, was du meinst. Ich halte keine Hunde in der Halle.«

»Aber sie waren dort. Und sie waren ziemlich aggressiv.«

»Wart ihr in der Halle drin?«

»Na ja, das Tor war offen und –«

»Es war abgeschlossen. Es ist immer abgeschlossen, wenn keiner dort ist.« Zwischen Arvids Brauen bildete sich eine steile Falte. »Seid ihr sicher, dass ihr auf dem richtigen Gelände wart?«

»Ein Backsteinbau mit Wellblechdach, *Åkessons Trä* steht auf dem Schild am Zaun.«

»Das begreife ich nicht.« Er schien einen Augenblick lang zu überlegen, dann erhob er sich und griff nach seinem Telefon, das auf dem Tisch lag. »Bitte entschuldigt mich einen Moment.« Er lief in den Flur und führte ein kurzes Telefonat, von dem sie leider nichts mitbekamen.

Als er zurückkam, goss er sich schweigend ein Glas Wasser aus einer bereitstehenden Kristallkaraffe ein und setzte sich wieder. »Habt ihr sonst noch Fragen?«

»O ja.« Maya richtete sich auf. »Arvid, es geht um dein Alibi für den Tag, an dem Mats getötet wurde.«

»Ich habe euch doch schon gesagt, dass ich mit meinem Vater zum Lunch im *Kitchen & Table* war.«

»Richtig. Das hat man uns dort bestätigt.«

»Na, dann ist doch alles klar.«

»Man hat uns auch gesagt, dass dein Vater bezahlt hat und du deutlich früher als er das Lokal verlassen hast.«

Zum ersten Mal wirkte Arvid nervös. Fahrig strich er mit den Händen über den Bezug des Sofas. »Willst du mir aus einer Viertelstunde einen Strick drehen? Ich bin von dort gleich zurück in die Firma, ich hatte ein Meeting.« Er machte eine Pause, ehe er mit Nachdruck hinzufügte: »Ich habe nichts mit Mats' Tod zu tun.«

Schweigend sah Maya ihn an, dann fragte sie ruhig: »Und warum hast du bei unserem ersten Gespräch gesagt, ihr hättet das Lokal gemeinsam gegen halb zwei verlassen? Das war ja demnach eine Lüge.«

Arvid knetete seine Hände. »Ich habe ... nicht gedacht, dass es einen großen Unterschied macht, ob wir zusammen gehen oder nicht.«

»Wir Polizisten mögen es nicht so gern, belogen zu werden.« Maya lächelte ihn betont liebenswürdig an. »Du verstehst, dass sich das nicht so gut auf deine generelle Glaubwürdigkeit auswirkt.« Sie wurde wieder ernst. »Vielleicht hast du schon von dem gestrigen Brand gehört? Jemand hat die Zentrale der RVS angezündet.«

»Was für ein Glück, dass ich in Umeå war.« Arvid klang mit einem Mal sarkastisch.

»Wo in Umeå hast du übernachtet?« Maya blieb gelassen. »Du verstehst, dass wir das überprüfen müssen.«

»Im *Stora Hotellet*.« Demonstrativ warf Arvid einen Blick auf seine Rolex.

»Ich bin gleich fertig.« Maya ließ sich nicht aus der Ruhe bringen. »Ich möchte mich mit dir nur noch über deine geplanten Kahlschläge im Naturreservat Rannåsen unterhalten.«

Arvids Miene verhärtete sich. »Ohne meinen Anwalt sage ich dazu nichts.«

»Das ist dein gutes Recht.« Maya erhob sich. »Die Vorladung zur offiziellen Vernehmung erhältst du morgen.«

Hilding stand ebenfalls auf. Der Hausherr machte sich nicht die Mühe, sie zur Tür zu begleiten. Auf dem Weg zum Auto grübelte Hilding über Arvids Verhalten. Die Angelegenheit mit den illegalen Abholzungen würde Folgen haben, ganz klar. Aber hatte er wirklich etwas mit Mats' Tod zu tun?

• • •

Sie waren gerade wieder zurück in der Polizeistation, da rief Pär aus dem Krankenhaus an. »Endlich fertig. Ich habe bis jetzt beim Röntgen gewartet.«

»Immerhin – deutlich schneller als in Stockholm, da hättest

du die Nacht im Wartebereich verbracht.« Maya legte ihre Tasche auf den Schreibtisch.

Ein bitteres Auflachen tönte aus der Leitung. »Wohl wahr. In der Provinz ist das Gesundheitssystem demzufolge noch nicht so krank wie in der Hauptstadt.«

»Und?«

»Tja, keine so guten Neuigkeiten. Ich habe mir eine Tibiaschaftfraktur zugezogen.«

»Eine – was? Bitte für Laien, Pär.«

»Einen Schienbeinbruch.«

»Ach du Schande.«

»Zum Glück muss es nicht operiert werden. Du darfst mich gern abholen, sobald du kannst.«

»Bin auf dem Weg.« Maya nahm ihre Sachen, verabschiedete sich von Hilding und fuhr wieder in die Stadt.

Ehe sie das Krankenhaus verließen, wollten Maya und Pär kurz nachsehen, wie es Bengt ging. Zu ihrer Überraschung teilte man ihnen mit, dass er am Nachmittag auf eigenen Wunsch die Klinik verlassen hatte.

Pär schüttelte den Kopf. »Er ist verrückt. Sich nach so einer Geschichte nicht mal einen Tag Auszeit zu genehmigen.«

»Und das, wo sogar die Ärzte meinten, er solle auf jeden Fall noch eine Nacht dableiben. Arbeitseifer in allen Ehren, aber das ist purer Leichtsinn.« Maya sah zu ihrem Kollegen hinüber, der sich mit seinen Gehhilfen abmühte. »Na, bis wir wieder gemeinsam losziehen können, wird wohl noch eine Weile vergehen.«

»In der Zwischenzeit kann ja Sonny für mich einspringen.« Pär feixte sie an, was Maya mit einem Augenrollen kommentierte.

Sie fuhren zum Hotel zurück, setzten sich in die zugehörige

Sportbar und aßen *Fish and Chips*, während auf den Bildschirmen rings um sie herum nonstop Fußballspiele übertragen wurden.

Maya dippte ein Stück ihres Kabeljaus in die Tartarsoße. »Wie geht's jetzt weiter?«

»Vera wollte natürlich, dass ich sofort nach Hause komme. Aber das steht gar nicht zur Debatte.« Pär trank von seinem frisch gezapften Carlsberg Export. »Die Ermittlungen kann ich ebenso gut vom Schreibtisch aus leiten. Und für die Außeneinsätze stehen uns ja auch die Östersunder Kollegen zur Seite. Wie lief es eigentlich mit Hilding und dir?«

»Ganz okay. Er ist und bleibt ein schweigsamer Geselle. Aber ich habe nicht mehr das Gefühl, dass er gegen uns arbeitet, wie ich es am Anfang befürchtet habe.«

»Das unprofessionelle Verhalten von ihm und seinen Kollegen am ersten Leichenfundort ist kaum zu begreifen, geschweige denn zu entschuldigen. Aber ich gebe dir recht: Inzwischen glaube ich auch nicht mehr, dass er bewusst etwas verschleiern wollte.« Pär trank einen weiteren Schluck Bier. »Ah, das tut gut nach der Warterei im Krankenhaus.« Er lehnte sich zurück und sah Maya auffordernd an. »Also, was sagt Arvid?«

Während des Essens lieferte Maya ihm eine Zusammenfassung ihrer Unterhaltung mit dem Unternehmer.

»Das mit den Hunden ist eigenartig.« Pär runzelte die Stirn.

»Finde ich auch. Vor allem hatte ich nicht das Gefühl, dass er uns etwas vorspielt.«

»Was bedeutet, dass jemand anderes die Tiere dorthin geschafft haben muss.«

»Aber wer? Und warum?« Maya spießte ein Salatblatt auf und tunkte es ebenfalls in die Soße.

»Vielleicht wollte jemand verhindern, dass wir uns weiter dort umsehen?«

»Das würde ja bedeuten, dass es irgendetwas zu entdecken gab, das womöglich nichts mit Arvid zu tun hatte.« Maya überlegte. »Kann es mit illegaler Jagd zusammenhängen?«

»Du meinst, dass jemand, der illegal jagt, die Halle für seine Zwecke benutzt, ohne dass Arvid davon weiß?« Pär sah sie skeptisch an. »Wer wusste denn überhaupt, dass wir dorthin wollten?«

»Bengt natürlich. Und Annika.« Maya dachte nach. »Und unsere Östersunder Kollegen.«

Schweigend aßen sie zu Ende. Im Kopf ging Maya alle möglichen und unmöglichen Varianten durch. In diesem Fall schichtete sich Rätsel auf Rätsel, sodass sie aufpassen musste, den Fokus nicht zu verlieren.

»Lassen wir für heute die Arbeit ruhen.« Pär tupfte sich den Mund mit einer Papierserviette ab. »Gibt's was Neues von Jonas?«

»Phh …« Mit den verbleibenden Pommes wischte Maya die restliche Soße auf. »Der kann mir bald gestohlen bleiben.« Sie erzählte von ihrem letzten Telefonat.

»Psychologisch nicht uninteressant.« Pär knüllte die Serviette zusammen. »Ausgerechnet *Wenn wir Toten erwachen*.«

»Ich weiß, die weibliche Hauptfigur heißt Maja.« Maya zog eine Grimasse.

»Ja, aber weißt du auch, wie es ausgeht?«

»Sorry, so weit reicht meine Theaterbildung leider nicht.«

»Rubek – also ihr Mann – und seine Geliebte sterben. Sie werden von einer Lawine begraben. Maja hingegen fühlt sich befreit.«

Maya stieß ein sarkastisches Lachen aus. »Na, dann werde ich ihm beim nächsten Gespräch mal einen Skiausflug empfehlen.«

Als sie ihr Zimmer betrat, fiel Maya ein, dass sie am Abend zuvor Sanna versprochen hatte, bei ihr vorbeizukommen. Im Trubel des

Nachmittags war ihr das völlig entfallen. Kurzerhand rief sie die Freundin an.

Es klingelte einige Male, ehe Sanna abnahm.

»Sorry, dass ich mich erst jetzt melde.« Maya stopfte sich ihre Kopfhörer in die Ohren und ließ sich aufs Bett fallen. »Heute war einfach irre viel los.«

»Kein Problem.« Sanna klang genauso teilnahmslos wie am Vortag.

Maya versuchte, sie aus ihrer Lethargie herauszureißen. »Pär hat sich das Schienbein gebrochen, nachdem wir von einer Meute wütender Hunde verfolgt wurden.«

»Oh.«

Als darauf keine weitere Reaktion erfolgte, fragte Maya in leichtem Ton: »Und, was war bei dir heute so los?«

»Nicht so viel Action wie bei dir jedenfalls.« Sie machte eine Pause, ehe sie fortfuhr: »Bis zum Nachmittag eigentlich so gut wie gar nichts. Dann hat mich Elinor zu einem Spaziergang genötigt. Als ich unterwegs war, hat mich Emely angerufen.«

Dass Sanna ihren letzten Satz besonders betonte, überhörte Maya geflissentlich. Offenbar missfiel es ihr, dass Maya Emely informiert hatte. Aber da musste sie durch. Dafür waren Freundinnen da. Sie konnten nicht zulassen, dass Sanna in einer Depression versank. Zumal sie immer noch nicht erzählt hatte, was überhaupt geschehen war, bevor sie die Flucht aus Stockholm ergriffen hatte. Maya brauchte eine neue Strategie. Möglicherweise half es, wenn sie sich vorstellte, sie würde Sanna beruflich befragen. Zu viel Nähe verschleierte den Blick für das Wesentliche.

In behutsamem Ton tastete sie sich an das heikle Thema heran: »Ich vermute mal, dein Entschluss herzukommen, hat mit David zu tun.«

Stille am anderen Ende der Leitung.

Maya überlegte, von welcher Seite sie noch ansetzen konnte, da tönte ein zögerndes »ja und nein« an ihr Ohr.

Langsam sprach sie weiter: »Wie war denn euer Wiedersehen? Hat er so getan, als wäre alles normal?«

»Zunächst ja.« Sannas Stimme war anzumerken, dass es sie höchste Überwindung kostete, darüber zu sprechen.

Maya wartete ab, dann fragte sie so einfühlsam wie möglich: »Ist er noch mal übergriffig geworden?«

Wieder schwieg Sanna.

»Wenn du nicht widersprichst, heißt das ja.« Maya schloss die Augen. Genau das hatte sie von dem Moment an befürchtet, als Sanna verkündet hatte, dass sie nach Östersund käme. »Was auch immer passiert ist, Sanna, es ist nicht deine Schuld.«

»Da bin ich mir nicht mehr so sicher.«

»Wie meinst du das?«

»Ich weiß es noch nicht.« Sanna atmete hörbar aus. »Ich denke gerade viel darüber nach.«

»Auf gar keinen Fall darfst du für sein Verhalten Entschuldigungen suchen. Oder Fehler bei dir, die –«

»Das tue ich nicht.« Sanna klang so bestimmt wie lange nicht mehr. »Ich brauche Zeit, Maya. Ich muss das alles sortieren. Natürlich weiß ich, dass du, dass ihr euch Sorgen um mich macht und …« Sie verstummte. Dann setzte sie von Neuem an: »Lass uns über etwas anderes sprechen. Mich hat eine Sache beschäftigt, die du erwähnt hast, bezüglich deines aktuellen Falls.«

Überrascht hielt Maya inne. Endlich zeigte sich mal wieder ein Hauch der alten Sanna. »Ich bin ganz Ohr.«

»Was diese frühere Freundin von deinem Erschossenen betrifft, ihr Verhalten …« Sanna zögerte einen Augenblick. »Kann sein, dass ich von meiner aktuellen Situation projiziere, aber … vielleicht ist damals irgendwas vorgefallen zwischen den beiden.

Vielleicht hat er … Dinge getan, die sie nicht wollte.« Bevor Maya darauf reagieren konnte, schob sie schnell hinterher: »Ist nur so ein Gefühl, das ich habe.«

Maya stutzte. Bisher hatte ihre vernunftgeprägte Freundin wenig auf Intuition und Bauchgefühl gegeben, das war eher Emelys Metier, und nicht selten hatte Sanna es scherzhaft kommentiert. Irgendetwas musste dahinterstecken. Es schien ihr jedoch nicht der passende Moment zu sein, um nachzubohren. Stattdessen bedankte sie sich bei ihr. »Ich werde deinen Vermutungen definitiv nachgehen.«

Ehe sie sich von Sanna verabschiedete, bat Maya sie eindringlich, sich noch einmal zu überlegen, ob sie sich ihr nicht doch gelegentlich anvertrauen wollte. »Bestimmt geht es dir danach besser.«

»Ich denke darüber nach.«

Obwohl Maya nicht sicher war, ob Sanna dies nur sagte, um sie zu vertrösten, oder ob sie es ernsthaft in Erwägung zog, beließ sie es dabei.

Während sie allmählich in den Schlaf hinüberglitt, geisterten in ihrem Kopf die unterschiedlichsten Gedanken herum. Alles, was heute passiert war, gab sich ein abschließendes Stelldichein. Da waren Bengt im Krankenhausbett sowie die Hunde, die mit gefletschten Zähnen auf sie zustürzten, Pär auf seinen Gehhilfen und Arvid, der mit überheblichem Gesicht in seinem Prachtwohnzimmer thronte. Dann mischte sich Sanna dazwischen, wie sie grübelnd auf dem Bett in ihrer Puppenstube lag. Zu guter Letzt sah Maya Annika vor sich und Frida. Etwas war da, das sie nicht zu fassen bekam. Doch ehe sie weiter darüber nachdenken konnte, war sie eingeschlafen.

Kapitel 16

Donnerstag, 1. Februar

Wie an den vergangenen Tagen wachte Maya in den frühen Morgenstunden auf. Noch dazu hatte sie schlecht geschlafen. In ihren Träumen war sie von einer Meute wild gewordener Hunde durch einen düsteren Wald gejagt worden. Sie fühlte sich, als hätte sie am gestrigen Abend zu dem einen Bier zusätzlich fünf Gläser Schnaps gekippt.

Nach einer langen Dusche ging es schon etwas besser. Den Rest würde der Frühstückskaffee erledigen. Maya schlüpfte in Jeans und einen anthrazitgrauen Strickrolli, dann nahm sie die Treppe in den Frühstücksraum hinunter. Pär saß bereits an ihrem gewohnten Tisch am Fenster und widmete sich einer großen Portion Rührei mit Würstchen.

»Respekt, wie hast du das geschafft?« Maya wies auf seinen Teller und danach auf die Gehhilfen, die an der Wand lehnten.

»Eine der netten Angestellten, die immer das Buffet auffüllen, hatte Mitleid mit mir.« Pär musterte sie. »Du siehst aus wie sieben schwere Jahre. Gibt's da ein deutsches Pendant?«

Statt einer Antwort verdrehte Maya die Augen und lief in Richtung Frühstücksbuffet. Kaffee!

Bald darauf machten sie sich auf den Weg zur Polizeistation. Maya half Pär beim Einsteigen, ehe sie sich hinter das Steuer setzte.

»Jetzt müssen wir wohl für eine Weile auf unser Spiel ›Wir losen aus, wer fährt‹ verzichten.«

»Ich gäbe sonst was dafür, den Bruch gegen den Fahrdienst für die nächsten drei Monate einzutauschen. Autsch.« Pär verzog das Gesicht, als er versuchte, eine bequeme Position für sein Bein zu finden. »Vor allem darf ich gar nicht darüber nachdenken, was das für meine Marathonplanung bedeutet. Diese Auszeit wird mich trainingstechnisch weit zurückwerfen. Ob das mit New York dieses Jahr was wird …« Zweifelnd wiegte er den Kopf hin und her. »Vermutlich werde ich dieses Vorhaben noch mal verschieben müssen.«

»Das habe ich dann mal überhört.« Maya stieß ihn leicht mit dem Ellbogen an. »Hallo! Wo bleibt das positive Denken? Bis dahin bist du allemal wieder fit.« Aus den Augenwinkeln fing sie Pärs skeptischen Blick auf.

»In deinem Alter funktioniert so was vielleicht. Ich bin Ende fünfzig, da braucht der Körper für alles schon deutlich länger.«

»Dafür hast du als Mann deutlich mehr Muskelmasse als ich und baust selbige auch schneller wieder auf. Ein entscheidender Vorteil beim Trainieren.«

»Okay, du hast gewonnen.« Pär hob lachend die Hände. »Ich gebe mich geschlagen.«

Maya grinste. »So ist's recht. Werd brav gesund und fang danach wieder mit deiner Laufroutine an, dann wird das schon.« Aus dem Kreisverkehr bog sie in den Fyrvallavägen ein. Wenige Minuten darauf erreichten sie das Polizeigebäude.

Als sie das Gemeinschaftsbüro betraten, waren Hilding, Sonny und einige andere Kollegen bereits da. Sie begrüßten Pär mit ehrlichem Mitgefühl und erkundigten sich nach seinem Befinden. Auf einem eilig herbeigeschafften Sofa und einem niedrigen

Tisch richteten sie einen improvisierten Arbeitsplatz für ihn ein, von dem aus er die weiteren Ermittlungen koordinieren konnte.

Nach einer kurzen Teambesprechung und der Aufgabenverteilung für den heutigen Tag zog Maya sich in ihr Büro zurück. Sie wollte die Hinweise aus der Bevölkerung noch einmal durchgehen.

Eine gute halbe Stunde später steckte Hilding den Kopf herein. »Wir haben gerade die Aufnahmen von den Kameras auf dem Industriegelände bei der RVS reinbekommen. Willst du mitschauen?«

»Auf jeden Fall!« Maya schloss den Ordner, an dem sie gearbeitet hatte, setzte den Computer in den Ruhemodus und folgte Hilding zu den anderen.

Gemeinsam mit Pär und Sonny schauten sie sich die Videos auf Sonnys Rechner an. Der erste Film zeigte eine eingeschränkte Ansicht des Parkplatzes vor der Autowerkstatt. Hier fiel ihnen nichts Besonderes auf.

»Wie viele Kameras gibt es dort?« Pär hatte sein Bein auf einen Hocker hochgelegt.

Hilding schluckte den Bissen seines Käsebrots herunter, an dem er gerade kaute. »Drei. Und dann drei weitere beim ICA, aber der liegt ja doch etwas entfernt.«

Auf der nächsten Einstellung sahen sie die Halle des Großhändlers und ein Stück einer brachliegenden Fläche, die zurzeit eine dicke Schneedecke verbarg.

Pär machte eine Handbewegung in Richtung Bildschirm. »Hinter der Halle verläuft ein Trampelpfad, der auch an der Rückseite der RVS-Zentrale entlangführt. Gut möglich, dass unser Täter von dort gekommen ist.«

Zunächst entdeckten sie auf diesem Film ebenfalls nichts, was verdächtig wirkte.

»Stopp mal kurz.« Maya richtete sich auf.

Sonny drückte auf die Pausetaste. »Was denn?«

»Was ist das da, links am Rand?«

»Wo?« Sonny kniff die Augen zusammen.

»Na, da.« Maya stand auf und wies auf zwei dunkle Flecken. »Das sind doch zwei Gestalten. Kann man die vergrößern?«

»Moment.« Sonny hantierte am Computer herum.

»Sieht aus wie … zwei Kinder.« Maya fokussierte den Ausschnitt, der nun deutlicher sichtbar wurde.

Hilding kratzte sich am Kinn. »Was machen denn Kinder um diese Uhrzeit allein da draußen? Den Eltern sollte man mal was erzählen!«

»Vermutlich haben sie keine Ahnung.« Sonnys ungerührtem Ton nach zu urteilen hatte er noch keinen Nachwuchs.

»Eben!« Hilding schnaufte. »Schlimm genug.«

»Haste früher etwa immer nur daheim Puzzle gelegt?« Sonny gluckste über seinen Witz.

»Bin jedenfalls nicht im Dunkeln bei Eiseskälte auf eigene Faust in einem Industriegebiet herumge-«

»Ich werd verrückt!«, fuhr Maya dazwischen. »Das eine Kind ist doch Frida!«

• • •

Es war Pause, und Frida und Ebba hatten sich an den Rand des Schulhofs verzogen. Ihr Lieblingsplatz war ein alter Sauerkirschbaum. Spielend leicht konnte man hinaufklettern und sich zwischen den Ästen verstecken. Zumindest, wenn der Baum sein Laubkleid trug. Im Sommer naschten sie gern von den Früchten. Aber auch im Winter saßen Frida und Ebba oft auf dem dicken Ast, der wie eine natürliche Bank gewachsen war. Ungestört quatschten sie hier, lästerten über die Lehrer ab und beobachteten das Treiben auf dem Schulhof.

»Camillas neue Jacke ist der Hammer!« Ebba deutete zu einer Gruppe Siebtklässler hinüber, die nahe beim Zaun beisammenstand.

»Hm.« Frida betrachtete die pinke, glänzende Winterjacke mit dem dunkelgrauen Fell an Kapuze und Ärmeln. »Sieht cool aus.«

»So eine möchte ich auch haben.« Ebba schlenkerte mit den Beinen.

»Hm.« Eine solche Jacke würde Mama ihr nie kaufen, das wusste Frida. Sie würde bloß von ihr zu hören bekommen: »Zu teuer! Das können wir uns nicht leisten. Komm, wir schauen mal, ob wir was Hübsches im Secondhand finden.« Wie oft sie das gehört hatte! Wenn sie groß war, wollte Frida so viel Geld verdienen, dass sie sich alles kaufen konnte, was ihr gefiel. Neue Sachen. Die gerade modern waren.

Doch im Moment beschäftigten sie sowieso ganz andere Fragen. Über die traute sie sich aber nicht zu reden. Schließlich hatte sie Ebba versprechen müssen, sich nicht mehr damit zu beschäftigen. Trotzdem ließen sie sich nicht aus Fridas Kopf verjagen: Ob Maya und ihre Kollegen schon einen Verdächtigen hatten? Nach wie vor war Frida überzeugt, dass der Brandanschlag mit Mats' Tod zu tun hatte. Wer war der Mann, den sie hinter dem Haus der Waldschützer gesehen hatten? Und vor allem: Hatte er sie auch gesehen? Die Vorstellung davon trieb Frida einen Schauder über den Rücken. Vielleicht hatte Ebba doch recht, und das alles war zu gefährlich.

»Wer ist das denn? Die habe ich ja noch nie hier gesehen.« Ebba wies zum Eingang des Schulgeländes hinüber. »Die sieht nicht aus wie eine der Mütter. Ob das eine neue Aushilfslehrerin ist?«

Fridas Blick folgte ihrem ausgestreckten Arm. Sie sah eine junge Frau mit rotbraunem, welligem Haar, das unter einer olivgrünen Mütze herausschaute, eine Jacke in derselben Farbe, darunter enge Jeans – im nächsten Moment stutzte sie. Sie glaubte, ihren Augen nicht zu trauen: »Das ist ja Maya!«

»Wer?«

»Maya! Die von der Kripo aus Stockholm. Hab ich dir doch erzählt!«

»Ach so, die.« Ungerührt schlenkerte Ebba weiter mit den Beinen. »Was macht sie hier?«

»Das würde ich auch gern wissen.«

Suchend blickte Maya über den Schulhof, und Frida spürte ein mulmiges Gefühl in sich hochsteigen. Jetzt sprach sie mit den Siebtklässlern. Camilla mit der pinken Jacke drehte sich um und zeigte in Richtung Kirschbaum.

»Oha.«

Ebbas Kopf flog herum. »Ist sie etwa wegen dir hier?«

»Keine Ahnung.«

Zielstrebig lief Maya auf sie zu. Als sie nur noch wenige Meter entfernt war, winkte sie in die Äste hoch. Frida winkte zurück und kletterte eilig hinab.

»Hej, Frida.« Maya blieb stehen und lächelte sie an.

»Hej.«

»Sorry, dass ich euch in der Pause störe.« Maya schaute kurz zu Ebba, die im Baum sitzen blieb, dann richtete sie ihre Aufmerksamkeit wieder auf Frida. »Frida, ich möchte dich rasch ein paar Dinge fragen.« Sie sprach mit gesenkter Stimme, obwohl keiner in der Nähe war, der sie hören konnte.

Nervös und gespannt zugleich sah Frida sie an.

»Vorgestern Abend hat es einen Brandanschlag in einem Gewerbegebiet gegeben.«

In Fridas Kopf begann es zu rattern.

Maya redete weiter: »Wir haben uns die Aufnahmen der Überwachungskameras angesehen.«

Kameras! Wie Schuppen fiel es Frida von den Augen. Daran hatten Ebba und sie überhaupt nicht gedacht.

»Auf einer der Kameras sind zwei Kinder zu sehen. Eines hat mich an dich erinnert.« Sie machte eine Pause. »Warst du dort?«

»Ich … also …« Verschämt senkte Frida den Blick. »Bitte sagen Sie meiner Mutter nichts! Sie würde sich furchtbar aufregen. Und Ebbas Eltern sicher auch. Ich will nicht, dass sie meinetwegen Ärger bekommt. Das alles war doch meine Idee.«

»Was war deine Idee?«

»Das Detektivspiel.«

Aufmerksam sah Maya sie an. »Kannst du mir das näher erklären?«

Frida trat von einem Fuß auf den anderen. »Weil ich doch – also – den Toten im Wald gefunden habe. Und ich später gern … vielleicht auch so was machen möchte wie du … beruflich, meine ich.« Das alles hörte sich total blöd an! Was dachte Maya jetzt von ihr?

Aber Maya schaute nach wie vor freundlich und klang kein bisschen ärgerlich. »Ich verstehe, wie das ist. Ich habe früher auch mit meinen Freundinnen Detektiv gespielt.«

»Echt?«

»Eine Zeit lang hatten wir sogar einen Club.« Maya zwinkerte ihr zu und wirkte für einen Moment viel jünger.

»Bist du deswegen Polizistin geworden?«

Maya überlegte. »Es war bestimmt einer der Gründe.« Dann wurde ihre Miene ernst. »Irgendwann haben wir verstanden, dass so etwas ganz schön gefährlich sein kann.«

»Ich dachte, wir würden nicht auffallen. Wir … wir haben früher schon solche Spiele gemacht, Ebba und ich. Es war immer ganz – harmlos. Normalerweise achten die Erwachsenen nicht auf uns.«

»Das war bei uns auch so.« Maya nickte. »Wir hatten damals Glück. Aber es hätte genauso gut schiefgehen können. Inzwischen habe ich so schlimme Dinge gesehen und so böse Menschen getroffen. Als Kind …« Sie suchte nach den Worten. »Kinder haben noch viel stärker als Erwachsene ein Gefühl dafür, wenn etwas nicht stimmt oder ein Mensch sich eigenartig verhält. In der Kindheit achten wir meist noch mehr auf unser Bauchgefühl.« Wieder lächelte sie kurz, als würde sie sich an ihre eigene Kindheit zurückerinnern. Dann fuhr sie fort: »Wenn du wirklich später so etwas beruflich machen möchtest, wirst du es auch schaffen. Aber jetzt … In brenzligen Situationen entscheidest du womöglich falsch, weil dir die Ausbildung und die Erfahrung fehlen. Und das kann sehr gefährlich sein.« Ihr Blick wurde eindringlich. »Frida, du musst diese Dinge der Polizei überlassen.«

»Okay.« Frida schielte zu Ebba, die sich wohl nicht von dem Baum herunter wagte.

Maya legte den Kopf leicht schief. »Ist dir denn etwas aufgefallen, als ihr bei dem Industriegelände wart?«

»Na ja …« Frida zögerte. »Da war ein Mann. Auf der Rückseite von dem Haus der Waldschützer. Er hat etwas geschleppt. Ich konnte nicht erkennen, was es war. Und als …«

Aufmunternd sah Maya sie an.

»Er hat in unsere Richtung geschaut. Und da ist es mir doch zu unheimlich geworden, und wir sind abgehauen. Ebba wollte sowieso schon die ganze Zeit nach Hause.« Frida hielt inne, dann fragte sie: »Denkst du, der Mann hat das Feuer gelegt?«

»Das ist gut möglich.«

»Bestimmt habt ihr seine Fußspuren dort im Schnee gefunden!« Frida wurde aufgeregt. »Meine Mutter hat mir schon als kleines Kind beigebracht, Spuren zu lesen. Im Wald, von den Tieren. Ich habe oft welche verfolgt, von Hasen, Füchsen, Rehen – manchmal auch von den Nachbarn. Aber die endeten immer am Gartentor.« Plötzlich kam sie sich albern vor. Was redete sie denn da? »Na ja, ich find's spannend, wie sich die Abdrücke von Schuhen unterscheiden.«

Maya schien Fridas Worte jedoch nicht blöd zu finden, sondern schaute sie ernsthaft an. »Wenn dich so etwas interessiert und du einen Blick für feine Unterschiede hast, könnte die Kriminaltechnik vielleicht mal was für dich sein. Das ist ein echt faszinierender Bereich bei der Polizei. Auf jeden Fall ist es schön, dass deine Mutter dir so viel im Wald zeigt.«

»Sie sagt immer, es ist wichtig, wenn ich später auch auf die Jagd gehen will.«

Maya sah sie erstaunt an. »Hat deine Mutter einen Jagdschein?«

»Ja, klar. Fast alle, die im Wald wohnen, haben einen. Mama hat mir erzählt, dass sie ihn sofort gemacht hat, als wir in unser Haus gezogen sind. Da war ich noch ein Baby. Ihr Gewehr hat sie aber immer gut weggeschlossen.«

»Danke, Frida, das war's für heute.« Einen Augenblick lang war Mayas Gesichtsausdruck plötzlich irgendwie anders. Dann lächelte sie wieder und sagte mit Nachdruck: »Versprich mir, dass ihr nicht mehr auf eigene Faust ermittelt, du und deine Freundin.«

Frida nickte. »Versprechen Sie mir dafür, dass Sie meiner Mutter nichts sagen?«

Maya blinzelte ihr verschwörerisch zu. »Da haben wir wohl einen Deal, du und ich. Du hörst mit dem Detektivspiel auf, und ich behalte euren Ausflug für mich.«

»Deal.« Frida strahlte.

In diesem Moment ertönte der Schulgong, und Maya verabschiedete sich von ihr. Frida drehte sich zu Ebba um, die gerade vom Ast hüpfte und zu ihr herüberkam.

»Krass, was war das denn?«

»Ach, sie wollte noch was wissen wegen dem Tag, an dem ich den Toten im Wald gefunden habe.« Frida traute sich nicht, vor der Freundin zuzugeben, dass die Polizei von ihrer Aktion gestern Abend wusste. Zum Glück fragte Ebba nicht weiter nach.

Gemeinsam liefen sie ins Schulgebäude. Als Nächstes stand Mathe auf dem Plan, Ebbas Lieblingsfach. Frida mochte lieber Buchstaben und Wörter als Zahlen. Während sie ins Klassenzimmer zurücklief und über das Gespräch nachdachte, wurde sie eine merkwürdige Unruhe nicht los. Maya hatte so komisch geschaut, als Frida den Jagdschein ihrer Mutter erwähnt hatte. Oder bildete sie sich das bloß ein? Nein, es war zwar nur ein kurzer Moment gewesen, aber Frida hatte es genau gesehen.

• • •

Mit gemischten Gefühlen fuhr Maya zurück zur Polizeistation. Diese Geschichte mit dem Mann, den Frida bei ihrer Detektivaktion gesehen hatte – sollte er umgekehrt auch sie bemerkt haben, schwebte sie womöglich in Gefahr. Reichten die Schutzmaßnahmen aus, die Annika ergriffen hatte, seit Frida den toten Mats Anderberg im Wald gefunden hatte? Oder mussten sie weitere Schritte einleiten?

Maya wusste, dass ihr Verhalten grenzwertig war. Eigentlich hätte sie nicht ohne die Anwesenheit eines Erziehungsberechtigten mit Frida sprechen dürfen. Außerdem gab es speziell geschultes Personal für die Befragung von Minderjährigen. Die strikten Richtlinien waren wichtig, um Kinder zu schützen, das stand außer Frage. Aber als Maya bei der Durchsicht der Filme Frida erkannt zu haben glaubte, hatte sie keine großen Umwege machen wollen. Wegen ihrer impulsiven Entschlüsse und Handlungen war sie in der Vergangenheit bereits so manches Mal mit Pär aneinandergeraten. Doch da ihre Eingebungen sie meist bei der Lösung eines Falles weiterbrachten, drückte er immer wieder ein Auge zu.

So oder so: Es war besser, dass sie das Gespräch mit Frida allein geführt hatte. Während Maya die Samuel Permans Gata entlangfuhr, dachte sie darüber nach, was sie nebenbei von dem Mädchen erfahren hatte: Annika besaß also einen Jagdschein und ein Gewehr. Zu dumm, dass es nichts brachte, diese Waffe zu überprüfen. Durch das Treibspiegelgeschoss hatten sie ja nichts zum Vergleichen.

Als Maya in die Polizeistation zurückkam, waren ihre Kollegen in der Mittagspause. Auf ihrem Schreibtisch fand sie einen Zettel vor. In Pärs gestochen scharfer Schreibschrift stand dort: *Wir sind unten in der Restaurantschule. Komm gern dazu, wenn du magst. PS: Es gibt Neuigkeiten zu Svante Wikland: Ein alter Freund von ihm hat zugegeben, dass sie ein paar Mal illegal gejagt haben. Mit dem Unfall will er jedoch nichts zu tun haben. Kalle und Erika sind da dran.*

Maya las die Zeilen ein zweites Mal. Der Verdacht, dass der Tod des Rentners mit Wilderei zu tun hatte, erhärtete sich. Was im Umkehrschluss bedeutete, dass die beiden Fälle nichts miteinander zu tun hatten. Oder? Maya horchte in sich hinein. Die Fakten beiseitegelassen: Was sagte ihr Bauchgefühl? Intuitiv ging sie bei Svante Wikland von einem unglücklichen Unfall aus, bei Mats Anderberg von vorsätzlicher Tötung. Die Ähnlichkeiten zwischen den Fällen, die ihr auf den ersten Blick ins Auge gesprungen waren, schienen eher dem Zufall geschuldet.

In Gedanken versunken lief sie ins Gemeinschaftsbüro hinüber, das mit seinem geschäftigen Treiben sonst an einen Bienenstock erinnerte. Jetzt herrschte angenehme Ruhe. Eingehend betrachtete Maya die Fotos auf dem Whiteboard. In ihrem Kopf strömten die unterschiedlichen Theorien und Überlegungen kreuz und quer durcheinander. Je mehr sie grübelte, desto stärker verknoteten sich die Gedankenfäden. Was war es, das sie übersah?

Sie brauchte Klarheit, einen Punkt, an dem sie neu ansetzen konnte. Immer wieder zog es ihren Blick auf die Bilder vom Tatort. Diese abgelegene Stelle mitten im Wald – was hatte es damit auf sich?

Einer spontanen Eingebung folgend, schrieb sie Pär ihrerseits eine Nachricht, in der sie ihm mitteilte, dass sie noch etwas zu erledigen hätte und sich später melden würde. Sie legte den Zettel auf den Tisch neben seiner Couch, holte ihre Jacke aus dem kleinen Büro und verließ die Abteilung. Heute war wohl der Tag des Bauchgefühls.

Vor dem Eingang zur Restaurantschule begegnete sie Sonny.

»Hej, willste auch hier essen? Heute ist's echt lecker gewesen. Die nehmen gerade französische Küche durch.«

»Danke, aber ich muss los.«

»Brauchste Hilfe?«

»Passt schon.« Das, was sie vorhatte, wollte Maya lieber allein angehen. »Aber danke.«

»Für den späten Nachmittag hammse übrigens starken Schneefall und Sturmwarnung angesagt.« Er kratzte sich am Kopf. »Also, falls du's noch nicht wusstest.«

»Nee, wusste ich nicht. Noch mal danke.«

»Ach, Maya ...« Auf dem Weg zum Eingang der Polizeistation drehte sich Sonny noch einmal um.

»Ja?«

»Ihr seid doch im Hotel Östersund, oder?«

»Genau.«

»Falls euch heute Abend langweilig ist – einige der Kollegen gehen donnerstags immer in die Sportbar dort. Heute – also wenn der Schneesturm nicht zu heftig wird …« Er nestelte am Reißverschluss seiner Jacke.

Innerlich musste Maya schmunzeln über seine fast rührende Verlegenheit. »Du meinst, so was wie ein Polizeistammtisch ohne Dienstgespräche?«

»Exakt.« Sonny setzte ein schiefes Grinsen auf. »Nonstop Fußball, Eishockey, Basketball, American Football, dazu ein frisch gezapftes Bier und gratis Popcorn – was will der Mensch mehr nach einem anstrengenden Arbeitstag? Außer vielleicht die gesammelten Werke von Strindberg zu lesen.«

Überrascht lachte Maya auf. Dieser Sonny hatte tatsächlich Humor! Ihr lag auf der Zunge, dass ihr noch das eine oder andere einfallen würde, doch sie hielt sich zurück. Am Ende fasste Sonny das womöglich als Flirtversuch auf. »Schauen wir mal, was bis zum Abend so passiert.« Sie nickte ihm zu, dann verließ sie das Gebäude.

Mit dem Mietwagen fuhr sie in östlicher Richtung aus der Stadt hinaus. Nachdem sie das Industriegebiet, in dem sich die Polizeistation befand, hinter sich gelassen hatte, wurde die Gegend immer einsamer. Rechts und links der Straße gab es kaum etwas anderes als dicht wachsende Tannen mit Schneehäubchen. Heute hingen die Wolken tief, und so hatte es den Anschein, die Dämmerung würde schon bald einsetzen. Dabei dauerte es bis dahin noch gut zwei Stunden. Maya konzentrierte sich auf die rechte Straßenseite. Hoffentlich fand sie die Abzweigung wieder! Immerhin war sie nur einmal hier gewesen, und alle Waldwege sahen sich in verschneitem Zustand zum Verwechseln ähnlich.

Sobald vor ihr ein Seitenweg auftauchte, bremste Maya ab. Zum Glück war sie vollkommen allein auf der Strecke unterwegs und musste auf kein Fahrzeug hinter sich Rücksicht nehmen.

Zweimal bog sie ab im sicheren Glauben, die richtige Stelle gefunden zu haben. Beide Male stellte sie nach kurzer Zeit fest, dass sie sich geirrt hatte.

Allmählich kamen ihr Zweifel, ob das nicht eine völlig unsinnige Aktion war. Hätte sie sich bloß eine Übersichtskarte ausgedruckt, auf der der Tatort markiert war. Irgendwie hatte sie erwartet, sie würde den Weg mühelos wiederfinden. Beim ersten Mal war ihr nicht aufgefallen, wie viele solcher Seitenwege es gab. Einen letzten Versuch würde sie noch wagen.

Eine neue Abzweigung tauchte auf. Maya setzte den rechten Blinker, bremste ab und rollte langsam in den Wald hinein.

Im Schritttempo folgte sie den im Schnee deutlich sichtbaren Fahrspuren. Zu beiden Seiten säumten schneebedeckte Tannen die schmale Straße. Teilweise wuchsen sie so nah am Wegesrand, dass die Zweige beinahe die Seitenfenster berührten. Es war wie in einem idyllischen Weihnachtswald. Hier und da rieselte Pulverschnee von den Ästen herab. Wäre plötzlich ein Rentierschlitten mit einem weißbärtigen Alten in rot-weißem Mantel aufgetaucht, hätte Maya sich kaum gewundert. Sie fühlte sich wie Olle auf seiner Reise zu König Winter, in einem ihrer Lieblingsbücher von Elsa Beskow aus Kindertagen.

Nach zwei Kurven wurde sie abermals unsicher: War sie wieder falsch gefahren? Maya wollte schon umkehren und rollte nur weiter, um eine geeignete Stelle zum Wenden zu finden, da sah sie vor sich auf der linken Seite das blau-weiße Absperrband.

Vorbei war es mit der zauberhaften Stimmung. Ihr Puls beschleunigte sich. Sie stellte den Wagen seitlich am Wegesrand ab und stieg aus. Sogleich überfiel sie die beißende Kälte. Schnell zog sie sich die Kapuze über den Kopf und schlüpfte in ihre dicken Handschuhe. Am Himmel ballten sich graue Wolken zusammen.

Maya dachte an Sonnys Worte. Dann bückte sie sich und kroch unter dem Plastikband durch.

Kapitel 17

Durch die Kronen der dicht zusammenstehenden Tannen fiel kaum Licht auf den Waldboden. Wie eine finstere Höhle lag der Tatort vor Maya. Lediglich eine dünne Schneeschicht breitete sich über dem Boden aus, dazwischen schimmerten Moose, braune Nadeln und abgebrochene Äste.

An zahlreichen Stellen hatten die Kriminaltechniker auf der Suche nach Schuhspuren Abdrücke genommen. Wegen des Schnees hatte man Schwefelblüte statt Gips verwendet. Maya erkannte die gelblichen Reste nahe der Ziffern, die zuhauf an diesem Ort verteilt standen und gesichertes Beweismaterial markierten. Etwas wirklich Brauchbares hatten sie nicht gefunden.

Anders war es da bei den Spuren, die Maya ein Stück abseits der Absperrung entdeckt hatte. Auch diese waren inzwischen abgenommen. Maya hatte die Bilder auf dem Computer gesehen: Es war ein grobes Profil, Schuhgröße einundvierzig. Der Abgleich mit der Schuhspurensammlung der Datenbank hatte kein Ergebnis geliefert. Es existierte also keine Übereinstimmung mit Schuhabdrücken von Verdächtigen aus früheren Ermittlungen. Derzeit verglichen die Kriminaltechniker das Profil mit den gängigen Laufsohlenmustern – ein mühseliges Unterfangen, das aber immer wieder zu Erfolgen führte. Doch davon waren sie momentan leider noch weit entfernt.

Gedankenversunken ließ Maya die Atmosphäre auf sich wirken. Einige Atemzüge lang schloss sie die Augen, um mit allen Sinnen an diesem Ort anzukommen. Diese Methode hatte sie von Emelys Yogastunden abgewandelt. Wie eine Meditation. Maya hatte die Vorgehensweise ihre »Tatort-Medi« getauft. Einmal hatte sie Emely davon erzählt, und deren Gesicht hatte gestrahlt: »Großartig! Lass uns das vermarkten.«

Eine Weile tauchte Maya nun in die Stille des winterlichen Waldes ein. In ihrer Kindheit hatte sie unzählige Stunden in den småländischen Wäldern verbracht. Schon damals hatte sie erfahren, dass der Wald nie wirklich schwieg. Sobald man selbst ruhig wurde und die Aufmerksamkeit auf die Umgebung richtete, wurden plötzlich all die winzigen Geräusche um einen herum laut. Hier ein Knacken in den Ästen, dort ein Rascheln im Unterholz. So viele Lebewesen, von den unermüdlich schuftenden Ameisen über Spinnen, Schlangen und Igel zu den Eichhörnchen, den Eulen, Füchsen, Rehen und Elchen. Alle gaben sie irgendwelche Laute von sich. Die meisten nahm sie, wenn überhaupt, nur wahr, indem sie ganz genau hinhörte, sich vollständig auf das Hier und Jetzt einließ.

Konzentriert atmete Maya ein und aus, bis sie einen Zustand vollkommener Entspannung erreichte. Allmählich drang sie in tiefere Schichten ein, spürte den Puls des Waldes, seinen Rhythmus. Das Wilde, das unter der vermeintlichen Ruhe brodelte. Für den normalen Spaziergänger nicht greifbar. Es wurde immer von der friedlichen Natur gesprochen. So etwas Absurdes konnten sich nur Städter ausdenken, die noch nie versucht hatten, in der freien Wildbahn zurechtzukommen. Die Natur war roh und brutal, der Stärkste überlebte. Wobei Stärke sich nicht ausschließlich in körperlicher Kraft ausdrückte, sondern oftmals in Anpassungsstrategien.

Hatten sie es mit einem raubtierähnlichen Täter zu tun? Oder eher mit einem angepassten? Schon oft hatte Maya an Tatorten negative Schwingungen gespürt, die sie sich nicht erklären konnte. Es schien ihr, als würden energetische Spuren der Taten dort zurückbleiben. Spuren, die sich mit den Methoden der Kriminaltechniker nicht erfassen ließen. Eine Psychosphäre, die sich mit dem Schauplatz verwob, daran haftete wie ein Lack.

Sie dachte an die Tatortbilder und sah den Leichnam am Boden vor sich, die zerfetzte, blutgetränkte Winterjacke, das blasse Gesicht mit dem erstarrten Blick.

Für einen Moment glaubte sie, die Präsenz von etwas anderem zu spüren. Etwas Dunklem, Bedrohlichem. Doch sie bekam diese düstere Ahnung nicht zu greifen.

Schließlich öffnete Maya die Augen wieder und fokussierte sich auf die Umgebung, als würde sie sie zum ersten Mal sehen.

Aus welchem Grund wurde Mats Anderberg ausgerechnet hier getötet? Lange betrachtete sie die Stelle, an der Frida ihn gefunden hatte. Sie malte sich aus, wie er dort gestanden hatte. Den Aufnahmen der Leiche zufolge hatte er von der Straße weg in den Wald geschaut, als der tödliche Schuss ihn in den Rücken getroffen hatte. Er musste vollkommen ahnungslos gewesen sein, als er seinem Mörder hierhin gefolgt war. Dass sie so im Nebel stocherten, mit wem er an jenem Tag eine Verabredung gehabt hatte, war einfach zum Verrücktwerden!

Einen Toten mitten im Wald zu finden, unweit des eigenen Zuhauses, bedeutete für ein Kind von neun Jahren einen immensen Schock. Maya versuchte, sich in Frida hineinzuversetzen. Wie hätte sie selbst in dem Alter reagiert?

Genau wie Frida hatte sie mit ihren Freundinnen früher Spuren verfolgt, Erwachsene unauffällig belauscht und überall Geheimnisse und Verbrechen gewittert. Aber das war auf eine spielerische Art abgelaufen. Erst als alles in bitteren Ernst umgeschlagen war, hatten sie davon Abstand genommen.

Dabei hatten sie ihren Detektivclub nicht einmal offiziell aufgelöst. Wenn Maya sich zurückerinnerte, konnte sie sich an kein Treffen erinnern, bei dem sie darüber gesprochen und so etwas beschlossen hatten. Er war schlichtweg versandet. Es hatte sich nicht länger richtig angefühlt, damit weiterzumachen, nach dem, was geschehen war. Seitdem trug Maya diese Wunde in sich. Vermutlich war das der stärkste Antrieb dafür gewesen, dass sie später Polizistin geworden war. Maya seufzte auf.

Mach es besser!, schalt sie sich innerlich. *Kläre das hier auf! Finde den, der Mats Anderbergs Leben ein so grausames Ende gesetzt hat.*

Abermals kam ihr Frida in den Sinn und das Gespräch auf dem Schulhof. Annika besaß also ein Gewehr. Sie war zu besagter Zeit angeblich beim Zahnarzt gewesen. Die Sprechstundenhilfe hatte dies zwar bestätigt, konnte sich jedoch nicht mehr erinnern, wann genau Annika die Praxis verlassen hatte. Hatten sie womöglich ein Zeitfenster übersehen?

Maya dachte daran, was Annika über ihre Beziehung zu Mats erzählt hatte, sie dachte an Sannas Worte. *Vielleicht ist damals irgendwas vorgefallen zwischen den beiden. Vielleicht hat er ... Dinge getan, die sie nicht wollte ...*

Etwas gab es da, neben dem Gewehr im Schrank, das Annika ihr verschwieg, Maya spürte es ganz deutlich. Hatte Annika sie angelogen, als sie gesagt hatte, sie hätte keinen Sex mit Mats gehabt? Was es auch war, sie musste noch einmal mit ihr sprechen!

• • •

Mittsommer ... bunte Blumenkränze, die sie selbst geflochten und mit Stoffbändern verziert hatten. Claras waren gelb, Mayas rot, Emelys weiß und ihre blau.

Mit ihren Freundinnen saß Sanna bei Maya zu Hause im Garten inmitten eines Meeres an Blumen, die sie gepflückt hatten und aus denen sie ihre Kränze banden. Clara warf mit den Namen aller möglichen Wildblumen um sich, die Sanna sich niemals merken konnte.

»Egal.« Clara reichte ihr einige Stängel mit winzigen, weißen Blütenköpfchen. »Hauptsache, es sind sieben verschiedene Arten, die du dir heute Abend unters Kissen legst.«

»Hat bei mir noch nie funktioniert.« Der Tradition nach würde sich der Mann, mit dem man sein Leben verbringen würde, in der Nacht im Traum zeigen, was Sanna für vollkommenen Quatsch hielt.

»Du musst dran glauben!« Geschickt flocht Clara die Blumen ineinander. Sie machte immer die kunstvollsten Kränze.

»Oder zusätzlich über sieben Gartenzäune springen!« Lachend zog Emely Maya hoch, und die beiden hüpften barfuß über die Wiese, drehten sich im Kreis, ihre weit schwingenden Sommerkleider wehten.

Mit einem seltsam wehmütigen Gefühl wachte Sanna auf. Die Vorfreude auf das Fest, auf den Tanz um die geschmückte Stange, damals alles so kindlich-unschuldig und fröhlich. Dass sie ausgerechnet jetzt, im tiefsten Winter, einen solchen Traum hatte!

Andererseits war es absolut logisch, dass ihr Unterbewusstsein sie damit konfrontierte. Die Mittsommeridylle ihrer Kindheit war seit dem Sommer, als sie fünfzehn war, verschwunden. Seither sah sie das »Fest aller Feste« mit anderen Augen. Als hätte jemand den idyllischen Schleier, der früher darüber gelegen hatte, weggerissen. Massen an Alkohol, der rauschhaft die Sinne benebelte und die Hemmschwelle sinken ließ. Selbst die Symbolik betrachtete sie heutzutage mit kritischem Blick, war doch die Mittsommerstange mit ihren zwei Kreisen nichts anderes als ein riesiges Phallus-Symbol. Fruchtbarkeit, dargestellt durch ein männliches Attribut? Und all die aufgeklärten Feministinnen machten mit – welch ein Hohn!

Die Gedanken an jenen Mittsommer ließen sich nicht abschalten. Ohne dass Sanna es wollte, tauchten Gesichter vor ihr auf. In besagtem Jahr waren mehr Fremde als sonst erschienen. Die Dorfjungs waren beleidigt gewesen, dass »ihre« Mädchen die meiste Zeit mit den unbekannten Städtern tanzten. Es gab mehrere Prügeleien, am Abend, nach zu vielen Schnäpsen.

Die drei aus der Abschlussklasse, die am Ende des Schulhofs gelauert hatten, sie hatten es auf einen der Stadtjungs abgesehen. Sanna war vorbeigekommen, auf dem Rückweg von der Toilette zum Festplatz – eigentlich gingen sie immer zu zweit, aber dieses Mal waren Maya und Emely gerade auf der Tanzfläche, und Clara wiederum hatte Sanna nicht finden können.

Sie hörte die Schreie der Angreifer, aggressive Stimmen, zu viel Alkohol, der das Testosteron befeuerte. Mitten unter den Dorfjungs dieser fremde Städter, ein paar Mal hatte sie mit ihm getanzt. Er sah gut aus in seinen Markenjeans und dem weißen Poloshirt.

Wie sie ihn zwischen sich hin und her schubsten – das würde übel enden, wenn nicht jemand ... Sanna kannte die Jungs, einer wohnte in ihrer Straße. Ohne auch nur eine Sekunde nachzudenken, rannte sie in ihre Richtung, schrie sie an, ging dazwischen. Später konnte sie kaum glauben, dass sie das gewagt –

Das Schrillen des Telefons ließ sie auffahren. Automatisch tastete Sanna nach ihrem Handy auf dem Nachttisch. Es war Clara.

»Hat Emely dich angerufen oder Maya?«

»Guten Morgen.« Clara klang ausgeschlafen und fröhlich. »Um ehrlich zu sein: Beide.«

»Jesses!« Sanna sank in die Kissen zurück.

»Sie machen sich Sorgen um dich. Und ich auch.«

Sanna schwieg. Schließlich sagte sie: »Es ist nicht so einfach.«

Clara lachte leise. Ein zartes, mitfühlendes Lachen. »Wann ist es denn schon mal einfach im Leben?«

»Wie geht es dir?«

»Die Kinder sind in der Kita, die Pferde versorgt. Ich gönne mir gerade einen Kaffee und telefoniere mit meiner Freundin. Könnte also schlimmer sein.«

Etwas löste sich in Sanna. »Ich vermisse dich.«

»Setz dich in den Zug und komm her. Ich kann immer Hilfe beim Stallausmisten gebrauchen.«

»Gott bewahre!«

»Das bringt dich auf andere Gedanken.«

»Also, bevor ich mich mit Pferdeäpfeln herumplage, stelle ich mich doch lieber bei Elinor hinter den Tresen.«

»Na, dann kann's ja nicht so schlimm sein.« Claras erfrischendes Lachen perlte an ihr Ohr. »Aber im Ernst, du mit deinen Marketing-Kenntnissen kannst doch bestimmt so einiges für sie tun.«

Sanna musste schmunzeln. Die pragmatische Art ihrer bodenständigen Freundin hatte sie von klein auf gemocht. »Ach, Clara, wenn sich nur alles so einfach lösen ließe.«

»Na ja, du kennst meine Einstellung: Eine Lösung gibt es doch eigentlich immer.«

Genau, *eigentlich*, ergänzte Sanna im Kopf. Kurz wog sie ab, ob sie Clara an dem, was sie nach dem Aufwachen beschäftigt hatte, teilhaben lassen sollte. »Damals, es war …«, begann sie und setzte noch einmal neu an: »Erinnerst du dich an den Sommer, als Ingrid verschwand?«

Am anderen Ende wurde es still. Nach einer Weile hörte Sanna, wie Clara sich räusperte. Ihre Stimme klang belegt, als sie wieder sprach. »Wie könnte ich das vergessen.«

»Danach war so vieles anders.«

In Claras Worten schwang eine abgrundtiefe Melancholie mit: »Danach war unsere Kindheit vorbei.«

• • •

Als Maya aus dem Dickicht auf die schmale Straße zurückkehrte, hatte der Wind aufgefrischt, und es hatte zu schneien begonnen. Noch waren die Flocken klein und fielen spärlich. Doch das konnte sich schnell ändern. Sie sollte sich lieber beeilen.

Rasch stieg sie ins Auto, fuhr das kurze Stück zu Annikas Häuschen und parkte auf der Auffahrt vor der Garage. Aus zwei der Fenster in dem kleinen, roten Holzhaus schimmerte Licht, Annika schien zu Hause zu sein. Entschlossen trat Maya durch das niedrige Gartentor und folgte der festgetretenen Spur im Schnee bis zur maisgelb gestrichenen Haustür. Eine Klingel gab es nicht, lediglich einen Türklopfer aus Messing. Sie klopfte und wartete. Nach einer Weile öffnete sich die Tür einen Spaltbreit und Annika lugte hindurch.

»Ja?«

»Hej, ich bin's, Maya. Ich war gerade in der Nähe.« Sie wählte einen scherzhaften Ton, doch Annika blieb ernst. »Sorry, dass ich dich so unangemeldet überfalle. Kann ich kurz reinkommen?«

»Wenn's schnell geht.« Annika machte die Tür ganz auf und ließ sie eintreten. Ihrem Outfit nach zu schließen, war sie eben erst von der Arbeit nach Hause gekommen. »In zwanzig Minuten muss ich Frida vom Bus abholen.«

»Können wir uns hinsetzen?«

Annika führte Maya in eine aufgeräumte und gemütlich eingerichtete Küche. Auf den ersten Blick sah man, dass Annika nicht viel Geld hatte, und dennoch war es ihr gelungen, dem Häuschen einen besonderen Stil zu verleihen. Der beige-grün gestreifte Stoff der Fenstervorhänge wiederholte sich statt Schranktüren unter der einfachen Spüle. Ein altes, lindgrün lasiertes Küchenbuffet mit verschiedenfarbigen Keramikknöpfen erinnerte Maya an die Möbel, die ihre Mutter restaurierte. Åland-Stühle, wie sie in den Vierzigern modern gewesen waren, ein blank gescheuerter Holztisch, in dessen Tischplatte sich die Spuren mehrerer Generationen eingekerbt hatten.

Sie setzten sich an den Küchentisch, auf dem Buntstifte und einige bemalte Blätter lagen. Maya erkannte Pferde in den unterschiedlichsten Farben. Mit wenigen Handgriffen räumte Annika die Sachen beiseite.

»Worum geht es denn?«

Maya fühlte sich nicht wohl, ohne lange Einleitung in das Beziehungsthema einzusteigen. Doch die Zeit drängte, und war Frida erst einmal zu Hause, würde Annika vermutlich gar nicht mehr darüber sprechen. Sie gab sich einen Ruck: »Annika, ich werde das Gefühl nicht los, dass du mir nicht alles gesagt hast, was deine Beziehung mit Mats angeht.«

Annika wurde zunächst blass, dann rot.

Die Ellbogen auf dem Tisch abgestützt, beugte sich Maya nach vorn und sah sie eindringlich an. »Was es auch ist – wenn du etwas verheimlicht hast, wäre es besser, du würdest es mir erzählen.«

Wie beim letzten Gespräch bearbeitete Annika mit den Fingerspitzen ihrer rechten Hand das Bündchen ihres Pullovers. Dieses Mal war es ein wollweißer Strickpulli mit U-Boot-Ausschnitt. Zwischen ihren Brauen erschien eine steile Falte. Für einen Moment suchten ihre Augen die von Maya, und um ihren Mund zuckte es. »Du hast recht, ich habe dir nicht alles gesagt. Ich … ich habe mit niemandem darüber gesprochen.« Sie schluckte, ihr Blick flackerte. »Ich habe dich angelogen, was … den Sex angeht.«

Also doch. »Ihr habt miteinander geschlafen?«

Annika zögerte, ehe sie in bitterem Ton fortfuhr. »Ich würde eher sagen: Mats hat sich genommen, was er wollte. Was die anderen, wie Pia und Nadia, ihm nicht gegeben haben.« Sie bedeckte ihre Augen mit der Hand.

Leise fragte Maya: »Er hat dich zum Sex gezwungen?«

Ohne aufzublicken, nickte Annika. »Ich habe nie darüber gesprochen.« Ihre Stimme war nicht viel mehr als ein Flüstern.

Maya wagte kaum zu atmen, so dicht war die Atmosphäre im Zimmer. Sie fürchtete, das kleinste Geräusch würde den Augenblick zerstören.

Unverwandt hatte Annika den Blick auf die Tischplatte gerichtet. »Er war von Anfang an sehr fordernd, hat gedrängt. Das erste Mal …« Sachte schüttelte sie den Kopf. »Ich habe dir ja schon erzählt, dass wir … Es gab jede Menge Partys. Ich war betrunken, da hatte er leichtes Spiel. Ich – ich wollte eigentlich nicht. Es war … er war ziemlich brutal. Hat überhaupt keine Rücksicht auf mich genommen.« Sie rieb sich über die Augen, ehe sie hinzufügte: »Ich hatte es mir … vollkommen anders vorgestellt.«

Maya schwieg. In ihr rumorte es. Nach dem Gespräch mit Pia – sie hätte es sich denken können!

»Ich weiß, ich hätte mich direkt von ihm trennen sollen.« Annika schaute kurz auf, dann flatterte ihr Blick davon. »Stattdessen habe ich mich … wieder und wieder auf ihn eingelassen.« Hilflos hob Annika die Schultern und ließ sie wieder fallen. »Ich war so dumm.«

Maya überlegte, ob Annika eine Reaktion von ihr erwartete,

doch scheinbar tat es ihr einfach gut, all das, was sich angestaut hatte, herauszulassen, denn sie sprach sogleich weiter: »Nach den Abschlussprüfungen haben wir diese Reise gemacht. Zum ersten Mal keine Party. Es fing ganz romantisch an, wir saßen in Spanien am Strand, haben den Sonnenuntergang angeschaut, und ich – ich hatte die Hoffnung, es würde diesmal anders sein.« Sie stockte kurz, schluckte. »Und dann war es schlimmer als je zuvor.« Annika schwieg. Sie schien die Szene noch einmal zu durchleben, starrte abwesend vor sich hin, bis ein Ruck durch ihren Körper ging. Sie hob den Blick und sah Maya an, ihr Gesicht war völlig ausdruckslos. »Er hat mich wie eine – eine Sklavin behandelt. Da stand er drauf. Das hat ihn so richtig heiß gemacht.«

Maya stieß die Luft aus. Die Schattenseite des Saubermannes, der Klassiker: Nach außen hin charmante Vorbildfigur, insgeheim ein Frauenhasser. Das Paradebeispiel eines misogynen Mannes. Mitfühlend schaute sie Annika an. »Und du warst ihm dabei vollkommen egal.«

Annika nickte langsam. »In derselben Nacht habe ich meine Sachen gepackt und bin weg. Keinen Tag länger wollte ich in seiner Nähe sein. Und auf gar keinen Fall wieder Gefahr laufen, zum Opfer zu werden. Als ich in den Zug Richtung Portugal gestiegen bin, habe ich mir geschworen, dass ich nie wieder einem Mann gestatten werde, mich so zu behandeln.«

»Wie mutig du warst.« Maya machte eine kurze Pause, dann fragte sie: »Wie ging es mit dir weiter?«

»Auf keinen Fall wollte ich zurück nach Hause, da hätte mich alles nur an ihn erinnert. Ich bin weitergereist, quer durch Portugal. Weit weg von ihm, wo mich keiner kannte. Mein Interrailticket galt noch drei Wochen. Wir wollten ursprünglich nach Frankreich und von da weiter nach Italien. Ich bin in die entgegengesetzte Richtung gefahren. Dann habe ich mir einen Job gesucht. Ich habe als Animateurin in einem Club an der Algarve gearbeitet. Und dort …« Sie brach ab.

Maya wartete, dass sie weitersprechen würde. Nach einer Weile hakte sie vorsichtig nach: »Hat er versucht, dich zu erreichen?«

»Ein paar Mal.« Annika strich sich eine Haarsträhne aus dem Gesicht, die sich aus ihrem Zopf gelöst hatte. »Ich habe seine Anrufe jedes Mal weggedrückt. Seine Nachrichten sofort gelöscht. Ich hatte Angst, dass … er mich wieder einwickeln würde.« In ihrer Stimme schwangen Bitterkeit und Resignation zugleich mit. »Mats konnte sehr gewinnend und überzeugend sein, nicht nur als Aktivist.«

Maya lehnte sich auf ihrem Stuhl zurück. »Deswegen hast du nicht auf seine Nachricht reagiert.«

Stumm nickte Annika, wickelte die Strähne um ihren Finger. »Ich war total geschockt. Seit damals – wir hatten keinen Kontakt mehr, all die Jahre. Auf keinen Fall wollte ich ihn wieder in meinem Leben haben!« Sie zögerte kurz, dann sagte sie: »Er hat es verdient. Das Schwein hat es verdient, erschossen zu werden. Aber ich bin es nicht gewesen. Niemals würde ich riskieren, dass Frida –«, mitten im Satz hielt sie inne, »lieber Himmel – Frida!«

Kapitel 18

Verwundert blickte Frida sich um. Wo war Mama? Warum war sie nicht da?

Der Schulbus, der gerade gewendet hatte, fuhr an ihr vorbei, und Pelle winkte ihr durchs Fenster zu. Frida verspürte den jähen Impuls, ihm zu signalisieren, dass er anhalten und sie wieder mitnehmen sollte. Aber sie winkte nur zurück und sah den Rücklichtern des Busses mit mulmigem Gefühl hinterher.

Mama hatte ihr so sehr eingeschärft, nicht mehr allein durch den Wald zu laufen, dass sie automatisch Angst bekam. Wo blieb sie bloß heute? Die letzten Tage war sie immer schon da gewesen, wenn Frida an den Zwillingsbirken aus dem Bus gestiegen war. War ihr etwas dazwischengekommen? Wenn sie länger arbeiten musste, hätte sie doch angerufen. Oder eine Nachricht geschickt.

Frida zog ihr Handy aus der Jackentasche. O nein! Der Akku war leer – ausgerechnet jetzt! Sie stieß einen lauten Fluch aus, wie Ebbas Brüder es taten. Hier draußen hörte sie ja niemand. Für einen Moment musste sie grinsen. So zu fluchen vertrieb die Angst ein wenig.

Unschlüssig trat sie von einem Fuß auf den anderen. Wenn sie weiter hier herumstand … Langsam fing es an, dunkel zu werden. Außerdem war es saukalt, sie fror schon nach den paar Minuten. Trotz Wollunterwäsche, Mütze und Schal und dem ganzen Kram.

Es schneite schon wieder, und der Wind blies auch ziemlich dolle. Besser, sie lief los. Sicher war Mama unterwegs und kam ihr hinter der nächsten Kurve entgegen.

Frida kramte nach ihrem Glücksstein, dem Aventurin, und fand ihn zum Glück direkt. »Also los«, sprach sie sich selbst Mut zu, gab sich einen Ruck und ging mit zaghaften Schritten in den Wald hinein.

Der Wald war nicht mehr derselbe, seit sie den toten Mats Anderberg gefunden hatte. Überall um sie herum knackste und raschelte es. War das früher auch so gewesen? Oder war es ihr nur nicht aufgefallen? Unsicher blieb Frida stehen.

Es brachte ja nichts, zur Bushaltestelle zurückzugehen. Sie lief wieder los. Vielleicht half es, laut zu singen? Frida öffnete den Mund und begann mit *Räven raskar över isen* – der Fuchs eilt übers Eis. Das hatten sie neulich zu Hause gesungen, ehe sie den Weihnachtsbaum abgeschmückt hatten. Mitten im Refrain brach sie abrupt ab. Wie dumm konnte man sein – damit machte sie doch erst recht auf sich aufmerksam!

Sie atmete tief durch und riss sich zusammen. Hier war niemand. Alles war ruhig. Sie war diesen Weg schon so oft gegangen. Nie war etwas passiert. Das mit dem Toten ... war Zufall gewesen.

Hinter ihr ertönte Motorengeräusch. Das war sicher Mama! Frida blieb stehen, drehte sich um und wartete, bis zwei Scheinwerferlichter auftauchten. Das musste Mama sein! Vielleicht hatte sie länger im Büro zu tun gehabt. Oder sie hatte noch schnell was eingekauft. Fridas Angst verschwand, und sie fühlte sich wieder ganz leicht ums Herz.

Doch als der Wagen näher kam, sah sie, dass es ein silberner Kombi war. Mama fuhr einen dunkelblauen Volvo. Das hier war auch ein Volvo, aber ein neueres Modell, bei dem der Kofferraum abgerundet war, nicht so kantig und kastig wie ihrer. Darüber schimpfte Mama immer, sie meinte, das seien keine »richtigen« Kombis mehr, da würde ja kaum was reinpassen.

Frida überlegte. Auch von den wenigen Nachbarn, die noch tiefer im Wald wohnten, hatte niemand ein solches Auto. Schlagartig kehrte die Angst zurück.

Als der Wagen kurz vor der Kurve im Schneckentempo an ihr vorbeirollte, bemühte sie sich, den Fahrer zu erkennen. Doch die seitlichen Scheiben waren verdunkelt.

Unsicher setzte Frida ihren Weg fort. Mama kam ihr bestimmt gleich entgegen, versuchte sie sich selbst zu beruhigen. Aber als sie um die Ecke bog, war da keine Mama. Fridas Mut sank. Niedergeschlagen stapfte sie weiter. Maya hatte recht, das war kein Kinderspiel. Ab sofort würde sie –

In diesem Moment rollte das Fahrzeug, das sie gerade überholt hatte, rechts ran und stoppte. Die Fahrertür öffnete sich, und ein Mann stieg aus.

Frida schnappte nach Luft. Das Blut gefror ihr in den Adern. Das war er. Der Mann, den sie beim Haus der Waldschützer gesehen hatte. Der den Brand gelegt hatte.

Ohne auch nur eine Sekunde zu zögern, rannte sie in den Wald hinein.

• • •

»Ach du Schande!« Annika sprang auf.

Hastig erhob sich Maya ebenfalls und folgte ihr in den Flur. »Ich kann dich fahren.«

In fliegender Hast warfen sie sich ihre Jacken über und griffen nach Schal, Mütze und Handschuhen.

»Ich mache mir Riesenvorwürfe.« Annika schlüpfte in ihre schwarzen Winterstiefel. »Wie konnte ich nur die Zeit vergessen?«

Maya fand es unter den gegebenen Umständen durchaus nachvollziehbar, noch dazu befielen sie Schuldgefühle. Immerhin hatte sie Annika in dieses Gespräch verwickelt. Dann dachte sie an ihre Besorgnis wegen Fridas Detektivaktion. So schnell wie möglich mussten sie zu ihr – auf keinen Fall durfte das Kind allein durch den Wald laufen.

Annika stürmte bereits aus dem Haus, Maya eilte hinterher und schlug die Tür zu. Der Wind war stärker geworden, auch der Schneefall hatte zugenommen. Dicke Flocken wehten um sie herum, und auf ihrem Auto lag schon eine Schneeschicht von mehreren Zentimetern.

Gemeinsam wischten sie die Fenster notdürftig frei und sprangen in den Wagen. Maya startete, legte den Rückwärtsgang ein und fuhr los. Auf der schmalen, verschneiten Straße konnte sie kaum mehr als Schrittgeschwindigkeit fahren. Neben ihr auf dem Beifahrersitz versuchte Annika, Frida anzurufen. Seufzend drückte sie aufs Display. »Ich habe keinen Empfang. War ja klar. Hier im Wald ist das Netz grottenschlecht.«

Die Scheinwerfer eines entgegenkommenden Wagens leuchteten auf, mitten auf der Fahrbahn. Im letzten Moment zog der Fahrer links rüber. Ohne abzubremsen, rauschte er an ihnen vorbei.

»So ein Idiot!« Empört richtete Annika sich auf und wandte sich um. »Bei dem Wetter so zu rasen!« Sie ließ sich wieder in den Sitz rutschen. »Hoffentlich ist Frida nichts passiert! Wenn dieser Schwachkopf sie nicht gesehen hat – ich weiß gar nicht, ob sie ihre Reflexweste dabeihat.«

Maya legte ihre volle Konzentration auf die Seitenstreifen. Womöglich lag Frida verletzt im Unterholz?

Ein paar Hundert Meter weiter parkte ein silberner Kombi am linken Wegesrand. Langsam rollten sie daran vorbei, und Maya warf einen raschen Seitenblick hinein. Sie konnte jedoch nicht erkennen, ob jemand darin saß. Als eine Kurve in Sicht kam, betete sie inständig, Frida möge ihnen dahinter entgegengelaufen kommen.

Doch auch dort war von dem Mädchen nichts zu sehen.

»Das ist gar nicht gut.« Angespannt schaute Annika auf ihr Handy. »Sie müsste längst hier sein.«

»Welche Kleidung trägt Frida heute?«

Annika überlegte. »Ihre Winterjacke ist rot, die Mütze auch. So eine mit einem Puschel obendrauf. Ihr Schulranzen ist ebenfalls rot.«

Jetzt erinnerte sich Maya, schon auf dem Schulhof hatte sie unwillkürlich an Rotkäppchen denken müssen.

Erneut versuchte Annika, Frida anzurufen. Gleich darauf ließ sie das Telefon sinken und schüttelte entmutigt den Kopf. »Ihr Handy ist aus. Bestimmt ist der Akku mal wieder leer. Sie vergisst immer, es aufzuladen.«

»Vielleicht wartet sie vorn an der Bushaltestelle?«

»Ich hoffe es.« Annikas Stimme wackelte.

Doch als sie die Landstraße erreicht hatten, war an der Haltestelle weit und breit keine Spur von Frida. Mayas Mund wurde trocken.

Hektisch drückte Annika auf ihrem Handy herum. »Ich rufe den Busfahrer an.«

Noch gab es einen letzten Hauch an Hoffnung, dass Frida womöglich in der Stadt geblieben war. Immer stärker wurde der Schneefall, und Maya schaltete die Scheibenwischer höher, um überhaupt etwas sehen zu können.

Als Annika auflegte, war sie kalkweiß, die Augen vor Entsetzen geweitet. »Er sagt, er hätte sie wie üblich abgesetzt.« Ihre Stimme klang brüchig: »Schon vor zwanzig Minuten.«

...

Kreuz und quer irrte Frida durch das Dickicht. Hinter sich hörte sie Schritte. Der Mann verfolgte sie tatsächlich! Panik stieg in ihr auf. Nur vorwärts, bloß nicht zurückschauen!

»Verdammter Mist!«, ertönte es ein Stück entfernt.

Vermutlich peitschten ihm die Zweige ins Gesicht. Frida kannte das – sie hatte gelernt auszuweichen. Das gab ihr Mut: Sie war kleiner und wendiger als er. Und sie kannte sich in diesem Wald aus. Sie konnte ihm entkommen. Wenn sie keinen Fehler machte.

»Autsch!« Das klang noch weiter weg als vorher.

Frida wagte einen schnellen Blick zurück und sah, wie der Mann sich aufrappelte. Wahrscheinlich war er über eine Wurzel gestolpert. Sie erhöhte das Tempo. Wo kam dieser Mann plötzlich her? War er es womöglich, der Mats Anderberg erschossen hatte?

Blitzschnell schlug sie einen Haken, rannte weiter und scannte dabei die Umgebung nach einem Versteck. Noch ein Haken, Tempo erhöhen. Bis sie Seitenstechen bekam.

Vor ihr tauchten dunkle Umrisse auf. Als sie näher kam, erkannte sie, dass es Felsen waren. In der Eiszeit waren die überall liegen geblieben, hatte Mama ihr mal erklärt. Eng wuchsen die Tannen auch hier rundherum. Noch einmal gab Frida Gas, trotz des Seitenstechens, dann hatte sie die moosbedeckten Felsen erreicht, auf denen fast kein Schnee lag. Zwischen zweien gab es einen Spalt, gerade groß genug, dass sie hindurchpasste. Frida schlüpfte dazwischen hinein und fand sich in einer winzigen Höhle wieder. Aufrecht stehen konnte sie nicht. Heftig atmend ging sie in die Hocke. Hoffentlich war es die richtige Entscheidung gewesen! Wenn er sie hier drin entdeckte ...

Vorsichtig beugte sie sich vor und spähte um die Ecke. Es

wurde immer dunkler, aber sie konnte dennoch einiges erkennen. Ihren Verfolger sah sie nicht. Hatte sie ihn abgehängt? Angestrengt lauschte sie: Keine Schritte, nur die typischen Geräusche des Waldes. Die kannte sie gut. Wobei – erst jetzt bemerkte Frida, dass der Wind inzwischen echt heftig blies. Sogar in ihrer Höhle hörte sie das Rauschen der Bäume. Ob der Schneefall noch stärker geworden war, konnte sie nicht ausmachen, da unter dem Dach der Tannen kaum etwas davon ankam.

Sie kauerte sich an den hinteren Fels und wartete ab. Allmählich ließ das Seitenstechen nach. Schon nach kurzer Zeit spürte sie die Kälte vom Erdboden her in sie hineinkriechen. Abermals lehnte sich Frida nach vorn, ein weiterer Blick in den Wald – nichts. Sie würde noch ein bisschen hier warten und dann –

Auf der rechten Seite knackte es. Frida spannte alle Muskeln an. Doch es war bloß ein Reh, das durch den Wald sprang. Jetzt blieb es stehen und schaute mit großen Augen um sich, ehe es sich lautlos umdrehte und im Unterholz verschwand. Erleichtert atmete Frida auf. Sie wollte sich gerade wieder ins Innere der Felsenhöhle zurückziehen, als sie aus der anderen Richtung eine Bewegung wahrnahm. Ein Schatten, ein ganzes Stück entfernt, aber er näherte sich. Rasch verkroch sich Frida in den hintersten Winkel der Höhle. Ihr Herz pochte wie wild. Fieberhaft überlegte sie, was das Beste war: Sollte sie hierbleiben und sich mucksmäuschenstill verhalten? Oder abhauen? Mit angehaltenem Atem presste sie sich an den eiskalten Stein.

Mit einem Mal vernahm sie eine Stimme. Schwach tönten Rufe zu ihr herüber. Frida konnte die Worte nicht verstehen, der Wind verschluckte sie. Vorsichtig lugte sie erneut heraus und erstarrte. Keine zehn Meter vor den Felsen stand der Mann!

•••

»Ich muss sie finden!« Ehe Maya reagieren konnte, sprang Annika aus dem Wagen und rannte über die Straße zurück in den Waldweg.

Maya wendete und fuhr ihr hinterher. Sobald sie neben ihr war, kurbelte sie das Fenster herunter. »Annika, bitte steig wieder ein. Lass uns –«

Ohne von Maya Notiz zu nehmen, hastete Annika weiter. »Sie muss irgendwo im Wald sein – Pelle hat sie ja abgesetzt! Wo kann sie nur sein? O Gott, wie konnte ich bloß …?« Tränen rannen ihr über die Wangen. »Wenn ihr etwas zugestoßen ist …«

»Ich verstehe dich ja. Und trotzdem: Wir brauchen jetzt einen Plan. Der Wald ist zu groß!« Die Schneeflocken stoben durchs Fenster hinein.

Annika blieb stehen. Die pure Verzweiflung stand ihr ins Gesicht geschrieben. Sie deutete auf den Waldrand, eine Wand aus Nadelbäumen. »Irgendwo da drin ist meine Tochter!«

»Ich helfe dir. Wir finden sie. Aber dazu – steig erst mal wieder ein. Bei diesem Wetter … Wir dürfen jetzt nicht leichtfertig mit unserer Energie und Wärme umgehen.« Wer weiß, wofür wir sie noch benötigen, dachte Maya, sagte es jedoch nicht. Annika war sowieso schon ein Nervenbündel. Keinesfalls wollte Maya ihre Angst um Frida zusätzlich befeuern. Zu ihrer Erleichterung ging Annika um den Wagen herum, öffnete die Beifahrertür und ließ sich auf den Sitz sinken.

Der silberne Kombi kam Maya in den Sinn. Aus welchem Grund parkte er dort – bei diesem Wetter? Hatte das etwas mit Fridas Verschwinden zu tun? Sie zückte ihr Handy. »Als Erstes geben wir dem Rettungsdienst Bescheid. Wir dürfen jetzt keine Minute verlieren.« Mit fliegenden Händen wählte sie die Notrufnummer. Sie machte sich riesige Vorwürfe: Immerhin hatte sie gewusst, dass Frida womöglich in Gefahr schwebte. Noch dazu war sie es gewesen, die bei Annika aufgekreuzt war, sie mit ihrer Vergangenheit konfrontiert und dadurch so abgelenkt hatte, dass sie beide die Zeit aus dem Blick verloren hatten. Ohne sie hätte Annika ihre Tochter pünktlich abgeholt. Wenn Frida etwas passiert war … Ein eisiger Schauder rieselte ihr über den Rücken.

Energisch wischte Maya die destruktiven Gedanken beiseite. Jetzt galt es zu funktionieren. Kurz und prägnant gab sie die erforderlichen Informationen durch. Am anderen Ende der Leitung versprach man, sich unverzüglich um die Angelegenheit zu kümmern.

In Maya spulten sich die nun anstehenden Schritte bereits wie ein bekannter Film ab. Die Suche nach einem verschwundenen Kind setzte eine Lawine von Maßnahmen in Gang. In diesem Fall erschwerten ihnen die Wetterbedingungen das Prozedere. Der Wind wurde immer stärker, der Schnee fiel mittlerweile so heftig, dass man gerade mal ein paar Meter weit sehen konnte. Es schien ein richtiger Schneesturm aufzuziehen. Der Einsatz eines Helikopters war unter diesen Umständen kaum möglich. Dabei könnte eine Wärmebildkamera die Rettung sein. Ein Mensch, der sich im Wald verirrt hatte, ließ sich damit deutlich leichter aufspüren. Aber unter solchen Bedingungen war es fast unmöglich, jemanden in einem so dichten Wald zu finden.

Mayas Gehirn arbeitete auf Hochtouren. Das Zeitfenster von Fridas Verschwinden war nicht groß. Sie hatten sie um circa zwanzig Minuten verpasst. Was war in dieser Zeit passiert? Frische Fußspuren gab es zwar an der Bushaltestelle, das hatte Maya gerade gesehen, nicht jedoch auf dem Waldweg. Was nichts bedeuten musste, denn vermutlich war Frida in den festgefahrenen Spurrillen gelaufen. Und selbst wenn es welche im neu gefallenen Schnee gegeben hatte, so hatten sie sie soeben mit ihrem Wagen zerstört. Maya wandte sich an Annika: »Hat der Busfahrer sonst noch etwas gesagt?«

»Ich weiß nicht …« Aufgelöst rieb sich Annika die Schläfen. »Ich habe nicht danach gefragt.«

»Ruf ihn noch mal an.« Maya überlegte kurz, fuhr rechts ran und hielt an. »Und lass mich bitte mit ihm sprechen. Wie heißt er?«

»Pelle.« Annika drückte auf die Wiederwahltaste und schaltete den Lautsprecher ein. Sie sprach einige Worte mit dem Busfahrer und reichte das Telefon anschließend an Maya.

In wenigen Sätzen erklärte sie ihm, wer sie war und wie er ihnen helfen konnte. »Vielleicht ist dir irgendetwas aufgefallen? Ist dir möglicherweise ein Fahrzeug gefolgt?«

Am anderen Ende blieb es einen Moment lang still. Dann sagte Pelle zögernd: »Also, da war ein Auto hinter mir, das stimmt. Ich habe nicht weiter darauf geachtet. Aber …« Er machte eine Pause, als dächte er nach. »Als ich gewendet habe – Frida ist ja die Letzte, die aussteigt –, also, als ich zurückgefahren bin, habe ich im Rückspiegel gesehen, dass der Wagen hinter mir auch gewendet hat. Kurz darauf habe ich ihn allerdings nicht mehr gesehen. Ich habe mir dabei aber nichts gedacht.«

»Das heißt, es wäre möglich, dass der Fahrer in den Waldweg eingebogen ist?«

»Jo.«

Maya schnappte nach Luft. Der Wagen, der mit überhöhter Geschwindigkeit an ihnen vorbeigerauscht war. Hatte man Frida gekidnappt? Wenn sie sich doch bloß das Kennzeichen gemerkt hätte! Nicht mal die Automarke wusste sie. Außerdem war da noch der silberne Kombi am Wegesrand gewesen. »Wie hat der Wagen ausgesehen?«

»Tut mir leid, darauf habe ich nicht geachtet. War in der Dämmerung nicht so gut zu erkennen. Nur dass es keine dunkle Farbe war, das weiß ich.«

»Silbern vielleicht?«

»Kann sein.«

Maya bedankte sich bei ihm und beendete das Gespräch. Sie startete den Motor. »Okay, das waren wichtige Infos.« Sie warf einen Seitenblick auf Annika, die völlig unter Schock geradeaus starrte, ohne zu reagieren. Sanft legte Maya ihre Hand auf Annikas Unterarm. »Es muss noch nichts bedeuten. Ich bringe dich jetzt erst mal nach Hause.«

»Aber …«

»Dann gehe ich in den Wald und fange an zu suchen, bis meine Kollegen auftauchen.« Ehe Annika widersprechen konnte, redete sie in bestimmtem Ton weiter: »Es ist wichtig, dass du dort bist, für den Fall, dass Frida nach Hause kommt.«

Annika schwieg.

Während sie im Schritttempo den Weg entlangrollte, neigten sich zu beiden Seiten die Bäume bedrohlich unter den starken Böen hin und her. In Mayas Kopf kreisten die Gedanken. Beide Fahrzeuge waren noch nicht wieder an der Landstraße aufgetaucht. Wenn Fridas Verschwinden mit einem von ihnen zusammenhing … »Dieser Waldweg hier, führt er an anderer Stelle auf die Landstraße zurück? Oder endet er irgendwo im Wald?«

»Hinter den letzten Häusern wird er ziemlich schmal, aber normalerweise kommt man da weiter. Er führt in einem weiten Bogen zur Landstraße zurück.« Annika machte eine kurze Pause, ehe sie mit unnatürlich hoher Stimme ausstieß: »Du denkst doch nicht etwa, dass … Mats' Mörder …?« Der Rest der Frage blieb ihr im Halse stecken.

Maya suchte noch nach einer beruhigenden Antwort, als vor ihnen der silberne Kombi auftauchte, er parkte unverändert seitlich am Rand. Sie hielt ein Stück davor an und stieg aus. Der Wind peitscht ihr die Schneeflocken ins Gesicht. Maya drehte sich um, stülpte sich die Kapuze über und lief zur Fahrerseite des Kombis. Der Wagen war verschlossen, niemand saß darin. Sie ging um das Fahrzeug herum, um sich das Nummernschild zu notieren. Es war so dreckig, dass sie es nicht entziffern konnte. Mit einem Papiertaschentuch aus ihrer Jackentasche wischte sie es notdürftig sauber und schrieb sich die Nummer auf. Dann sah sie sich um. Wohin war der Fahrer verschwunden? Bei diesem Wetter machte doch keiner einen Waldspaziergang!

»Maya, komm mal her.« Annika war ausgestiegen, sie stand einige Meter hinter den Autos. Das Brausen des Windes verschluckte ihre Worte beinahe. Aufgeregt winkte sie und deutete in den Schnee. Maya eilte ihr entgegen. Ihre Stimme klang gehetzt. »Ich glaube, ich habe etwas gefunden.«

• • •

Fridas Herz klopfte so laut, dass sie Angst hatte, der Mann könne es hören. Jetzt bloß nicht husten oder niesen! Sofort spürte sie ein Kribbeln in der Nase. Mit beiden Händen drückte sie ihre Nasenflügel zusammen. Das Kribbeln verschwand.

»Mädchen!«

Dieses Mal verstand Frida, was er rief.

»Komm her, ich wollte dich nicht erschrecken!« Suchend blickte er um sich. »Ich will nur mit dir reden.«

Ja, klar, dachte Frida. Sie glaubte ihm kein Wort. Ängstlich beobachtete sie, wie er sich den Weg durch das Dickicht Richtung Höhle bahnte. So weit es eben ging, kroch sie vom Eingang weg und presste sich an die Felsen hinter sich. Fliehen konnte sie nun nicht mehr.

Auf einmal sackte sein linker Fuß nach unten weg, er fiel zu Boden und stieß einen lauten Schmerzensschrei aus. Mühsam rappelte er sich wieder hoch. Bestimmt war er in ein Loch im Boden gerutscht, das im Dunkeln nicht zu sehen war. Frida kannte solche Stolperfallen. Sie sah, dass er sich das Knie hielt. Eine Weile stand er so da, dann probierte er aufzutreten und verzog das Gesicht.

»Hölle auch! Au! Verdammtes Gör, wo steckst du? Warte, wenn ich dich kriege!« Noch einmal versuchte er, einen Schritt zu gehen, doch er schrie nur von Neuem auf. Er schien sich bei dem Sturz richtig verletzt zu haben. Das geschah ihm recht!

Nach allen Seiten schaute er sich um, dann humpelte er langsam in die Richtung weg, aus der er gekommen war, dabei fluchte er weiter. Immer leiser wurde seine Stimme, sogar, als er schon außer Sichtweite war, hörte Frida ihn noch.

Erst als es irgendwann still war, wagte Frida, durchzuatmen. Sie hatte so furchtbare Angst gehabt! Hoffentlich kam er nicht zurück! Auf jeden Fall musste sie unbedingt noch etwas warten. Dabei wollte sie so schnell wie möglich nach Hause. Zu lange konnte sie nicht mehr hierbleiben. Es wurde immer dunkler, in ihrer Höhle war es komplett finster. Außerdem schien das Wetter, wenn sie es hier drinnen richtig mitbekam, immer schlechter zu werden. So, wie der Wind heulte! Frida spähte erneut nach draußen. Die Tannen krümmten sich von einer Seite zur anderen. Sie konnte nicht erkennen, ob der Schneefall auch immer heftiger wurde. Sollte sie lieber hier drin ausharren? War das sicherer, als durch den Wald zu laufen? Tränen der Verzweiflung stiegen in Frida hoch. Sie wollte nach Hause, jetzt, sofort! Wenn doch nur ihr Handy funktionieren würde!

Sie fühlte sich vollkommen erschöpft und schloss die Augen.

Schon nach wenigen Sekunden spürte sie, wie sich eine angenehme Schwere in ihr ausbreitete.

Auf der Stelle riss sie ihre Augen wieder auf. Mama hatte sie so oft gewarnt, sich nicht im Wald zu verlaufen! Sobald Frida groß genug gewesen war, um die Umgebung allein zu erkunden, hatte ihre Mutter ihr Schauergeschichten erzählt von Menschen, die sich in den riesigen, unübersichtlichen Wäldern Schwedens verirrt hatten. Im Winter war es besonders gefährlich. Im Dunkeln, wenn es noch kälter wurde, konnte es leicht passieren, dass man erfror. Auf keinen Fall durfte man sich irgendwohin setzen und die Augen schließen, das hatte Mama ihr immer wieder eingeschärft. Sie musste raus aus dieser Höhle, ehe sie einschlief! Aber konnte sie es schon wagen? War der Mann weit genug weg? Was, wenn er hinter einem Baum auf sie wartete? Eine Weile noch überlegte Frida hin und her, schließlich hielt sie es nicht mehr aus und wagte sich zaghaft aus der Höhle.

Der Mann war verschwunden. Vorsichtig umrundete sie die Felsen. Inzwischen war es auch hier so dunkel, dass es schwer war, etwas zu erkennen. Frida schlug die Richtung ein, in die er gegangen war.

Doch schon nach kurzer Zeit blieb sie stehen. Blindlings wie sie durch den Wald gestürmt war, hatte sie die Orientierung verloren. Sie zog ihr Handy aus der Tasche. Aber der Akku war ja leer! Verzweifelt steckte sie das Gerät wieder ein. In welche Richtung sollte sie gehen? Ohne die Sonne hatte sie nichts, woran sie sich orientieren konnte. Frida drehte sich einmal um sich selbst. Alles sah gleich aus! Verdammt, wo war sie hergekommen? Eine neue Angst breitete sich in ihr aus: Wenn sie nun nicht zur Straße zurückfand ...

• • •

»Sieh dir diese Fußspuren an!« Aufgeregt zeigte Annika auf einige Abdrücke im Schnee. »Die sind eindeutig von einem Kind.«

Mayas Blick folgte ihrem ausgestreckten Arm. Tatsächlich waren dort am Wegesrand Spuren, und sie waren deutlich kleiner als die eines Erwachsenen. Sie führten in den Wald hinein und wirkten ziemlich frisch. Wenn es so weiterschneite, würden sie bald verschwunden sein. Sie ging noch einmal zu dem silbernen Kombi hinüber. Gab es da ebenfalls Fußabdrücke? Neben der Fahrertür entdeckte sie keine, aber hier verlief auch die Fahrspur – wenn überhaupt, hatte sie sie mit ihrem Wagen zerstört. Sie lief das kurze Stück zurück zu Annika, den Blick fest auf den Boden geheftet. Auf halber Strecke durchfuhr es sie: erkennbare Abdrücke, die um einiges größer waren. Mit den Augen folgte sie ihnen, doch als die Schneedecke unter den Tannen dünner und löcherig wurde, sah sie sie kaum noch.

Sobald die Kollegen kamen, würden sie eine Kette bilden und das Gebiet Meter für Meter durchkämmen. So lange wollte Maya jedoch keinesfalls warten. Mit jeder Minute wurden Wind und Schneefall stärker. Kurzfristig änderte sie ihre Pläne: Es hatte keinen Sinn, erst Annika nach Hause zu fahren. Dadurch würde sie kostbare Zeit verlieren. Dennoch wollte sie nicht, dass Annika sich in den Wald begab.

»Eine von uns sollte hierbleiben und die Einsatzkräfte empfangen.« Schnell schob sie hinterher: »Ich weiß, dass du den Wald besser kennst als ich. Trotzdem wäre es mir lieber, wenn du hierbleibst. Am besten setzt du dich in meinen Wagen.«

»Aber …« Annika sah aus, als stünde sie kurz vor einem Nervenzusammenbruch.

Maya verstand sie. Wäre es ihr Kind gewesen, hätte sie nichts und niemand davon abhalten können, hinter ihm her in den Wald zu stürmen. Genau das war jedoch das Problem: Annika war zu stark emotional involviert, um kalkuliert und rational vorzugehen. Widerwillig beugte sie sich Mayas Vorschlag.

Maya band die Kapuze enger zu und stapfte los, Fridas Spuren folgend. Unbarmherzig zog die Kälte durch jede noch so feine Ritze. Sie bewegte die Finger, die trotz der dicken Handschuhe schon jetzt eisig waren.

Unter dem schützenden Dach der Nadelbäume bekam sie kaum etwas vom Wind und dem heftigen Schneefall mit. Gewiss, oben in den Kronen rauschte es ordentlich, doch ansonsten war man hier drinnen wie abgeschirmt. Nur wenige Flocken fanden einen Weg auf den Boden. Dennoch beunruhigte sie das Unwetter ernsthaft. Sollte es noch schlimmer werden, könnte es womöglich zu leichtsinnig sein, Rettungskräfte in den Wald zu schicken. Niederfallende Äste oder gar entwurzelte Bäume stellten eine zu große Gefahr dar.

Alles in Maya krampfte sich zusammen, wenn sie daran dachte, was das für Frida bedeuten würde. Sie unterdrückte die aufkommende Panik: Sie musste das Mädchen finden, koste es, was es wolle! »Frida! Frida!« Zwischen den dicht wachsenden Nadelbäumen kam sie nur mühsam voran.

Mithilfe der Taschenlampe ihres Telefons leuchtete sie vor sich auf den Waldboden. An vereinzelten Stellen standen die Tannen nicht so eng beieinander. Dort gab es spärliche Schneeteppiche, und hier und da erkannte sie einen Fußtritt, mal klein, mal größer. Der Fahrer des silbernen Kombis hatte Frida also tatsächlich durch das Dickicht verfolgt. Verbissen arbeitete Maya sich durch das Gewirr an Ästen.

Ein Stück weiter vorn entdeckte sie an einem niedrigen Ast etwas Rotes. Aufmerksam betrachtete sie die Wollfäden, die sich an dem Zweig verfangen hatten. Frida trug einen roten Mantel.

Hastig setzte Maya ihren Weg fort. Hart peitschte ihr ein Tannenzweig ins Gesicht. Wenige Meter danach blieb sie mit dem Ärmel irgendwo hängen. Sie stürmte vorwärts, es gab einen Ruck und ein kurzes Reißen an ihrer Jacke, dann war sie wieder frei. Ohne auf Schrammen zu achten, kämpfte sich Maya tiefer in das Tannendickicht hinein. Es ging um Leben und Tod. Fridas Verfolger stellte nur eine Gefahr dar. Die andere war die Natur selbst: Bei diesen Minusgraden hatte man kaum eine Überlebenschance, nachts, wenn man sich im Wald verlaufen hatte.

Kapitel 19

Entmutigt schaute Frida um sich. Sie hatte total die Orientierung verloren! Tränen stiegen ihr in die Augen. Sie wollte auf der Stelle heim, wollte zu ihrer Mama! Ihre Hände und Füße schmerzten vor Kälte – sie hatte sich zu lang nicht bewegt. Zitternd begann sie, auf der Stelle zu gehen. Wieder und wieder hauchte sie in ihre Handschuhe hinein, um die eisigen Finger aufzutauen. Inzwischen war es fast komplett finster. Auf keinen Fall durfte sie hierbleiben. Und niemals, niemals sich irgendwohin setzen und die Augen schließen! Mamas Worte hallten ihr erneut durch den Kopf: Wenn man im Schnee einschläft, erfriert man!

Aus welcher Richtung war sie gekommen? Wählte sie die falsche, würde sie noch tiefer in den Wald hineingeraten. Wenn es nur nicht so dunkel wäre! Und ihr Handy funktionierte ja nicht mehr, sonst hätte sie mit der Taschenlampe –

Elektrisiert blieb Frida stehen. Taschenlampe! Klar! Sie war doch eine Detektivin, eine Spurenleserin! Das war die Rettung: Fußspuren gab es zwar kaum, aber dafür sicher jede Menge abgeknickte Zweige, wo sie und ihr Verfolger sich durchs Unterholz gezwängt hatten. Wenn sie die aufmerksam zurückverfolgte, musste sie unweigerlich wieder zur Straße gelangen.

Rasch setzte Frida ihren Schulrucksack ab, öffnete ihn und kramte das türkisfarbene Mäppchen mit den weißen Sternen hervor, das Mama ihr zum achten Geburtstag geschenkt hatte. Darin bewahrte sie ihre Detektivausrüstung auf. Ihr Notfallkit, wie es sich für eine echte Ermittlerin gehörte: Ein Seil, eine Lupe, ein Fernglas, mehrere Kletterhaken und natürlich – eine Taschenlampe!

Frida holte die kleine Lampe heraus und schaltete sie ein. Im Lichtschein konnte sie ihre Umgebung wieder deutlich erkennen. Hier links sah es aus, als sei jemand entlanggelaufen. Mit leichtem Herzen zog sie ihren Rucksack an und stapfte los. Jetzt würde alles gut werden.

Doch schon nach wenigen Minuten wurde das Licht schwächer. O nein – die Batterien! Der Schreck fuhr ihr in die Knochen wie ein elektrischer Schlag. An Ersatzbatterien hatte sie nicht gedacht. Es dauerte nicht lange, und der Schein der Lampe war bloß noch zu erahnen.

Niedergeschlagen knipste Frida sie aus und steckte sie in die Jackentasche. Alle Hoffnung verpuffte, und mit einem Mal fror sie viel stärker als zuvor. Außerdem wurden ihre Beine schwer, ihr ganzer Körper fühlte sich an wie aus Blei. Sie war so müde und wollte sich so gern kurz ausruhen. Erneut dachte sie an Mamas Worte. Eisern setzte sie einen Fuß vor den anderen, sie durfte sich nicht hinsetzen!

Nach ein paar Schritten blieb sie abermals stehen. Um sie herum nichts als das Schwarz der dicht wachsenden Tannen. Sie würde es nicht schaffen. Zögernd ließ sie sich auf einem dicken Stein nieder. Nur eine Minute, dann würde sie weitergehen.

Frida streckte die Beine aus, stützte die Ellbogen auf den Knien ab und legte den Kopf in die Handflächen. Am liebsten hätte sie sich hingelegt. Jedenfalls konnte sie unmöglich wieder aufstehen. Die Müdigkeit wurde immer stärker, ihre Lider wurden schwer. Sosehr sie auch dagegen ankämpfte, schließlich gab sie doch nach und schloss die Augen.

Um sie herum wurde es ruhig, die Kälte verschwand. Sie fühlte sich wie in Wolken gehüllt, als würde sie in ihrem weichen Federbett liegen. Frida entspannte sich. Endlich war sie zu Hause …

Ein Geräusch drang an ihr Ohr. Frida blinzelte und sah sich um. Du lieber Himmel – war sie etwa eingeschlafen?

Von weit her tönten schwache Laute zu ihr herüber. Elektrisiert sprang sie auf und horchte in die Dunkelheit. Hatte sie sich das nur eingebildet, oder war dort jemand? Ein Mensch? Sie stand völlig still, wagte kaum zu atmen. Da! Da war es wieder. Eine Frauenstimme, ein ganzes Stück entfernt vor ihr. Frida hastete vorwärts. »Hallo! Ich bin hier!«

• • •

»Frida! Frida!« Wie ferngesteuert arbeitete sich Maya durch den Wald, immer den wenigen Spuren hinterher, die sie fand. Für einen kurzen Moment hatte sie geglaubt, ein Geräusch und einen Lichtschein rechts von sich wahrgenommen zu haben. Sie war stehen geblieben, doch sie hatte nichts entdecken können. Offenbar hatte sie sich geirrt.

Erneut richtete sie den Lichtstrahl auf den Boden vor sich. Schon eine ganze Weile hatte sie keine Fußabdrücke mehr gefunden. So tief im Wald gab es einfach nicht genug Schnee, in dem sich etwas hätte abzeichnen können. Maya blieb stehen. Lief sie überhaupt noch richtig? Sie hatte versucht, sich an den abgeknickten Zweigen zu orientieren, aber mehrmals war sie unsicher gewesen, wo sie weitergehen sollte. Hatte es einen Sinn, so weiterzumachen? Oder wäre es besser, zur Straße zurückkehren? Bestimmt war inzwischen Verstärkung eingetroffen. Maya überlegte einige Augenblicke, dann drehte sie sich um und lief den Weg zurück, den sie gekommen war. Bevor sie sich noch selbst verirrte, konnte sie –

Was war das? Maya stoppte. Ihr war es, als hätte sie eine Stimme vernommen, ganz schwach aus der Ferne. Sie wandte sich um. Noch einmal rief sie nach Frida und lauschte danach konzentriert, ob sie eine Antwort bekam. Nun hörte sie es klar und deutlich. Ein helles Rufen, weit vor ihr im Wald. Mayas Herz klopfte schneller – sie hatte sie gefunden! Sie eilte voran, ignorierte die Zweige, die ihr entgegenschlugen, rief immer wieder Fridas Namen.

Kurz darauf sah sie im Lichtschein der Taschenlampe etwas Rotes zwischen den Bäumen schimmern. Als Maya näher kam und das Gesicht des Mädchens erkennen konnte, las sie darin unendliche Erleichterung.

»Maya!« Die letzten Meter rannte Frida, dann flog sie ihr in die Arme. »Ich hatte solche Angst, nicht mehr zurückzu…« Der Rest ihrer Worte ertrank in unkontrollierten Schluchzern.

Maya hielt sie fest und streichelte ihr über den Rücken. »Alles noch mal gut gegangen.« Zeitgleich musterte sie die Umgebung. Wo war der Fahrer des silbernen Kombis geblieben? Versteckte er sich am Ende irgendwo im Unterholz?

Als sich das Mädchen ein wenig beruhigt hatte, nahm sie seine Hand. »Komm, wir gehen zu deiner Mama. Sie wartet vorn an der Straße.« Maya griff nach ihrem Handy, um Annika zu informieren, dass sie Frida gefunden hatte. Nach einem kurzen Gespräch mit der erleichterten Mutter steckte sie das Telefon wieder ein. Gemeinsam liefen sie durch das inzwischen finstere Tannendickicht.

Nach einer Weile fragte Maya: »Wieso bist du eigentlich in den Wald gelaufen?«

Frida blieb stehen. »Da war so ein Mann im Auto auf dem Weg. Als er ausstieg – es war derselbe, den ich an dem Abend gesehen habe, als das Haus der Waldschützer abgebrannt ist.«

»Bist du dir sicher?«

»Total.« Frida machte eine kurze Pause, dann fügte sie hinzu: »Ich habe zwar sein Gesicht nicht gesehen, aber wie er da stand, mit der dunklen Jacke und der Kapuze, er sah genauso aus.«

»Erzähl mir genau, was passiert ist.« Während sie sich Richtung Straße vorarbeiteten, und Maya sich bemühte, die tief wachsenden Zweige beiseitezuhalten, lauschte sie Fridas Schilderung. Besonders das Humpeln des Mannes speicherte sie ab.

Als Frida geendet hatte, blieb Maya kurz stehen und schaute das Mädchen eindringlich an. »Du musst es deiner Mutter sagen. Also, dass du mit Ebba diesen Abendspaziergang gemacht hast und was du gesehen hast.«

Frida nickte. Mit gesenktem Blick fügte sie hinzu: »Ich möchte gar nichts mehr damit zu tun haben. Ich hab genug vom Detektivspielen.« Sie rieb sich die Augen. »Mir ist so kalt, und ich bin so müde.«

Langsam liefen sie weiter. Maya bemerkte, dass Frida sich kaum noch auf den Beinen halten konnte. Sie griff ihr unter den Arm und stützte das Mädchen. Kurz danach leuchtete ein weißer Streifen zwischen den Bäumen hindurch.

»Gleich haben wir es geschafft. Dann –« Rechts von sich nahm Maya aus den Augenwinkeln eine Bewegung wahr. Sie fuhr herum, die Hand bereits an der Dienstwaffe.

Aber es war bloß Annika, die ihnen von dort entgegenstürzte. »Frida! O mein Gott – da bist du!«

»Mama!« Frida ließ Mayas Hand los und rannte zu ihr.

Sekunden später lagen sich Mutter und Tochter in den Armen.

»Ich hatte solche Angst um dich.« Annika hielt Frida fest an sich gepresst.

Maya wandte sich Richtung Straße. Warum waren ihre Kollegen noch nicht da?

Im selben Moment heulte ein Motor auf. Maya hastete die letzten Meter zur Straße hin, doch es war zu spät. Der silberne Kombi brauste davon, dass der Schnee nur so aufspritzte.

»Verdammt!« Atemlos sah Maya den Rücklichtern hinterher. Wenigstens hatte sie das Kennzeichen. So schnell es ging, zog sie ihr Handy aus der Jackentasche und rief bei der Dienststelle an. Vielleicht konnten sie den Wagen abfangen. Auf jeden Fall würden sie das Einsatzkommando zurückrufen, das unterwegs zu ihnen war. Maya legte auf und steckte das Telefon ein. Eine heftige Böe riss ihr die Kapuze vom Kopf, die dichten Schneeflocken wirbelten um sie herum. Zeit, von hier zu verschwinden. Frida musste total durchgefroren sein. Sie setzte die Kapuze wieder auf und stapfte zu den beiden hinüber, die eng umschlungen am Waldessaum standen. »Jetzt aber nichts wie nach Hause mit euch.«

Sanft löste sich Annika von ihrer Tochter. »Maya, ich weiß gar nicht, wie ich dir danken kann.«

Maya winkte ab. »Das ist doch selbstverständlich. Außerdem – ohne mich hättest du dich nicht verspätet.«

Verwundert sah Frida von Maya zu ihrer Mutter. »Was war denn los?«

»Nicht so wichtig, mein Schatz.« Annika streichelte ihr über die Wange. »Ich erzähle es dir später.«

»Kommt, ich fahre euch, damit ihr so schnell wie möglich ins Warme kommt.«

Sobald sie im Auto saßen, fragte Frida: »Kriege ich eine heiße Schokolade?«

Annika drehte sich vom Beifahrersitz zu ihr um. »Aber klar.« Dann wandte sie sich an Maya. »Möchtest du auch eine?«

»Danke. Aber ich glaube, ich sollte besser zurück in die Dienststelle.«

Sie brachte die beiden zu ihrem Haus, stieg mit ihnen aus und begleitete sie zur Haustür. Frida, die immer noch vor Kälte bibberte, verschwand sofort nach drinnen. Annika sah Maya voller Dankbarkeit und Erleichterung an. »Danke, Maya, ohne dich ... Wer weiß, wie das alles ...« Sie brach ab, schluckte und wischte sich übers Gesicht.

»Bitte lass Frida fürs Erste nicht mehr aus den Augen.« Maya suchte nach den geeigneten Worten für ihre Vermutungen, ohne dass Annika gleich wieder in Panik geriet. »Es hat den Anschein, dass sie heute dort im Wald von einem Mann verfolgt wurde. Der silberne Kombi – ich weiß noch nicht, was es damit auf sich hat.«

Entsetzt schlug Annika die Hand vor den Mund. »Ich habe gar nicht mehr auf den Wagen geachtet. Ich hatte nur noch Frida im Kopf.«

»Schon gut. Ich verstehe das. Sicherheitshalber habe ich zwei Kollegen angefordert, die auf euch aufpassen.«

»Du meinst Personenschutz? So rund um die Uhr?« Abermals sah Annika geschockt aus.

»Fürs Erste ist es besser so. Bis wir mehr wissen.«

»Aber warum sollte dieser Mann Frida verfolgen?«

Maya haderte mit sich. Längst hatte sie begriffen, dass es falsch gewesen war, einen Pakt mit dem Mädchen zu schließen und ihren heimlichen Spaziergang für sich zu behalten. »Vielleicht hat sie etwas gesehen, was sie nicht hätte sehen sollen?«

»Du meinst, als sie Mats Anderbergs Leiche gefunden hat?«

»Sprich am besten selbst mit ihr.«

Als Maya zurück in die Polizeistation kam, war es bereits kurz vor neunzehn Uhr. Zu ihrer Überraschung traf sie Pär im Gemeinschaftsbüro an. Er saß an seinem neuen Arbeitsplatz, hatte das verletzte Bein hochgelegt und starrte auf seinen Bildschirm.

Nachlässig warf Maya ihre Jacke über den Kleiderständer neben der Tür und sank auf den nächstbesten Stuhl. »Ist der Wagen schon abgefangen worden?«

»Bis jetzt noch nicht.«

»Verdammt!« Maya löste das Zopfgummi aus ihren Haaren und fuhr mit beiden Händen hindurch. »Hat sich keiner erbarmt, dich ins Hotel zu fahren?«

»Sie haben mich gnadenlos hier sitzen lassen.« Mit gespielt leidender Miene sah Pär auf. »Scherz beiseite. Was ist mit dem Mädchen?«

»Frida ist wohlauf, dem Himmel sei Dank!« Maya berichtete Pär, was sich im Wald abgespielt hatte.

»Hm, da hat dieser Kombifahrer also den Moment ausgenutzt, als Annika in den Wald gelaufen ist, um ungesehen zu seinem Wagen zu gelangen.«

»So muss es gewesen sein.« Maya streckte sich. »Ich hoffe, dass sie das Fahrzeug bald ausfindig machen.«

»Zu ärgerlich, dass die Zulassungsstelle schon geschlossen hat.« Pär runzelte die Stirn. »Ausgerechnet heute Abend gibt es ein Software-Problem mit unserer App.«

»Ist nicht wahr!« Völlig entkräftet ließ sich Maya tief in den Stuhl sinken. Über diese App hatten sie normalerweise direkten Zugriff auf Registrierungsfragen.

»Es lebe die moderne Technik! Jetzt müssen wir schlimmstenfalls bis morgen früh warten, ehe wir erfahren, wem das Fahrzeug gehört.«

»Vielleicht war es dieser mysteriöse neue Sponsor, mit dem

Mats sich treffen wollte.« Maya konnte nicht mehr klar denken. Die Erschöpfung breitete sich in ihrem Körper aus. »Ich brauche Koffein.« Sie stand auf und ging in die Küche. »Willst du auch?«

»Nein, aber wenn du mir ein Glas Wasser mitbringen könntest?«

Mechanisch setzte Maya die Kaffeemaschine in Gang, holte eine frische Tasse aus dem Schrank und ein sauberes Glas, das sie mit Leitungswasser füllte. Im Spülbecken stapelte sich schmutziges Geschirr, für das sich keiner verantwortlich zu fühlen schien. Unter anderen Umständen hätte Maya jetzt zur Spülbürste gegriffen, doch gerade war es ihr egal. Ihre Kraft war aufgebraucht. Mit ihrer Tasse und dem Wasserglas kehrte sie zu Pär zurück.

»Was für ein Schreck, das Ganze. Bei der Wetterlage hätte das echt ins Auge gehen können.« Pär trank von seinem Wasser.

»Wir sind alle noch mal mit einem blauen Auge davongekommen, wie mein Vater zu sagen pflegt«, zitierte Maya das deutsche Sprichwort.

»Mit einer Ohrfeige, meinst du?«, lieferte Pär ihr das schwedische Pendant und zwinkerte ihr zu.

»Zumindest tut beides weh.« Maya trank von ihrem Kaffee. »Jedenfalls habe ich für heute genug Action gehabt.«

»Ich bin nicht sicher, ob dein Arbeitstag wirklich schon zu Ende ist.«

»Was meinst du?«

»Ehrlich gesagt, ich habe auf dich gewartet.« Pär stellte sein Glas beiseite. Mit einem Mal klang er sonderbar aufgeregt. »Ich glaube, ich habe da was entdeckt.«

»Okay, schieß los.« Maya richtete sich auf und sah ihren Kollegen aufmerksam an.

»Die ganze Zeit über hatte ich das Gefühl, dass wir etwas übersehen haben.«

»Willkommen im Club!«

»Ich denke, ich habe es gelöst.« Pär lehnte sich in seinem Sofa zurück und faltete die Hände. »Ich habe hier gesessen und die Fotos betrachtet, wieder und wieder. Irgendwann bin ich abgedriftet.« Ein melancholisches Lächeln umspielte seine Mundwinkel. »Weißt du, wenn ich so ein junges Gesicht wie das von Frida betrachte, in das sich die Spuren des Lebens noch nicht eingegraben haben, da frage ich mich immer, wie es sich im Laufe der Zeit verändern wird.«

Maya hatte keine Ahnung, worauf er hinauswollte. Doch sie kannte das schon: Manchmal erging sich ihr Partner in Monologen, die ihr zunächst vollkommen aus der Luft gegriffen und ohne Bezug vorkamen, bis er nach einer Weile den Bogen schlug und für gewöhnlich bei etwas Entscheidendem landete. Deswegen hatte sie sich angewöhnt, ihn in solchen Situationen einfach reden zu lassen und auf den springenden Punkt zu warten.

»Ich habe mal gelesen«, fuhr Pär fort, »dass man sein Gesicht für die ersten zwanzig Jahre geschenkt bekommt. Ab dann übernehmen wir die Verantwortung für das, was sich an Ausdruck einprägt. Welche Muskeln wir beanspruchen, welche Falten sich bilden. In unserer Arbeit denke ich oft daran, wenn wir Menschen befragen müssen, denen ihre Schicksalsschläge deutlich anzusehen sind.« Er machte eine Pause und strich sich nachdenklich über das Kinn. Einen Augenblick wirkte er seltsam abwesend, ehe er sich mit einem Ruck aufrecht hinsetzte und Maya in die Augen sah. »Ich habe mich plötzlich gefragt, wie Mats wohl als Kind ausgesehen hat.«

Maya wurde hellhörig. »Interessanter Gedanke. Und? Hast du was dazu gefunden?«

»Zum Glück leben wir im digitalen Zeitalter, wo die meisten Treffer nur einen Mausklick entfernt liegen.« Pär tippte auf seiner

Tastatur herum, und aus der Ecke, in der der Drucker stand, ertönte ein Summen. »Ich bin sogar überraschend schnell fündig geworden. Jemand wie Mats hat seine Vita bis ins letzte Detail gepflegt und seine Follower in den sozialen Medien nicht nur mit Infos über seine Arbeit versorgt. Auf Facebook hat er tatsächlich einige Schnappschüsse aus seiner Kindheit hochgeladen.« Er wies auf den Drucker, der seine Arbeit beendet hatte. »Tu deinem alten, gehandicapten Partner einen Gefallen und bring den Ausdruck rüber, bitte.« Ein schelmisches Blinzeln folgte: »Aber noch nicht draufschauen!«

»Ist ja wie Weihnachten!« Maya holte das Papier und reichte es ihm. »Na, da bin ich aber gespannt.«

Pär legte das Blatt so, dass sie es beide sehen konnten. »Fällt dir was auf?«

Eingehend betrachtete Maya den hellblonden Jungen auf dem Bild. »Ein süßer Fratz war er. Niedliche Grübchen. Und dieser Blick aus den blauen Augen war damals schon so ausdrucksstark.«

»Die Augen, ja, genau.« Vielsagend nickte Pär.

»Ich fürchte, ich kann dir nicht folgen.«

»Okay, dann schau her.« Er griff nach einem weiteren Blatt auf dem Tisch vor sich und drehte es um.

Maya erkannte ein Foto von Frida.

»Stell sie dir in blond vor. Oder Mats mit langem, dunklem Haar.«

»O mein Gott!«

•••

Sanna stand am Fenster und schaute auf die menschenleere Uferpromenade. Ihren täglichen Spaziergang konnte sie für heute vergessen. Draußen schneite und stürmte es ohne Unterlass. Die Birken, die den Weg säumten, bogen sich gefährlich hin und her, und nicht zum ersten Mal bewunderte Sanna, wie standhaft und fest verwurzelt Bäume waren und dabei gleichzeitig ungemein flexibel. Egal, wie stark der Wind an ihnen zerrte, so leicht brachte sie nichts zum Sturz.

Sie dagegen fühlte sich momentan völlig entwurzelt. Als hätte sie eine heftige Windböe, ach was, ein Orkan, aus dem Boden gerissen und umgeworfen. Die Wurzeln mussten in die Erde zurück. Dann fiel ihr ein, dass sie von umgestürzten Bäumen gelesen hatte, die in ihre ursprüngliche Position zurückgeschnellt und von Neuem festgewachsen waren. Mit einem Mal musste sie an Emely denken und an die Yogaübung des Baumes. In ihren Kursen legte die Freundin großen Wert darauf, Yoga nicht als einen Sport zu behandeln, der gerade angesagt war. Immer wieder betonte sie den ganzheitlichen Aspekt einer regelmäßigen Yogapraxis, erklärte, welchen gesundheitlichen Effekt Meditation und die einzelnen Asanas auf verschiedene Organe, Körperfunktionen und eben auch den Geist hatten.

Aus einem Impuls heraus, den sie sich nicht erklären konnte, dem sie aber einfach nachgab, stellte Sanna sich in die Mitte des Zimmers und richtete sich kerzengerade auf. Mit gestrafften Schultern hob sie das rechte Bein an, drehte es auswärts, beugte zugleich das Knie und setzte die Fußsohle an die Innenseite des linken Oberschenkels. Es dauerte ein bisschen, bis sie ihre Balance gefunden hatte. Sie führte die Arme hoch, seitlich neben den Kopf, schloss die Augen und atmete gleichmäßig und bewusst ein und aus, so, wie Emely es ihnen in ihrem Kurs beigebracht hatte. Bei jedem Einatmen malte sie sich aus, wie Licht und frische Energie von oben in sie hereinströmten. Mit dem Ausatmen ließ sie alles Schwere, Belastende los und schickte es durch ihre Füße in den Boden.

Nach einer Weile durchströmte sie eine Welle von Leichtigkeit, wie sie sie schon lange nicht mehr gespürt hatte. Langsam und konzentriert wechselte Sanna die Seite. Sie ging so tief in die Übung hinein, dass zum ersten Mal seit Tagen die negativen Gedanken verblassten. Das Gefühl der Gelassenheit füllte sie immer stärker aus. Mit einem Mal formierte sich Klarheit in ihr: *Du kannst das schaffen, du kannst alles loslassen und weitergehen. Was sich in dir angestaut hat, musst du zunächst aus seiner Verkrustung befreien, es hervorholen und die Erfahrung annehmen, ehe du sie verabschieden kannst.*

Sanna löste die Haltung auf und spürte ihr nach. Diese wundervolle Leichtigkeit kreiste durch ihren Körper. Dazu waren die Gedanken, die eben aufgekeimt waren, so präsent in ihrem Kopf, dass es keinen Platz für etwas anderes gab. Sollte sie es wagen und sich näher damit befassen? Sie hatte Angst, aber was hatte sie zu verlieren? Schlimmer als sie sich in den vergangenen Tagen gefühlt hatte, konnte es kaum werden. Es war einen Versuch wert. Im Schneidersitz setzte sich Sanna auf das Bett an die Wand, polsterte den Rücken mit Kissen und schloss die Augen.

Kapitel 20

Geschockt sah Maya ihren Kollegen an. Er hatte recht, die Ähnlichkeit zwischen dem jungen Mats Anderberg und Frida war nicht zu übersehen.

Pär verschränkte die Hände hinter dem Kopf. »Ich habe das doch richtig in Erinnerung: Mats und Annika hatten am Ende der Schulzeit eine Beziehung? Wie alt ist Frida?«

»Neun.« Maya blieb das Wort beinahe im Hals stecken. Wie hatte sie so blind sein können?

»Ich esse meine Schuhe, wenn sie nicht Mats Tochter ist.«

Ihr lag auf der Zunge, dass sie nach deutscher Manier einen Besen fressen würde, als ihr mit einem Mal die ganze Tragweite von Pärs einleuchtender These bewusst wurde. »Ach, du heilige –!« Sie sprang auf. »Das bedeutet ja –«

»Exakt. Dass Frida, ohne es zu wissen, ihren toten Vater gefunden hat.«

»Nicht nur das.« Maya wurde schwindelig, und sie setzte sich wieder. Mit ernstem Ton sagte sie: »Jetzt bin ich dran.«

Verwundert schaute Pär sie an, und Maya fasste zusammen, was Annika ihr am Nachmittag anvertraut hatte.

»Uff. Das muss man erst mal verdauen.« Pär ließ die Arme sinken. Er griff nach Mats' Kinderbild und betrachtete es erneut eingehend, ehe er aufsah. »Mats hat damals Annika vergewaltigt.

Sie ist nach Portugal abgehauen und hat dort festgestellt, dass sie schwanger ist. Grauenhaft.«

»Sie hat sich trotzdem für das Kind entschieden und ist in ihre Heimat zurückgekehrt.«

»Alles lief gut, denn Mats lebte ja nicht mehr hier.«

»Bis er dann zurückkam.«

»Und zu ihr Kontakt aufnehmen wollte.«

Maya überlegte: »Vielleicht hatte er den Verdacht, dass Frida seine Tochter sein könnte?«

»Jedenfalls hat Annika ein Motiv.«

»Ich muss so schnell wie möglich noch mal mit ihr sprechen. Gleich morgen Vormittag werde ich –«

»Warte.« Beschwichtigend hob Pär die Hand. »Diesmal gibt es eine ordentliche Vorladung und eine Vernehmung hier bei uns.« Er schaute auf die Uhr über der Tür. »Ich rufe gleich den zuständigen Staatsanwalt an. Und dann ab ins Hotel. Für heute reicht es.«

Widerwillig fügte sich Maya. Während Pär telefonierte, ging sie im Kopf diese neuen Schlussfolgerungen noch einmal durch. Es passte alles zusammen. Sie dachte an Frida, die sie in der kurzen Zeit so sehr ins Herz geschlossen hatte.

Frida ... Die Leiche des eigenen Vaters zu entdecken, den man nie kennengelernt hatte. Der ihre Mutter vergewaltigt hatte, wodurch sie gezeugt worden war. Was würde es mit dem Mädchen machen, wenn es die schreckliche Wahrheit erfuhr?

• • •

Sanna wusste nicht, wie lange sie bereits dort auf dem Bett saß und sich auf den Atem konzentrierte, doch schließlich fühlte sie erneut diese tiefe Ruhe und Verbundenheit in sich.

Mit einem Mal tauchten die Bilder auf, sie reihten sich aneinander wie in einem Film. Zum ersten Mal seit all den Jahren kehrte Sanna freiwillig und bewusst zu jenem fatalen Mittsommerabend ihrer Jugend zurück. Immerhin, die Dorfjungs waren abgehauen, als sie dazwischengegangen war. Der junge Städter hatte sich bedanken wollen. »Schon gut«, hatte sie gesagt, aber er hatte nicht locker gelassen und sie umarmt. Nur ein Kuss. Okay.

Dabei merkte sie sofort, dass es keine gute Idee war, ihm nachzugeben. Auch er war betrunken, hatte sie festgehalten, sie weiter geküsst, immer drängender.

»Hey, hör auf!«

Er drückte sie auf die breite, niedrige Steinmauer, die den Schulhof umgab. Plötzlich war er gar nicht mehr scheu. Sondern fordernd. Und stark.

Sanna verlor das Gleichgewicht und landete im hohen Gras. Da war er schon über ihr.

»Ich will nicht!« Sie versuchte, ihn wegzustoßen, presste ihre Beine fest zusammen. Der lange, weite Rock, den sie trug, bestand aus mehreren Lagen. Zu viel Stoff, er verhedderte sich darin. Stattdessen schob er ihr Shirt hoch und knetete ihre Brüste.

Egal, wie sehr Sanna schrie und strampelte, sie kam nicht gegen ihn an. Er war durchtrainiert und muskulös – vorher, beim Tanzen hatte sie das bereits bemerkt. Da hatte ihr das gefallen.

»Hab dich nicht so.« Mit einer Hand fasste er sie brutal am Kinn und sah sie an, mit wildem Blick. »Du willst es doch auch.«

»Nein! Ich will nicht! Hör auf!«

»Das sagt ihr doch alle zuerst. Und dann genießt ihr es. Bleib locker! Ist doch Mittsommer. Da macht man so was.« Schon hatte er ihr wieder seine Zunge in den Mund gezwungen. Er hatte nach Bier und Zigaretten geschmeckt.

Angeekelt hielt Sanna einen Moment inne. Es war ihr, als

würde sie seine Worte immer noch hören, würde ihn schmecken, seine harten Griffe spüren ... Die Erinnerungen waren da gewesen, all die Jahre, tief in ihr. Jetzt, da sie zuließ, dass sie an die Oberfläche strömten, breitete sich eine lähmende Schwäche in ihr aus. Sanna legte sich hin und schloss die Augen erneut. Sofort lief der innere Film weiter:

Das grauenhaft ohnmächtige Gefühl, der schwere Körper über ihr, seine Erregung, die nicht zu bremsen war.

Sosehr sie sich mit all ihrer Kraft wehrte, sie spürte, dass sie gegen ihn keine Chance hatte. Sie war noch Jungfrau – ihr erstes Mal sollte nicht so sein!

Von Neuem kämpfte er mit den Stoffbahnen ihres Rocks.

Der Rock ... eigentlich hatte Sanna vorgehabt, ein weißes Minikleid zu tragen. Mit rotem Taillengürtel, roten Schuhen und rotem Haarband. Sogar eine kleine rote Tasche hatte sie sich extra gekauft.

Zu Mittsommer hatten sie sich besonders viel Mühe mit ihren Outfits gegeben. Wochen im Voraus hatten sie sich damit beschäftigt. Sanna erinnerte sich daran, als wäre es gestern gewesen: Emely in ihrem flatternden Blümchenkleid, sie hatte ja immer etwas von einer Elfe gehabt. Maya hatte in dem Jahr ein olivgrünes Leinenkleid mit breitem Ledergürtel gewählt, das ihr umwerfend gut stand, fand Sanna. Selbst Clara, die sonst fast nur in Reithosen herumlief, trug ein weites, weiß-blau gestreiftes Sommerkleid und sah aus wie eine Teenagerversion von Madita.

Gemeinsam begutachteten sie sich vor der Spiegelfront des Kleiderschranks im Schlafzimmer von Mayas Eltern und sprachen sich gegenseitig Komplimente zu. Sanna fühlte sich total wohl in ihrem Outfit, sexy und in absoluter Sommerstimmung. Alle hatten sie förmlich vor Vorfreude gesprüht.

Doch am Mittag, als sie die obligatorische Erdbeertorte machten, rutschte Emely die Zuckerdose aus der Hand, landete in der Schüssel mit den Erdbeeren, und der Saft spritzte in alle Richtungen. Sanna, die genau daneben stand, bekam einen ordentlichen Schwung auf ihr weißes Kleid.

Erdbeerflecken – die größte Katastrophe, die sie sich in dem Moment hatte vorstellen können. Als sie noch nicht im Mindesten damit gerechnet hatte, dass sie am Abend eine richtige Katastrophe erwarten würde, eine, die ihr Leben prägen würde. Was waren schon ein paar Flecken auf einem Kleid.

Aber was hatte sie damals geschimpft! Emely, ganz kleinlaut, hatte sich unentwegt entschuldigt. Der lange Rock von Mayas Mutter war eine Notlösung gewesen, Mayas bauchfreies Top hatte es halbwegs erträglich gemacht. Trotzdem – Sanna hatte mit ihrem Ersatzoutfit gehadert.

Letztendlich hatte es sie gerettet. Hätte sie ihr Minikleid getragen – Sanna durfte nicht darüber nachdenken.

Plötzlich hatte sie eine Stimme gehört: »He, sie hat Nein gesagt!«

»Verpiss dich, das geht dich nichts an.«

»Und ob mich das was angeht!«

Dann ging alles blitzschnell. Ehe der fremde Städter reagieren konnte, packte ihn eine Hand am Kragen seines Poloshirts und riss ihn von ihr weg.

Die Dorfjungs, die sie vertrieben hatte, um ihn vor ihren Prügeln zu schützen, waren zurückgekommen und schützten nun sie.

Sanna raffte sich hoch und rannte weg, sie blieb erst stehen, als sie zu Hause ankam. Stundenlang stand sie unter der Dusche und fühlte sich trotzdem danach noch schmutzig.

Der Rock von Mayas Mutter hatte hinten einen langen Riss, wie Sanna am nächsten Tag entdeckte. Sie hatte sich große Mühe gegeben, ihn so ordentlich wie möglich zu flicken, aber natürlich hatte man gesehen, dass er kaputt war. Doch selbst wenn sie am Schlimmsten gerade so vorbeigeschrammt war, hatten sich Scham, Demütigung und ein Gefühl der Ohnmacht damals in ihr festgesetzt. Viel zu viele Jahre hatte sie diesen Ballast mit sich herumgeschleppt. Er hatte ihr Leben so stark geprägt, das wurde Sanna mit einem Mal klar.

Schon während sie das alles noch einmal durchlebt hatte, waren die Tränen über ihre Wangen gelaufen. Sobald der innere Film endete, überfluteten sie die Emotionen. Schluchzend drehte sich Sanna auf den Bauch und vergrub das Gesicht in den Kissen. Sie weinte, wie sie es nie zuvor getan hatte.

Als der Tränenstrom schließlich versiegte, blieb sie noch eine ganze Weile auf dem Bett liegen. Sie fühlte sich leer und zugleich unendlich erleichtert. Ab heute würde alles anders werden.

• • •

Es war schon nach acht, als sie sich auf den Rückweg ins Hotel machten. Pär hatte Schmerzen im Bein. Natürlich hatte er sich nicht so geschont, wie die Ärzte im Krankenhaus es ihm empfohlen hatten.

Der Sturm hatte inzwischen nachgelassen, und nur noch vereinzelte Schneeflocken segelten vom Himmel herab. Maya erzählte Pär von Sonnys Angebot, den Abend mit den Östersunder Polizisten in der Sportbar des Hotels ausklingen zu lassen.

Erschöpft winkte ihr Partner ab. »Für mich heute kein Kollegenbier mehr. Ich nehme jetzt zwei Alvedon, und dann lege ich mich sofort ins Bett.«

»Aber bitte mit Wasser. Komm bloß nicht auf die Idee, die Tabletten mit dem Whiskey aus der Minibar runterzuspülen.«

»Ja, Mama.« Er nickte betont pflichtbewusst und fügte hinzu: »Und du übertreib's nicht mit dem Frischgezapften.«

»Ja, Papa.«

Grinsend wünschten sie sich eine gute Nacht, und Maya lief den Gang hinunter zu ihrem Zimmer. Der Tag war so anstrengend gewesen, besser, sie ging auch gleich schlafen.

Als sie jedoch vor der Zimmertür stand, zögerte sie. Alles in ihr sträubte sich, dort jetzt allein zu sein. So müde sie war, in ihrem Körper kreiste noch das Adrenalin der ganzen Aufregung, und das Gedankenwirrwarr machte die Situation nicht einfacher. Am Ende würde sie sonst womöglich Jonas anrufen, um sich abzulenken, und danach würde ihr Kopfkino sie höchstwahrscheinlich wieder die halbe Nacht wach liegen lassen.

Nach all den Ereignissen musste sie auf andere Gedanken kommen. Vielleicht war es doch keine schlechte Idee, auf einen Drink mit den Kollegen runterzugehen? Einen Moment lang wog Maya diese Vorstellung gegen das Szenario des einsamen Hotelzimmers ab, dann drehte sie sich um. Während sie den Gang entlang zurücklief, überlegte sie, ob es besser wäre, kurz zu duschen und sich umzuziehen, entschied sich jedoch sofort dagegen. Wenn sie erst mal im Zimmer wäre, würde sie sich nicht noch einmal aufraffen. Sie schaute an sich hinunter, das Standard-Outfit Jeans und Rollkragenpullover. Für Sonny und Co. reichte das. Mit einem seltsamen Gefühl von Vorfreude nahm sie die Treppe ins Erdgeschoss.

Dieses Mal hatten sie es mit dem Hotel wirklich gut getroffen. Maya mochte den urban romantischen Stil und die Lobby mit ihren behaglichen Sitzecken. Sanfte Beleuchtung und üppige Grünpflanzen in großen Tonkrügen sorgten für eine angenehme Atmosphäre. Genau wie in den Zimmern war die Einrichtung in gedeckten Tönen wie Rostbraun, Maisgelb, Dunkelgrün und Auberginefarben gehalten. Kaffee, Tee und Gebäck standen bereit, und einige Gäste hatten es sich auf den Sofas zwischen Kissen und Decken gemütlich gemacht.

Schon von Weitem tönte Maya Stimmengewirr aus der Bar entgegen. Sie lief am Empfangstresen vorbei und grüßte den Portier. Auf der anderen Seite der Rezeption setzte sich der Loungebereich fort. Zusätzlich zu den Sofas gab es hier einen langen Tisch mit hohen Stühlen und nostalgisch anmutenden Leselampen, der zum Zeitunglesen oder Arbeiten einlud. Auch jetzt saß dort noch ein Mann um die vierzig in anthrazitgrauem Anzug und tippte geschäftig auf der Tastatur seines Laptops.

Dahinter lag die Bar, die fließend in den Frühstücksraum überging. Hier war deutlich mehr los. Der Duft frisch gerösteten Popcorns zog Maya in die Nase und ließ sie an Kinobesuche denken. An ihren ersten Film, *Arielle, die Meerjungfrau*, erinnerte sie sich eindrücklich – was war das für ein großes Erlebnis gewesen! Damals hatten sie noch in Berlin gelebt, und sie waren in das Filmtheater am Volkspark Friedrichshain gegangen. Ihr Vater hatte ihr eine Tüte Popcorn gekauft, und Maya hatte ihre Liebe zu den süßen, knusprig gepoppten Maiskörnern entdeckt.

Nach ihrem Umzug nach Schweden hatte sie überrascht festgestellt, dass das Popcorn, das sie dort im Kino bekam, salzig schmeckte. Ihre Freundinnen hatten sie verwundert angeschaut, als sie erzählt hatte, dass es in Deutschland Popcorn mit Zucker gab. Was Maya bis heute nicht verstand, wo doch ansonsten hierzulande Zucker in allen möglichen Lebensmitteln steckte.

»Maya, hej!« Sonny, der gerade an der Bar stand, trat auf sie zu und umarmte sie ungeschickt. »Cool, dass du da bist.«

Erneut ging es Maya durch den Kopf, dass er sich in seinem an die zwei Meter langen Körper nicht sonderlich zu Hause zu fühlen schien. »Hej, Sonny. Danke für den Tipp. Da oben wäre mir sonst die Decke auf den Kopf gefallen.«

»Willste 'n Bier?«

»Heute brauch ich was Stärkeres.« Mayas Blick flog über die Getränkeliste. »Gin Tonic klingt gut.«

Sonny schnipste zu dem Barkeeper hinüber. »Einen Gin Tonic für die *Lady*.« Dann drehte er sich wieder zu Maya um. »Okay, heute Abend nix Dienstliches mehr.«

»Da rennst du bei mir offene Türen ein. Heißt nicht umsonst *Feierabend*.«

»Was?«

»Ach, das sagt man auf Deutsch.« Sie beobachtete, wie der Typ mit dem blonden Bürstenschnitt hinter dem Tresen ihren Drink mixte. »Ein Ausdruck für die Stunden nach einem Arbeitstag.«

»Deutsch – oh weh, das hatte ich zwei Jahre in der Oberstufe. Durch, für, gegen, um ... « Sonny winkte ab und verzog das Gesicht. »Keine Sprache für mich. Viel zu viel Grammatik.«

Maya grinste. »Es haben halt nicht alle ihre Sprache so vereinfacht wie die Schweden.«

»Aber warum nicht? All diese Regeln – Dativ, Akkusativ, die ganzen verschiedenen Zeiten, Konjugationstabellen –, das ist doch pure Schikane.«

Belustigt dachte Maya an ihren Vater, der als Schriftsteller immer den Reichtum der deutschen Sprache betonte. Mit ihrem Drink folgte sie Sonny an einen Tisch im Hintergrund, an dem einige Männer und Frauen saßen. Mit manchen hatte sie bereits zu tun gehabt, andere hatte sie noch nicht getroffen. Sonny stellte sie vor, und alle nickten ihr freundlich zu.

Maya setzte sich auf einen freien Stuhl zwischen Sonny und einer jungen Kollegin aus der Abteilung für Verkehrssicherheit und nippte an ihrem Gin Tonic. Eine gelungene Mischung, der Barkeeper wusste, was er tat.

Es dauerte nicht lange, bis sie in ein anregendes Gespräch mit den Umsitzenden vertieft war. Zu ihrer Überraschung war es eine äußerst redefreudige Runde. Die gängige Meinung, dass die Östersunder so wortkarg waren, stimmte also nur bedingt. Aus welchem Grund hielten sie sich Fremden gegenüber, vor allem den Hauptstädtern, oftmals zurück?

Maya spürte, dass sie an diesem Abend eine entscheidende Schwelle überschritten hatte. Die anderen behandelten sie nicht mehr wie »die Ermittlerin aus Stockholm«, sondern wie eine Kollegin. Auf einmal gehörte sie dazu. Die Themen wechselten von angesagten Filmen über den Bücherausverkauf im Februar zur Skisaison und den Eishockeyspielen, die regelmäßig in der Arena außerhalb des Stadtzentrums stattfanden.

»Na, sieh mal einer an, was die Katze mitgeschleppt hat!« Sonny wies mit einer Kopfbewegung zum Eingang hinüber.

Maya wollte gerade erwidern, dass in diesem Fall Deutsch mit *Je später der Abend, desto interessanter die Gäste* die höflichere Redewendung besaß, als Sonny hinzufügte: »Der Herr Gerichtsmediziner gibt sich die Ehre.«

Ruckartig wandte sie den Kopf. Sogleich erkannte sie Christoffer Hall, der soeben den Barbereich betrat. Als sich ihre Augen begegneten, erschien ein Lächeln auf seinem Gesicht, und er nickte ihr zu. Nachdem er sich am Tresen ein Bier geholt hatte, kam er zu ihnen herüber.

»Hallo zusammen.« Sein Blick glitt über die versammelten Kollegen und blieb einen Moment an Maya hängen. »Gibt's was zu feiern? Habt ihr einen der neuen Fälle gelöst? Oder gar beide?«

»Schön wär's.« Genervt schaute Maya gen Himmel, während Sonny einwarf: »Wir trinken Bier – nicht Champagner!«

Die junge Frau neben ihr stand auf. »Du kannst meinen Platz haben, Christoffer, ich mach 'nen Abflug.« Sie wandte sich an Maya: »War cool, mit dir zu quatschen. Wenn du nächste Woche noch da sein solltest, können wir ja mal zusammen zu Mittag essen.«

»Absolut.« Maya lächelte ihr zu. »Momentan sieht es ja nicht so aus, als würden wir hier bald wieder verschwinden.«

»Soso, da hat dich die Östersunder Polizei länger als erwartet.« Christoffer setzte sich auf den freien Platz. »Gut für sie. Oder fehlt dir Stockholm schon? Kleinstadtkoller in Sicht?« Zwinkernd prostete er ihr zu.

»Ach, hält sich in Grenzen. Bei euch bleibt der Schnee wenigstens liegen, und das sogar in der Stadt. Auf den grauen Matsch vor meiner Haustür verzichte ich gern.«

»Und da ist keiner, der dich vermisst?«

»Na, ich hoffe doch sehr, dass meine Freundinnen mich vermissen!« Maya blinzelte ihm zu. »Um meine leere Wohnung muss ich mir keine Gedanken machen – das mit den Pflanzen habe ich vor Langem schon aufgegeben.«

Amüsiert hob er die Augenbrauen, und um seinen Mund zuckte es leicht. Leise begann es in Mayas Magen zu flattern.

Im Laufe des Abends trank sie einen weiteren Gin Tonic und zwei Bier. Immer wieder fing sie einen Seitenblick von dem Rechtsmediziner auf, ab und an berührten sich ihre Knie zufällig für einen Moment, was Maya jedes Mal einen Stromstoß durch den Körper jagte. Nach all den stressigen, von nichts als Arbeit ausgefüllten Tagen sog sie diesen kleinen Flirt dankbar in sich auf.

Einer nach dem anderen verabschiedeten sich die Kollegen.

Gerade stand auch Sonny auf und zog seine Jacke an. »Die Regierung wartet.« Er wies mit dem Kopf in Richtung Ausgang.

»Besser, ein Lächeln zu kriegen als ein Nudelholz.« Als er ihnen noch einen angenehmen Abend wünschte, war sein anzügliches Grinsen nicht zu übersehen, doch das war Maya egal.

Nun waren nur sie und Christoffer übrig.

»Jetzt, wo wir unter uns sind.« Er sah sie prüfend an. »Wie steht es wirklich mit dem Fall Mats Anderberg? Hat der zweite Tote etwas damit zu tun?«

»Momentan deutet bei diesem alles auf einen Jagdunfall hin. Was hingegen unseren Umweltaktivisten angeht …« Maya überlegte kurz, dann erzählte sie Christoffer, was heute passiert war. Während sie redete, merkte Maya, dass all dies sie stärker mitnahm, als sie gedacht hatte. »Ich mache mir Riesenvorwürfe«, schloss sie.

»Wegen der Geschichte mit dem kleinen Mädchen?« Einfühlsam blickte Christoffer sie an. »Das verstehe ich gut. Aber ich denke, mit deinem Einsatz im Wald hast du alles wieder wettgemacht.«

»Trotzdem …«, Maya trank von ihrem Bier, »nicht umsonst gerate ich manchmal mit Pär wegen meiner impulsiven Alleingänge aneinander. Oft kommt was Gutes dabei raus, aber manchmal …« Sie nahm einen weiteren Schluck aus ihrem Glas. »Außerdem frage ich mich die ganze Zeit, wie es mit Frida weitergeht. Ich meine, jetzt haben sich Mutter und Tochter wieder, aber was ist, wenn Annika verhört wird? Wenn es tatsächlich sie war, die Mats erschossen hat? Wobei – igendwie ergibt das keinen Sinn.«

»Rache wegen der Vergewaltigung? Ist doch durchaus ein Motiv.«

»Ich meine ihr Verhalten, als Frida verschwunden war. Sie hatte wahnsinnige Angst, dass Mats' Mörder sie gefunden haben könnte.« Maya kaute auf ihrer Unterlippe herum.

»Die Bar schließt gleich.« Der Barkeeper schaute zu ihnen herüber. »Wollt ihr zwei noch eine letzte Runde?«

Maya sah Christoffer an. »Wie steht's mit dir?«

»Nur, wenn du mitziehst.«

»Okay. Aber dann reden wir nicht länger über Berufliches.«

»Nee, jetzt läuten wir die Entspannungsphase ein.« Er bestellte zwei kleine Bier, die der Barkeeper umgehend zapfte.

Maya stand auf. »Lass uns in die Lobby umziehen, da ist es gemütlicher.«

Mit ihren Gläsern liefen sie durch die menschenleere Hotelhalle und an der unbesetzten Rezeption vorbei. Der Nachtportier hatte sich offenbar in ein Hinterzimmer zurückgezogen.

Auch im Loungebereich befand sich keine Menschenseele. Maya ließ sich auf eines der Sofas weiter hinten fallen. Sie spürte die Wirkung des Alkohols, doch heute war es ihr egal. Mehr noch, sie empfand es als angenehm, dass er einen Nebelschleier über all die Ereignisse des heutigen Tages breitete. Annikas erschreckendes Bekenntnis, Fridas Verschwinden, die panikhafte Suche nach ihr im Schneesturm und die entsetzlichen Entdeckungen später im Büro – all das dümpelte irgendwo in dunstiger Ferne vor sich hin. Bis morgen wollte sie nichts mehr damit zu tun haben.

Christoffer setzte sich neben sie, lehnte den Ellbogen an die Rückenlehne und stützte den Kopf mit der einen Hand. Mit der anderen griff er nach seinem Glas. »Auf die Entspannung.«

Maya prostete ihm zu.

»Wo genau lebst du in Stockholm?«

»Auf Södermalm.«

Anerkennend hob Christoffer die Brauen. »Das Viertel der Kreativen und Medienleute.«

»Bist du manchmal dort? Also, in Stockholm?«

»Hin und wieder. Ich bin ursprünglich aus Danderyd. Ein paar Jahre habe ich auf Kungsholmen gelebt, während des Studiums.«

»Was sind deine Lieblingsorte?«

Christoffer überlegte. »Ich spaziere gern auf Riddarholmen. Die Promenade ist nicht so touristisch wie der Skeppsbrokajen von Gamla Stan. Die Altstadtinsel, so schön sie auch ist, finde ich meist eh viel zu voll. Da besuche ich lieber Skansen. Was für ein unglaubliches Projekt, das Artur Hazelius da geschaffen hat! Fast jedes Mal, wenn ich zu Besuch komme, verbringe ich einen Tag dort.«

Das Freilichtmuseum auf Djurgården, das als das älteste der Welt galt, hatte es Maya ebenfalls angetan. Es war in der Tat eine besondere Leistung des Gründers, alle verschiedenen Teile Schwedens mit ihren Traditionen, Baustilen, Tieren und Pflanzen in einem einzigen Park abzubilden. »Dann kennst du sicher auch Rosendals Trädgård?«

»Na klar! Wenn es zeitlich nicht für einen Besuch im Museum reicht, fahre ich stattdessen dorthin. Nichts geht über einen Sommerlunch in diesem paradiesischen Garten.«

»Gib mir beim nächsten Mal Bescheid, dann treffen wir uns dort«, hörte sie sich sagen.

»Das mache ich auf jeden Fall.«

Danach sprachen sie eine Weile nicht mehr. Maya betrachtete sein offenes, freundliches Gesicht, dessen Züge ihr so unwahrscheinlich vertraut vorkamen. Gab es wirklich so etwas wie Seelenverwandtschaft? Emely hätte sie jetzt sicher tadelnd angeschaut, dass sie das überhaupt infrage stellte.

Je länger Maya in Christoffers graue Augen blickte, desto ausdrucksstärker erschienen sie ihr. Eisblaue Sprenkel entdeckte sie darin, um die Pupille herum wirkten sie anthrazit-grün. Die Iris wiederum umgab ein schwarzer Rand, was sie zusätzlich betonte.

Später konnte Maya sich nicht mehr erinnern, wer von ihnen sich zuerst bewegt hatte. Nahtlos waren sie immer enger zusammengerückt, bis sie sich irgendwann in den Armen lagen und küssten, zaghaft und zart. Seine Lippen waren warm und weich, und ein heißer Strom der Leidenschaft durchflutete Maya. Es war lange her, dass sie so einen Kuss erlebt hatte, zu lange.

Ein großer Teil in ihr wollte, dass es nicht aufhörte, wollte ihn mit zu sich aufs Zimmer nehmen und ihm näher und näher kommen. Es wäre so einfach gewesen, sich fallen zu lassen.

Aber die wenigen Gehirnzellen, die nicht gänzlich vom Alkohol benebelt waren, rebellierten lautstark: Noch nicht, viel zu früh! Und überhaupt: erst recht nicht mit einem Kollegen!

Ach was, so richtige Kollegen waren sie doch gar nicht. Und von wegen zu früh: Wie lange sollte sie warten? Ewig würde sie nicht hierbleiben.

Trotzdem hielt etwas sie zurück. Christoffer schien ihr inneres Zögern zu spüren, ihre Lippen trennten sich voneinander. Fragend sah er sie an.

Verlegen suchte Maya nach den angemessenen Worten. Auf keinen Fall wollte sie die falschen Signale senden und ihn vor den Kopf stoßen. Er gefiel ihr, sogar mehr, als es ihr lieb war, und es war nicht mal der Gedanke an Jonas, der sie bremste. So sonderbar es war, aber zum ersten Mal wollte sie nichts überstürzen, eben weil er ihr gefiel.

Sachte löste sie sich aus seiner Umarmung. »Vielleicht sollten wir uns mit diesem – Gutenachtkuss – für heute verabschieden?«

Christoffer zog seinen Arm zurück. »Pardon, wenn ich dir zu nah getreten bin.«

»Das ist es nicht.«

»Sondern?«

»Ich habe das Gefühl, wir überspringen gerade ganz viele

Schritte. Und irgendwie ... ist es mir wichtig, die Reihenfolge einzuhalten, dieses Mal.« Sie machte eine kurze Pause, senkte den Blick und schaute ihn wieder an. »Klingt total albern, was?«

»Überhaupt nicht. Für mich klingt es souverän. Das gefällt mir.« Er lächelte. »So habe ich dich vom ersten Moment an wahrgenommen.« Sanft zeichnete er mit den Fingerspitzen die Kontur ihres Gesichts nach, von der Schläfe beginnend über die Wange bis zur Kinnpartie.

Seine Berührungen lösten einen Sturm in Mayas Innerem aus. Wollte sie wirklich so souverän sein? Noch konnte sie sich umentscheiden.

Aber da nahm er seine Hand weg und richtete sich auf. »Wie wäre es denn mit einem Abendessen als nächstem Schritt, ehe ich Sonntag nach Umeå zurückfahre?«

Maya fiel ein Stein vom Herzen. »Sehr gern.«

»Samstag?«

»Abgemacht.«

Er stand auf, streckte ihr die Hand hin und zog sie hoch. Zum Abschied küssten sie sich ein weiteres Mal. Bevor sie doch noch schwach wurde, löste sich Maya von ihm. »Dann bis Samstag.«

»Ich freue mich.« Vom Eingang her warf er ihr ein warmes Lächeln zu.

Maya lächelte zurück. Auch wenn sie gerade erst dabei waren, sich kennenzulernen, fühlte sie sich unerklärlicherweise so verbunden mit ihm wie selten zuvor mit einem Menschen.

Kapitel 21

Freitag, 2. Februar

Es war der erste Morgen seit Langem, an dem Maya vom Klingeln ihres Weckers erwachte. Gottlob hatte sie wenigstens vor dem Einschlafen daran gedacht, ihn einzuschalten. Wer hatte eigentlich diesen penetranten Ton gewählt? Maya angelte nach ihrem Smartphone und schaltete den Alarm aus. Das Schrillen in ihrem Kopf hörte schlagartig auf. Die Kopfschmerzen leider nicht.

Maya drehte sich auf den Rücken und blinzelte die Augen auf. Das letzte Bier hätte sie lieber weggelassen. Oder vermutlich gleich alle drei und den zweiten Gin Tonic ebenso. An Trainieren war jedenfalls heute nicht zu denken, obwohl das dringend nötig gewesen wäre.

Stück für Stück kehrten die Erinnerungen an den Abend zurück. Christoffer und sie, auf dem Sofa in der Lobby …

Innerlich beglückwünschte sie sich zu ihrer ungewohnten Standhaftigkeit. Woher kam auf einmal solch ein vernünftiges Verhalten, und das auch noch in alkoholisiertem Zustand? Bisher war sie in ähnlichen Situationen leicht schwach geworden, hatte so manches Mal zu schnell dem Augenblick nachgegeben. So war es mit Jonas gewesen, damals im Södra Teatern nach einer Premierenfeier, auf der sie durch Sanna gelandet war. Jonas … Maya fühlte in sich hinein und stellte fest, dass sie keinerlei schlechtes Gewissen empfand.

Nein, seinetwegen hatte sie sich nicht gebremst. Maya wusste, was ihre Freundin Clara darauf gesagt hätte: »Er ist dir eben wirklich wichtig, dieser Christoffer.«

Clara konnte die Datingkultur, wie sie heutzutage selbstverständlich war, nicht nachvollziehen. Mit ihrem ersten Freund war sie fünfeinhalb Jahre zusammen gewesen, ehe er Småland und damit auch ihre Beziehung verlassen hatte. Als Claras gebrochenes Herz halbwegs geheilt war, hatte sie ihren jetzigen Mann Erik kennengelernt. Hochzeit, Kinder, fertig, aus. Manchmal fragte sich Maya, ob Clara die bessere Wahl getroffen hatte als Sanna, Emely und sie. Mit ihrem Familienleben und der Ponyschule schien sie gänzlich ausgefüllt zu sein. Oder bereute sie womöglich insgeheim hin und wieder, sich so früh festgelegt und nicht erst einmal die Welt angesehen zu haben?

Maya streckte sich und wanderte mit ihren Gedanken zu dem vor ihr liegenden Arbeitstag. Heute würde es schwer werden, die nötige Energie aufzubringen. Am liebsten wäre sie einfach im Bett geblieben und hätte sich eine Auszeit von den Ermittlungen gegönnt. Aber krankmelden war nicht drin. Schon gar nicht jetzt, wo ihr Partner an seine Gehhilfen gefesselt und auf sie angewiesen war. Mühsam richtete sie sich auf. In ihrem Kopf drehte sich alles. In Zeitlupentempo kroch sie aus dem Bett und schleppte sich ins Bad, wo sie zunächst mehrere Gläser Leitungswasser trank. Als sie die beiden Alvedon herunterspülte, dachte sie an Pär. Er hatte gestern die Tabletten zum Einschlafen gebraucht, sie hingegen nun, um in den Tag zu starten. Überdies waren ihre Schmerzen selbst verschuldet und privater Natur. Also keine Entschuldigung zum Jammern! Ausgiebig duschte sie und wagte am Ende sogar einen kalten Schauer. Danach ging es ihr schon etwas besser. Den Rest musste das Koffein erledigen.

Maya schlüpfte in die Kleider vom Vortag, die auf dem Boden

verstreut lagen. Ehe sie den Pullover überzog, schnupperte sie daran. Ganz schwach meinte sie, Christoffers Duft wahrzunehmen. Sofort flatterte es wieder in ihrem Magen. Du lieber Himmel – das hatte ihr gerade noch gefehlt! Ernsthaft verliebt in einen jämtländischen Gerichtsmediziner! Obwohl – hatte er nicht gestern Abend erzählt, er stamme aus Danderyd? Nichtsdestotrotz, er arbeitete in Umeå und hatte ein Kind samt Exfrau in Östersund. Sollte es weitergehen mit ihnen, würde es zwangsläufig kompliziert werden. Leider fühlte es sich so gut an! Außerdem – sie brauchte sich ja nicht jetzt schon mit Überlegungen zu belasten, die gar nicht aktuell waren. Zunächst einmal gingen sie bloß zusammen essen. Apropos essen – Maya schaute auf ihr Handy. Es wurde dringend Zeit fürs Frühstück! Rasch bürstete sie sich die Haare, band sie zu einem hohen Pferdeschwanz und verließ das Zimmer.

Als sie am Loungebereich vorbeikam und ihr Blick das Sofa streifte, auf dem sie wenige Stunden zuvor mit Christoffer gesessen hatte, stieg die Erinnerung an den Kuss wie ein warmes Prickeln in ihr auf, angenehm und aufregend zugleich.

Im Frühstücksraum herrschte mäßiger Betrieb. Maya steuerte als Erstes den Kaffeeautomaten an. Anders als sonst verspürte sie heute Lust auf ein richtig deftiges Frühstück und füllte ihren Teller mit Rührei, gebratenem Speck und zwei Scheiben gebuttertem Toast.

Pär saß bereits an einem der hinteren Fenstertische bei Kaffee und Porridge. Als sie sich ihm gegenüber niederließ, musterte er erst ihr Tablett und dann sie. Maya wusste, dass sowohl ihre Augenringe als auch ihr Frühstück sie verrieten.

»Schlecht geschlafen oder Betonkappe?«

Trotz ihrer Kopfschmerzen musste Maya grinsen. Jedem Land seinen Ausdruck für die Nachwirkungen des Alkoholrauschs. Die schwedische Betonkappe passte jedenfalls besser zu ihrem Befinden als der deutsche Kater. »Ich bin gestern Abend noch auf ein Bier an der Bar gewesen.«

»Muss ein ziemlich großes Glas gewesen sein.«

»Hm, warst du schon mal beim Oktoberfest?«

Pär lachte. »Haste nicht auf Papa gehört, gelle?«

»Nee. Und du? Tabletten mit Wasser oder Whiskey genommen?«

»Na hör mal, wer von uns beiden sieht aus wie einmal durch die Mangel gedreht? Ich beherzige die mütterlichen Ratschläge meiner Partnerin.«

»Ich gelobe Besserung, versprochen!« Maya trank von ihrem Kaffee, und gefühlt setzte die Wirkung des Koffeins schlagartig ein.

»Der Staatsanwalt hat mich übrigens gestern Abend noch zurückgerufen und sein Okay gegeben.« Pär wischte sich den Mund mit einer Serviette ab. »Wir vernehmen Annika heute Nachmittag um fünf Uhr.«

Der Tag lief im gleichen Tempo an, wie der vorige geendet hatte. Kaum hatten sie das Gemeinschaftsbüro betreten, winkte Hilding sie zu sich heran.

»Unsere Kriminaltechnik ist fündig geworden. Bei der Suche unter den gängigen Laufsohlenmustern haben sie einen Treffer gelandet.«

Achtlos ließ Maya ihre Jacke auf den nächstbesten Stuhl fallen und eilte zu ihm hinüber. Pär kam auf seinen Gehhilfen hintergehumpelt.

Hilding drehte seinen Bildschirm zu ihnen herum. »Gerade hereingekommen: Hier, die Abdrücke, die du im Wald entdeckt hast, Maya. Und hier«, er öffnete ein zweites Fenster, »das zugehörige Modell.«

Akribisch verglich Maya das Profil der Sohle mit dem Schuhabdruck im Waldboden. Es bestand kein Zweifel, das Muster war identisch. Wieder einmal dachte sie, wie überaus praktisch es doch war, dass jeder Schuh, den man im Netz bestellen konnte, nicht nur von allen Seiten, sondern auch stets von unten gezeigt wurde. So mühselig diese Suche sich zwar gestaltete, es war eine wertvolle Möglichkeit, die das Internet bot. Zu analogen Zeiten war so etwas undenkbar gewesen.

Hilding klickte eines der anderen Fotos an, die den Stiefel im Profil zeigten. Es handelt sich um einen Schneestiefel, wie man ihn in einer bekannten Outdoorkette beziehen konnte.

»Gute Arbeit!« Pär stakte zu seinem Platz hinüber und ließ sich umständlich auf seinem Stuhl nieder. »Sobald wir jemanden finden, der besagte Stiefel in der passenden Größe besitzt, können die Techniker den Abdruck mit der sichergestellten Spur vergleichen.«

Die Laufsohle passte sich an seinen Besitzer an, durch die Benutzung entstanden Verschleißzonen und Risse. Bereits minimale individuelle Ausprägungen reichten für eine Identifizierung. Nachdenklich betrachtete Maya die schwarzen Winterstiefel. Gestepptes Material, Fellbesatz am Schaft. In ihren Fingerspitzen kribbelte es. Diese Schuhe hatte sie kürzlich erst gesehen. Aber wann und wo? Sie massierte sich den Nacken, trotz Tabletten war noch ein leichtes Stechen im Kopf zurückgeblieben.

Schlagartig fiel es ihr wieder ein: Eiskalt lief es Maya den Rücken herunter. Sie hatten überstürzt das Haus verlassen, alles war so schnell gegangen. Doch Maya war sich sicher: Annika besaß ein solches Paar Winterstiefel.

»Alles okay?« Pär sah sie prüfend an. »Du siehst auf einmal so blass aus.«

»Passt schon.« Maya verzog die Mundwinkel zu einem schiefen Lächeln.

»Also, nur weil ich gerade an diese Krücken gefesselt bin und keine Verfolgungsjagd meistern kann, brauchst du nicht zur Soloartistin zu mutieren. Raus mit der Sprache, was spukt dir durch den Kopf?«

»Diese Stiefel ...« Maya zögerte. »Die sind diesen Winter ziemlich angesagt. Halb Stockholm läuft gerade damit rum. Das ist hier sicher nicht anders.« Sie trat ans Fenster und schaute auf den Parkplatz, an dessen Rändern sich mannshohe Schneehaufen türmten. Konnte sie sich so in Annika getäuscht haben? Als sie an Frida dachte, wurde ihr übel. Sie hatte ihren ermordeten Vater gefunden, ohne es zu wissen, sie war das Ergebnis einer Vergewaltigung. Sollte es zum Prozess kommen, würde die ganze schreckliche Geschichte ans Tageslicht befördert. Wie sollte Frida diese furchtbaren Dinge verkraften, ohne daran zu zerbrechen? Wenn sie jetzt noch ihre Mutter verlor ...

Alles in Maya sträubte sich dagegen, doch sie wusste, sie hatte keine Wahl: Das Gewehr, Annikas Beichte, die Stiefel – egal, wie Maya es drehte und wendete, sie musste Pär davon berichten.

• • •

Hilding legte den Hörer auf und sah zu Pär hinüber, der am Schreibtisch saß und auf der Tastatur seines Computers herumtippte. Sein Magen knurrte. Ein Blick auf die Uhr über der Tür bestätigte ihm, dass es Zeit fürs Mittagessen war. Maya hatte sich bereits in die Pause verabschiedet. Er räusperte sich. »Das war die Zulassungsstelle.«

»Na endlich.« Pär schaute nur kurz herüber und tippte dann weiter. »Haben die so viel zu tun, dass es einen halben Tag dauert, einen Fahrzeughalter zu ermitteln?«

»Anscheinend. Jedenfalls ist der silberne Kombi auf Evald Anderberg zugelassen.«

»Was?« Elektrisiert drehte sich Pär zu ihm um. »Das ist doch Mats' Vater. Ich dachte, er ist dement und lebt in einem Pflegeheim?«

»Jo«, atmete Hilding ein. »Aber der Wagen wurde nie abgemeldet.«

»Vielleicht hat Mats ihn weitergefahren?«, überlegte Pär, dann schüttelte er den Kopf. »Das kann nicht sein, Bengt hat doch gesagt, er habe keinen Führerschein.«

»Seine Frau?«

»Möglich.« Pär strich sich über das Kinn. »Nichtsdestotrotz war es gestern Abend ein Mann, der den Wagen gefahren hat.«

Hilding zuckte mit den Schultern. »Gestohlen? Ich frag mal nach, ob was gemeldet wurde.« Er griff wieder nach dem Hörer. Es dauerte nicht lange, bis er die entsprechende Auskunft bekam. Erneut wandte er sich an Pär: »Fehlanzeige. Bisher wurde der Wagen nicht als gestohlen gemeldet.«

»Sonderbar.« Grübelnd starrte der Ermittlungsleiter auf seinen Schreibtisch. Dann hob er sein verletztes Bein, das er auf einen Hocker gelegt hatte, herunter, nahm seine Gehhilfen und kam zu ihm herüber. »Wenn Evald Anderberg beziehungsweise Mats das Fahrzeug nicht abgemeldet haben, müssen sie es ja irgendwo untergestellt haben. Wir müssen herausfinden, wo das ist. Womöglich hat jemand den Wagen entwendet, ohne dass es bisher aufgefallen ist.«

»Jo.« Hilding nickte. »Das wär 'ne Möglichkeit. Schließlich ist Mats nicht damit gefahren.«

»Idun Anderberg dürfte wissen, was mit dem Kombi ist. Ich rufe sie an.« Pär humpelte zu seinem Platz zurück, setzte sich wieder und tippte erneut auf der Tastatur herum. Vermutlich suchte er ihre Nummer raus.

Hilding nutzte die Zeit, um sich einen Kaffee zu holen. Auf gut Glück schenkte er seinem Stockholmer Kollegen auch eine Tasse ein und nahm die Dose mit dem Würfelzucker mit. Dass Pär seinen Kaffee ohne Milch und dafür stark gesüßt bevorzugte, hatte er sich inzwischen eingeprägt.

Als er zurückkam, legte Pär gerade sein Handy weg. »Keine Antwort. Sicherlich arbeitet sie.« Mit nachdenklicher Miene warf er fünf Stücke Zucker in die Tasse, die Hilding ihm hingestellt hatte, und rührte um. »Ich habe sie gebeten zurückzurufen.«

• • •

Gegen Mittag rissen die Wolken auf, die seit dem gestrigen Unwetter den Himmel in allen Grauschattierungen bedeckt hatten. Jetzt strahlte die Sonne am leuchtend blauen Firmament, und Maya fühlte neue Energie in sich, als sie zum Parkplatz lief, um in die Innenstadt zu fahren. Ihre Kopfschmerzen waren verschwunden, und selbst die Müdigkeit hatte sie dank diverser Tassen Kaffee und literweise Wasser im Griff.

Sie war mit Sanna in *Wedemarks Konditori* verabredet. Die Freundin hatte ihr am Vormittag getextet und zu ihrer Überraschung einen gemeinsamen Lunch vorgeschlagen. Offenbar ging es ihr besser, und Maya hatte erfreut zugesagt.

Während sie am Universitätsgelände vorbei die Biblioteksgatan hinunterfuhr, dachte sie mit gemischten Gefühlen über die aktuellen Entwicklungen im Fall nach. Wie erwartet, hatte Pär alarmiert auf die Information reagiert, dass Annika ein Paar der gesuchten Stiefel besaß. Umgehend hatte er mit dem Staatsanwalt telefoniert, um die Beschlagnahmung der Schuhe zu erwirken. Anschließend hatte er mit ihr zusammen die Fragen und die Taktik für die Vernehmung am Nachmittag besprochen.

Gedankenverloren betrachtete Maya den grüngrauen Zwiebelturm des Rathauses, der in der Ferne auftauchte. Während der Ermittlungsphase versuchte man, ein Vertrauensverhältnis zu den im Fall involvierten Personen aufzubauen, und gelegentlich hatte sie Verdächtigen bei Befragungen gegenübergesessen, die ihr auf die eine oder andere Art sympathisch waren. Dieses Mal würde es doppelt schwer werden. Sie mochte Annika, und die gestrigen Ereignisse hatten sie auf einer tieferen Ebene verbunden. Wären die Umstände anders gewesen, hätte sie sich gern mit ihr angefreundet. Vor allem aber mochte Maya Frida. Allein ihretwegen hoffte sie inständig, dass Annika unschuldig war, auch wenn die Indizien momentan gegen sie sprachen.

Dann dachte sie an Sanna, die noch zwei Tage zuvor so lethargisch und wortkarg gewesen war, dass Maya fürchtete, sie könne in eine Depression schlittern. In welcher Verfassung würde sie heute sein? Immerhin, sie hatte die Initiative ergriffen und ein Treffen außerhalb des Hauses ihrer Tante vorgeschlagen.

Maya stellte den Wagen am Kyrkparken ab und schlenderte die verschneiten Wege entlang, vorbei an der in Weiß und Hellgelb gehaltenen Kirche, Östersunds *Gamla Kyrkan*. Kurz kam ihr die Prügelei zwischen Arvid und Mats in den Sinn, die hier stattgefunden hatte. Arvid, der in den illegalen Holzhandel verstrickt zu sein schien. Pär und sie hatten die Informationen über die geplanten Abholzungspläne an die zuständige Abteilung weitergeleitet, und Maya hoffte, dort würden sie dem Verdacht nachgehen. Ihr Partner hatte ihre Erwartungen gedämpft: »Versprich dir nicht zu viel davon. Wir wissen nichts über die Verbindungen der

Familien, die in dieser Stadt das Sagen haben. Vom Holzhandel hängt hier so viel ab – je nachdem, wer sich um die Angelegenheit kümmert ...« In einer hilflosen Geste hatte er die Hände gehoben und den Satz unvollendet gelassen.

Maya fiel es schwer zu akzeptieren, dass sie gegen den Lobbyismus in der Forstwirtschaft allein kaum etwas ausrichten konnten. Für seine Haltung in Sachen Umweltschutz und seinen Kampf im Hinblick auf die Rettung der Wälder musste man Mats Anderberg schon irgendwie bewundern. Nach dem Vorbild von David gegen Goliath hatte er den Lobbyisten, deren Einfluss bis in die höchsten Regierungsschichten reichte, den Kampf angesagt. Dennoch war sein Verhalten Frauen gegenüber mit nichts zu entschuldigen. Über den daraus resultierenden Konflikt stolperte Maya seit Jahren immer wieder: Konnte man die verschiedenen Seiten einer Person voneinander trennen?

Zu Fuß bog sie in eine schmale Seitenstraße ab, und wenig später erreichte sie ein sandfarbenes Eckhaus mit tannengrünen Markisen, auf denen in weißem Schriftzug *Wedemarks* stand. Genau in diesem Moment tauchte Sanna am anderen Ende der Straße auf. Schon an ihrem energischen Gang erkannte Maya, dass es ihr tatsächlich besser zu gehen schien. Auch bei ihrer Begrüßung wirkte Sanna wie die Frau, die sie kannte, geschminkt und stylisch zurechtgemacht in einem schicken Winteroutfit in wollweißen und karamellfarbenen Tönen. Spätestens als sie das Victory-Zeichen mit Zeige- und Mittelfinger formte, ihr Begrüßungssymbol seit der Grundschulzeit, wusste Maya, dass Sanna das Schlimmste hinter sich haben musste.

»So schön, dich zu sehen!«, rief Maya ihr zu.

Sie umarmten sich herzlich.

»Was habe ich für ein Glück, dass ich dich mitten am Tag aus den Klauen deines Jobmonsters herausreißen konnte!«

»Nichts kommt mir heute gelegener als ein Lunch mit einer meiner besten Freundinnen.«

»Na dann, willkommen im ältesten Café Östersunds!« Schwungvoll öffnete Sanna die gläserne Eingangstür und ließ sie vor sich eintreten.

»Wie spannend.« Neugierig schaute Maya sich in der Konditorei um. Gleich auf den ersten Blick fiel ihr auf, dass das Lokal nicht komplett durchgestylt war wie all die angesagten Läden in ihrem Viertel in Stockholm, die wie Pilze aus dem Erdboden schossen und häufig nach kurzer Zeit wieder spurlos in der Versenkung verschwanden. Ausgenommen davon waren einige wenige standhafte Urgesteine.

Das *Wedemarks* hatte etwas Solides und rustikal Altmodisches. Im Vorraum gab es einen Verkaufstresen mit mehreren Glasvitrinen, in denen ein reichhaltiges Angebot an herzhaften und süßen Speisen zur Auswahl lag. Auf der linken Seite befanden sich zwei Sitzgruppen mit Cocktailsesseln aus schwarzem Kunstleder, zwischen denen sich trotzig eine antike Kommode mit ihrem nostalgischen Charme behauptete. Der weiß gekachelte Boden setzte sich im rechts angrenzenden, großzügigen Speiseraum fort, der mit Kronleuchtern sowie Tischen und Stühlen aus dunklem Holz aufwartete.

Maya studierte das Lunchmenü. Sie schwankte zwischen einer Ofenkartoffel mit Krabbencocktail und einer Lasagne, als Sanna sagte: »Elinor hat mir erzählt, dass hier Anfang der Sechzigerjahre die *Smörgåstårta* erfunden wurde.«

»Was du nicht sagst – das Geburtshaus der *Smörgåstårta*! Und wo ist das Porträt des noblen Erfinders?« Mit großem Interesse betrachtete Maya die Vitrine rechts der Kasse, in der neben Baguettes und Broten mit unterschiedlichen Aufstrichen eine dieser Sandwichtorten thronte, die Königin aller Butterbrote. Dekoriert war sie mit Röllchen aus Lachs und Käse, Tomatenscheiben, Orangenstückchen und viel Petersilie. Maya erinnerte sich, wie ihr Vater ihr in der Kindheit einmal erklärt hatte: »Das ist so etwas typisch Schwedisches, was wir in Deutschland gar nicht kennen. Bei uns ist noch keiner auf die Idee gekommen, belegte Brote zu einem Kuchen zu drapieren.« Seither war die *Smörgåstårta* ein *Running Gag* zwischen ihnen, und an jedem neuen Ort in Schweden hatten sie die lokale Variante getestet. Sie zog ihr Handy hervor, um ein Foto für ihn zu schießen. »Na, dann muss ich natürlich das Original probieren.«

Bei einer jungen Bedienung hinter dem Tresen bestellten sie zwei Stücke der legendären Torte. Während Sanna die Teller entgegennahm und auf ein Tablett stellte, füllte Maya zwei Gläser aus der bereitstehenden Wasserkaraffe. Mit dem Tablett ging Sanna voraus in den Speiseraum und wählte einen Tisch weiter hinten, wo es ruhiger war und sie ungestört reden konnten.

Als sie mit dem Essen begonnen hatten, fragte Maya so unverbindlich wie möglich: »Liege ich total falsch, oder geht es dir heute etwas besser?«

Sanna dachte einen Moment nach, dann lächelte sie hintergründig. »Ich glaube, wie Phönix aus der Asche trifft es ziemlich auf den Punkt.«

»Okay – was hat dir Flügel verliehen?«

»Ich habe mich von Bäumen inspirieren lassen.« Sannas Lächeln vertiefte sich.

»Sorry, aber du sprichst in Rätseln: Phönix, Bäume – ich muss das nicht verstehen, oder?«

»Lass es mich so formulieren: Heute morgen habe ich als Erstes einen großen Blumenstrauß für Emely in Auftrag gegeben. Sie macht einen unglaublichen Job, und das verstehe ich erst jetzt so richtig.«

»Emely ist fantastisch, aber …«, verständnislos schüttelte Maya den Kopf, »noch kann ich dir nicht folgen.«

»Sie sät in ihren Kursen Samenkörner in uns. Eines davon ist gestern aufgegangen.«

Das war so ganz und gar nicht Sannas gewöhnliche Sprache. »Erde an Sanna: Ein paar erklärende Worte?«

Zögernd zupfte Sanna den übergroßen Kragen ihres Strickrollis zurecht. »Ich glaube, ich warte damit, bis das Pflänzchen etwas größer ist.«

Wohl oder übel gab sich Maya mit diesen kryptischen Aussagen zufrieden. Sie schnitt einen weiteren Bissen der *Smörgåstårta* ab, die in der Tat unvergleichlich gut schmeckte. Sanna schlug vor, am Wochenende gemeinsam das Skigebiet auf Frösön aufzusuchen, und schnell hatten sie sich in ein Gespräch über Skifahren vertieft. Es war beinahe wie früher, nur dass hier und da etwas in Sannas Blick aufglomm, das Maya noch nicht einordnen konnte. Egal, was es war, das so eine radikale Wendung ausgelöst hatte – Hauptsache, es ging ihrer Freundin endlich besser.

Als ihre Teller leer waren, zog Maya fragend die Augenbrauen hoch. »Kaffee und was Süßes?«

»Aber unbedingt!«

Aus dem reichhaltigen Angebot an Kuchen, Törtchen und Kleingebäck wählten sie eine Kardamomschnecke, ein Toscacroissant und eine Pistazienschnitte aus. Mit dem Tablett und ihren Kaffeebechern setzten sie sich wieder an den Tisch.

»Jetzt möchte ich aber gern wissen, wie es bei dir läuft. Was macht dein Fall?« Sanna lehnte sich nach vorn und schaute Maya auffordernd an.

»Oj, wo soll ich anfangen? Gestern ist so viel passiert, dass es für eine ganze Woche reicht.« Während sie das Gebäck zwischen ihnen aufteilte, erzählte sie in groben Zügen von den Ereignissen des vergangenen Tages. Ihren Abend mit Christoffer klammerte sie aus. Über ihn wollte sie gerade nicht sprechen. Nicht, solange sie selbst nicht einordnen konnte, wie sie zu ihm stand.

»Du lieber Himmel! Dieses arme Mädchen!« Sanna sah entsetzt aus.

»Ja, sie hat viel durchgemacht.« Mit Grauen dachte Maya an all das, was Frida noch nicht wusste. »Du hattest übrigens recht. Also, was deine Vermutung zu der Exfreundin des Opfers betraf.«

»Wirklich?« Auf Sannas Gesicht zeigte sich Überraschung.

Zwar waren die Tische in ihrer Nähe unbesetzt, doch Maya senkte trotzdem vorsichtshalber die Stimme: »Wir laden sie nun zu einer offiziellen Vernehmung vor.«

Sanna betrachtete sie mit kritischem Blick. »Du bist nicht davon überzeugt, dass sie es war, oder?«

»Ich weiß nicht.« Maya nippte an ihrem Wasserglas. »Irgendetwas passt nicht. Wortwörtlich sagte sie zwar: ›Das Schwein hat es verdient, erschossen zu werden.‹ Aber dann meinte sie, so etwas würde sie ihrer Tochter niemals antun.«

»Wie steht's mit deiner Intuition? Glaubst du ihr?«

Maya spürte in sich hinein. »Ja.« Das war es, womit sie sich seit gestern Abend herumquälte. »Ich kann mir einfach nicht vorstellen, dass sie ein solches Risiko eingeht.«

Schweigend sah Sanna sie über den Tisch hinweg an. Mit ernster Miene und einem Ton, in dem nichts mehr von der Leichtigkeit von zuvor mitschwang, begann sie: »Vor neunzehn Jahren ...« Sie brach ab.

»Was war vor neunzehn Jahren?«

Zögernd schob Sanna den Bissen, den sie gerade abgeschnitten hatte, auf ihrem Teller hin und her. Schließlich legte sie mit einer entschlossenen Geste das Besteck beiseite. »Also gut. Ich erzähle es dir jetzt. Vielleicht hilft es dir bei deinem Fall weiter.«

Obwohl Maya keine Ahnung hatte, worauf Sanna hinauswollte, ahnte sie, dass es etwas mit ihrem Verhalten der vergangenen Tage zu tun hatte. Aufmunternd lächelte sie sie an. »Momentan klammere ich mich an jeden erdenklichen Strohhalm.«

Sanna antwortete mit einem verlegenen Lächeln, ein Ausdruck, der normalerweise nicht in ihr Repertoire gehörte. »Bitte verzeih. Was ich dir jetzt anvertraue, habe ich dir all die Jahre verheimlicht. Nicht nur dir übrigens, Clara und Emely wissen ebenfalls nichts davon. Eigentlich … bisher habe ich es niemandem erzählt.«

»Was auch immer es ist, es wird bei mir bleiben.« Unwillkürlich dachte Maya an das nächtliche Telefonat zurück, nach dem gemeinsamen Abend mit Emely im *Da Luigi* vor einer Woche. Eine Vermutung nahm in ihr Gestalt an. Inständig hoffte sie, dass sie sich irrte.

Mit gesenktem Blick fing Sanna zu erzählen an. Als Maya begriff, dass sie von jenem Mittsommerfest in der neunten Klasse sprach, zog sich alles in ihr zusammen, und sie musste dagegen ankämpfen, nicht zu zittern. Das Entsetzen schien ihr deutlich ins Gesicht geschrieben zu sein, denn Sanna brach mitten im Satz ab.

»Um Gottes willen, Sanna!« Bestürzt streckte Maya die Hand aus und legte sie auf die der Freundin. »Ich hatte ja keine Ahnung, dass …«

Mit einem tiefen Seufzer hob Sanna den Kopf. »Ach, wie hättest du das ahnen sollen. Ich habe einfach komplett dichtgemacht. Viel zu lange. Das fliegt mir jetzt um die Ohren.« In trockenem Ton fügte sie hinzu: »Oder wie Emely sich ausdrücken würde: Verdrängen bringt gar nichts. Irgendwann treibt alles wieder an die Oberfläche, und bis dahin hast du bloß dir selbst geschadet.«

Es war das zweite Geständnis einer Frau, die sexuellen Missbrauch erlebt hatte, innerhalb von nur zwei Tagen, dazu das zweite Mal, dass Sanna ihr so etwas anvertraute. Maya atmete hörbar aus. »Sanna, meine liebe Sanna!« Behutsam streichelte sie ihren Handrücken.

»Das alles … es sitzt immer noch tief in mir.« Sannas Stimme klang belegt. »Eigentlich wollte ich noch nicht darüber sprechen. Ich muss erst mal so vieles für mich selbst klarkriegen.« Sie trank einen Schluck Kaffee und fuhr fort: »Wenn ich diesem Typen plötzlich gegenüberstehen würde, ich weiß nicht, wie ich reagieren würde. Nach all den Jahren, in denen er sein Leben unbekümmert weitergeführt hat.« Mit der rechten Hand machte sie eine wegwerfende Geste. »Aber ehrlich, wenn ich diese Gefühle vergleiche mit der Furcht und dem Hass, die ich gegenüber David empfinde – das ist so viel aktueller. Die Vergangenheit war der Auslöser, und ich beginne gerade zu verstehen, wie sehr mich dieses Erlebnis beeinflusst hat. Doch die Gegenwart, die macht mir Angst.« Sie beugte sich vor und schaute Maya direkt in die Augen. »Was ich damit sagen will: Wenn du diese Exfreundin für nicht schuldig hältst, solltest du vermutlich darauf hören. Hast du nicht gesagt, der Ermordete war verheiratet?«

»Das stimmt.«

»Hm.« Sanna sinnierte vor sich hin. »So jemand ändert sich normalerweise nicht. Ich meine, wer einmal Gewalt gegenüber Frauen ausübt …«

Überrascht sah Maya sie an. Wie ein Blitz schlug es in ihr ein: Idun! An die hatte sie gar nicht mehr gedacht. Dieses zarte, feingliedrige Wesen – hatte Mats sich an ihr ebenfalls vergangen? »Du hast recht. Ich sollte unbedingt noch einmal mit der Witwe sprechen.«

»Ich bin mir sicher, dass ihr Mann sie ähnlich behandelt hat wie –«

Mitten in den Satz hinein klingelte Mayas Telefon. Sie schaute aufs Display, es war Pär. »Sorry, Sanna, das muss ich kurz annehmen.«

»Mach du mal.« Sanna erhob sich. »Ich suche derweil die Toilette auf.«

»Ja, Pär?«

»Maya, sorry, dass ich dich in deiner Mittagspause störe.«

»Kein Problem. Was gibt's denn?« Aufmerksam lauschte Maya, was Pär ihr über den silbernen Kombi erzählte. »Evald Anderbergs Wagen? Ist ja nicht zu fassen!«

»Wir müssen unbedingt mit Idun sprechen. Ich habe sie nicht erreicht, dafür aber eben mit einer Kollegin von ihr gesprochen. Idun hat wohl heute ihr Handy zu Hause vergessen. Ihr Dienst war gerade zu Ende, vermutlich ist sie auf dem Heimweg.«

»Ich bin ja eh schon auf halbem Weg nach Frösön. Ehe ich zu euch zurückkomme, fahre ich bei ihr vorbei.« Maya überlegte kurz, dann fügte sie hinzu: »Bei der Gelegenheit kann ich ja gleich mal ihre Schuhsammlung inspizieren.«

Als Sanna von der Toilette zurückkam, musterte sie Maya mit prüfendem Blick. »Es hat sich etwas Neues ergeben?«

»Ich weiß noch nicht, wie ich es einordnen soll.« Maya steckte ihr Telefon wieder ein. »Jedenfalls werde ich gleich nach unserem Treffen diese Witwe aufsuchen. Sanna, deine Überlegungen sind Gold wert.«

»Ich bin froh, wenn ich dir damit helfen konnte.«

»Ehrlich, nach dem, was du mir anvertraut hast – ich mag dich gerade gar nicht allein lassen. Am liebsten würde ich den ganzen Nachmittag mit dir zusammen verbringen.«

Beschwichtigend winkte Sanna ab. »Mach dir um mich keine

Sorgen. Ich komme klar. Wir reden später weiter. Ich bin froh, Freundinnen wie Emely, Clara und dich zu haben. Ohne euch …« Diesmal war sie es, die nach Mayas Hand griff. »Versprich mir, dass du auf dich aufpasst.«

Kapitel 22

Nachdem Maya sich von Sanna verabschiedet hatte, lief sie zum Kyrkparken zurück. Das Treffen hatte einiges in ihr aufgewühlt. Jener Sommer in der neunten Klasse hatte damals vieles durcheinandergebracht. Dass jedoch in der Mittsommernacht etwas so Schreckliches passiert war – in Maya wirbelten die unterschiedlichsten Gefühle durcheinander. Einerseits kochte ihre Wut hoch über diese grauenhaften Typen, die meinten, Frauen wie Freiwild behandeln zu dürfen. Was um Himmels willen bildeten sie sich ein? Mayas Beschützerinstinkt und ihr Gerechtigkeitssinn hätten am liebsten sofort eine Fahndung nach dem Kerl ausgeschrieben. Gleichzeitig schämte sie sich. Wieso hatte sie von alledem nichts gemerkt? Sie hatte immer gedacht, dass sie vier alles voneinander wussten. Alles Wesentliche zumindest. Die Erkenntnis, dass sie sich geirrt hatte, schmerzte. Was gab es sonst noch, wovon sie keine Ahnung hatte? Bargen ihre anderen Freundinnen womöglich ähnlich furchtbare Geheimnisse? Andererseits: Auch sie hatte ihnen nicht alles anvertraut. Über Ingrids Verschwinden hatten sie nie mehr gesprochen.

Maya stieg in ihren Wagen, doch anstatt loszufahren, blieb sie erst einmal einfach nur sitzen. Ehe sie zu Idun aufbrach, musste sie zur Ruhe kommen. Im Geist versuchte sie, den Abend auf dem Festplatz bei der Schule wieder in sich aufzurufen. Verschwommene Bilder von lachenden, feiernden Menschen waberten durch ihre Erinnerungen. Sie hatte ewig lange mit einem fremden Jungen getanzt, den sie damals echt süß gefunden hatte, er war aus Malmö gewesen und zu Besuch bei Verwandten. Ein bisschen herumgeknutscht hatten sie, aber mehr war nicht gelaufen. Dass Sanna zur selben Zeit sexuell genötigt und beinahe vergewaltigt worden war – noch jetzt wurde Maya übel bei dem Gedanken daran, was Sanna widerfahren war, während sie und die anderen sich ganz in der Nähe amüsiert hatten.

Maya seufzte auf. Auch wenn ihr momentan überhaupt nicht danach war, musste sie sich zwangsläufig wieder auf ihre aktuellen Ermittlungen konzentrieren. Ad hoc umzuschalten und funktionieren zu müssen war ein Teil ihres Berufs, mit dem sie sich schwertat. Vom einen Leid zum anderen. Überall Leid auf der Welt. Abermals seufzend startete sie den Motor. Wie gelang dieses Umschalten bloß den Kollegen, die nach der Arbeit zu Hause von ihren Frauen und Kindern empfangen wurden? Wie schafften sie es, ihre Fälle nicht mit an den heimischen Tisch zu tragen? Bei Gelegenheit sollte sie dazu mal Pär befragen, sicher konnte sie auch dahingehend noch einiges von ihm lernen. Jedenfalls wäre Maya gerade viel lieber für ihre Freundin da gewesen.

Ihre pragmatische Freundin Clara pflegte zu sagen: »Es gibt für alles eine Lösung. Manchmal musst du nur etwas tiefer graben, um sie zu finden.« Sobald wie möglich würde sich Maya stärker um Sanna kümmern, vielleicht ein gemeinsames Wochenende verbringen, und, wenn diese es wollte, ausführlicher über alles reden. Weder konnte sie die Zeit zurückdrehen noch Sannas alte Wunden heilen. Doch für sie da sein konnte sie.

Während sie versuchte, sich auf die Begegnung mit Idun einzustellen, fuhr Maya in Richtung Storsjön und nahm die Frösöbron zur Insel hinüber. Der Schein der inzwischen tief stehenden

Sonne, der den See wie mit flüssigem Gold übergoss und ihn in ein irisierendes Licht tauchte, riss sie aus ihrem Hadern heraus.

Am Ende der Brücke ordnete sich Maya rechts ein und folgte der Fahrspur in einem weiten Bogen unter der Brückenfahrbahn hindurch, vorbei an verschneiten Birken, bis sie auf der Uferstraße landete. Sie passierte eine Gruppe Schlittschuhfahrer, die auf dem zugefrorenen See unterwegs war, und bekam große Lust, es ihnen gleichzutun, bevor sie zurück nach Stockholm reisen würde. Vielleicht gemeinsam mit Christoffer? Für einen Moment galoppierten Mayas Gedanken mit ihr davon, und sie sah sich mit ihm zusammen übers Eis gleiten.

Bald darauf bog sie von der Straße ab und rollte über die notdürftig freigeschaufelte Auffahrt auf das Strohballenhaus der Anderbergs zu. Vor der Garage parkte ein weißer Fiat 500, Idun war also zu Hause. Maya stellte ihren Wagen dahinter ab, stieg aus und stapfte zur Haustür hinüber. Einige Augenblicke verstrichen, ehe sich auf ihr Klingeln die Tür einen Spalt öffnete und Idun hindurchlugte.

»Hej, Idun, darf ich kurz reinkommen? Ich habe noch ein paar Fragen.«

Idun zögerte. »Wenn es nicht so lange dauert. Ich … muss gleich dringend noch etwas in der Stadt erledigen.«

»Kein Problem. Ich brauche nicht lange.« Freundlich lächelnd machte Maya einen Schritt auf sie zu, und tatsächlich ließ Idun sie eintreten.

Als Maya ihr durch den Flur folgte, warf sie einen raschen Seitenblick auf die Garderobe links von ihr. Ein Paar Stiefel, wie sie sie suchten, entdeckte sie auf Anhieb nicht, aber Idun besaß sicher mehr Schuhe als die drei Paar, die dort standen.

Idun blieb vor dem großen Esstisch stehen, auf dem neben einer Teetasse diverse Papiere lagen, und verschränkte die Arme vor der Brust. Sie machte keinerlei Anstalten, Maya einen Platz anzubieten. Überhaupt wirkte sie heute längst nicht mehr so gebrochen und aufgelöst wie bei ihrer ersten Begegnung. Die langen Haare hatte sie zu einem hohen, lockeren Dutt frisiert, und in ihrem Strickkleid in pastelligem Blaugrau sah sie alles andere aus als wie eine trauernde Witwe. Sogar geschminkt hatte sie sich, zwar dezent, doch Wimperntusche und Lipgloss waren nicht zu übersehen. Pär hatte gesagt, sie sei gerade von der Arbeit gekommen. So zurechtgemacht war sie bestimmt nicht während der Frühschicht im Krankenhaus gewesen.

»Worum geht es denn?«

»Um den Wagen von Mats' Vater.«

Iduns rechtes Augenlid zuckte leicht. »Was ist mit dem?« Sie klang angestrengt.

»Er ist noch angemeldet.«

»Ich weiß. Mats wollte sich die ganze Zeit darum kümmern. Ich habe ihn so oft daran erinnert, aber ...« Resigniert hob sie die Hände und ließ sie wieder sinken. Mit leiser Stimme fuhr sie fort: »Jetzt muss doch ich mich darum kümmern.«

»Wo ist der Wagen?«

Verständnislos sah Idun sie an. »Was meinst du?«

»Na, irgendwo muss er doch stehen.«

»Bei Evalds Wohnung. In Odensala. Die Siedlung liegt nah am Lillsjön.«

Sicherheitshalber bat Maya um die exakte Adresse an diesem See, die ihr Idun auf einem Zettel notierte. »Wann ist einer von euch das letzte Mal dort gewesen?«

»Das ist schon eine Weile her.« Idun wischte einige Krümel von der Arbeitsfläche.

»Vielleicht solltest du mal vorbeischauen. Es hat den Anschein, dass jemand das Fahrzeug gestohlen hat.«

Iduns Blick wurde ungläubig. »Aber – wie kommst du darauf?«

»Gestern Nachmittag parkte der Wagen auf einem Waldweg unweit der Stelle, an der man die Leiche deines Mannes gefunden hat.« Maya beobachtete Idun genau, um auch nur die kleinste Regung mitzubekommen.

Schweigend fuhr diese abermals mit der flachen Hand über die bereits saubere Arbeitsfläche.

»Idun? Hast du dazu etwas zu sagen?«

»Nein.«

Der Klang ihrer Stimme, ihre Mimik und Gestik – es war völlig klar, dass Idun ihr nicht die Wahrheit sagte. Prüfend blickte Maya sie an, doch Idun fügte ihrem Nein nichts weiter hinzu. »Dann ist da noch eine andere Sache.«

»Welche?« Iduns Blick flog zu der großen Uhr über der Küchenanrichte und zurück zu Maya. »Du hast gesagt, es dauert nicht lange.«

»Idun, wir haben inzwischen mehr über deinen Mann herausgefunden.« Maya wählte ihren Tonfall mit Bedacht.

»Nämlich?« Iduns rechter Zeigefinger zwirbelte eine Locke, die sich aus dem Dutt gelöst hatte.

»Zum Beispiel, dass er sich Frauen gegenüber manchmal nicht sonderlich respektvoll benommen hat.«

Schlagartig erstarrte Iduns Gesicht zu einer Maske. »Was … was meinst du?«

»Hat Mats dich jemals körperlich angegriffen? Dich geschlagen? Oder zum Sex gezwungen?«

»Ich … also … nein.« Ihr Stocken und der ausweichende Blick straften sie Lügen.

Behutsam machte Maya einen Schritt auf sie zu. Sanft und eindringlich zugleich sagte sie: »Was auch immer zwischen euch geschehen ist, es ist nicht deine Schuld. Viele Frauen fühlen sich verantwortlich für –«

»Du irrst dich. Dieses Thema betrifft mich nicht.« Es war das erste Mal, dass Idun ihr vehement ins Wort fiel. Erneut verschränkte sie die Arme. »Es tut mir leid, aber ich muss gleich wirklich los. Hast du noch andere Fragen?«

»Das war's eigentlich.« Maya war fest davon überzeugt, mit ihrer Vermutung ins Schwarze getroffen zu haben. Nur so ließ sich Iduns heftige Reaktion erklären. Doch zum jetzigen Zeitpunkt würde sie nicht weiterkommen. »Könnte ich schnell die Toilette benutzen?«

»Äh, ja, natürlich.« Beiläufig griff Idun nach ihrem Handy, das auf dem Tisch lag. »Vorn, rechts neben dem Eingang. Ist immer mein Bad gewesen, wenn wir keine Gäste hatten.« Sie setzte eine entschuldigende Miene auf. »Ich bin noch nicht zum Umräumen gekommen.«

Auf dem Weg in den Flur drehte sich Maya kurz um und sah, dass Idun hektisch auf ihrem Telefon herumtippte.

Wie alle Zimmer in diesem Haus war selbst das Gästebad geräumig. Auch hier gab es eine breite Fensterbank, auf der ein Trockenstrauß in einem Emaillekrug und ein Tonteller mit mehreren Stumpenkerzen standen.

Als Maya ihre Hände wusch, glitten ihre Augen über den Spiegelschrank aus weiß lasiertem Holz oberhalb des Waschbeckens. Intuitiv beschloss sie, einen Blick hineinzuwerfen. Sie fasste nach dem bemalten Keramikknauf und öffnete den Schrank. Auf drei schmalen Regalböden befanden sich Schminkutensilien, eine Haarbürste, Haargummis, mehrere Salbentuben und Tablettenschachteln.

Sie nahm einen Tablettenblister heraus, der griffbereit in der

Mitte des unteren Bretts lag. Es waren kleine, hellgelbe Tabletten, und auf der Rückseite stand *Dianette*. Eine Antibabypille.

Maya stutzte. Sie dachte an ihre erste Unterhaltung mit Idun zurück. Hatte sie nicht gesagt, Mats hätte sich sterilisieren lassen? Wenn sie trotzdem die Pille schluckte, konnte das nur bedeuten, dass ... Für einen Moment blieb ihr die Luft weg. Idun hatte einen Liebhaber!

Ihr seltsames Verhalten und die Art, wie sie sich zurechtgemacht hatte – wollte sie sich womöglich gleich mit ihm treffen?

Maya überlegte weiter. Falls Annika wirklich mit Mats' Tod zu tun hatte – sie hatten ja bereits die Vermutung, dass zwei Täter dahintersteckten. Waren es am Ende zwei Täterinnen? Hatten Annika und Idun sich zusammengetan und sich gemeinsam an Mats gerächt?

In jedem Fall musste sie Idun näher überprüfen. Wenn sie sich doch bloß ungestört im Haus umsehen könnte! Nachdenklich betrachtete Maya das Fenster. Sie öffnete es, drehte den Griff in seine ursprüngliche Position zurück und lehnte es wieder an. Zum Glück war es nach dem gestrigen Unwetter heute relativ windstill. Auf den ersten Blick fiel nicht auf, dass es nicht geschlossen war. Von außen konnte sie es jedoch spielend aufdrücken und so ins Haus gelangen, wenn Idun unterwegs war.

Kurz überlegte sie, ob es stattdessen nicht klüger wäre, sie zu verfolgen und zu sehen, mit wem sie sich traf. Nein, eine solche Chance, hier unbeobachtet herumzustöbern, würde sich so schnell kein zweites Mal ergeben. Maya betätigte die Toilettenspülung, wusch sich die Hände und verließ das Gästebad. Idun kam aus der Küche herüber, eine Umhängetasche über der Schulter.

»Dann will ich dich nicht weiter aufhalten.« Maya ging in

Richtung Haustür. »Vielleicht können wir uns über das Thema später in Ruhe unterhalten? Irgendwann am Wochenende?«

»Da gibt es nichts zu sagen. Mats war ein wunderbarer Ehemann. Er hat mich immer gut behandelt.« Idun stellte die Tasche auf einer Bank neben einem hohen Spiegel ab. »Ehrlich gesagt, bin ich entsetzt, dass ihr ihn posthum mit Dreck bewerft. Das hätte ich nicht von euch erwartet. Ich dachte, ihr sucht seinen Mörder!«

»Das tun wir auch, Idun, und zwar mit Hochdruck, das versichere ich dir. Trotzdem müssen wir solchen Hinweisen nachgehen.«

»Wer so etwas behauptet, ist ein Lügner.« Idun lief an ihr vorbei zur Tür und öffnete sie.

»Danke für deine Zeit.« Auf der Schwelle drehte sich Maya um. Ein letztes Ass wollte sie noch ausspielen. »Ach, Idun?«

»Ja?«

»Kennst du eigentlich Annika Nordström?«

• • •

Mit einer heißen Schokolade und ihrer Kuscheldecke hatte Frida es sich in dem großen Plüschsessel gemütlich gemacht. Von hier aus konnte sie in den Garten schauen. Die Sonne schien, und der Schnee glitzerte verführerisch. Das gestrige Unwetter war wie weggepustet. Am liebsten wäre Frida mit einem ihrer Steckenpferde über ihren Parcours galoppiert.

Aber Mama hatte es verboten: »Solange dieser Mann, der dich verfolgt hat, frei herumläuft, ist es zu gefährlich, mein Schatz.«

Frida war hin- und hergerissen. Mama hatte natürlich recht. In der Nacht hatte sie schreckliche Albträume gehabt und war zu Mama ins Bett gekrochen.

Doch jetzt, mitten am Tag – es war hell, sie wollte ja bloß in den Garten, und da waren auch diese Polizisten, die vor ihrem Haus Wache schoben. Die waren schließlich dafür da aufzupassen, dass nichts passierte.

»Die können ihre Augen aber nicht überall haben«, hatte Mama gesagt. Gerade kam sie mit einem Teller aus der Küche. »Möchtest du eine *Kanelbulle*? Sie sind noch ofenwarm.«

»Zimtschnecken!« Begeistert klatschte Frida in die Hände. »Du bist die Beste!«

Mama stellte den Teller auf den Couchtisch. »Ich hole mir nur rasch meinen Tee.« Mit ihrer Lieblingstasse, der großen, bauchigen mit den Elchen drauf, die Frida ihr mal zu Weihnachten geschenkt hatte, kam sie zu ihr hinüber und setzte sich aufs Sofa. Sie sah müde aus und irgendwie bedrückt. Klar, sie hatte sich gestern total Sorgen gemacht, doch da war noch etwas anderes, das spürte Frida.

»In Zukunft hole ich dich direkt an der Schule ab.«

»Und deine Arbeit? Was wird dein Chef dazu sagen?«

»Da wird er schon zustimmen. Es geht halt nicht anders.«

»Aber was ist, wenn du mal Überstunden machen musst?«

»Dann finden wir eine Lösung. Vielleicht übernachtest du bei Ebba oder so.«

Frida biss in ihre Zimtschnecke. Von innen schmeckte sie ganz butterig, genau wie sie es liebte.

Mama war heute nicht zur Arbeit gegangen. Und Frida nicht in die Schule. Mama hatte mit ihrer Klassenlehrerin telefoniert und ihr die Situation erklärt. Frida hatte Ebba eine Nachricht geschrieben, damit sich diese keine Sorgen machte. Gleichzeitig hatte sie sich geschämt, denn selbst wenn Ebba es nicht sagen würde, wusste Frida doch, dass sie es dachte: Siehst du, ich habe gleich gesagt, das ist zu gefährlich.

Frida hatte schon die Hälfte ihrer *Kanelbulle* verputzt, da hatte Mama gerade mal zwei kleine Bissen genommen.

»Wenn du deine nicht schaffst, helf ich dir.«

Mamas Lächeln sah irgendwie traurig aus. Dann legte sie ihre angebissene Zimtschnecke auf den Teller zurück.

»Geht's dir nicht gut, Mama?«

»Komm mal her, mein Schatz.«

Frida hopste aufs Sofa hinüber und kuschelte sich in Mamas Arme.

Mama streichelte ihr über den Kopf, so wie sie es gemacht hatte, seit Frida denken konnte. »Ich muss nachher kurz weg. In der Zeit kommt Margareta zu uns rüber und passt auf dich auf.«

Ihre Nachbarin war nett, Frida mochte sie. Manchmal ging sie zu Margareta und Bertil, wenn Mama keine Zeit hatte, und spielte Rommé oder Yatzi mit ihnen. »Wo musst du denn hin?«

Mama stieß einen kleinen Seufzer aus. »Ich muss noch einmal kurz zur Arbeit.«

Frida dachte nach. »Du hast doch gesagt, du musst heute nicht arbeiten. Außerdem hört ihr freitags doch immer früher auf.«

»Arvid hat vorhin geschrieben und mich um einen Gefallen gebeten.«

Kritisch musterte Frida ihre Mutter. Was sie sagte, klang nicht ganz ehrlich. »Stimmt das wirklich?«

»Ich lüge dich doch nicht an!«

Frida glaubte ihr nicht. Sie legte den Rest ihrer Zimtschnecke neben Mamas angebissene. Jetzt hatte sie auch keinen Appetit mehr.

• • •

Mit raschen Schritten lief Maya zu ihrem Wagen. Die Sonne hatte sich hinter einigen Wolken verzogen, und schlagartig wurde die Kälte unangenehm. Noch dazu würde es bald zu dämmern beginnen. Diese kurzen Tage waren echt anstrengend! Maya stieg in den Škoda und fuhr vom Grundstück.

Auf der Uferstraße angelangt, bog sie gleich wieder rechts in die nächste Querstraße ein und parkte zwischen zwei Autos am Straßenrand. Sie setzte sich so, dass sie einen guten Blick auf die vorbeifahrenden Wagen hatte. Nach ein paar Minuten brauste Idun in ihrem weißen Fiat Richtung Frösöbron davon. Instinktiv duckte sich Maya, obwohl diese sie unmöglich sehen konnte.

Sie wartete ein wenig, dann stieg sie aus und spazierte an Einfamilienhäusern vorbei die kleine Straße entlang, die, wie sie es sich gedacht hatte, zum See hinunterführte. Das Haus der Andersbergs lag einsam einige Hundert Meter entfernt. Maya brauchte bloß eine Wiese zu überqueren und sich durch einen schmalen Streifen mit Hecken und kahlen Bäumen zu winden, schon stand sie im Garten und konnte sich unauffällig an die vom See abgewandte Seite anpirschen.

Sie schaute sich gründlich um, aber nirgends war jemand zu sehen. Kräftig drückte sie gegen das einzige Fenster, das es neben den Oberlichtern an dieser Hauswand gab. Im ersten Moment bewegte es sich nicht, und Maya fürchtete, Idun könne es womöglich verriegelt haben, ehe sie das Haus verlassen hatte. Doch beim zweiten Versuch gab es nach. Behände kletterte Maya auf die breite Fensterbank und zog ihre Stiefel aus.

Nachdem sie das Fenster wieder geschlossen hatte, sah sie sich im Haus um. Außer den Wohnräumen, die sie bereits kannte, entdeckte sie im Erdgeschoss noch eine Abstellkammer gleich hinter dem Gästebad, in die sie nur flüchtig schaute.

Maya inspizierte kurz die Küche und das Wohnzimmer, fand

jedoch nichts, woraus sich Rückschlüsse auf Iduns Liebhaber ziehen ließen.

Gespannt lief sie die offene Holztreppe ins Obergeschoss hinauf. Von einem quadratischen Flur mit Bücherregalen, gemütlicher Sitzecke und Kamin zweigten fünf Türen ab, hinter denen sich drei großzügig geschnittene Räume, ein Badezimmer und eine Wäschekammer verbargen. Überall sorgten Pflanzen und Kerzen für eine wohnliche Atmosphäre. Alles war so aufgeräumt, dass Maya sofort ein schlechtes Gewissen bekam, wenn sie an ihre Wohnung in Stockholm dachte, in der immer irgendetwas herumlag.

Als Erstes sah sie sich das Schlafzimmer von Mats und Idun an. Außer einem breiten, niedrigen Bett aus naturbelassenem Holz und einem deckenhohen Einbauschrank an der gegenüberliegenden Wand gab es hier nur eine Hakenleiste neben dem Bett, zwei stumme Diener und eine Spiegelkommode mit Hocker.

Maya trat an den Kleiderschrank, öffnete die beiden vorderen Türen und stand vor Iduns akkurat sortierter Garderobe. Beim Anblick all der sorgsam aufgehängten Kleidungsstücke und wohlsortierten Schachteln fühlte sie sich inspiriert und unfähig zugleich. Achtsamkeit sprach aus jedem Winkel dieses Hauses. Warum klappte so etwas bei ihr nicht? Sie hatte lediglich eine Zweizimmerwohnung, das musste doch zu schaffen sein! Bei ihrer Rückkehr nach Stockholm würde sie dieses Projekt endlich in Angriff nehmen.

Das Versprechen an sich selbst im Kopf, ging Maya zu den hinteren Schranktüren in der Erwartung, darin Mats' Kleidung vorzufinden. Zu ihrer Überraschung war diese Hälfte des Schranks komplett leer.

Stirnrunzelnd betrachtete sie die nackten Bügel. Seit Mats' Tod war gerade mal eine Woche vergangen. Nicht selten waren

Angehörige vom Schock so gelähmt, dass sie Jahre brauchten, bis sie es über sich brachten, sich von Dingen des Verstorbenen zu trennen. Gewiss, manche ertrugen den Verlust nicht und räumten alles, was sie an den geliebten Menschen erinnerte, erst einmal weg. Aber so schnell?

Siedend heiß fielen Maya die Winterstiefel wieder ein. Sie musste auf der Stelle überprüfen, welche Schuhe Idun darüber hinaus besaß. Rasch lief sie zur Treppe zurück, sprang die Stufen hinunter ins Erdgeschoss und sah sich im Eingangsbereich um. Auch hier entdeckte sie ausschließlich Schuhe und Jacken von Idun. Das Ganze kam ihr immer merkwürdiger vor. Hatte Idun tatsächlich in den wenigen Tagen nach dem Tod ihres Mannes all seine Dinge weggeräumt? Sie versuchte, sich zurückzuerinnern, wie es ausgesehen hatte, als sie mit Pär hier gewesen war. Idun hatte glaubwürdig trauernd gewirkt, regelrecht durch den Verlust gebrochen. Wie die Garderobenhaken und das Schuhregal da ausgehen hatten, darauf hatte Maya nicht geachtet.

Jedenfalls trug Idun heute ein Paar gefütterte Lederstiefel mit Absatz, da war sich Maya sicher. Sie waren in derselben Farbe wie ihr Strickkleid und hatten neben der Eingangstür bereitgestanden. Jetzt waren sie fort. Unter den anderen Schuhen im Regal entdeckte sie nicht das gesuchte Modell. Jenes Modell, das Annika besaß.

Doch Maya wurde das Gefühl nicht los, dass sie einen entscheidenden Hinweis übersehen hatte. So oft hatte sie schon die Erfahrung gemacht, dass sie auf ihre Intuition vertrauen durfte. Beinahe hätte sie schwören können: Hier war sie noch nicht fertig. Irgendwo wartete etwas darauf, von ihr gefunden zu werden. Für einen Moment schloss sie die Augen und spürte in sich hinein. Wohin zog es sie?

Seltsamerweise war es nicht das Obergeschoss, auch nicht der geräumige Wohntrakt, den sie nur oberflächlich in Augenschein genommen hatte. Sondern – die Abstellkammer.

Mit wenigen Schritten erreichte Maya die Tür, öffnete sie und schaltete das Licht ein. Suchend wanderte ihr Blick durch den kleinen Raum. Zunächst scannte sie die Regalreihen an der schmalen Wand ihr gegenüber: Reinigungsmittel, Putzlappen, Vorräte, Taschen und Tüten sowie allerlei Haushaltskram, der in ihrer eigenen winzigen Abstellkammer wild durcheinanderflog, waren hier sorgfältig aufgereiht. Maya seufzte. Selbst wenn sie sich anstrengen würde, sie bezweifelte, dass sie jemals an Iduns Ordnungssinn heranreichen konnte. Aber das spielte ja momentan auch gar keine Rolle.

Ehe sie sich einen hohen zweitürigen Schrank links von sich vornahm, musterte sie den Rest der Kammer. Auf der rechten Seite standen zwei Wäscheständer, ein Bügelbrett und Wäschekorb sowie eine Waschmaschine. Natürlich besaß jemand wie Mats Anderberg keinen Trockner. Zwischen Schrank und Regalwand hatte der Staubsauger seinen Platz, daneben stapelten sich einige weiß-blau gestreifte Pappkartons. Nirgendwo eine Spur von Winterstiefeln. Hatte sie sich doch geirrt?

Maya trat zu den Kartons und nahm den obersten Deckel ab. Glühbirnen. Im zweiten befanden sich Schuhputzsachen. Im dritten Nähutensilien. Blieb nur noch einer übrig. Entmutigt hob Maya den Deckel an und schnappte nach Luft.

Darin lag ein Paar schwarze Winterstiefel mit Fellbesatz am Schaft. Genau das Modell, das sie suchten!

Warum bewahrte Idun sie hier drinnen auf, unter all den anderen Sachen, mitten im Winter? Maya betrachtete sie eingehender. An den Sohlen klebte Schmutz, sogar Tannennadeln erkannte sie. Ihr stellten sich die Nackenhaare auf. Hatte Idun tatsächlich ihren eigenen Mann ermordet? Weshalb hatte sie sich nicht einfach getrennt? Maya dachte an Sannas Worte. Wenn Idun in einer solchen Tat den einzigen Ausweg gesehen hatte, musste ihr Ehemann Grauenhaftes mit ihr angestellt und sie vermutlich auch psychisch vollkommen in seiner Gewalt gehabt haben.

Noch einmal überlegte sie, ob womöglich Annika und Idun die Tat gemeinsam geplant und durchgeführt hatten. Auf ihre Nachfrage, ob sie Annika Nordström kennen würde, hatte Idun mit einem knappen und nachdrücklichen »Nein« geantwortet, das Mayas Verdacht zusätzlich befeuert hatte.

Diese Stiefel musste sie jedenfalls dringend untersuchen lassen. Am liebsten hätte sie sie mitgenommen, doch war es notwendig, sie auf offiziellem Weg zu beschlagnahmen. Sicherheitshalber schoss Maya einige Fotos, ehe sie den Deckel wieder schloss und alle Kartons so zurückräumte, wie sie sie vorgefunden hatte. Sie durfte keine Zeit verlieren. So schnell wie möglich brauchten sie einen Durchsuchungsbeschluss.

Gerade als sie den letzten Karton auf die anderen stellte und sich aufrichtete, hörte sie ein klackendes Geräusch an der Eingangstür.

Kapitel 23

Nach dem Mittagessen mit Maya spazierte Sanna durch die Gassen des Stadtzentrums, vorbei an den alten Häusern mit ihren fein renovierten Fassaden. Die Sonne strahlte ihr ins Gesicht, und sie fühlte sich gelöst, fast beschwingt.

Wie wohltuend es doch war, diese Last, die sie jahrzehntelang mit sich herumgeschleppt hatte, mit jemandem zu teilen. Warum nur hatte sie so lange damit gewartet? Wenn sie sich früher überwunden hätte, wäre vermutlich einiges in ihrem Leben anders gelaufen. Möglicherweise wäre ihr das mit David nicht passiert? Definitiv hätte sie sich anders verhalten, hätte sie sich eher mit ihrem Ballast auseinandergesetzt.

Beinahe war es Sanna, als hörte sie Emelys Stimme in ihrem Ohr, die dazu sicherlich gesagt hätte: »Alles geschieht zu seiner Zeit. Und manches braucht einen Katalysator.«

Sanna hatte den Stortorget erreicht und blieb stehen. Nachdenklich betrachtete sie die Menschen, die den Marktplatz überquerten, teils gemütlich schlendernd, teils eiligen Schritts. Wie viele Traumata schlummerten einsam unter der Oberfläche? Welche Wunden verbargen sich hinter den zahllosen fremden Gesichtern? Dass sich Frauen, die in der Kindheit geschlagen wurden, oftmals ähnlich gewalttätige Partner suchten, war Sanna nichts Neues. Nie war sie jedoch auf die Idee gekommen, einen

Zusammenhang zu sehen zwischen dem, was ihr an jenem Mittsommerabend widerfahren war und der weiteren Entwicklung ihres Lebens.

Auf einen Katalysator wie Davids Übergriffe in Berlin und an ihrem Arbeitsplatz hätte Sanna gut verzichten können. Mit der gesamten Thematik war sie bei Weitem noch nicht durch, im Gegenteil, sie hatte gerade erst die obersten Schichten abgekratzt und begonnen, all das, was sich darunter befand, freizulegen. Wie sollte sie damit umgehen? Was waren die nächsten Schritte? Sanna wusste es nicht.

Doch allein, dass sich etwas bewegt hatte, das Gefühl, die Pforte zu ihrem verdrängten Schmerz ein Stückchen geöffnet zu haben, löste in ihr eine neue Verbundenheit mit sich selbst aus. Es würde dauern, bis diese Verbindung wachsen würde, der Faden war unglaublich dünn. Sie musste achtgeben, dass er nicht riss. Tief sog sie die klare, eisige Luft ein, dann setzte sie ihren Weg durch die Stadt zum See hinunter fort.

• • •

Geschockt hielt Maya in der Bewegung inne. Sie hatte erwartet, dass Idun länger unterwegs sein würde. Kam sie etwa schon zurück?

Bis zum Gästebad schaffte Maya es nun nicht mehr. Blitzschnell lehnte sie die Tür der Abstellkammer an. Alarmiert blickte sie sich in der Kammer um. Der Schrank! Sie öffnete die Schranktüren und schaute hinein. Rechts stapelten sich Vorräte in Regalen. Aber auf der anderen Seite – Bingo! Sie quetschte sich zwischen Wischmopp und Besen und zog die Tür zu, ohne sie ganz zu schließen.

Zwei Stimmen tönten gedämpft durch den Türspalt, Iduns

und eine männliche. Maya kämpfte mit sich. Hier drinnen war sie erst mal sicher und könnte sich in einem unbemerkten Moment ins Gästebad zurückschleichen, um durch das Fenster zu entwischen. Doch wenn sie wissen wollte, wen Idun mit nach Hause gebracht hatte ...

So leise es irgend ging, schälte sie sich wieder aus dem engen Schrank und schlich zu der angelehnten Tür der Abstellkammer. Vorsichtig lugte sie durch den Spalt. Ungefähr drei Meter entfernt stand Idun mit dem Rücken zu ihr zwischen Esstisch und Wohnzimmerbereich. Ihr gegenüber, mit dem Blick in Mayas Richtung, ein Mann mit hellblondem Haar. Als sie den Begleiter von Mats' Witwe erkannte, blieb ihr beinahe die Luft weg.

• • •

Im Café ihrer Tante angelangt, fand Sanna Elinor in aufgelöstem Zustand vor. Alle Tische waren besetzt, sogar auf den Plätzen mit Seeblick vor dem Haus kuschelten sich Menschen mit Heißgetränken in Wolldecken. Offenbar läuteten viele schon am Freitagnachmittag das Wochenende ein und wollten nach dem gestrigen Unwetter die letzten Sonnenstrahlen des Tages genießen.

Drinnen war Elinor damit beschäftigt, für ein älteres Paar eilig einen Tisch abzuräumen, der soeben frei geworden war. »Sanna! Dich schickt der Himmel!« Sie hielt einen Moment inne und schaute Sanna aus müden Augen an. Ihre Wangen waren von der Anstrengung gerötet. »Ich weiß ja, es geht dir nicht gut, aber ... Wilma hat sich krankgemeldet, und ich komme einfach nicht hinterher, es ist so viel los – denkst du, du könntest ...?«

»Aber klar!« Sanna warf ihre Jacke über den Garderobenständer neben der Tür, nahm ihr das Tablett ab und brachte es in die angrenzende Küche.

»Du bist ein Engel!«, hörte sie Elinor in ihrem Rücken sagen, während sie das benutzte Geschirr in die Spülmaschine stellte.

Für einen Moment dachte sie an Maya. Ob sie gerade bei der Frau des Toten war? Ein vages Unbehagen wallte in ihr auf. So manches Mal beunruhigte sie, dass eine ihrer besten Freundinnen sich bei ihrer Arbeit regelmäßig in Gefahrensituationen begab. Sie verspürte den Impuls, Maya kurz anzurufen. Doch vielleicht störte sie sie jetzt besser nicht. Außerdem hatte sie ja eben Elinor versprochen, ihr zu helfen. Sanna verließ die Küche und schaute sich im Café um. Drei weitere Tische mussten abgeräumt werden, einige neue Gäste warteten schon. Sie schnappte sich das leere Tablett. Bei Maya würde sie sich später melden.

• • •

Maya glaubte, ihren Augen nicht zu trauen. Denn wer da Idun gegenüber neben dem großen Esstisch stand, war niemand Geringerer als – Bengt Hansen!

Innig zog er sie an sich und küsste sie.

In Sekundenschnelle jagte der Schock der Erkenntnis durch Maya hindurch. Bengt war nicht nur Mats' Stellvertreter, sondern auch der Liebhaber seiner Frau. Hatten sie den Umweltaktivisten gemeinsam ermordet? Vor Anspannung wagte Maya kaum zu atmen.

Nach einem schier endlosen Kuss lösten sich die Köpfe der beiden voneinander, während sie weiterhin in der Umarmung blieben.

»Ich kann es gar nicht mehr abwarten, bis dieses Versteckspielen ein Ende hat und du endlich hier einziehen kannst.« Zärtlich streichelten Iduns Finger Bengts Hals entlang.

»Dann sind wir endlich richtig zusammen.« Ein liebevolles Lächeln überzog Bengts Gesicht.

Vorsichtig beugte sich Maya ein Stück nach vorn, um kein Wort zu verpassen. So leise wie möglich zog sie ihr Handy aus der Gesäßtasche, aktivierte die Aufnahmefunktion und hielt das Mikro in die Richtung der beiden.

»Alles ist vorbereitet für dich. Ich habe seine Sachen weggeräumt. Aber wir müssen noch warten.«

»Ich weiß. Solange die Polizisten aus Stockholm hier herumschnüffeln ...«

»Diese Maya war vorhin noch einmal hier.«

Ein Ruck durchfuhr Bengts Körper. »Was wollte sie?«

»Es ging um Evalds Wagen.« Idun löste sich von ihm. »Hast du ihn gestern benutzt?«

»Hm.«

»Warum?«

»Ich hatte was zu erledigen.« Als er sich in Richtung Wohnzimmer fortbewegte, fiel Maya auf, dass er humpelte.

In Sekundenschnelle kombinierte sie: Wenn demnach Bengt es war, der Frida im Wald verfolgt hatte, dann hatte er den Brand bei der RVS-Zentrale selbst gelegt und sich damit in Lebensgefahr gebracht. Und das nur, um den Verdacht auf Arvid Åkesson zu lenken?

Idun folgte ihm. »Was meinst du? Sie haben gesagt, der Wagen sei im Wald gesehen worden. Nahe des«, kurz zögerte sie, ehe sie neu ansetzte, »nahe des Tatorts.« Sie verschwand aus Mayas Blickfeld. »Was hast du da gemacht?«

Bengt hüllte sich in Schweigen, und Maya rang mit sich. Wollte sie dieses Gespräch weiter belauschen, musste sie sich aus der Kammer herauswagen. Auch auf die Gefahr hin, womöglich entdeckt zu werden. Unendlich langsam schob sie die Tür auf, bis sie gerade hindurchpasste. Zum Glück waren die Angeln gut geölt.

»Wir hatten doch vereinbart, dass wir uns dort auf keinen Fall wieder blicken lassen wollten«, hörte Maya gedämpft Iduns Stimme, während sie durch den Flur schlich, das Handy nach vorn ausgerichtet.

»Was hat sie noch gesagt, diese Maya?«, vernahm sie Bengt.

»Sie denken, der Wagen sei gestohlen worden.«

»Na, dann.«

Maya hatte das Ende des Flurs erreicht. Vorsichtig spähte sie um die Ecke. Bengt saß in einem altmodischen Ledersessel, Idun stand ein Stück von ihm entfernt, den Blick aus der Fensterfront gerichtet.

Sie drehte sich zu ihm um. »Das war total leichtsinnig von dir. Wenn du sie jetzt auf unsere Spur gebracht hast …«

»Nicht, wenn du deine Rolle weiter so perfekt gespielt hast wie am Anfang. Die trauernde Witwe, am Boden zerstört durch den Verlust ihres aus tiefstem Herzen geliebten Ehemanns.« Bengt stieß das für ihn typische hohe, kehlige Lachen aus. »Du könntest Schauspielerin werden, Idun.« Er erhob sich, ging auf sie zu und versuchte, sie erneut an sich zu ziehen. »Komm, wir gehen nach oben, und …«

»Nicht jetzt, Bengt.« Idun wand sich aus seinen Armen. »Ich mache mir echt Sorgen wegen des Wagens. Was sollen wir denn jetzt tun? Sie dürfen ihn auf keinen Fall finden! Da sind doch überall deine Fingerabdrücke drin.«

»Hältst du mich für so einen Amateur? Natürlich habe ich Handschuhe getragen.« Bengt kehrte zum Sessel zurück und ließ sich wieder hineinsinken. An seinem Gesichtsausdruck erkannte Maya, dass er Idun die Zurückweisung übel nahm.

»Und DNA-Spuren?« Iduns Stimme schnellte in die Höhe.

»Wir waren so unglaublich vorsichtig mit allem. Und auf einmal so ein Alleingang! Wo ist der Wagen jetzt?«

»Steht an seinem üblichen Platz.«

»Aber da werden sie doch zuerst nachsehen! Wir müssen ihn so schnell wie möglich verschwinden lassen!« Iduns Stimme zitterte leicht.

»Wo willst du ihn verschwinden lassen? Alle Gewässer sind gerade dick vereist. Irgendwo verstecken? Verschrotten?«

»Ich weiß nicht.« Ziellos ging Idun von der Fensterfront zum Sofa hinüber, setzte sich jedoch nicht. »Jedenfalls müssen wir dringend eine Lösung finden! Wenn es nicht ohnehin schon zu spät ist. Diese Maya hat mich so komisch angeschaut. Bestimmt ahnt sie etwas.«

»Noch mal: Sie werden nichts finden. Ich war genauso vorsichtig wie wir zuvor.«

»Ich verstehe immer noch nicht, was du da gestern zu tun hattest. Im Wald, meine ich.«

Abermals schwieg Bengt, den Blick durch die bodentiefen Fenster auf den See gerichtet.

»Bengt, wir haben uns geschworen, dass wir absolut ehrlich miteinander umgehen. Das hier …«, sie breitete die Arme aus und wies durch das Haus, »wenn das hier funktionieren soll …«

Mit einem Ruck drehte Bengt den Kopf in ihre Richtung. »Es ging um ein kleines Mädchen, okay? Sie hat mich gesehen, als ich das Feuer gelegt habe.«

Idun erstarrte. Zögernd und mit leiser Stimme fragte sie: »Du wolltest ihr doch wohl nichts antun?«

»Ach was.« Lässig winkte Bengt ab. »Bloß einen gehörigen Schreck wollte ich ihr einjagen. Dass sie aufhört herumzuschnüffeln.«

Maya erkannte an Iduns Haltung, dass sie ihm nicht glaubte. »Wie hast du sie überhaupt gefunden?«

»Purer Zufall. Ich kam bei ihrer Schule vorbei, als sie an der Bushaltestelle wartete. Dann bin ich einfach dem Bus gefolgt. Ich habe ja selbst nicht damit gerechnet, dass sie … dass sie dort im Wald wohnt, also, in der Nähe von besagter Stelle.« Seine Hände gestikulierten durch die Luft.

Wie festgefroren stand Idun mitten im Raum und sah ihn an. In ihr schien es zu arbeiten. Schließlich sagte sie mit wachsender Panik in der Stimme: »Am Ende hat sie etwas mitbekommen, von … der Tat? Womöglich hat sie uns beobachtet? Das kann doch kein Zufall gewesen sein, dass ausgerechnet sie dort im Industriegebiet aufgetaucht ist! Die spioniert dir hinterher! Wenn sie mit dieser Maya spricht …« Sie brach ab, griff sich mit den Händen in die sorgsam aufgesteckten Haare. »Das ist eine Katastrophe, Bengt!«

»Du hast recht.« Abermals erhob er sich aus dem Sessel, dieses Mal energischer. »Wir müssen hier weg.«

»Wie meinst du das?«

»So, wie ich es sage. Wir müssen fliehen«, sagte er mit fester Stimme.

»Aber …«

»Es ist zu gefährlich, das hast du doch gerade selbst gesagt.«

»Wir können doch nicht … Wo sollen wir denn hin?« Iduns Augen waren weit aufgerissen. »Ich meine, was soll das werden – ein Leben auf der Flucht?«

»Ich hab's mir auch anders vorgestellt, Idun. Das Haus, du und ich mit unseren Kindern, schon klar. Aber wenn man eine solche Tat …« Er brach ab und setzte neu an: »Wenn man so was anfängt, muss man es auch durchziehen. Die Vorzeichen können sich ändern. Dann muss man sich anpassen. Das ist Evolution, so überlebt man!«

Verzweifelt schüttelte Idun den Kopf. »Ich ... ich kann hier nicht weg.«

»Was willst du tun? Hier seelenruhig abwarten, bis sie kommen und dich in Handschellen abführen? Nicht mit mir!« Bengt ging auf sie zu. »Ich habe das doch alles für dich getan! Dich von ihm befreit! Oder bereust du es jetzt etwa?« Hart packte er Idun an den Handgelenken. »Bei der kleinsten Schwierigkeit einknicken? Ist das jetzt der Dank dafür, dass ich dir geholfen habe?«

»Du tust mir weh!« Idun wehrte sich gegen seinen Griff, und als Bengt sie losließ, machte sie einige Schritte rückwärts. Fassungslos sah sie ihn an.

»Idun, es tut mir leid, ich wollte dir nicht ...«

»Du bist genau wie er.«

»Was?« Bengt, der gerade die Hand nach ihr ausstreckte, hielt in der Bewegung inne. »Nimm das zurück.«

Schweigend und mit anklagendem Blick rieb sich Idun die Handgelenke.

Maya beobachtete, wie sich jeder Muskel in Bengt anspannte. »Ich habe dich nicht geschlagen! Und nie zum Sex gezwungen.« Zornentbrannt drehte er sich um und lief im Raum umher. »Mein Leben lang habe ich in seinem Schatten gestanden. Rücksicht genommen. Bin der Nette, der Verständnisvolle, der Einfühlsame gewesen. Immer war es Mats, der die Aufmerksamkeit aller bekommen hat. Der Strahlemann, der Supertyp! Der, der nur mit dem Finger zu schnippen brauchte, und schon tanzten sie nach seiner Pfeife. Was habe ich damals aufgeatmet, als er nach Stockholm gegangen ist. Endlich war Ruhe. Ich konnte mir etwas aufbauen. Und dann war er plötzlich wieder da und hat alles an sich gerissen. Genau wie vorher! Und du – ich habe dir vom ersten Moment angesehen, wie du unter ihm leidest. Abhängig warst du von ihm, genau wie ich! Und jetzt – willst du dich von mir abwenden. Jetzt, wo es drauf ankommt!«

»Nein, Bengt, ich …« Auf Iduns Gesicht erschien ein demütiger Ausdruck.

Er schien sie nicht zu hören. Fast kam Maya es vor, als wäre er gar nicht mehr richtig anwesend, sondern in seine innere Welt abgedriftet, wie er vor ihr auf und ab humpelte.

»Vielleicht sollte ich auch mal härter sein? So wie Mats?« Mit wutverzerrter Miene blieb er stehen. Sein Blick wurde eisig. »Vielleicht braucht es das, um es im Leben zu etwas zu bringen. Durchsetzungsvermögen, das hatte er ja. Hast du das nicht an ihm bewundert? Vielleicht verschafft man sich so Respekt. Bei den Frauen, bei allen.«

»Du machst mir Angst.«

Bengt hatte sich so sehr in Rage geredet, dass er nicht mehr zu bremsen schien, egal, was Idun sagte, er machte einfach weiter: »Der Brandanschlag, bei dem ich selbst im Krankenhaus gelandet bin. Alles für die Glaubwürdigkeit! Alles für unsere gemeinsame Zukunft! Sogar dieser alte Mann musste dran glauben.«

»Welcher alte Mann?« Iduns Stimme schrumpfte zu einem Flüstern. »Was hast du getan?«

Kapitel 24

In einem fort nahm Sanna Bestellungen entgegen, kassierte, wischte die Tische ab und räumte das saubere Geschirr in die zu Regalen umfunktionierten Weinkisten oberhalb des Tresens ein. Sie fühlte sich in ihre Studentenzeit zurückversetzt, als sie regelmäßig in Cafés in Stockholm gejobbt hatte. Auch wenn inzwischen viel Zeit vergangen war, steckten die Abläufe noch immer in ihr, als hätte sie in den letzten Jahren nichts anderes gemacht. Zu ihrer Überraschung machte es ihr sogar Spaß, und mit einigen der Gäste kam sie kurz ins Gespräch. Während sie mit ihnen über Alltagsbanalitäten plauderte, merkte sie, dass ihr ein solch ungezwungener Austausch gefehlt hatte.

Als es endlich ruhiger wurde, setzte sie sich mit einem großen *Kaffe latte* und einem Haferkeks an ihren Lieblingstisch in der Ecke am Fenster mit Blick auf den See. Es war die erste wirkliche Pause, seit sie das Café betreten hatte. Jetzt, wo sie saß, spürte sie die Anstrengung der körperlichen Arbeit, sie war erschöpft und zugleich gelöst. Elinor hatte mehrmals betont, wie dankbar sie war, dass Sanna ihr unter die Arme griff. Es tat gut, gebraucht zu werden.

Sanna brach ein Stück Haferkeks ab und sah sich in dem Raum mit den gemütlichen Nischen um. Elinor hatte von unzähligen Trödelmärkten, sogenannten *Loppis*, ein buntes Sammelsurium an Tischchen und Stühlen sowie altes Kaffeegeschirr, Silberbesteck und Porzellanvasen zusammengetragen, die sich hier zu einem lebendigen und überraschend stylischen Gesamtkunstwerk fügten.

An einem Holztisch mit reichlich Patina und abblätternder hellrosa Farbe saßen zwei Freundinnen in Sannas Alter, deren Kinder sich in der Spielecke im Hintergrund des Cafés beschäftigten. Interessiert beobachtete Sanna die beiden – ein Mädchen und einen Jungen von vielleicht sieben, acht Jahren. Während die Mütter in ihr Gespräch vertieft waren und lediglich hier und da einen flüchtigen Blick auf ihren Nachwuchs warfen, spielten die Kinder mit einigen Tierfiguren, wobei das Einhorn bei dem Mädchen besonders hoch im Kurs stand. Mehrmals nahm der Junge es ihr weg, ein paarmal schubste er sie auch. Jetzt reichte es dem Mädchen, es fuhr den Jungen an, entriss ihm das Einhorn und gab ihm seinerseits einen kräftigen Schubs.

Es war Jahrzehnte her, und doch erinnerte sich Sanna nur zu gut an eine vergleichbare Situation in ihrer eigenen Kindheit. Damals hatte sie im Garten ihrer Eltern gespielt, zusammen mit einem Nachbarsjungen, der sie immer wieder gepiesackt hatte. Genau wie das Mädchen hatte sie sich irgendwann gewehrt. Ihre Grenzen waren klar gesteckt gewesen, und sie hatte nicht davor zurückgescheut, für sich einzustehen. Wie hatte es dazu kommen können, dass sie ihre Integrität verloren hatte?

Sanna spürte, dass die Gründe dafür tiefer lagen als in den sexuellen Übergriffen. Noch konnte sie diese Schichten nicht erreichen. Doch während sie den Kindern zusah, die nun wieder einträchtig spielten, fasste sie einen Entschluss: Ab jetzt würde sie sich nichts mehr gefallen lassen, was gegen ihren Willen ging. Vor allem aber würde sie es nicht zulassen, dass irgend so ein dahergelaufener Misogyn ihre Karriere zerstörte, die sie sich über Jahre hinweg aufgebaut hatte.

• • •

Das Entsetzen von Iduns Gesicht breitete sich im ganzen Raum aus. Auch Maya schauderte, als sie begriff, was Bengt gerade preisgegeben hatte.

»Was sollte ich denn machen? Ich musste es tun! Einer musste die Polizei doch auf die falsche Fährte locken.«

»Aber … du kannst doch nicht – unschuldige Leute abknallen.«

Ungerührt zuckte Bengt mit den Schultern. »War doch ein alter Mann. Der hat sein Leben gelebt.«

»Das ist Irrsinn, Bengt! Er hatte dir doch gar nichts getan!« Iduns Stimme klang gepresst, sie kämpfte mit den Tränen. »Wie konntest du nur.« Sie senkte den Kopf und wischte sich über die Augen. Dann richtete sie sich wieder auf. »Was hattest du wirklich mit dem Mädchen vor? Wolltest du es auch erschießen?«

»Natürlich nicht. Was denkst du denn von mir?«

Idun schwieg, ihr Blick war voller Skepsis und Misstrauen.

Verteidigend hob Bengt die Hände. »Hey, ich hatte gar kein Gewehr dabei.«

»Umbringen wolltest du sie trotzdem – gib es zu!«

»Nein … ich …« Er machte einige Schritte auf Idun zu, doch sie wich zurück.

»Wie konnte ich mich nur so sehr in dir irren.«

Maya rechnete damit, dass Bengt erneut explodieren würde. Stattdessen geschah jedoch etwas, womit sie überhaupt nicht gerechnet hatte.

Das Telefon vibrierte in ihrer Hand. Sie fuhr zusammen. Vor

Schreck ließ sie beinahe das Gerät fallen. Mit zittrigen Fingern drückte sie den Anruf weg. Wie idiotisch, dass sie es nur stumm und nicht gleich in den Flugmodus gestellt hatte! Ihr Herz schlug bis zum Hals. Hoffentlich hatten die beiden nichts mitbekommen.

Aber Bengts Kopf schnellte bereits herum. »Was war das?«

• • •

»Ich erreiche sie nicht.« Pär legte das Handy auf den Schreibtisch und sah besorgt zu ihm herüber.

»Jo.« Unschlüssig drehte Hilding seinen Kugelschreiber in der Hand.

»Sie müsste längst zurück sein. So lange kann das bei Idun doch unmöglich dauern.«

»Vielleicht haben sie sich verquatscht? Ich meine, zwei Frauen …« Hilding zuckte mit den Schultern. Im nächsten Moment fühlte er sich vollkommen idiotisch. Was für eine unprofessionelle Bemerkung! Er war wirklich reif für die Rente.

Von Pär kam indessen kein spöttischer oder abwertender Kommentar, mehr noch, er schien seine Überlegung als ernsthafte Möglichkeit in Erwägung zu ziehen. »Nicht völlig ausgeschlossen. Bei unserem ersten Gespräch mit ihr haben die beiden sich über ein paar Frauenthemen ausgetauscht.«

Jetzt fühlte Hilding sich ermutigt: »Mein Chemielehrer pflegte immer zu sagen: Eine Frau – ein Wörterbuch, zwei Frauen – eine ganze Enzyklopädie.«

Pär lachte kurz auf, dann wurde er wieder ernst. »Trotzdem – ich werde das Gefühl nicht los, dass sie …« Mit den Fingern der linken Hand trommelte er auf die Tischplatte. »Maya ist eine fähige Ermittlerin, aber manchmal hat sie die Tendenz, die Dinge im Alleingang in Angriff zu nehmen.«

Das war Hilding auch bereits aufgefallen. Von Neuem wandte er sich dem Bericht über Evald Anderbergs Wagen zu, an dem er gerade arbeitete. Ein paar Minuten später klingelte sein Telefon. Es war ein Kollege, der auf Streife unterwegs war.

»Wir haben das Fahrzeug gefunden, nach dem ihr euch erkundigt habt.«

»Wo ist es?«

»Bei der Adresse, unter der der Besitzer gemeldet ist. Klövervägen 54a. Steht dort im Carport. Keine Spuren, dass das Schloss geknackt wurde.«

»Eigenartig.« Grübelnd kratzte Hilding sich am Kinn.

»Sollen wir uns das Fahrzeug genauer ansehen?«

»Wart mal kurz.« Hilding bedeckte das Mikro mit der Hand und gab die neuen Informationen an Pär weiter.

Der Stockholmer überlegte einen Moment, dann griff er seinerseits zum Telefon. »Wir schicken zwei Techniker raus.«

»Okay.« Hilding beendete das Gespräch mit dem Kollegen und legte auf. Als er zu Pär hinübersah, trommelte dieser mit abwesender Miene erneut auf seinem Schreibtisch herum.

»Das gefällt mir alles gar nicht.«

Hilding rieb sich den von der Schreibtischarbeit verspannten Nacken. »Soll ich nach Frösön rüberfahren?«

• • •

Reflexartig fasste sich Maya an ihre rechte Hüfte, doch da war keine Pistole. Richtig, die hatte sie ja in der Polizeistation gelassen, als sie zum Lunch mit Sanna aufgebrochen war.

Auf Konfrontation zu gehen, war zu riskant, auch wenn sie

den beiden mit ihren Kampfsportkünsten sicher gewachsen war. Besser sie würde den Rückzug antreten, solange es noch ging. Maya rannte zur Haustür und wollte sie aufreißen. Aber die Tür war verriegelt. Zur Hölle! Wer schloss denn am helllichten Tag seine Eingangstür von innen ab?

Maya wirbelte um die eigene Achse, um durchs Gästebad zu fliehen. Schneller als erwartet, stürmte Idun durch den Flur auf sie zu.

»Was macht SIE hier?«, hörte Maya Bengts Stimme, der hinterhergehumpelt kam.

Idun wollte sich auf sie werfen, doch mit einem *Shuto Uke* wehrte Maya instinktiv den Angriff ab. Überrumpelt von dem präzisen Schlag mit der äußeren Handkante flog Idun seitlich gegen die Wand und stürzte zu Boden.

Maya raste durch die Tür des Gästebads und knallte sie hinter sich zu. Blitzschnell drehte sie den Schlüssel herum, hechtete aufs Fenster zu, riss es auf, zog ihre Stiefel über und sprang hinaus.

Gerade als sie das Grundstück verlassen hatte, durchfuhr es sie wie ein Stromstoß: Ihr Handy! Abrupt stoppte sie. Wo war es? Sie hatte es wohl im Tumult drinnen fallen lassen. Dabei musste sie doch auf der Stelle Verstärkung rufen.

Hektisch sah sie sich um. Nirgends war eine Menschenseele zu sehen. Ausgerechnet wenn man einen Hundebesitzer, Jogger oder Spaziergänger benötigte, war keiner da. Die nächsten Nachbarn waren ein ganzes Stück entfernt. Außerdem brauchte sie ihr Telefon allein schon wegen der Tonaufnahme – nicht auszudenken, falls die beiden es an sich nehmen würden!

Kurz entschlossen rannte sie zurück. Tief in ihr schrillte ein Alarm, aber Maya ignorierte ihn. Dass sie noch mal ins Haus kommen würde, war garantiert das Letzte, womit Bengt und Idun rechneten.

Als sie sich dem Haus näherte, hörte sie lautes Stimmengewirr. Vom Eingang her drangen Schreie an ihr Ohr, die Haustür schien offen zu stehen.

»Ich habe keine Ahnung!« Iduns Stimme klang schrill.

»Du hast sie schließlich hereingelassen!«

»Aber ... sie ist doch gegangen, ehe ich los bin! Die Tür habe ich abgeschlossen! Ganz sicher!«

»Das Fenster im Bad – hast du das offen gelassen?«

»Nein.« Für eine Sekunde wurde es still, dann hörte Maya wieder Idun: »Shit! Maya – sie hat vorhin die Toilette benutzt.«

»Und da hast du nicht mal nachgeschaut, ehe du fort bist? Wie kannst du nur so leichtsinnig sein!«

»Das sagt genau der Richtige! Wer hat denn auf eigene Faust eine Spritztour mit Evalds Wagen zum Tatort gemacht? Ohne deinen Leichtsinn wäre sie ja gar nicht hier aufgetaucht!«

»Oh Gott, was sie alles gehört hat!« Bengt klang ebenso panisch wie Idun. »Jetzt ist sie durch das Fenster raus und hat bestimmt schon ihre Kollegen alarmiert. Idun, wir haben keine Wahl mehr. Wir müssen auf der Stelle weg!«

Das Badezimmerfenster stand noch offen, sie hatte ja die Tür von innen verriegelt. Mit einem Satz war Maya auf dem Fensterbrett und kletterte nach drinnen. Sie bemühte sich, so leise wie möglich zu sein. Gleichzeitig lauschte sie auf die Stimmen, die sie aus dem Flur vernahm. Lautlos pirschte sie sich an die Tür heran und legte ihr Ohr ans Holz.

»Idun! Hast du nicht gehört, was ich gesagt habe? Wir müssen weg! Ich kann nicht gut fahren mit dem Bein, das weißt du doch!«

»Ich ... ich ... wo soll das denn hinführen, Bengt?«

»Das überlegen wir uns, wenn wir irgendwo untergetaucht sind. Los jetzt!«

Ein Schluchzen drang durch die Tür an Mayas Ohr. »Ich will das alles nicht mehr!«

»Darüber hättest du dir vorher Gedanken machen sollen.« Eiskalt durchschnitt Bengts Stimme die Luft. »Du hast zugestimmt, warst bereit, mich zu unterstützen. Du bist voll auf meine Idee eingestiegen, Mats loszuwerden.«

Sofort speicherte Maya diese wichtige Information ab: Bengt hatte gerade zugegeben, dass es sein Vorschlag gewesen war, Mats zu töten.

»Ich weiß, aber …«

»Nichts aber! Jetzt müssen wir zusehen, dass wir da rauskommen. Ich werde nicht in den Knast gehen, nur weil du plötzlich rumschwächelst. Selbst wenn ich dich zwingen muss …«

Einen Moment lang herrschte Stille. Kaum ertrug Maya die Anspannung, nicht zu wissen, was zwischen den beiden geschah. Falls Bengt Idun als Geisel nahm – zuzutrauen wäre es ihm –, sollte sie eingreifen? Es konnte ja sein, dass sich Idun mittlerweile von Bengt lossagen wollte.

Maya rang mit sich, da vernahm sie Iduns Stimme, deutlich gefasster: »Ich muss noch etwas von oben holen.«

»Echt jetzt?«

»Es ist wichtig, Bengt.«

»Okay. Ich warte draußen auf dich. Aber mach schnell!«

Maya hörte ihn zur Haustür humpeln, dann schloss sich die Tür. Sie lauschte ein weiteres Mal, doch alles blieb still. Hoffentlich war Idun schon die Treppe hochgelaufen! Vorsichtig drehte Maya den Schlüssel um, drückte die Klinke hinunter und lugte durch einen winzigen Spalt. Der Flur war leer.

In rasender Geschwindigkeit scannten ihre Augen den Boden. Nichts. Hatten die beiden das Telefon womöglich gefunden?

Neben dem Eingang stand eine weiß lasierte Kommode, vielleicht war es unter das Möbelstück gerutscht? Auch auf die Gefahr hin, dass Idun zurückkam, eilte Maya hinüber und ging in die Knie. Tatsächlich – dort lag ihr Handy! Rasch streckte sie die Hand aus und angelte nach dem Gerät. Erleichtert steckte sie es in die Jackentasche. Gerade als sie sich aufrichtete, hörte sie Schritte auf der Treppe.

• • •

Sanna trank den letzten Schluck ihres Kaffees. Maya fiel ihr wieder ein, und sie zog ihr Handy aus der Gesäßtasche. Doch die Freundin nahm nicht ab. Dieses seltsame Gefühl der Unruhe meldete sich erneut in ihr, und kurz überlegte Sanna, auf Mayas Dienststelle anzurufen. Aber das würde vermutlich albern rüberkommen, wie eine Mutter, die ihrem Teenagerkind hinterhertelefonierte.

Sie straffte die Schultern und stand auf. Im wie üblich vollgestopften Hinterzimmer saß Elinor an ihrem weiß lackierten Sekretär über den Abrechnungen. Als Sanna an die nur angelehnte Tür klopfte, hob sie den Kopf.

»Ah, Sanna – du bist ein Schatz! Ohne dich wäre ich heute Nachmittag verloren gewesen.«

»Das war doch selbstverständlich.« Sanna lehnte sich an den Türpfosten. »Und falls Wilma morgen immer noch krank ist, springe ich gern wieder ein.«

»Das ist so lieb von dir.« Die Erleichterung glättete Elinors angespannte Züge.

»Ich würde gern rasch etwas erledigen.«

Elinor stellte einen marmornen Briefbeschwerer auf einen Stapel Quittungen. »Aber klar.« Sie erhob sich. »Lass dir Zeit. Der große Ansturm ist vorbei. In einer Stunde will ich eh schließen.«

»Dann sehen wir uns später zum Abendessen.«

Ein warmes Lächeln huschte über Elinors Gesicht. »Es gibt selbst gemachte Lasagne. Ich habe auch noch eine Flasche von dem Bordeaux, den du mir mal aus dem Urlaub mitgebracht hast.«

»Perfekt.«

»Wie schön, dass es dir besser geht, Sanna.«

Sanna lächelte ihr zu, dann drehte sie sich um und ging ins Café zurück. Auf dem Weg nach draußen warf sie einen Blick auf die beiden Kinder. Der Junge hatte gerade ein Bild fertig gemalt und hielt es dem Mädchen hin. »Für dich.«

Eine Mischung aus Verbundenheit und Bestätigung durchströmte Sanna, als sie ihre Jacke vom Garderobenständer neben der Tür nahm, hineinschlüpfte und das Café verließ.

Gedankenversunken lief sie das kurze Stück bis zum Seeufer. In schillerndem Farbenspiel leuchtete ihr die untergehende Sonne entgegen. Eine Weile betrachtete Sanna das Naturkunstwerk, das sich jeden Morgen und Abend aufs Neue erfand. Ziellos streiften ihre Gedanken umher, bis sie schließlich wieder bei dem Entschluss landete, den sie vorhin im Café gefasst hatte.

Ohne Umschweife holte sie ihr Telefon hervor, scrollte die gespeicherten Nummern durch und wählte die entsprechende aus.

Das Freizeichen ertönte einige Male, dann hörte sie die Stimme ihrer Chefin. »Ja, bitte?«

»Hej, Olivia, Sanna hier.«

»Sanna, wie schön, dass du dich meldest! Geht es dir besser?«

»Definitiv. Am Montag bin ich zurück.«

»Ah, das ist gut. Hier ist gerade irre viel los. Unser Konzept für die Stockholm Design Week im April – ach, das erzähle ich dir ausführlich am Montag.«

»Vorher muss ich ...« Sanna setzte neu an: »Olivia, da ist etwas, das ich mit dir besprechen möchte. Etwas ... Vertrauliches.«

»Natürlich. Worum geht es?« In Olivias Stimme schwang ehrliches Interesse und Anteilnahme mit.

Sanna gab sich einen Ruck. »Um David.«

Kapitel 25

In Windeseile stürzte Maya zurück ins Gästebad, schloss ab und floh erneut durch das Fenster. Hart landete sie auf dem Boden, rutschte aus und konnte sich gerade noch fangen. Bloß nicht so enden wie Pär!

So schnell es im Schnee möglich war, rannte sie zu ihrem Auto. Im Laufen zog sie ihr Handy wieder hervor und drückte hektisch aufs Display. Nach nur einem Klingelton vernahm sie Pärs Stimme.

»Wo bist du? Ist alles gut?«

»Bengt und Idun stecken dahinter! Sie wollen fliehen, mit Iduns weißem Fiat.«

Am anderen Ende ertönte ein zischendes Geräusch, als hätte Pär scharf eingeatmet, dann sagte er so rational, wie sie es von ihm in solchen Momenten gewohnt war: »Alles klar. Ich kümmere mich. Wo bist du jetzt?«

Mit so wenigen Worten wie möglich fasste Maya ihre Situation zusammen und gab ihm auch das Nummernschild durch, das sie sich gewohnheitsmäßig eingeprägt hatte. »Ich folge den beiden.«

»Okay. Verstärkung ist unterwegs. Ich meld mich wieder.« Pär räusperte sich. »Pass auf dich auf, Maya.«

»Na logisch.«

Kurz darauf erreichte sie ihren Wagen, sprang hinein und

steckte das Telefon in die Halterung am Armaturenbrett. Sie startete den Motor, wendete und fuhr zur Hauptstraße zurück. Keine Spur von Iduns Fiat. Maya bog nach links ab. Mittlerweile war die Sonne untergegangen, und es wurde von Minute zu Minute dunkler. Als sie am Strohballenhaus vorbeikam, warf Maya einen raschen Seitenblick aus dem Fenster: Die Einfahrt war leer. Weit vor sich auf der Straße entfernten sich die Rücklichter eines Fahrzeugs. Das mussten sie sein!

• • •

»Großeinsatz!« Wie eine Fanfare tönte Pärs Ruf durch das Büro. Hastig griff er nach dem Hörer des Diensttelefons auf seinem Schreibtisch und gab den Alarm an die Einsatzkräfte durch.

Hilding erstarrte, einige Sekunden lang schwebten seine Finger über der Tastatur.

»Hilding, Sonny, ihr beiden fahrt hinter den Einsatzwagen.« In knappen Sätzen folgten weitere Anweisungen.

Sofort schoss Sonny von seinem Stuhl in die Höhe, und auch Hilding sprang auf, schnappte sich sein Handy und stürzte ihm nach zum Umkleideraum. So schnell wie möglich schlüpfte er in die kugelsichere Weste, schnallte das Pistolenhalfter um und zog seine Ausrüstung an.

Kurz darauf saßen sie im Dienstwagen und brausten mit Blaulicht und Sirene hinter den drei Einsatzwagen her vom Parkplatz.

Mit hoch konzentriertem Gesichtsausdruck lenkte Sonny den Wagen durch den Kreisverkehr in Richtung Innenstadt. »Endlich mal Action!«

»Jo.« Für Hildings Geschmack hatte es in der vergangenen Woche mehr als genügend Action gegeben. Jetzt noch eine Verfolgungsjagd mit einem irren Mörderpärchen, das auf der Flucht war – Hollywood ließ grüßen! Ihm war, als schnüre ihm jemand den Brustkorb ein.

Sein Handy klingelte, es war Pär. »Wir halten auf dem Weg Kontakt mit Maya. Sie ist hinter Idun und Bengt, die beiden fahren in westlicher Richtung.«

»Dann wollen sie wohl über die Rödöbron.« Hildings Kopf ratterte. »Oder fahren sie etwa zum Flughafen?«

»Am Flughafen wissen sie schon Bescheid«, vernahmen sie Pärs Stimme. »Wagen eins Richtung E14, ihr fahrt vom Norden her zur Rödöbron. Wagen zwei und drei erst mal weiter Richtung Frösön. Hilding, ihr auch.«

• • •

Automatisch gab Maya Gas und folgte dem Wagen, der gerade in einer Kurve verschwand. Gottlob hatten alle Autos hier Spikereifen!

Kaum hatte sie die Straßenbiegung hinter sich gelassen, sah sie den weißen Fiat vor sich. Erneut drückte Maya aufs Gaspedal. Sie durfte trotz allem nicht zu viel riskieren – jederzeit konnte eine glatte Stelle sie überraschen.

Sie preschten eine von kahlen Birken gesäumte Allee entlang, die in der Dämmerung gespenstisch wirkte. Rechts und links nichts als schneebedeckte, weite Flächen. Hoch konzentriert umklammerte Maya das Lenkrad. Idun und Bengt hatten einen Vorsprung, doch schleichend verringerte sich der Abstand.

Allmählich tauchten längs der Landstraße vereinzelte Gebäude auf, rot-weiße Bauernhöfe, Sommerhäuser, dann wurde die Besiedlung dichter, und sie kamen in eine Ortschaft. Mit unverminderter Geschwindigkeit bretterte der Fiat geradeaus weiter. Maya schickte ein Stoßgebet in den Himmel, es möge bloß kein Kind unbeaufsichtigt auf die Fahrbahn laufen.

An einer T-Kreuzung bog Iduns Fiat nach links ab, Maya folgte ihm. Sogleich gab sie die Infos an Pär durch. »Wir fahren jetzt auf einer etwas größeren Straße.«

Es dauerte einen Moment, ehe sie seine Stimme aus dem Handy hörte: »Lag an der Ecke auf der linken Seite ein ICA-Supermarkt?«

»Ich glaub schon.« Rasch sah Maya in den Rückspiegel. »Ja, genau.«

»Alles klar.« Nach einer kurzen Pause verkündete Pär: »Ihr seid in Valla, auf dem Vallsundsvägen. Vermutlich wollen sie zur Rödöbron, um so von der Insel zu kommen. Wir versuchen, ihnen von dort den Weg abzuschneiden.«

»In Ordnung.«

Bald darauf hatten sie die Ortschaft hinter sich gelassen. Schnurgerade zog sich die Straße hin, und Maya holte alles aus dem Škoda heraus, was er hergab. Tatsächlich verringerte sich der Abstand zu Bengt und Idun kontinuierlich.

Vor ihnen tauchte eine weitere Biegung auf. Ohne das Tempo zu drosseln, verschwand der Fiat abermals aus Mayas Blickfeld.

Unwillkürlich nahm Maya den Fuß vom Gas. Nur nicht zu schnell in die Kurve gehen! Das Lenkrad fest in den Händen, folgte sie dem Verlauf der Landstraße. Aber hinter der Biegung war der Wagen plötzlich fort.

• • •

Pärs Worte hallten in Hilding nach. Irritiert runzelte er die Stirn. Wenn Bengt und Idun zur Rödöbron wollten – warum waren sie dann links abgebogen? Das war doch ein Riesenumweg! Immerhin kannten die zwei sich aus – weshalb taten sie das? Hatten sie in der Hektik falsch entschieden, oder war ihr Ziel gar nicht die Brücke im Norden von Frösön?

Inzwischen hatten sie selbst die Frösöbron erreicht. Der erste Einsatzwagen setzte sich in Richtung Autobahn ab, Sonny und er folgten den anderen beiden zur Insel hinüber.

Plötzlich tönte Mayas aufgeregte Stimme aus dem Handy. »Sie sind weg!«

Überrascht sahen sich Sonny und er für einen Moment an, ehe sich Sonny wieder auf die Straße konzentrierte.

Pär tauschte einige Worte mit ihr und richtete sich anschließend in nüchternem Ton an die Eisatzwagen vor ihnen: »Gesuchtes Fahrzeug verschwunden, weitere Anweisungen folgen.«

Dazwischen hörten sie erneut Maya ausrufen: »Wo können sie denn bloß sein? Sie waren doch eben noch vor mir!«

Eine unheilvolle Ahnung überfiel Hilding. »Das Eis! Sie wollen übers Eis fliehen. Maya, war da eine Stelle, wo man zum See hinunter abbiegen konnte?«

• • •

Angestrengt schaute Maya erst geradeaus, danach in den Rückspiegel. Inzwischen war es dunkel, außerhalb der Ortschaft gab es keine Straßenbeleuchtung. Eine Abzweigung erkannte sie nicht, die Leitplanke zog sich am Uferbereich entlang. »Kann sein, dass ich gerade irgendwo vorbeigekommen bin.« Sie wendete und fuhr zurück.

»Shit!« Gleich hinter der letzten Kurve entdeckte sie eine unbefestigte Stichstraße, die zum Ufer hinunterführte.

Abermals beschleunigte Maya. Jetzt bemerkte sie die frischen Reifenspuren vor sich – Idun war tatsächlich abgebogen. Sie bremste wieder ab und nahm die Zufahrt zum See hinunter. Sicher eine Stelle, an der man im Sommer Boote ins Wasser ließ.

»Du hast recht!« Vor sich auf dem zugefrorenen Gewässer erspähte Maya Iduns Fiat. »Da vorn sind sie!« In diesem Augenblick fiel ihr ein: Christoffer hatte erzählt, dass es drei Wege über den vereisten Storsjön gab, die seit Ende Januar, wenn das Eis dick genug war, für den Fahrverkehr geöffnet waren. Doch das hier sah überhaupt nicht nach einer markierten Fahrbahn aus.

»Sie fahren einfach so über die Eisfläche! Quer über den See, Richtung gegenüberliegendes Ufer.« Einen Moment zögerte Maya, dann rollte sie von der Straße aufs Eis. Bengt war von hier. Er wusste hoffentlich, was er tat. »Ich folge ihnen.«

Pär antwortete nicht.

»Pär? Hörst du mich?«

Die Verbindung war abgebrochen.

• • •

»Übers Eis! An der Stelle! Die sind ja lebensmüde!« Sonny schüttelte heftig den Kopf. »Wenn sie mehr als dreißig fahren, können Risse im Eis entstehen!«

Hilding konnte ihm nur recht geben. Das beklemmende Gefühl in seiner Brust schwoll an.

»Hast du das gehört, Maya?« Pärs Stimme tönte aus dem Telefon, doch Maya antwortete nicht. »Maya?«

»Vermutlich ein Funkloch.« Sonnys Miene verdüsterte sich.

»*Fan också!*« Zum ersten Mal klang Pär ernsthaft beunruhigt.

Auch Hilding sorgte sich. Die Anspannung machte ihm zu schaffen. Er fingerte am obersten Hemdknopf unter dem Pullover, um ihn zu öffnen. Wenn er besser atmen konnte, verschwand sicher der Druck in der Brust.

»Okay, wir teilen uns noch mal auf.« Pär hatte seinen souveränen, bestimmten Ton wiedergefunden. »Einsatzwagen eins fährt weiter über die Insel. Wagen zwei und ihr, Hilding: Nehmt die Vallsundsbron zurück aufs Festland. Dann an der Küste entlang, dass wir sie auf der anderen Seite abfangen können.«

• • •

In einem Wahnsinnstempo raste das Fahrzeug vor Maya über den gefrorenen See.

Sämtliche Bedenken verdrängend, brauste Maya hinterher. Die Spikes taten ihren Dienst, der Škoda blieb sicher in der Spur.

Durch die schneebedeckte Eisfläche war es trotz der Dunkelheit hell. Am Ufer schimmerten hier und da die Lichter von Häusern. Unter anderen Umständen, mit geringerer Geschwindigkeit, hätte es eine magische Fahrt sein können. So jedoch war Maya hundertprozentig auf den Wagen vor ihr konzentriert.

Mit einem Mal zerriss ein Knall die Stille. Der Schreck durchfuhr Maya bis ins Innerste, ihr Fokus kippte, das Lenkrad ruckte in ihren Händen. Der Škoda schlitterte nach links, sie lenkte dagegen, und das Auto begann, unkontrolliert zu rutschen. Panik flutete ihren Körper, die sie so schnell wie möglich wegzupressen versuchte. Sie sammelte sich, und es gelang ihr schließlich, das Fahrzeug wieder geradeaus zu lenken.

Was zur Hölle war das gewesen? Sie kniff die Augen zusammen und erkannte auf der Beifahrerseite des Fiats einen Schatten. Ein Rohr? Maya schaute genauer hin. Ein Gewehr! Im nächsten Moment knallte es abermals.

Dieses Mal war Maya besser vorbereitet. Der Wagen machte nur einen kleinen Satz. Doch für einen Sekundenbruchteil fürchtete sie, ein Reifen könnte geplatzt sein. Die nächsten Meter fuhr

Maya mit angehaltenem Atem. Ihr Auto hatte nichts abbekommen. Sie stieß die Luft aus. In der Hoffnung, Bengt könne so sein Ziel verfehlen, begann sie, leichte Schlangenlinien zu fahren. Weitere Schüsse fielen, ein ums andere Mal bangte Maya, aber auch sie gingen daneben. Ihre verschwitzten Hände klebten am Lenkrad, jeden Augenblick konnte sie getroffen werden.

Endlich verschwand das Gewehr im Innern des Fahrzeugs. Maya atmete auf. Hoffentlich lud Bengt nicht bloß nach!

Immer näher kamen sie dem Uferbereich. Zwischen mehreren Häusern gab es eine einzige Zufahrt, ähnlich der, die sie aufs Eis genommen hatten. Der Kontakt zu Pär war nach wie vor abgebrochen. Maya betete, dass das Netz besser wurde, sobald sie wieder auf dem Festland war.

Idun und Bengt erreichten das Ufer. Sie fuhren von der Eisfläche herunter – jetzt durfte Maya sie nicht verlieren! Ein weiteres Mal trat sie das Gaspedal bis zum Anschlag durch. Nur noch wenige Meter trennten sie vom Land. Vor der Uferkante bremste sie leicht ab. Der Wagen machte einen kleinen Hopser, dann griffen die Spikes, und Maya folgte dem Zufahrtsweg bis zur Straße. Vor ihr bog der Fiat gerade nach rechts ab.

Maya hatte erst ein kurzes Stück auf der Uferstraße hinter sich gebracht, als ihr Handy klingelte. Eilig drückte sie auf den Anrufbutton. »Pär?«

In der Leitung rauschte und knisterte es.

»Pär, kannst du mich hören?«

• • •

»Ich fasse es nicht! Die sind echt übers Eis gebrettert! Respekt, diese Maya ist ganz schön tough!« Anerkennend nickte Sonny zu Hilding herüber.

»Hm.« Hilding konnte ihm nur uneingeschränkt zustimmen. Wobei er sich insgeheim fragte, ob es wirklich als mutig anzusehen war oder vielmehr an bodenlosen Leichtsinn grenzte. Doch offenbar war es gut gegangen. Seit ein paar Minuten gab es wieder eine Verbindung. Immer noch kämpfte er gegen den Druck in seiner Brust. Vermutlich lag das zusätzlich zur Situation an Sonnys ruppigem Fahrstil.

Idun und Bengt fuhren am See entlang in westlicher Richtung. Einsatzwagen eins hatte die E14 nordwestlich um den Storsjön herum genommen und bog nun auf eine Landstraße Richtung Süden ab, um zu ihnen zurückzugelangen. Einsatzwagen zwei hatte gewendet und näherte sich von hinten. Soeben passierte Einsatzwagen drei vor ihnen die Vallsundsbron.

»Sie sind gerade nach links abgebogen, Richtung Rödmyrmyrens Naturreservat«, tönte Pärs Stimme aus dem Lautsprecher des Telefons. »Sie werden versuchen, zur E45 zu kommen. Einsatzwagen zwei: Hinter der Brücke rechts Richtung Autobahn. Einsatzwagen drei: Folgt der Uferstraße, nehmt die Abzweigung bei Orviken. Wir versuchen, ihnen im Reservat den Weg abzuschneiden. Vorsicht, die beiden sind bewaffnet! Hilding, ihr folgt Maya über die Abzweigung bei Målsta.«

»Geht klar, Chef!« Sonny lehnte sich am Steuer nach vorn. »Jetzt nehmen wir sie in die Zange!«

• • •

Die schmale Straße glitzerte im Scheinwerferlicht, an manchen Stellen glänzte sie verräterisch. Maya fluchte. Hier war nicht gestreut. In einem solchen Tempo durch den stockdunklen Wald zu donnern, war kompletter Irrsinn! Wenn sie weiter so rasten, würde einer von ihnen über kurz oder lang im Straßengraben landen. Instinktiv drosselte Maya die Geschwindigkeit. Sofort vergrößerte sich der Abstand zwischen ihr und dem Fiat.

Von Pär wusste sie, dass sich Verstärkung aus allen Richtungen näherte. Sie kesselten das Verbrecherpärchen ein, immer enger zog sich das Netz zusammen. Idun und Bengt hatten im Grunde keine Chance.

In halsbrecherischem Tempo sauste der Wagen vor ihr abermals in eine Straßenbiegung. Maya bremste stärker ab. Sobald sie aus der Kurve raus war, konnte sie erneut beschleunigen. Das war sinnvoller, als zu riskieren, dass ...

Es war eine S-Kurve. Sie hatte gerade den zweiten Bogen hinter sich, da schoss Mayas Fuß reflexartig auf die Bremse. Ein Stück vor ihr standen mitten auf der Straße zwei Elche!

Der Wagen schlingerte und preschte auf den Straßengraben zu. Automatisch lenkte sie dagegen, schlitterte zur anderen Seite und konnte das Fahrzeug gerade so wieder unter Kontrolle bekommen. Kurz vor dem rechten Graben kam sie zum Stehen.

Rechts von ihr verschwanden die majestätischen Tiere im Wald. Das Adrenalin kreiste wie wild durch Mayas Körper. Das hätte richtig ins Auge gehen können! Erst neulich hatte sie von einem Elchunfall gelesen, bei dem das Geweih den Fahrer durch die Frontscheibe hindurch enthauptet hatte. Nachdem sie einmal kräftig die Luft ausgestoßen hatte, sah Maya sich um. Wo war der Fiat?

»O mein Gott!« Bestürzt betrachtete sie das Bild, das sich links von ihr am Waldesrand bot. Der Fiat war von der Straße abgekommen und frontal gegen einen Baum gekracht.

»Maya? Ist was passiert?« Auf einen Schlag war Pärs sachlicher Ton verschwunden.

»Idun und Bengt – sie sind gegen einen Baum gerast. Wir brauchen einen Rettungswagen, so schnell wie möglich!«

Pär versprach, sich sofort darum zu kümmern. Maya legte auf und stieg aus dem Wagen. Ihr Puls raste, die Stresshormone mischten sich mit der Angst um die Unfallopfer, als sie sich der Unfallstelle näherte. Auf das Schlimmste gefasst, trat sie an den zusammengestauchten Fiat heran.

Während die Fahrerseite furchtbar demoliert aussah, war die andere vergleichsweise glimpflich davongekommen. Bengt saß auf dem Beifahrersitz, er hatte die Augen geschlossen. Maya versuchte, die Tür zu öffnen. Zweimal musste sie daran zerren, bevor es ihr gelang. Rasch prüfte sie Bengts Puls. Er lebte noch. Offenbar war er lediglich bewusstlos. Sie nahm das Gewehr an sich, das zu seinen Füßen lag, und überprüfte die Sicherung, ehe sie um das Wrack herum zur Fahrertür lief.

Hier sah es grauenhaft aus. Idun war vollständig in das Autowrack eingequetscht. Aus einer Platzwunde am Kopf rann Blut. Als Maya sich durch das geborstene Fenster zu ihr hinunterbeugte, zuckte es in ihrem Gesicht.

»Idun?«

»Die Elche – plötzlich waren sie da …« Ihre Augenlider flatterten, dann öffneten sie sich. Idun blinzelte.

»Ganz ruhig, es wird alles gut.« Maya zog ein Taschentuch aus ihrer Jacke und tupfte ihr behutsam das Blut ab.

»Ich habe versucht … der Wagen … Es ging so schnell …« Ihr Blick trübte sich.

»Idun, halte durch! Hilfe ist unterwegs.« Mayas Worte schienen sie nicht zu erreichen.

Apathisch starrte sie ins Leere. Noch einmal klärte sich der Ausdruck in ihren Augen. Sie sah Maya an, und ihre Miene verzog sich schmerzlich. »Ich habe das nicht … gewollt … Der alte Mann … Bengt … Ich … habe mich … geirrt … Ich …« Wieder umnebelte sich der Blick.

»Idun? Idun, du schaffst das! Ich bin bei dir. Es dauert sicher nicht mehr lang.« Verzweifelt schaute Maya zur Straße hinüber. Wie lange würde es dauern, bis der Rettungswagen von Östersund eintreffen würde? Während der Verfolgungsjagd hatte sie komplett die Orientierung verloren. Vielleicht schickten sie auch einen Hubschrauber?

Mit einem Mal erschien auf Iduns Gesicht ein merkwürdig entspannter Ausdruck. »Alles fühlt sich ... so leicht an ... Als würde ich ... schweben ... und ...« Ein letztes Mal zuckten ihre Lider, dann sackte der Kopf seitlich weg.

Maya schluckte. In ihrem Hals schwoll ein Kloß immer dicker an.

• • •

Krampfhaft hielt sich Hilding an seinem Sitz fest. Wie ein Rallyefahrer donnerte Sonny über die Landstraße, dass der Dienstwagen nur so hüpfte.

»Scheiß Schlaglöcher!«, kommentierte Sonny bloß und brauste mit unverminderter Geschwindigkeit weiter.

Hilding spürte eine leichte Übelkeit im Magen. Die Netzverbindung war vor ein paar Minuten abgebrochen. »Da vorn ist 'ne Kurve.«

»Yep!« Ruckartig bremste Sonny ein wenig ab. »Mann, was 'ne Fahrt – dagegen ist Rallye Monte Carlo nix!«

»Hm.« Hilding versuchte, den Anflug von Panik, der aus seinem Inneren aufstieg, zu ignorieren. Der Druck auf seiner Brust wurde zunehmend stärker. Sicher die rasante Autofahrt, der Stress. Er zerrte an seinem Pullover, um den Ausschnitt noch ein bisschen zu weiten. Mehr Sauerstoff wäre jetzt gut. Aber bei der

Kälte das Fenster öffnen? Wenn sie gleich da waren, die frische Luft würde ihm sicher helfen.

»*Herregud!*« Abermals trat Sonny auf die Bremse. Dieses Mal, bis das Fahrzeug stillstand. »Scheint, wir sind am Ziel.« Er deutete auf die Unfallstelle auf der linken Seite.

Hilding schluckte, als ihm klar wurde, was hier geschehen war. Mayas Mietškoda war ein paar Meter vor ihnen zum Stehen gekommen. Sie selbst verharrte reglos neben dem Wrack der Verfolgten und starrte ins Leere. Der weiße Kleinwagen bot einen grauenhaften Anblick. Besonders die Fahrerseite war dermaßen zusammengequetscht, dass Hilding sich nicht vorstellen konnte, darin einen Überlebenden zu finden. In diesem Moment schaute Maya auf, hob zögernd die Hand und kam langsam zu ihnen herüber. Im Licht der Scheinwerfer sah ihr aschgraues Gesicht gespenstisch aus.

Sofort sprang Sonny aus dem Wagen. Hilding folgte ihm. Doch kaum, dass er ausgestiegen war, spürte er, dass etwas mit ihm ganz und gar nicht stimmte. Vor seinen Augen flimmerte es, er bekam nicht genug Luft. Gleichzeitig rauschte es in seinen Ohren, als säße er irgendwo am Meer in der Brandung. Halt suchend stützte er sich mit den Händen an das Fahrzeug und versuchte durchzuatmen. Nach einigen Atemzügen ließ der Druck auf der Brust allmählich nach, und er schaffte es, sich aufzurichten.

Von fern ertönten die Sirenen des Rettungswagens.

Angestrengt lief Hilding zu Maya und Sonny hinüber.

»Hilding, alles klar?« Mit besorgter Miene kam Sonny ihm entgegen. »Du bist kreideweiß. Ist dir nicht gut?«

»Hm.« Das Rauschen schwoll von Neuem an, das Flimmern ebenfalls. »Vielleicht sollte ich mich kurz …« Um ihn herum wurde es schwarz.

Kapitel 26

Samstag, 3. Februar

An diesem Morgen konnte Maya endlich einmal wieder ausschlafen. Weder klingelte der Wecker, noch wachte sie von allein zu unmenschlich früher Stunde auf, wie es seit ihrer Ankunft in Östersund der Fall gewesen war.

Als sie schließlich die Augen aufschlug, fühlte sie sich trotzdem völlig ausgelaugt. Draußen war es bereits hell. Schlaftrunken schaute Maya auf ihr Handy. Es war halb zehn. Das Hotelfrühstück konnte sie gleich mal abhaken.

Maya streckte sich. Stück für Stück kehrte die Erinnerung an den gestrigen Tag zurück. Idun und Bengt, die Verfolgungsjagd, der Unfall. Idun, die in ihrem Beisein verstarb. Quasi unter ihren Händen. Abermals übermannten die Tränen Maya. Sie ließ sie fließen, dachte dabei an ihre Mutter, die in der Kindheit immer zu ihr gesagt hatte: »Wenn die Traurigkeit zu groß ist, lass sie aus deinen Augen herausströmen. Halte sie nicht zurück, sonst staut sie sich in dir an und macht dich irgendwann krank.« Idun, die unter Mats gelitten und den Absprung nicht geschafft hatte. Die sich stattdessen in eine Affäre mit dem zurückhaltenden Bengt geflüchtet hatte, sicher hatte er sich zu Beginn sehr verständnisvoll und einfühlsam gezeigt. In Mayas Trauer mischte sich Wut. Bengt hatte Iduns Schwäche genauso schamlos für seine Zwecke ausgenutzt wie Mats, nur auf andere Weise. Jetzt war Idun tot, und

Bengt lebte. Man hatte ihn ins Krankenhaus gebracht, und noch in der Nacht erfuhren sie, dass er es schaffen würde.

Ebenso hatte Hilding den Rettungsdienst benötigt. Kaum, dass er und Sonny den Unfallort erreicht hatten, war er zusammengebrochen. Doch auch was ihn betraf, hatte es bald darauf Entwarnung gegeben. Ein Vorhofflimmern, wie Maya erfahren hatte, das ab sofort medikamentös behandelt würde. Schon länger war Hilding offenbar ein Risikopatient für Herzerkrankungen. Maya dachte daran, wie unsympathisch er ihr am Anfang gewesen war, genau wie Sonny. Inzwischen waren sie zu einem echten Team zusammengewachsen. Ein Team, das sich nun wieder auflösen würde. Ihre Zeit hier oben neigte sich dem Ende entgegen.

Noch einmal streckte sich Maya, dann stand sie langsam auf. Obwohl sie keinerlei Alkohol zu sich genommen hatte, wurde ihr schwindelig. Es hatte bis spät in die Nacht gedauert, ehe Pär und sie gestern alle Formalitäten abgewickelt hatten und ins Hotel zurückgekehrt waren. Erst jetzt bemerkte Maya, dass ihre Zunge am Gaumen klebte. Wann hatte sie eigentlich zuletzt Wasser getrunken?

Sie lief ins Bad und hielt das Zahnputzglas unter den Wasserhahn. In großen Schlucken trank sie das Glas leer und füllte es zwei weitere Male auf. Nach einer langen Dusche fühlte sie sich endlich wohler. Gemeinsam mit Pär nahm sie einen Kaffee in der Hotellobby, dann machten sie sich auf den Weg zum Krankenhaus, in der Hoffnung, dass Bengt vernehmungsfähig sein würde.

Inzwischen hatte Maya das Gefühl, sich im Östersunder Hospital richtig gut auszukennen, so oft, wie sie in der kurzen Zeit bereits hier gewesen war. Durch den hellen, freundlich gestalteten Eingangsbereich lief sie mit Pär zum Empfangstresen, wo man ihnen mitteilte, auf welcher Etage sie Bengt Hansen fanden.

Auf der Fahrt hatten sie sich eine Strategie zurechtgelegt, nachdem sie zusammen Mayas Sprachaufnahme vom Vortag angehört hatten. Pär würde die Vernehmung führen, und Maya war es nur recht so. Nach allem, was sie über Bengt wusste, hatte sie einen solchen Hass auf ihn, dass es ihr schwerfallen würde, sich zu beherrschen.

Zu ihrer Überraschung war die Aufnahme, als sie ihr Gerät während Iduns Angriff hatte fallen lassen, weitergelaufen, und so hatten sie sämtliche Worte zur Verfügung, die die zwei gewechselt hatten. Es war Maya schwergefallen, Iduns Stimme zu hören. Wenn sie an sie dachte, fühlte sie sich schrecklich. Hätte sie die beiden nicht verfolgt, wer weiß – vielleicht würde sie noch leben?

Vor dem Zimmer trafen sie auf einen Kollegen aus dem Streifendienst, der sie eintreten ließ. Bengt war bei Bewusstsein und lag blass, aber mit wachem Blick im Krankenhausbett. Wie schon bei dem Brand hatte er unverschämtes Glück gehabt und war mit einigen leichteren Verletzungen davongekommen. Eine primitive Regung tief in Maya wünschte ihm einen bleibenden Schaden.

Neben dem Krankenbett saß ein Mann in einem dunkelgrün-ockergelb karierten Anzug, der sich als Bengts Anwalt Claes Degermark vorstellte.

Pär leitete das Gespräch auf taktvolle Weise ein, er erkundigte sich nach Bengts Befinden, ob er irgendetwas bräuchte oder sie jemanden für ihn informieren sollten. Bengt antwortete nicht.

Auch als Pär ihm sein Beileid zu Iduns Tod aussprach, sagte er kein Wort.

Nachdem Pär Bengt über seine Rechte informiert und Maya das Aufnahmegerät gestartet hatte, begann Pär betont neutral mit dem ersten Punkt der Beschuldigungen, der von langer Hand geplanten, vorsätzlichen Tötung von Mats Anderberg. »Was hast du dazu zu sagen, Bengt?«

»Kein Kommentar.«

Maya spürte Wut in sich aufsteigen. Diese Masche wollte er also fahren! War ja momentan total angesagt, im ganzen Land klagten die Kollegen über die »Kein-Kommentar-Taktik«, die die Anwälte ihren Mandanten einbläuten.

Aber auch auf diesen Fall waren sie vorbereitet. Innere Unruhe schüren und befeuern, hatte Pär ihr als Stichwort gesagt. Gerade lächelte er mild und richtete seine Aufmerksamkeit zunächst auf Claes Degermark. »Ich danke dir. Das sind meine liebsten Befragungen.« Er schaute erneut zu Bengt, hob amüsiert eine Braue: »Wer legt schon Wert auf amerikanische TV-Vernehmungen?«

In Bengts Mimik nahm Maya eine leichte Verunsicherung wahr, doch sogleich hatte er sich wieder im Griff.

»Also dann, fangen wir an.« Pär zog eine Mappe aus seiner Tasche, in der sich ein Stapel loser Seiten befand. Fahrig blätterte er darin herum. Wie beiläufig und ohne hochzuschauen bemerkte er: »Ich frage mich die ganze Zeit, wo ihr jetzt weiterarbeiten werdet, mit der RVS. Bis das Haus renoviert sein wird, dauert es ja eine Weile.«

Bengts Blick zuckte zu Claes Degermark, und Maya konnte förmlich seine Gedanken lesen: War das Teil der Befragung? Sie registrierte das minimale Nicken des Anwalts, und prompt kam es: »Kein Kommentar.«

Anscheinend hatte Pär gefunden, was er suchte, denn er legte ein Blatt zuoberst und sah nun Bengt an. »Überhaupt ist es ja eine Schande, dieser Brand, mit all den Unterlagen von euch. Wenn Mats das erlebt hätte! Schließlich war er doch der Kopf der Organisation. Oder sollte ich besser sagen, Kopf und Herz? So wie er sich engagiert hat?«

»Kein Kommentar.«

»Wie lief eigentlich die Arbeit unter Mats in der RVS ab? Im Vergleich zu vorher? Ihr müsst doch heilfroh gewesen sein, als er von Stockholm zurückgekommen ist. Was er sich da für einen Ruf aufgebaut hat! Davon profitierte schließlich die ganze Bewegung.«

»Kein Kommentar.« Diesmal klang es eine Spur genervt.

»Gegen Arvid Åkesson wird übrigens nun wegen illegaler Abholzung ermittelt.« Unvermittelt wechselte Pär das Thema. »Möchtest du uns dazu etwas sagen?«

Bengt zögerte einen Moment, ehe er sein »Kein Kommentar« von sich gab.

Maya bewunderte Pär für seine stoische Art. Von ihm konnte sie noch einiges lernen. Ihr selbst fiel es manchmal nach wie vor schwer, sich nicht von ihren Emotionen mitreißen zu lassen. Ihr gestandener Kollege hingegen zog seine Verpeilt-und-trottelig-Taktik durch und erkundigte sich nach allen möglichen Belanglosigkeiten der RVS, nach dem Alltag mit Mats sowie Bengts Leben im Großen und Kleinen. Es war unglaublich ermüdend, und mehrmals musste Maya ein Gähnen unterdrücken. Pär schien dieses Schauspiel seinerseits nur anzuspornen, und er kostete sein zerstreutes Alter Ego weidlich aus.

Gerade wies er auf sein Bein. »Schienbeinbruch. Habe ich mir geholt, als wir in Arvids Lager waren und von einer Horde Hunde überfallen wurden. Tut sauweh, kann ich dir sagen.« Er schaute Bengt einen Moment prüfend an. »Du bist ja vor dem gestrigen Unfall auch schon gehumpelt, wurde mir gesagt?«

»Kein Kommentar.«

»Jedenfalls, du wurdest Freitagvormittag hinkend gesehen. Mit dem Brand hing das ja nicht zusammen, wenn ich mich richtig erinnere.«

»Kein Kommentar.«

»Es muss also danach passiert sein, also am Mittwoch oder Donnerstag. Da hast du eine Menge durchmachen müssen, in letzter Zeit.« Pär legte Mitgefühl in seine Stimme: »Der Brandanschlag, deshalb warst du ja letzte Woche erst hier. War es nicht Verdacht auf Gehirnerschütterung? Da bist du ja auf eigenes Risiko vorzeitig nach Hause ... Jaja, nur nicht die RVS im Stich lassen ... Dann die Beinverletzung und jetzt dieser schreckliche Unfall. Dazu der Verlust zweier Menschen, die dir nahestanden. So viel kann man ja gar nicht ertragen.«

»Kein Kommentar.« Bengts Stimme klang gepresst.

Pär sah ihn einen Moment nachdenklich an. »Wir müssen kurz unterbrechen.« Er griff nach seinen Gehhilfen, die an dem Krankenbett lehnten, und erhob sich umständlich. »Ich habe ein Bedürfnis.«

Maya drückte auf die Taste des Aufnahmegeräts, stand auf und öffnete ihm die Tür. Anschließend setzte sie sich wieder auf ihren Platz. Schweigend ruhten ihre Augen auf Bengt, wobei sich ihre Verachtung gewiss in ihrer Miene widerspiegelte. In vielen Fällen gelang es ihr, auf irgendeine Art die Motivation und Hintergründe der Täter nachzuvollziehen. Bei Bengt stieß sie an ihre Grenzen. Während sie ihn unverwandt ansah, flackerte sein Blick unruhig umher und wich ihrem bewusst aus.

Die Minuten krochen dahin, doch Pär kam nicht zurück. Zwar hatten sie vereinbart, dass er irgendwann den Raum verlassen würde, aber so lange?

Inzwischen tuschelte Bengt nervös mit seinem kleinkarierten Anwalt. Maya spitzte die Ohren, verstand jedoch kein Wort.

Endlich betrat Pär das Zimmer. »So, wir können weitermachen.« Beinahe gut gelaunt setzte er sich und griff nach seinem

Ordner, den er zwischenzeitlich auf den Boden gelegt hatte. »Habt ihr euch in meiner Abwesenheit gut unterhalten?«

Keiner reagierte, und Maya konnte Bengt ansehen, dass er sich zu dumm vorkam, darauf seine Standardantwort zu geben.

Maya schaltete das Aufnahmegerät ein, und Pär richtete seine Aufmerksamkeit von Neuem auf Bengt. »Ich erinnere mich an unser letztes Gespräch hier. Hast du da nicht behauptet, du seiest noch nicht über deine Ex hinweg?«

»Kein Kommentar.«

»Nehmen wir mal an, das war keine Lüge.« Pär kratzte sich am Kinn. »Dann vermute ich, du wolltest ursprünglich gar nichts mit Idun anfangen, vielleicht hat sie erst nur Trost gesucht, jemanden, der sie versteht. Aber irgendwann hat sie dich verführt, nicht wahr?« Pär schlug einen kumpelhaften Ton an. »Es ist doch immer das Weib, das lockt, oder?«

Verunsichert schaute Bengt zu seinem Anwalt, als wolle er sich vergewissern, ob seine Antwort vonnöten war. Vorsichtshalber sagte er schnell: »Kein Kommentar.«

»Da war noch etwas ... mit einem Auto ... was war es noch gleich?« Pär kramte in seinen Papieren herum. »Ah, richtig, ein silberner Kombi. Der Besitzer ist ... Ich hab's gleich ... Ja, genau. Mats' demenzkranker Vater, Evald Anderberg. Der Wagen parkt immer vor seiner Wohnung in Odensala. Bis auf vorgestern, da war er plötzlich fort, erzählten uns die Nachbarn. Seltsam, nicht?«

»Kein Kom...«

»Kein Kommentar, ich weiß.« Geduldig nickte Pär. »Lass uns eine Vereinbarung treffen: Wir alle wissen, du hast dich entschieden, nichts zu sagen. Also ersparen wir uns dieses ständige ›Kein Kommentar‹. Du schweigst einfach, und wir alle wissen, das bedeutet ›Kein Kommentar‹.«

Maya schaute vom Karoanwalt zu Bengt, die beide mehr und mehr von Pärs Gesprächsführung überfordert zu sein schienen.

»Zurück zum silbernen Kombi. Was richtig seltsam ist: Der Wagen wurde gesichtet, und zwar nicht weit entfernt von der Stelle, an der Mats erschossen wurde. Ist doch eigenartig, oder?«

Bengt öffnete den Mund, dann erinnerte er sich und klappte ihn wieder zu.

»Zu besagtem Zeitpunkt hat ein Mann …«, Pär machte eine bedeutungsschwangere Pause, »ein neunjähriges Mädchen durch den Wald gejagt. Bei einsetzendem Schneesturm, das muss man sich einmal vorstellen! Das Mädchen, übrigens die Tochter deiner ehemaligen Mitschülerin Annika Nordström, hatte riesiges Glück. Bei den Temperaturen verirrt im Wald – das hätte sie das Leben kosten können.«

Für einen Moment ließ Pär seine Sätze nachwirken, und Maya registrierte, wie Bengt in seinem Bett hin und her rutschte.

»Jedenfalls«, fuhr Pär fort, »hat Frida ausgesagt, der Mann sei gestürzt und habe sich ordentlich das Knie verletzt. Schon ein großer Zufall, wenn ich so darüber nachdenke.« Pär stopfte das Blatt, das er noch in den Händen hielt, in die Mappe zurück. Wie zu sich selbst sagte er: »Dieser Ort, diese abgelegene Stelle im Wald, was hat die uns Kopfzerbrechen bereitet.« Sacht wiegte er den Kopf. »Aber ich glaube, wir haben es gelöst. Nicht wahr, Maya?«

Maya nickte.

Stumm starrte Bengt auf seine Bettdecke, doch seiner Miene entnahm sie, dass er gern etwas dazu gesagt hätte.

Pär registrierte es offenbar ebenfalls und zuckte mit den Schultern. »Tja, so ist das, wenn man sich für ›Kein Kommentar‹ entscheidet. Dann ist halt Schweigen angesagt. Nachfragen und Unterbrechen fällt aus. Also, machen wir weiter. Dieser mysteriöse Sponsor, nach dem wir händeringend gesucht haben, den gibt es natürlich gar nicht. Das war Iduns und deine Masche, um Verwirrung zu stiften.«

Bengt schwieg beharrlich.

»Sucht ihr eigentlich schon einen Nachfolger für Mats?«, fragte Pär wie beiläufig, während er wieder in seinen Papieren wühlte. »Ich stelle es mir äußerst schwierig vor, einen Ersatz für einen so brillanten und charismatischen Mann zu finden.« Er hob den Blick. »Sogar in der Schule war er ja bereits ein Überflieger, das hast du uns ja neulich erzählt. Ehrlich, ich glaube, ich hätte ziemlich damit zu kämpfen gehabt, ständig so einen Supertypen um mich zu haben. Da muss man sich ja vollkommen minderwertig fühlen.« Pär legte den Kopf leicht schief. »Blieben eigentlich Mädchen für euch andere übrig? Ich meine, hey, selbst die Kellnerin im Restaurant, die uns bedient hat, war mal mit Mats zusammen. Scheue Jungs dürfen nie die schönen Mädchen küssen, nicht wahr?«

Maya kämpfte gegen einen Lachreiz an. Was Pär hier gerade abzog, war bühnenreif. Sie konnte sich nicht erinnern, dass er jemals zuvor zu solcher Hochform aufgelaufen war.

»Also, erst hast du ihn in der Schule um dich gehabt und dann später im Job.« Pär unterstrich seine Worte mit kleinen Gesten. »Stell ich mir ganz schön krass vor. Ehrlich, ich weiß nicht, ob ich das gepackt hätte. Ich glaube, ich hätte viel früher das Handtuch geschmissen.« Er schaute Claes Degermark an, danach Maya. »Ich meine, malt euch das doch mal aus: Da baut sich einer hier richtig was auf, nachdem er die ganze Schulzeit hindurch immer im Schatten vom Superjungen gestanden hat und sicher ordentlich was hat einstecken müssen. Immer wieder. Und dann kommt genau der zurück und reißt alles an sich, das muss doch ultrahart gewesen sein.«

Claes Degermark hüstelte. »Entschuldigung, aber ist das hier eigentlich noch eine Befragung?«

Pär wandte sich an Bengt: »Sag du es mir.«

Als Bengt schwieg, richtete sich Pär erneut an den Anwalt. »Du siehst ja: Kein Kommentar. Offenbar ja.«

Verärgert verschränkte Claes Degermark die Arme vor der Brust. Maya merkte, dass bald etwas passieren musste. Es war Zeit für eine zweite Unterbrechung. Wie im Vorfeld vereinbart, holte Maya ihr Handy heraus und tat so, als lese sie eine Mitteilung.

»Ich muss kurz einen Anruf tätigen – ist echt wichtig«, raunte sie Pär zu.

»Alles klar, noch eine kurze Pause.« Pär lehnte sich auf seinem Stuhl zurück, Maya stoppte abermals die Aufnahme und verließ das Zimmer.

Während sie auf dem Gang hin und her lief, dachte sie angestrengt nach. Was war Bengts größter Trigger? Was würde ihn so sehr reizen, dass er sich nicht länger zurückhalten konnte? Immer noch hatten sie einen Trumpf im Ärmel, von dem er nichts ahnte. Aber ob der reichen würde? Maya spürte, dass sie den Schlüssel in sich trug. Etwas läutete, das sie neulich gehört hatte. Was war es bloß gewesen?

Sie schaute aus dem Fenster, auf den Parkplatz, den man nach den schweren Schneefällen am Donnerstag notdürftig freigeräumt hatte. War es erst vorgestern gewesen, als sie spontan beschlossen hatte, den ersten Tatort noch einmal aufzusuchen? Was danach alles geschehen war …

In diesem Moment fiel es ihr wieder ein. Ihr Gespräch mit Annika – das fehlende Bindeglied! Aufgeregt kehrte sie ins Zimmer zurück und flüsterte Pär etwas ins Ohr. Aus den Augenwinkeln sah sie, dass Claes Degermark die Augen verdrehte. Der würde sich gleich wundern, dachte sie, während sie sich setzte und die Aufnahme startete.

»Also, Bengt, wo sind wir stehen geblieben? Ach, richtig, Superjunge Mats und die Mädels.« Aufmerksam betrachtete Pär ihn. »Ihr hattet damals schon einen ähnlichen Geschmack, nicht wahr?«

Bengt schwieg.

»Ich sage nur Annika Nordström.«

Die Anspannung, die sich in Bengts Körper aufbaute, war deutlich zu sehen.

»Du hast ihr damals in der Schule einen Liebesbrief geschrieben. Aber sie war nicht interessiert. Muss wehgetan haben.«

»Kein Kommentar!« Bengts Stimme überschlug sich fast.

»Und kurz darauf war sie dann mit dem tollen Mats zusammen.«

Die Adern an Bengts Hals schwollen an, sein Kiefer verkrampfte sich.

»Ist bestimmt ein Scheißgefühl zu wissen, dass Mats mit deiner großen Jugendliebe ein Kind hat.«

Bengts Augen wurden riesengroß.

»Jaja, Mats lebt weiter in Frida Nordström.«

»Nein …«

»Und du hast gerade die Chance auf ein Kind vertan. Das hat die Obduktion ergeben: Idun war schwanger.«

Sprachlos starrte Bengt ihn an, der Schock war ihm ins Gesicht geschrieben.

»Noch ganz am Anfang, vermutlich wusste sie es selbst noch nicht.« Pär schüttelte den Kopf. »Wie feige du bist: Drohst der Frau, die dein Kind in sich trägt, zwingst sie zu dieser völlig sinnlosen Flucht und …«

»HÖR AUF!!!« Bengt schrie die Worte aus sich heraus.

»Kein Kommentar, das war deine Ansage. Dein Ego hat die RVS zerstört! Und du hast nichts Besseres zu tun, als Arvid zu beschuldigen, einen Brand zu legen, einen Unschuldigen zu erschießen und – die Frau, die dein Kind trägt, zu zwingen, ihren eigenen Mann umzubringen!«

»SO WAR DAS NICHT! SIE WAR ES, DIE IHN LOSWERDEN WOLLTE!«

Im Raum wurde es totenstill. Entgeistert starrte Claes Degermark geradeaus, und auch Maya konnte sich für einen Moment nicht rühren.

Als Pär erneut sprach, wählte er einen völlig anderen Tonfall, konzentriert und seriös: »Wir haben zur Kenntnis genommen: Das war gerade ein Kommentar. Alles klar, Bengt, dann erzähle uns jetzt deine Version.«

• • •

Ein abschließendes Foto vom »Gesamtkunstwerk«, das hatte sich Hilding irgendwann im Laufe seines Berufslebens angewöhnt. Er trat einige Schritte zurück, zückte das Handy und richtete die Kamera auf das voll bestückte Whiteboard.

Diesen Fall würde er aus unterschiedlichen Gründen besonders in Erinnerung behalten. Nicht nur war es mit Abstand der sonderbarste, wendungsreichste seiner Laufbahn, sondern wie es nun aussah, sollte es wohl auch tatsächlich sein letzter gewesen sein.

Mit gemischten Gefühlen setzte sich Hilding an seinen Schreibtisch. Unwillkürlich dachte er daran, dass es genau eine Woche her war, seit er hier gesessen und auf die Ankunft der Stockholmer gewartet hatte. Gerade mal eine Woche. Was in dieser kurzen Zeit alles passiert war. Allein am heutigen Tag, der doch eben erst begonnen hatte, war etwas Umwälzendes hinzugekommen.

Als er am Morgen aufgewacht war und Lisbet betrachtet hatte, die selig neben ihm schlummerte, hatte sich sein Herz zusammengekrampft. Es hätte auch gestern Schluss sein können. Er hatte Glück gehabt. Eine zweite Warnung. Dieses Mal wollte er sie ernst nehmen. Wer wusste schon, wie viel Lebenszeit einem noch blieb?

Im selben Moment hatte er einen Entschluss gefasst. Wie einbetoniert war dieser seitdem da, es gab nichts mehr daran zu rütteln.

Beim Frühstück eröffnete er seiner Frau: »Ich habe beschlossen, in den Vorruhestand zu gehen.« Ein wenig ängstlich wartete er auf ihre Reaktion, rechnete mit irgendeinem Aber.

Stattdessen breitete sich ein Strahlen auf ihrem Gesicht aus, sie legte ihre Hand auf seine und sagte: »Mein geliebter Hilding – Gott sei Dank, du bist draufgekommen!«

Zaghaft wandte er ein: »Und es macht dir gar nichts aus, dass wir dann ein bisschen sparsamer leben müssen? Es wird vermutlich etwas länger dauern, bis wir uns die nächste größere Anschaffung leisten können. So eine tolle Espressomaschine, zum Beispiel, von der du schon so lange träumst.«

»Ach, Hilding, das spielt doch gar keine Rolle. Wir haben den Perkulator, den du gekauft hast, als wir uns kennengelernt haben. Damit kochen wir den besten Kaffee der Welt.« Sie strahlte übers ganze Gesicht und drückte seine Hand. »Dass du da bist, dass wir zusammen sind, darauf kommt es an.« Eine Träne rann ihre Wange herunter.

Hilding hatte schlucken müssen vor Rührung.

Aufgrund der jüngsten Entwicklungen erschien seine Chefin Tova, die gestern spät nach Östersund zurückgekehrt war, heute ebenfalls in der Polizeistation. Gleich zu Dienstantritt klopfte er nervös an ihre Tür. Nach einem kleinen Schwatz trug er sein Anliegen vor und erlebte die zweite Überraschung des Tages. Denn auch ihre Reaktion war anders, als er erwartet hatte.

»Natürlich werden wir dich unglaublich vermissen. Ein gestandener Polizist wie du mit einem so großen Erfahrungsschatz hinterlässt eine Lücke in unserem Team, die sich nicht so leicht füllen lässt.« Warmherzig lächelte Tova ihn an. »Du rennst damit jedoch offene Türen bei mir ein.« Im Zuge der generellen Sparmaßnahmen, teilte sie ihm mit, musste sie über kurz oder lang die Abteilung verkleinern, und von daher tat er ihr mit seinem Ersuchen im Grunde einen Gefallen. Unter den gegebenen Umständen hatte Hilding sogar Anspruch auf den vollen Bezug seiner Rente. Eine bessere Lösung hätte es gar nicht geben können.

Gerade hatte er angefangen, die Papiere auszufüllen, die ihm seine Chefin mitgegeben hatte, als sich die Tür des Büros öffnete und Pär gefolgt von Maya hereinkam. Ausführlich hörte er sich den Bericht von ihrem Besuch bei Bengt im Krankenhaus an. Offensichtlich war es eine zähe Befragung gewesen, doch zuletzt hatte Bengt alles gestanden. An mehreren Stellen schüttelte Hilding fassungslos den Kopf. Sein Nachbar Svante war also einen völlig sinnlosen Tod gestorben. Nicht, dass es etwas an der Situation geändert hätte, aber einen Jagdunfall hätte Hilding leichter akzeptieren können.

»Unterm Strich haben sich also Bengt und Idun zusammengetan, um Mats loszuwerden, weil sie beide nicht mehr unter ihm leiden wollten«, fasste Hilding zusammen.

»Etwas komplexer war es schon.« Pär, der sich aufs Sofa gesetzt hatte, suchte eine neue Position für sein verletztes Bein. »Es hatte viel mit psychischen Abhängigkeiten zu tun. Auf Iduns Seite kam auch noch das Finanzielle dazu. Sie wollte das Haus nicht verlieren, das auf Mats' Namen stand. Außerdem wollte sie eigene Kinder. All das hat sie in einer gemeinsamen Zukunft mit Bengt gesehen. Bengt wiederum hat ihre Wünsche und Bedürfnisse sofort durchschaut.«

»Und sie gnadenlos ausgenutzt.« Angewidert schüttelte Hilding den Kopf. Die menschlichen Abgründe, mit denen er im Laufe seines Berufslebens immer wieder konfrontiert worden war, würde er nicht vermissen.

»Tja, das war's dann wohl.« Pär griff nach den Gehhilfen, die an der Wand lehnten, und erhob sich. »Wir reisen morgen ab.«

»Morgen schon?« In den vergangenen Tagen hatte Hilding die beiden Stockholmer schätzen gelernt. Maya hatte ihn positiv überrascht mit ihrer Entschlossenheit und ihrem Bauchgefühl. Doch besonders Pär mochte er. Obwohl sie sich erst so kurz kannten, hatte Hilding ihn ins Herz geschlossen. Mit jemandem wie ihm hätte er gern länger zusammengearbeitet. Schade, dass sie nicht mehr Zeit miteinander hatten. Viele Arbeitsfreundschaften hatte Hilding in seinem Berufsleben nicht gehabt. Die meisten seiner Kollegen stammten aus Östersund, man war gemeinsam aufgewachsen, da gab es kaum Neues zu entdecken. Mit Pär hätte er sich einen inspirierenden Austausch vorstellen können.

»Alles Weitere werdet ihr hier vor Ort abwickeln. Wir stehen euch natürlich weiterhin zur Verfügung.« Pär reichte Hilding seine Hand. »Danke dir sehr für deine Unterstützung.«

»Da nicht für.« Hilding lächelte verlegen. Er schämte sich, dass sie Maya und ihm am Anfang so verschlossen begegnet waren. Es sprach für Pär, das nicht zu erwähnen.

»Vielleicht kommst du ja mal mit deiner Frau nach Stockholm?«

»Hm.« Hilding horchte auf. »Das würde meiner Lisbet gefallen. Wir waren zuletzt zur Silberhochzeit dort. Ist schon wieder ein paar Jahre her.«

»Na, dann wird es Zeit. Wie wär's: Überrasch sie doch mit einem verlängerten Wochenende. Wir wohnen ein bisschen außerhalb am Magelungen und haben ein großes Gästezimmer. Meine Frau Vera freut sich immer über Besuch. Ich natürlich auch.« Er zwinkerte ihm zu.

Zum zweiten Mal an diesem Tag war Hilding gerührt. »Es wäre uns eine Ehre.«

Im selben Augenblick platzte Sonny herein. »Ah, ich komme wohl gerade rechtzeitig zum tränenreichen Abschied.« Er stellte eine Plastiktüte auf dem Boden ab und breitete theatralisch die Arme aus. »Maya, darf ich dich angesichts dieses ergreifenden Moments ausnahmsweise umarmen?«

Auf Mayas Gesicht erschien ein kameradschaftliches Lächeln. »Na klar, Sonny.«

Ein wenig linkisch beugte sich der Zweimetermann herunter und schloss sie in seine Arme. »Wer weiß, vielleicht sieht man dich ja gelegentlich wieder in Östersund?«

»Hm, mal schauen.«

Sonnys verschmitzte Miene konnte Hilding nicht einordnen. Aber er musste auch gar nicht alles verstehen.

»Bevor ich es vergesse.« Sonny bückte sich, hob die Tüte auf und holte zwei quadratische Päckchen heraus. »Ihr habt hoffentlich noch ein bisschen Platz in euren Koffern.« Unbeholfen gab er eines Maya und das andere Pär.

Hilding schmunzelte in sich hinein. Diese kleine Geste, schmiedeeiserne Untersetzer aus dem Museumsladen des Jamtli als Andenken, hatten sie heute früh auf die Schnelle beschlossen.

• • •

Für ihr gemeinsames Abendessen hatte Christoffer das *Kitchen & Table* vorgeschlagen, und Maya hatte zugestimmt, da ihr das Restaurant beim ersten Besuch gefallen hatte.

Nach der aufwühlenden Befragung im Krankenhaus am Vormittag und dem erstaunlich herzlichen Abschied von Hilding und Sonny hatte sie den Nachmittag genutzt, um zu packen, endlich einmal wieder ausgiebig zu trainieren und ein paar letzte Besorgungen zu machen. Morgen Mittag würden sie die Heimreise antreten.

Während Maya sich vor dem großflächigen Spiegel im Bad ihres Hotelzimmers schminkte, musste sie sich eingestehen, dass sie aufgeregt war. Eine prickelnde Vorfreude erfüllte sie. Sorgfältig tupfte sie kupferrotes Gloss auf ihre Lippen, trat zwei Schritte zurück und betrachtete sich kritisch.

In ihrem Koffer hatten sich ausschließlich praktische Kleidungsstücke befunden. Dass sie etwas für ein Date benötigen würde, damit hatte Maya nicht gerechnet, als sie vor einer Woche in den frühen Morgenstunden gepackt hatte. Zum Glück war noch eine frische Jeans übrig und der olivgrüne Strickpullover mit V-Ausschnitt und Zopfmuster. Sanna hatte mal gesagt, dass er ihre grünen Augen vorteilhaft betonen würde.

Schneeflocken fielen auf Maya herab, während sie den kurzen Weg vom Hotel Östersund durch die Stadt zurücklegte, vorbei an *Wedemarks Konditori*, die sie an ihr Treffen mit Sanna erinnerte. Als sie gestern Nacht völlig erschlagen ins Bett gefallen war, hatte sie ihr rasch eine Sprachnachricht geschickt, auf die Sanna mit drei Kuss-Smileys geantwortet hatte.

Christoffer wartete bereits vor dem Hotel, zu dem das *Kitchen & Table* gehörte. Sobald Maya ihn erblickte, klopfte ihr Herz deutlich schneller. Sie musste über sich selbst schmunzeln – wie ein verliebter Teenager. Aber irgendwie war es auch herrlich, sich wieder einmal so zu fühlen. Und nach den aufreibenden letzten Tagen konnte sie sich nichts Schöneres vorstellen als ein Abendessen mit einem Mann, den sie mochte. Sehr mochte.

Sie umarmten sich, und Maya nahm seinen angenehmen Duft wahr, der ihr schon vor zwei Tagen aufgefallen war – frisch und herb wie eine Meeresbrise, dazu eine dezente Zitrusnote und ein Hauch Vanille. Christoffer zog sie einen Moment fester an sich, und sie atmete tief ein.

»Schön, dich zu sehen.« Er schenkte ihr sein Grübchenlächeln. »Bist du hungrig?«

»Und ob.«

Beim Betreten des Hotels hielt er ihr die Tür auf, was Maya freute. Anders als vielen der jungen, emanzipierten Schwedinnen gefielen ihr solche konventionellen Gentleman-Höflichkeiten.

Durch die Hotellobby liefen sie am Barbereich vorbei zum Eingang des Restaurants, das an diesem Abend gut besucht war. Sogleich entdeckte Maya Pia, die im vorderen Bereich bediente. Kurz darauf kam sie zu ihnen herüber, um sie an ihren Tisch zu führen.

»Hej.« Prüfend musterte sie Maya einen Moment lang. »Du bist doch die Polizistin aus Stockholm?« Sie deutete eine kleine Verbeugung an.

»Richtig. Aber heute bin ich privat hier.«

»Privat, ich verstehe.« Pia zwinkerte ihr zu. »Privat soll es sein.« Sie führte sie zu einem freien Tisch ganz hinten im Lokal und reichte erst Maya die Karte, dann Christoffer, dem sie zuraunte: »Sei vorsichtig, sie ist 'n Bulle.«

»Ich bin Rechtsmediziner.«

»Jesses!« Gespielt entsetzt schlug sie sich die Hand gegen die Stirn. »Von wegen privat. Na, da lasse ich das *Arbeitspärchen* mal in

Ruhe wählen. Kann ich euch schon etwas zu trinken bringen? Einen Aperitif vielleicht? Oder Prosecco?«

Christoffer blinzelte Maya über den Tisch hinweg zu. »Oder lieber ein Glas Champagner?«

»Ich würde sagen: Die Telepathie funktioniert. Das haben wir uns verdient.«

Als Pia außer Hörweite war, verzogen sich Christoffers Mundwinkel zu einem breiten Schmunzeln. »Was für eine erfrischende Bedienung. Mehr davon!«

Beide lachten.

»Du warst also schon mal hier?«

»Du solltest dich als Kommissar bewerben.« Belustigt zog Maya eine Braue hoch. »Einmal, mit Pär. Ein Arbeitsessen im wahrsten Sinne des Wortes. Es endete mit einer Befragung unserer einmaligen Kellnerin.« Sie nickte in Pias Richtung. »Sie war kurz mit Mats zusammen, in der Schulzeit.«

Christoffer wandte den Kopf und sah Pia hinterher. »Echt? Das hätte ich jetzt nicht erwartet.«

»Ging mir ebenso. Genau genommen hat sie jedoch alles ins Rollen gebracht, was das Thema Mats und seine Gewalttätigkeit Frauen gegenüber angeht.« Sie atmete hörbar aus. »Der Klassiker, nicht wahr? Der vermeintliche Superheld, der privat ein totales Arschloch ist.«

»Ich habe doch immer schon geahnt, dass etwas mit ihm nicht stimmte.«

»Bauchgefühl – nicht zu unterschätzen.« Da war sie wieder, diese tiefe Verbundenheit. Einige Sekunden lächelten sie sich an, und ein warmes Gefühl durchflutete Maya.

Kurz darauf servierte Pia ihnen den Champagner. »Hier kommt ein Gruß einer französischen Sprudelwasserwitwe.« Sie deutete auf die Menükarten. »Habt ihr eure Wahl getroffen?«

Dieses Mal entschied sich Maya für das jämtländische Rentier mit Rotweinsauce, Kürbiskroketten und Sellerie-Apfel-Püree. Christoffer wählte gebratenen Heilbutt, dazu bestellten sie Wein.

»Kapiert: Einmal Kebab und einmal Fischstäbchen.« Pia drehte sich um und stolzierte wiegenden Ganges davon.

Sie sahen sich an und prusteten los, und Maya spürte: Genau das brauchte sie heute.

Christoffer hob sein Glas und prostete ihr zu. »Auf einen freien, gemeinsamen Abend.«

Sie stießen an und tauschten einen weiteren, langen Blick aus. Während sie auf das Essen warteten, kamen sie dennoch unweigerlich auf den Fall zurück. Rücksichtsvoll erkundigte sich Christoffer, was sie besonders beschäftigte.

Maya fühlte in sich hinein. »Also, die Begegnung mit Bengt im Krankenhaus war einfach richtig krass. Ich hätte ihm an die Gurgel gehen können, als er versuchte, alles auf Idun abzuwälzen und sich als das arme Unschuldslamm darzustellen. Dabei hat er sie die ganze Zeit über nur benutzt!« Sobald sie darüber sprach, kochte die Wut von Neuem in ihr hoch.

»Die beiden haben Mats also in den Wald gelockt und dort erschossen?« Christoffer lehnte sich nach vorn und sah Maya aufmerksam an.

»Bengt ist mit ihm dorthin gefahren, unter irgendeinem Vorwand, die RVS betreffend. Idun hat vor Ort gewartet.«

»Nicht zu fassen.« Christoffer schüttelte den Kopf. Nach einer kleinen Pause fragte er: »Wie war das mit diesem Feuer? Frida hat Bengt mit dem Kanister hinter der RVS-Zentrale gesehen, und dann hat ihn die Feuerwehr drinnen gefunden?«

»Erst hat er die Rückwand des Hauses in Brand gesetzt, ist vorn wieder rein, um so zu tun, als hätte ihn das Feuer überrascht.

Dann ging die Sache schief, es gab eine Explosion, und irgendwas hat ihn am Kopf getroffen.«

»Er hat echt selbst die Zentrale angezündet und sich damit in Gefahr gebracht, nur um einen falschen Verdacht zu schüren? Der ist doch komplett durchgeknallt!«

»Schlimmer noch: Er hat auch Svante Wikland erschossen. Völlig willkürlich.«

Betroffen schüttelte Christoffer den Kopf. »Manche Menschen haben einfach kein Herz.«

»Oder es ist zu Eis erstarrt.« Maya war immer noch entsetzt über die Abgründe, die sich bei Bengt aufgetan hatten. »Jetzt will er auf schuldunfähig plädieren und spekuliert auf die Psychiatrie. Aber ich kann mir nicht vorstellen, dass er damit durchkommt.«

»Und die zwei Waffen?«

»Die Schrotflinte gehörte Bengt. Das andere Jagdgewehr war von Mats. Idun und Bengt hatten die illegale Munition dafür besorgt. Sie hatten es dabei, als sie versuchten zu fliehen.«

Pia erschien mit ihrem Essen, und für eine Weile unterbrachen sie das berufliche Gespräch. Stattdessen tauschten sie sich über ihre persönlichen Interessen aus. Maya erfuhr, dass Christoffer ein begeisterter Snowboarder war und, genau wie sie, dänische Dogma-Filme mochte. Erst beim anschließenden Kaffee kehrten sie noch einmal zu dem gelösten Fall zurück.

»Die Information, dass Idun schwanger war – das war der Wendepunkt bei Bengt. Da ist er zusammengebrochen.« Maya rührte einen Löffel Zucker in ihren Espresso. »Solche Entdeckungen bei einer Autopsie sind sicher nicht so leicht zu verarbeiten.«

»Man denkt ja immer, jetzt hat man alles erlebt und kann so schnell nicht mehr geschockt werden, und dann trifft es einen doch wieder.« Christoffer lächelte matt. »Aber das kennst du ja selbst vermutlich nur zu gut. Man findet seinen Weg damit, nicht wahr?«

»Es bleibt uns kaum etwas anderes übrig.« Maya sinnierte vor sich hin. »Ich darf nicht darüber nachdenken, wie ich sie über die vereisten Straßen und den See gejagt habe. Dieses letzte Stück durch den Wald …« Sobald sie davon sprach, war alles wieder präsent.

Behutsam legte er die Hand auf Mayas Linke und schenkte ihr einen einfühlsamen Blick. »Du hast nichts falsch gemacht.«

»Da bin ich mir nicht so sicher.«

»Bitte, stürz dich nicht in Selbstvorwürfe. Wir haben beide Berufe, in denen wir manchmal in die dunkelsten Abgründe schauen müssen. Es ist wichtig, danach den Blick wieder zu heben.«

»Du hast ja recht.« Maya atmete schwer aus. »Jedenfalls danke nochmals, dass du dich mit der Obduktion so beeilt hast, obwohl du eigentlich freihattest.«

»Das ist doch selbstverständlich.« Er hielt einen Moment inne, ehe er etwas leiser hinzufügte: »Zum Glück hatte meine Exfrau keine Pläne und konnte spontan einspringen.«

Maya versuchte, sich vorzustellen, wie sein Alltag aussah, dieser Spagat zwischen dem Job in Umeå und seinem Kind samt Exfrau hier in Östersund. »Wie alt ist deine Tochter?«

»Alice wird im April sechs.«

»Dann kommt sie im Sommer in die Vorschule?«

»Genau. Ein schönes Alter. Da werden sie schon ein bisschen unabhängiger, man kann viel zusammen unternehmen. Und Papa ist immer noch der wichtigste Mann im Leben.« In seinem Lächeln lag der ganze Vaterstolz. »Was ist mit dir – hast du Kinder?«

»Nein.« Für einen Moment versetzte es Maya einen kleinen Stich. »Es … hat bisher nicht gepasst.«

Christoffer nickte verstehend. »Wie ich bei unserer ersten Begegnung schon gesagt habe: Schade, dass es solche Polizistinnen wie dich hier nicht gibt.« Sanft streichelte er ihre Finger. »Beziehungsweise in Umeå.«

»Ich würde mir auch einen Rechtsmediziner wie dich in Stockholm wünschen.«

»Apropos.« Er richtete sich auf. »Ich werde im März zu einer Weiterbildung in Stockholm sein. Eine ganze Woche. Wenn du da nicht gerade wieder sonst wo im Land einen Mord aufklärst, könnten wir uns sehen.«

»Das machen wir.« Es fühlte sich an, als würde eine kleine Knospe in Mayas Brust aufplatzen.

Lange sahen sie sich an, ohne zu reden.

Schließlich sagte Christoffer: »Wer weiß, was die Zukunft bringt.«

In diesem Moment tauchte Pia neben ihnen mit der Rechnung auf. »Ehe ihr nun verschwindet und den Abend wie auch immer ausklingen lasst, habe ich noch eine Frage.« Sie wandte sich an Maya. »Habt ihr den Fall gelöst?«

»Heute abgeschlossen. Morgen geht's zurück in die Hauptstadt.«

»Du hast's gut.« Pias Miene bekam etwas Sehnsuchtsvolles. Sie beugte sich zu ihr herunter. »Kannst du mir was verraten?«

Maya zögerte. Sie wechselte einen raschen Blick mit Christoffer, dann sagte sie: »Ich gehe davon aus, dass Anfang der Woche dazu einiges in der Zeitung stehen wird.« Nachdrücklich fügte sie hinzu: »Aber deine Aussage hat uns echt weitergeholfen.«

Pias Gesicht hellte sich auf. »Das freut mich. Irgendein kleiner Tipp vielleicht?«

Maya überlegte kurz. »Nichts ist, wie es scheint.«

Kapitel 27

Sonntag, 4. Februar

»Wo bist du, Mädchen? Du kannst mir nicht entkommen! Ich werde dich finden, und dann bringe ich dich um.« Frida ließ Ken durch den verschneiten Winterwald laufen, wo sich Skipper hinter einem Felsen versteckte. Währenddessen suchte Barbie am Rand des Waldes verzweifelt nach ihrer kleinen Schwester.

Es war am späten Vormittag, und draußen schneite es. Minus fünfzehn Grad waren es, hatte Mama vorhin verkündet und hinzugefügt: »Kommende Nacht soll es noch kälter werden, mindestens minus einundzwanzig.«

Kein Wetter, um durch den Garten zu galoppieren. Es würde ein ruhiger Sonntag zu Hause werden, nur sie und Mama und die Barbiesachen. Auf mehreren DIN-A3-Blättern hatte Frida einen Winterwald gemalt, die Bögen dann aneinandergeklebt und mit Stecknadeln an ihrer Wand befestigt. Aus bemalten Pappschachteln und zwei Schuhkartons hatte sie eine Kulisse gebaut, in der sie mit ihren Puppen in deren Geschichte abgetaucht war.

Als es an der Tür klingelte, spielte sie weiter, ohne sich darum zu kümmern. Mama würde schon öffnen. Vermutlich einer der Nachbarn. Oder der Postbote. Sonst kam ja selten einfach so Besuch.

» … können wir gern machen.«

Frida horchte auf. Das war doch Mayas Stimme!

Im selben Moment rief Mama: »Frida, hier ist jemand für dich.«

Sie sprang auf und stürmte aus ihrem Zimmer, den Flur entlang zur Haustür. Mama stand dort und ihr gegenüber – tatsächlich – Maya!

»Maya!« Frida rannte an ihrer Mutter vorbei und flog in Mayas Arme. Sie konnte es nicht fassen, dass die Polizistin hier auftauchte, an einem Sonntag. Mama hatte ihr gestern gesagt, der Fall sei jetzt abgeschlossen, sie brauche keine Angst mehr zu haben, der böse Mann würde nicht noch einmal auftauchen, weil er nun im Gefängnis sei. Genaueres hatte sie nicht erzählen wollen.

»Worüber habt ihr gerade geredet?«

»Nicht so wichtig«, sagte Mama schnell. »Das erfährst du bald.«

Frida hasste es, wenn Mama solche Sprüche von sich gab. Sie fühlte sich dann wie ein kleines Kind. Und das auch noch vor Maya! Eingeschnappt verschränkte Frida die Arme vor der Brust.

Maya räusperte sich. »Ich habe etwas für dich.« Sie reichte ihr ein Päckchen. »Ich hoffe, es gefällt dir.« Mit einem Augenzwinkern fügte sie hinzu: »Mach es am besten auf, wenn du allein bist.«

Verlegen und neugierig zugleich nahm Frida das Päckchen entgegen. »Danke schön.« Andächtig strich sie über das seidige Papier mit den Rosenblüten. Ein Geschenk von Maya!

»Das ist aber nett von dir.« Mama legte ihre Hand auf Fridas Schulter. »Möchtest du vielleicht kurz reinkommen, Maya?«

»Ich habe leider keine Zeit.« Rasch warf Maya einen Blick auf ihr Handy. »Mein Zug geht in einer Stunde.«

»Kommst du mal wieder nach Östersund?« Frida hielt das Päckchen ganz fest. Sie war so gespannt, was darin war.

Maya lächelte. »Das ist gut möglich.«

»Dann musst du uns besuchen, ja?«

»Das mache ich. Versprochen.« Sie nahm sie noch einmal in den Arm. »Wir bleiben in Kontakt, Frida.«

Während Maya zu ihrem Auto zurücklief, verharrte Frida auf der Fußmatte und sah ihr hinterher. Mama war schon nach drinnen gegangen. Gerade als Mayas Wagen hinter der Kurve verschwand, fiel Frida etwas ein. Sie hatte sie doch noch mal nach ihrer Freundin fragen wollen, dieser Reitlehrerin in Småland ... Dort einmal hinzukommen, das würde wohl nur ein Traum bleiben.

Neugierig betrachtete sie das Päckchen in ihren Händen. *Mach es am besten auf, wenn du allein bist*, hatte Maya gesagt. Rasch schloss sie die Haustür, lief zurück in ihr Zimmer und machte auch diese Tür hinter sich zu. Sie setzte sich auf ihr Bett und zupfte vorsichtig an der silbernen Schleife. Behutsam löste sie die Klebestreifen.

Zum Vorschein kam ein Buch, auf dessen Cover eine Horde Wildpferde galoppierte. In einer kleinen Lederschlaufe am Einband steckte ein Kugelschreiber in Roségold. Frida schlug es auf. Lauter leere linierte Blätter – ein Notizbuch.

Auf der ersten Seite hatte Maya etwas geschrieben. Frida beugte sich vor und las:

Liebe Frida,
vielleicht besitzt du bereits ein Tagebuch und schreibst schon eifrig darin. Falls nicht, magst du dieses dafür benutzen?

Ich habe mein erstes Tagebuch von meinem Vater bekommen, als ich so alt war wie du. In den Jahren danach hat es mir oft geholfen, das, was ich erlebt habe, zu sortieren, sozusagen aus mir »herauszuschreiben«. Ich fühlte mich hinterher leichter. Aber auch schöne Dinge und Erlebnisse kannst du festhalten, alles, wofür du dankbar bist.

Und natürlich ist darin Platz für deine Wünsche und Träume. Ich habe gelernt, wie wichtig es ist, an meine Träume zu glauben und sie niemals aufzugeben.

Übrigens habe ich mit deiner Mutter gesprochen und ebenso mit Clara, meiner Reitlehrerfreundin. Sie veranstaltet im Sommer immer dreitägige Reitcamps mit Übernachten im Zelt. Wenn du möchtest, kannst du dieses Jahr dabei sein.

Zuunterst hatte Maya ihre Visitenkarte von der Polizei aufgeklebt und ihre Handynummer darauf notiert.

Du darfst dich jederzeit bei mir melden. Deine Maya

Die Zeilen mit dem Reitcamp musste Frida ein zweites Mal lesen, um sicherzugehen, dass sie nichts falsch verstanden hatte. Dann schob sie das Buch unter ihr Kopfkissen und stürmte in die Küche, wo Mama gerade die Spülmaschine ausräumte.

»Mama, ist das wahr? Ich darf im Sommer ins Reitcamp von Mayas Freundin?«

»Ja, mein Schatz. Wenn du das immer noch möchtest?«

»Und ob!« Frida machte einen Luftsprung, wirbelte herum und hielt plötzlich in der Bewegung inne. »Aber … können wir uns das denn leisten, Mama?«

Mama stellte die Teller, die sie in der Hand hatte, beiseite. »Ich habe viel nachgedacht und möchte gern einiges in unserem Leben verändern, Frida. Aber es ist mir wichtig, dich bei dieser Entscheidung miteinzubeziehen.« Sie kam zu ihr und nahm sie in den Arm. »Wollen wir eine heiße Schokolade trinken? Es sind auch noch zwei Zimtschnecken da, die kann ich uns warm machen.«

• • •

Der Intercity nach Stockholm rollte durch die schneebedeckte Landschaft. Ab und an passierten sie ein einsam liegendes Haus oder einen Bauernhof. Wie malerisch alles von hier aus wirkte. Maya sah aus dem Fenster und hing ihren Gedanken nach. Im Zweisitzer schräg hinter ihr saß Pär mit hochgelegtem Bein und war eingeschlafen. Sanna, die sich ihnen angeschlossen hatte, holte gerade im Bordrestaurant Kaffee. Ansonsten war ihr Wagen nur spärlich besetzt, was Maya als sehr angenehm empfand.

Nachdenklich ließ sie die Zeit in Östersund Revue passieren. Als sie das Geschenk für Frida besorgt hatte, war ihr bewusst geworden: Es war ewig her, dass sie selbst Tagebuch geschrieben hatte. Irgendwann während der Ausbildung zur Polizistin hatte sie damit aufgehört. Emely wies sie ab und an liebevoll darauf hin, dass es kein Fehler wäre, wieder anzufangen. Es könne ein hilfreiches Mittel sein, ihre Erfahrungen im Berufsalltag zu verarbeiten, meinte sie.

Andächtig strich Maya über den beigegrau gestreiften Leineneinband des Buches, das sie auch gestern gekauft hatte. Für sich. Sie schlug die erste Seite auf und begann, ihre Eindrücke dieser intensiven Woche festzuhalten.

Der Fall Mats Anderberg war in verschiedener Hinsicht besonders gewesen. Nicht nur, dass sie so lange im Dunkeln getappt waren – so viele lose Fäden und so wenige konkrete Spuren hatten sie selten gehabt. Ganz zu schweigen von einem Täterprofil wie Bengts, der teils durchaus psychologisch motiviert, teils aber einfach nur völlig gefühlskalt gehandelt hatte. Mayas Blick glitt wieder aus dem Fenster, in die idyllische Winterlandschaft. Weiß wie die Farbe der Unschuld, und zugleich erschreckend kalt und undurchdringlich. Wenn sie über Bengt nachdachte, lief ihr im

Nachhinein ein Schauder den Rücken herunter. Beim Gedanken an Idun gesellte sich heiße Wut hinzu. Es machte Maya fassungslos, auf welch widrige Weise er Mats' Frau für seine Zwecke benutzt hatte. Idun ... dass sie nicht mehr lebte, lastete nach wie vor tonnenschwer auf Mayas Gewissen.

Daneben gab es noch die Wald-Thematik, die mit der ganzen Angelegenheit einhergegangen war. Zwar waren die Mordermittlungen abgeschlossen, die Ermittlungen gegen Arvid und seine Leute wegen der geplanten illegalen Abholzungen würden erst eingeleitet werden. Hoffentlich hatte es irgendeine Art von Effekt – so zuwider wie der schmierige Geschäftsmann ihr gewesen war.

Der Tannenwald, den sie gerade passierten, ging in einen riesigen Kahlschlag über. Wie passend! Maya erinnerte sich an den Hinflug am vergangenen Wochenende, bei dem sie die teils gigantischen Ausmaße der Waldvernichtung von oben gesehen hatte.

Dass es wiederum ausgerechnet in einer Organisation wie der RVS zu solch schweren Verbrechen kam, hinterließ bei ihr einen extrem bitteren Nachgeschmack. Mats und Co. hatten eine echte Chance gehabt, etwas zu bewegen. Und dann scheiterte alles an menschlichen Abgründen. Was für eine Schande. Dabei brauchte es Menschen, die sich derart für die Umwelt engagierten, wie Mats und Bengt es getan hatten, doch so dringend!

Maya hielt einen Moment inne. Sie dachte an Frida, die noch einiges vor sich hatte. Irgendwann würde sie erfahren, wer Mats Anderberg tatsächlich gewesen war. Unwillkürlich seufzte Maya auf. Sie war ein so besonderes Mädchen! Der Abschied von ihr war ihr schwergefallen. Gern wäre sie länger bei ihr geblieben, hätte sich ausführlich mit ihr über all das unterhalten, was sie in den letzten Tagen durchgemacht hatte. In Mayas Augen benötigte das Mädchen unbedingt für eine Weile professionelle Begleitung, um die Erlebnisse aufzuarbeiten. Annika hatte ihr versprochen, sich darum zu kümmern.

Außerdem hatte sie Maya die große Neuigkeit anvertraut, dass sie einen Schlussstrich ziehen und Östersund verlassen wollte. Ein Neubeginn für sie und ihre Tochter. Zu Mayas Überraschung und Freude hatte Annika vor, nach Småland zu gehen, wo ihre Schwester mit ihrer Familie lebte. Auf jeden Fall würde Maya die beiden besuchen, wenn sie demnächst zu ihren Eltern fuhr.

Gesättigt von der vorbeiziehenden Schneelandschaft schloss Maya die Augen. Ihre Gedanken wanderten zu Christoffer, und sogleich ging die Sonne in ihrem Herzen auf. Sein Verständnis für ihre Situation und seine Worte hatten so gutgetan.

In diesem Moment plingte ihr Handy. Eine WhatsApp-Nachricht von Jonas: *Zurück in Stockholm. Wollen wir uns treffen?*

Hatte er vergessen, dass sie in Östersund war? Maya merkte, dass es ihr, anders als früher, nicht mal etwas ausmachte. Innerlich hatte sie mit ihm abgeschlossen. Überhaupt, eine Unterstützung wie gestern von Christoffer hatte sie von ihm nie bekommen. Dabei meinte Jonas ja, sich als Schauspieler in alles und jeden reinfühlen zu können. Da würde wohl ein klärendes Gespräch nötig sein.

Beinahe wären ihre noblen Vorsätze, es dieses Mal nicht zu überstürzen, am gestrigen Abend gescheitert. Nach ihrem Abendessen hatte Christoffer sie ins Hotel zurückbegleitet, sie hatten einen Abschiedswein in der Lobby getrunken und sich schließlich wieder geküsst. Maya hatte sich so stark zu ihm hingezogen gefühlt, dass sie kurz davor gewesen war, schwach zu werden. Sie hätte für nichts garantieren können, hätte nicht Christoffer irgendwann den Kopf gehoben und gesagt: »Das mit der Reihenfolge, also, sie einzuhalten … ich glaube, du hast recht. Wir sind ja beide keine siebzehn mehr, und …« Er lächelte verlegen, wodurch sich seine Grübchen zeigten. »Mit Kind und so … das schreckt viele ab. Ich bin nicht auf der Suche nach einem schnellen Abenteuer.«

»Da sind wir schon mal zwei. Ich meine, auch ohne Kind …« Mit einem letzten Kuss und einer innigen Umarmung hatten sie sich verabschiedet.

In fünf Wochen würde Maya Christoffer in Stockholm treffen. Auch wenn es im März noch ziemlich ungemütlich sein konnte, regnerisch und kalt, freute sie sich unbändig, mit ihm Zeit zu verbringen, zusammen einige ihrer Lieblingsorte aufzusuchen und ihn näher kennenzulernen.

Gerade, als sie sich ihr Wiedersehen ausmalte, kam Sanna den Gang entlang auf sie zu, in der Hand ein Papptablett mit zwei Bechern. Maya klappte das Tagebuch zu und verstaute es in ihrem Rucksack.

»Zugkaffee ist und bleibt Zugkaffee.« Mit abschätziger Miene hielt sie Maya das Tablett hin.

»Solange er heiß und schwarz ist und mich wach macht, bin ich zufrieden.« Maya nahm sich einen Becher.

Schräg hinter ihnen ertönten leise Schnarchgeräusche. Sanna warf einen Blick auf den schlafenden Pär. »Dein Kollege ist ziemlich durch, was?«

Maya drehte sich kurz zu ihm um. Das verletzte Bein quer über die beiden Sitze gelegt, saß er gegen das Fenster gelehnt. »Nach der brillanten Vernehmung gestern hat er sich den Schlaf redlich verdient. Überhaupt waren die letzten Tage einfach krass. Und der Jüngste ist er ja auch nicht mehr. In zwei Jahren wird er sechzig. Auch wenn man ihm das nicht ansieht.«

Sanna setzte sich und zog den anderen Becher aus der Tabletthalterung. »Eigentlich widerstrebt es mir total, mich mit etwas

Minderwertigem zufriedenzugeben, aber – was soll's.« Sie trank von ihrem Kaffee und schaute Maya verblüfft an. »Das ist ja mal eine positive Entwicklung.«

»Ernsthaft?« Maya probierte ebenfalls. »Du hast recht. Na, wenn sogar hier kleine Wunder geschehen, dann ist ja noch nicht alles verloren.«

Beide lachten.

»Ach, Sanna.«

»Es war ganz schön anstrengend mit mir, ich weiß.«

Liebevoll lächelte Maya sie an. »Ich ertrage es halt nicht, wenn es dir, Emely oder Clara schlecht geht.«

Sanna erwiderte das Lächeln. »Das geht mir doch genauso.« Gedankenvoll lehnte sie sich in ihrem Sitz nach hinten. »Was mich echt beschäftigt ist ... Offenbar strahle ich etwas aus, das jemandem wie David unterschwellig vermittelt, er dürfe so etwas mit mir tun. Ich ...« Sie schluckte. Leise fuhr sie fort: »Ich schaffe es nicht, mich abzugrenzen. Also, zumindest nicht in diesem Bereich.« Sie schüttelte ihre heute wieder perfekt gestylten Haare zurück. »Seit unserem letzten Gespräch im *Wedemarks* habe ich viel nachgedacht, und ich glaube, ich bekomme das nicht allein in den Griff. Ich habe beschlossen, mir professionelle Hilfe zu suchen.«

»Du möchtest eine Therapie machen?«

»Hm, ja, so nennt man das wohl, nicht wahr?« Ein schiefes Lächeln zeigte sich auf Sannas Gesicht. »Hätte nicht gedacht, dass ich mal freiwillig zu 'nem Seelenklempner gehen würde.«

Maya legte ihre Hand auf den Unterarm der Freundin. »Wir sind für dich da.« Sie war erleichtert und auch ein bisschen stolz auf ihre Freundin, wie zielstrebig und mutig sie diese innere Baustelle anging. Eine Reise in die Vergangenheit, zum dunkelsten Schmerzpunkt, das war nicht leicht. Einen Moment lang dachte sie an Ingrid. Irgendwann würde sie sich um ihre eigene offene Wunde kümmern müssen.

»Vorgestern habe ich übrigens mit Olivia gesprochen.« Sanna lehnte sich in ihrem Sitz zurück. »Du hattest natürlich vollkommen recht. Ich habe ihr alles erzählt, also, was in Berlin passiert ist und auch bei uns, ehe ich abgehauen bin.«

Maya war überrascht und erfreut zugleich. Das war wirklich wieder die Sanna, die sie kannte, die die Dinge anpackte und nach Lösungen suchte. »Wie hat sie reagiert?«

»Sie war total geschockt. Aber sie war sofort auf meiner Seite und hatte keine Zweifel am Wahrheitsgehalt meiner Geschichte. Jedenfalls wird der werte David postwendend nach Berlin zurückgeschickt.«

»Sanna! Darauf müssen wir anstoßen!«

»Unbedingt.« Sanna betrachtete den Kaffeebecher in ihrer Hand. »Aber nicht damit. Wie wär's – heute Abend im *Da Luigi*? Bist du dabei?«

»Klar!«

»Wunderbar. Ich habe nämlich schon reserviert: Zwanzig Uhr, Tisch für drei.« Sanna zückte ihr Handy und hielt es Maya vors Gesicht.

Bis später ♥ freu mich riesig auf euch!!!!! Kuss, Emely

• • •

Über den Storsjön tanzten die Nordlichter wie neongrüne und violettweiße Zauberwesen. Arvid Åkesson nippte an seinem Whiskey und genoss sowohl die malerische Aussicht als auch die wohltuende Stille im Haus. Die Kinder schliefen, seine Frau traf sich mit Freundinnen in der Stadt. Es war ein turbulentes Familienwochenende gewesen, und ein ruhiger Abschluss war genau das, was er brauchte. Morgen würde wieder eine stressige Arbeitswoche beginnen.

Arvid hatte nicht vor, wie sein Vater bis ins hohe Alter zu schuften. Spätestens mit Mitte vierzig würde er in ein entspanntes Rentenleben starten und einen Teil des Jahres in seinem Sommerhäuschen auf Mallorca verbringen. Er wollte die angenehmen Seiten des Lebens genießen, und das nicht erst, wenn die Wehwehchen einsetzten und er unweigerlich eingeschränkt sein würde. Wenn er dafür das Familienunternehmen verkaufen musste – *so what*. Solange er das Geld clever anlegte, konnten sie alle zukünftig genauso gut davon leben wie jetzt. Nur ohne Stress.

Er trank einen weiteren Schluck. Es war ein *Bushmills Irish Single Malt*, der einundzwanzig Jahre in Eichenholzfässern gereift war, eine der wirklich alten Whiskeysorten. Der Alkohol brannte leicht in der Kehle, ehe sich vom Magen her ein behagliches Gefühl im ganzen Körper ausbreitete. Gelassen streckte sich Arvid in seinem Lamino-Sessel mit hellgrauem Lammfellbezug aus. Im offenen Kamin züngelten munter die Flammen. Wie spielend sich der Ärger mit diesen Stockholmer Polizisten in Luft aufgelöst hatte, und das völlig ohne sein Zutun. Wer hätte das gedacht!

Arvid stellte das Glas auf den runden, gläsernen Beistelltisch, griff zum Telefon, das dort bereitlag, und wählte eine der gespeicherten Nummern.

Die altbekannte knarzige Stimme ertönte. Kurz schüttelte Arvid den Kopf. Wann würde der alte Täckholm endlich seinen Söhnen das Feld überlassen? Sein eigener Vater hatte zum Glück begriffen, dass es irgendwann Zeit für die nachfolgende Generation war. Aber Knut, mit dem schon der Vater Geschäfte gemacht hatte, schien sich am Firmensitz festklammern zu wollen, bis er ins Gras biss.

»Sie sind abgereist.« Arvid beobachtete die rotgoldenen Feuerzungen, die sich knisternd ins Holz fraßen.

»Na endlich!«

»Dass sich die RVS einfach selbst auslöschen würde!« Sarkastisch lachte Arvid auf.

»Hätte nicht gedacht, dass sie so dämlich sein würden, diese Aktivisten.«

»Tja, solange sie nicht lernen, ihr Ego zu zügeln, werden sie uns nichts anhaben können.«

Sie lachten gemeinsam, dann wurde Arvid wieder ernst. »Dieses Mal haben wir die Kurve noch mal gekriegt. Trotzdem müssen wir weiter auf der Hut sein. Selbst wenn Typen wie Mats Anderberg nicht auf Bäumen wachsen – irgendwo steht garantiert schon die nächste Organisation in den Startlöchern.«

»Die gehören allesamt ausgerottet, mit ihrem komischen Waldbeschützerwahn. Und die paar Samen, die sich immer aufregen, gleich mit.«

»Auf die hört eh keiner. Wen interessieren schon die Beschwerden von denen da oben, von wegen, wir nehmen ihnen ihre Lebensgrundlage weg. Diese jungen Burschen, die sich deswegen umbringen – so ein Witz, einfach keine echten Kerle mehr.«

»Du hast vollkommen recht. Und immer wieder dieses Jammern, ihre Rentiere verhungern, weil sie nichts mehr zu essen finden.« Knut spuckte die Worte in hohem, spöttischem Ton aus. »Sollen sie sie halt füttern.«

»Apropos: Wann holst du deine Hunde ab?«

»Morgen.«

»Gut.« Arvid streckte die Beine. »Echt ärgerlich, dass sie nicht schneller waren. Die Stockholmer haben doch tatsächlich unsere Abholzpläne entdeckt.«

»Diese vermaledeiten Hauptstadtbullen! Wäre ihnen recht geschehen, wenn sie die Beißer meiner Schätzchen zu spüren gekriegt hätten.«

»Jetzt muss ich erst mal wieder mit dem einen oder anderen Zuständigen essen gehen und hier und da was springen lassen, damit Ruhe einkehrt. Gut, dass wir unsere Kontakte pflegen.« Natürlich meinte Arvid seine Kontakte, aber Knut mochte es, sich miteinbezogen zu fühlen, das wusste er.

»Tja, hätte dieses Mädchen Mats' Leiche nicht zufälligerweise entdeckt, dann hätten die Tiere im Wald das Problem gelöst und die Hauptstädter wären gar nicht erst aufgetaucht.« Knuts abfälliges Lachen ging in einen röchelnden Husten über.

Er sollte sich das Rauchen abgewöhnen, dachte Arvid nicht zum ersten Mal. »Dann hätte sich allerdings die RVS nicht komplett selbst zerlegt, und wir hätten uns doch noch die Hände schmutzig machen müssen.«

»Als ob du dir noch nie die Hände schmutzig gemacht hättest.« Knut hustete erneut. »Hauptsache, diese Gründenker setzen sich nicht durch mit ihren verschrobenen Ideen.«

»Bestimmt nicht.« Gelassen trank Arvid einen Schluck Whiskey. »Dafür ist der Einfluss unserer Branche auf die Politik zu stark.«

»Dein Wort in Gottes Gehörgang.«

»Denk an diese Richterin am Berufungsgericht in Göta.«

»Was war da noch gleich?«

»Das war vor ein paar Jahren in Visby, bei einem forstpolitischen Seminar. Eine Podiumsteilnehmerin, die im Auftrag der Regierung eine Studie zur Verbesserung der Umweltaspekte im Forstgesetz leitete. Sie hat sich mit ihren radikalen Äußerungen ziemlich weit aus dem Fenster gelehnt. Noch während sie sprach, ging's los mit den Beschwerden. SMS flogen hin und her, bis nach ganz oben. Alle, die noch halbwegs bei Verstand sind, waren sich sofort einig: Sie muss weg, und zwar sofort.«

»Und?«

»Eine Woche später hat der damalige Landwirtschaftsminister sie einbestellt und gefeuert.«

»Recht so!«

»Und das war ein Sozialdemokrat«, fuhr Arvid fort. »Die Zentrumspartei ist eh auf unserer Seite, die Schwedendemokraten ebenfalls, und die Grünen schießen sich doch langfristig selbst ins Aus.« Er schwenkte das Whiskeyglas. »Solange sich bei uns politisch nicht grundlegend etwas ändert, wird auch auf EU-Ebene nicht so schnell was passieren. Die landläufige Meinung im Ausland ist sowieso, dass wir Schweden unsere Wälder lieben.«

»Als Geldquelle, klar.«

Beide lachten kurz auf.

»Neulich habe ich mitbekommen, dass in Deutschland eine Artikelserie in großen Zeitungen für Furore gesorgt hat. Es ging um illegalen Holzhandel. Die verorten den in Indonesien, Rumänien, dem Baltikum und so weiter. Aber nicht bei uns. So weit, so gut.«

Nachdem sie sich verabschiedet hatten, saß Arvid noch eine Weile im Sessel und schaute in die Flammen.

Ganz so optimistisch, wie er sich Knut gegenüber gegeben hatte, war er nicht. Natürlich würden sich in Zukunft Dinge ändern. Es kam bloß darauf an, zur rechten Zeit in neue Geschäftsmodelle einzusteigen. Ihn trieben da schon ein paar Ideen um.

Doch die würde er einem einfachen Holzbauern nicht auf die Nase binden. Ein letzter Blick auf den See, dann erhob sich Arvid und ging zu Bett, während draußen am Himmel weiter schillernde Lichtgestalten übers Eis wirbelten.

Glossar

bro/bron	Brücke
Fan också!	Zum Teufel!
Frösön	Eigenname: Frösinsel
Gamla Stan	Altstadt
Gatukök	Imbiss
gata/gatan	Straße
Helvete!	Hölle!
Herregud!	Herrgott!
Kanelbulle	Zimtschnecke
Kardemummabulle	Kardamomschnecke
Kyrkparken	Kirchpark
Lillsjön	Eigenname: Kleinsee
Loppis	Flohmarkt, Trödelmarkt
med vänliga hälsningar	mit freundlichen Grüßen
sjö/sjön	See
Smaklig måltid!	Guten Appetit!
Storsjön	Eigenname: Großsee
Trädgård	Garten
Torg	Platz
Vi ses!	Tschüss! Wir sehen uns!
ö/ön	Insel

Danksagung

»Wann schreibst du endlich etwas, das in Schweden spielt?« Diese Frage wurde mir in den letzten Jahren oft gestellt. Denn mein ursprünglicher Plan, nach Frankreich auszuwandern, hatte sich vor einiger Zeit in Luft aufgelöst. Stattdessen hatte es mich der Liebe wegen in den Norden Europas verschlagen.

So begann ich schließlich, gemeinsam mit meiner Agentin Dorothee Schmidt von der literarischen Agentur Schmidt, diesen Stoff zu entwickeln. Dorothee ist in das Projekt so stark eingebunden, dass ich nicht umhinkomme, sie hier zuallererst zu nennen. Ihr Input hat mich oftmals weitergebracht, wenn ich feststeckte, von der moralischen Unterstützung will ich gar nicht erst anfangen.

Letztere habe ich, neben meiner Agentin, auch stets und phasenweise sehr intensiv, von meinem Mann Viktor bekommen. Er ist gleichfalls tief in dieses Werk verstrickt, denn als mein erster Testleser und Ideengeber steckt von ihm ein großer Teil in jedem meiner Bücher. So viele Male, dass wir uns mit einer Tasse Kaffee hinsetzten, und ich sagte: »Ich weiß da gerade nicht weiter …«, und nach der Kaffeepause setzte ich mich mit einem neuen Einfall, zu dem er mich inspirierte, wieder an den Schreibtisch. Ich danke ihm von Herzen für seine großartige Unterstützung meiner Arbeit.

Natürlich haben noch eine Menge anderer Menschen ihren Teil dazu beigetragen, dass Du dieses Buch nun in den Händen halten kannst.

Ich bedanke mich bei all den freundlichen und hilfsbereiten Östersundern, die mir während meiner Rechercherreise – mitten im Winter, wann sonst? – weitergeholfen haben.

Allen voran bei Sanna Mattson, der Chefin der Abteilung für Schwerverbrechen bei der Östersunder Polizei. Ganze zwei Stunden durfte ich sie im »Polishuset« im Fyrvallavägen interviewen und mir die Räumlichkeiten ansehen. Von ihrem professionellen Input habe ich enorm profitiert, sowohl vor Ort als auch in unserem späteren E-Mail-Kontakt. Ebenso danke ich Sannas Kollegen, dem Kriminaltechniker Ted Persson für den Einblick in seine Tätigkeit.

Vielen Dank an Bibbi Widengern von Wedemarks Konditori, Simone Engqvist vom Hotel Clarion und Daniel vom Kitchen & Table sowie Erika Stugård vom Hotel Östersund und Patrik Åslund für den Support.

Weiterhin bedanke ich mich für die fachliche Unterstützung bei Peter Lundberg vom Kriminalkommissariat in Stockholm sowie bei Professor Dr. med. Oliver Peschel vom Institut für Rechtsmedizin der LMU München.

Unverzichtbar wie immer ist meine Testleser*innen-Runde, an die mein großer Dank geht für ihre Lesebereitschaft und ihre Zeit. Diesmal haben mit ihren Rückmeldungen geholfen: Benjamin Muth, Eva-Maria Silber, Gesine Berg, Stephan Knies und Ulrike Schön.

Was wäre ein Buch ohne einen Verlag und all die Menschen, die dort daran mitwirken? Ich bin sehr dankbar, dass nun zum sechsten Mal ein Buch von mir bei meinem Hausverlag Ullstein erscheint. Für all ihre Unterstützung und eine gute Zusammenarbeit bedanke ich mich herzlich bei meiner Lektorin Claudia Winkler. Ich danke Michael Meissner fürs Korrektorat sowie allen Beteiligten in Vertrieb, Marketing, Herstellung und Presse dafür, dass sie dieses Buch mit viel Engagement in den Handel gebracht haben. Ein großes Dankeschön an Simone Becher von der Grafikagentur bürosüd für das wundervolle Cover und die Übersichtskarte.

Zu guter Letzt danke ich Dir für Deine Aufmerksamkeit, werte Leserin, geschätzter Leser, dass Du mir bis hierhin gefolgt bist. Vielleicht bis bald auf einer meiner Lesungen oder spätestens bis zur Fortsetzung von Mayas Geschichte.

Vi ses!

Sandra Åslund

Anmerkungen

Die meisten der erwähnten Orte in diesem Buch – Cafés, Restaurants, Hotels – gibt es wirklich, und wenn Du mal nach Östersund kommst, schau gern vorbei.

Ausgedacht habe ich mir hingegen *Elinors Café*. Bewusst habe ich im Buch auf das Siezen verzichtet, denn in Schweden ist es üblich, sich zu duzen und die Menschen mit dem Vornamen anzusprechen.

Sollten sich Fehler in die recherchierten Materialien eingeschlichen haben, so liegt dies nicht an den Menschen, die mich mit ihrem Wissen unterstützt haben, sondern ausschließlich an mir. In manchen Fällen war es möglicherweise notwendig, aus dramaturgischen Gründen von realen Abläufen abzuweichen.

Die Figuren dieses Romans sind allesamt frei erfunden und eventuelle Ähnlichkeiten mit tatsächlich existierenden Personen reine Zufälle.

Literatur

Kurz nachdem wir nach Südschweden gezogen waren, entstand nahe bei unserem Haus ein Kahlschlag. Das Dröhnen der Maschinen empfing mich schon am frühen Morgen, als ich aus der Tür trat, begleitete mich durch den Tag und hörte auch am Abend nach Einbruch der Dunkelheit nicht auf. Binnen kurzer Zeit war ein wunderbarer Wald verschwunden, und zurück blieb eine zerstörte Landschaft.

Als ich erfuhr, dass man hierzulande in der Forstwirtschaft immer noch vorwiegend Flächenrodungen und Monokultur praktiziert, begann ich, mich eingehender mit dem Thema zu befassen. Bald stieß ich auf ein Buch, das eine Stockholmer Journalistin gerade zu der Thematik herausgegeben hatte:

Skogslandet: en granskning, Lisa Röstlund
ISBN: 978-913-750-3-202, Sprache: Schwedisch, Verlag: Bokförlaget Forum, erschienen: 07.06.2022

Wer des Schwedischen mächtig ist: unbedingt lesen! Größtenteils habe ich mich auf die Recherchen von Lisa Röstlund gestützt, die mit dem Ludvig-Nordström-Preis 2023 für ihr Buch ausgezeichnet wurde. Ich drücke die Daumen, dass es irgendwann auf Deutsch übersetzt wird.

Wenn ich in Deutschland darüber sprach, wie in Schweden mit dem Wald umgegangen wird, sah ich durchweg in ungläubige Gesichter. Was ich erzählte, entsprach so gar nicht dem Bild, das sich die Deutschen von den Schweden und ihren Wäldern machen. Erschienen kritische Artikel in der Presse, so beispielsweise über den Holzhandel in Südamerika, Rumänien und Estland, stand nie etwas über Schweden darin.

Umso dankbarer bin ich, dass sich das vor Kurzem endlich änderte. Wenn Du mehr über diese Thematik wissen möchtest, empfehle ich Dir folgende Artikel:

- Reportage von Alex Rühle: »Radikahlschlag«
  https://www.sueddeutsche.de/projekte/artikel/wissen/schw-schw-waelder-naturschutz-e456615/

- Artikel von Reinhard Wolff: »Land der übernutzten Wälder«
  https://taz.de/Schwedens-Umgang-mit-Waldgebieten/!5786633/

- Artikel von Hannes Gamillscheg: »Schwedens Urwald ist in Gefahr«
  https://www.fr.de/panorama/schwedens-urwald-gefahr-11423821.html

- Artikel von Norbert Lossau: »Europas Wälder werden verstärkt abgeholzt«
  https://www.welt.de/wissenschaft/article210804069/Waelder-in-Europa-werden-verstaerkt-abgeholzt-und-das-hat-Folgen.html

- Reportage von Mauritius Much und Lea Struckmeier: »Wie

rabiate Holzbetriebe zu ihren Zertifikaten kommen«
https://www.sueddeutsche.de/projekte/artikel/wirtschaft/ab-abholzu-tuev-zertifizierungsunternehmen-holzwirtschaft-nachhaltigkeitssiegel-e489005

- Reportage von Christoph Cadenbach, Markus Engert und Kristiana Ludwig: »Die Holzindustrie kassiert, die Militärjunta profitiert«
https://www.sueddeutsche.de/wirtschaft/holz-teak-sanktionen-eu-myanmar-15760949

- Reportage von Christoph Cadenbach: »Das Verschwinden der Bäume«
https://www.sueddeutsche.de/projekte/artikel/politik/ru-maeruma-holz-mafia-wald-baeume-umweltschutz-umweltzerstoerung-deforestation-inc-saniral-egger-hs-timber-kronospan-e559172

- Reportage von Petra Blum, Christoph Cadenbach, Benedikt Heubl, Mauritius Much und Ralf Wiegand: »Auf dem Holzweg«
https://www.sueddeutsche.de/projekte/artikel/politik/north-carolina-pellets-wald-klimawandel-deforestation-icij-holz-mafia-e131130

Rezept Mayas Favorit-Smörgåstårta

Eine cremige und schmackhafte Smörgåstårta mit leckerer Füllung eignet sich ebenso gut für ein Mittagessen am Wochenende wie für alle Arten von Festtagen. Fülle die Torte am Vortag, damit alle Aromen Zeit haben, sich richtig zu entfalten.

Smörgåstårta ist ein echter Klassiker in schwedischen Haushalten und soll von Konditor Gunnar Sjödahl in den 1960er-Jahren erfunden worden sein, als er bei Wedemarks Konditori in Östersund arbeitete.

Du brauchst:

Entweder 12 große Scheiben eines rechteckigen Brots oder 4 Tortenböden für Schichttorten

Füllung 1: Tonfiskröra

- 3 Dosen Thunfisch in Wasser
- 1 rote Zwiebel
- etwa 1 Esslöffel eingelegte Jalapeños
- 2 dl Crème fraîche
- 1 dl Mayonnaise
- ein wenig Tabasco

- 2 Teelöffel Zitronensaft
- Salz
- frisch gemahlener schwarzer Pfeffer

Füllung 2: Skagenröra

- 300 g handgeschälte Garnelen
- 2 dl Mayonnaise
- 0,5 dl Crème fraîche
- 0,5 dl frischer Dill, fein gehackt
- fein abgeriebene Schale einer halben Zitrone + Saft nach Geschmack

Glasur

- 3 dl Crème fraîche
- 200 Gramm Frischkäse
- 1–2 Esslöffel frischer Meerrettich, gerieben
- fein abgeriebene Schale einer Zitrone
- Salz

Dekoration

- 1 Karotte (vorzugsweise lila)
- 1 Gelbe oder Rote Bete
- eine halbe Salatgurke
- 10 Scheiben geräucherter Lachs
- 1 Packung Erbsensprossen
- Forellenrogen
- Dillkraut

So wird's gemacht:

Wenn Du Brotscheiben verwendest: Schneide die Ränder ab und achte darauf, dass sie gleichmäßig sind.

Tonfiskröra

1. Den Thunfisch gut abtropfen lassen. Die rote Zwiebel schälen und fein hacken. Die Jalapeños hacken.
2. Thunfisch mit Crème fraîche, Mayonnaise, roter Zwiebel, Jalapeños und Tabasco vermengen. Mit Zitronensaft, Salz und frisch gemahlenem schwarzem Pfeffer abschmecken. An einen kühlen Ort stellen.

Skagenröra

1. Die Garnelen zerkleinern. Mit der Mayonnaise und der Crème fraîche mischen.
2. Den Dill unterrühren und mit fein geriebener Zitronenschale, Zitronensaft und frisch gemahlenem schwarzen Pfeffer würzen.

Glasur

Crème fraîche, Frischkäse, Meerrettich und Zitronenschale zu einer feinen Creme verquirlen. Mit Salz abschmecken. Bis zum Anrichten in den Kühlschrank stellen.

Die Smörgåstårta zusammensetzen:

1. Auf einer großen Platte entweder einen Tortenboden oder 3 Scheiben Brot nebeneinanderlegen.
2. Die Thunfischmischung gleichmäßig auf dem Brot bzw. dem Tortenboden verteilen.
3. Wenn Du Brotscheiben verwendest: Lege die Schichten versetzt übereinander, damit der Kuchen stabiler wird.
4. Auf die zweite Schicht die Krabbenmischung verteilen.
5. Eine dritte Schicht mit Thunfischmischung, dann eine letzte Schicht Brot oder den letzten Tortenboden als Abschluss.
6. Die gesamte Smörgåstårta gleichmäßig mit der Glasur bestreichen/bedecken.
7. Die Rote Bete und die Karotte schälen.
8. Gurke, Karotte und Rote Bete in dünne Scheiben schneiden.
9. Die Torte mit Erbsensprossen an den Seiten und Rosen aus kaltem Räucherlachs obenauf dekorieren. Die in Scheiben geschnittene Gurke, Karotte und Rote Bete dazwischenlegen. Den Rogen schön verteilen und mit frischem Dill bestreuen.

Smaklig måltid!